다나카
TANAKA THE WIZARD
나이=(이퀄) 여친 없는 역사인 마법사
12
Story by Buncololi, Illustration by M-da S-taro

J NEXT

TANAKA THE WIZARD

다나카

나이=이퀄 여친 없는 역사인 마법사

12

지음/분코로리
Story by Buncololi
일러스트/M다 S타로
Illustration by M-da S-taro
옮김/이경인

CONTENTS

"Tanaka the Wizard"
12
Story by Buncololi, Illustration by M-da S-taro

왕 된 존재(1) King Being(1st)

남부 국가군의 소동도 일단락되고, 한동안 느긋하게 지내려고 드래곤 시티로 돌아오자마자 마을 상공에 거대한 비공정이 나타났다. 게다가 선수 정면에는 용왕을 자칭하는 인물이 동행하고 있으니 이게 대체 무슨 일일까.

"불사왕을 내놓아라. 숨기고 있다면 이 마을을 멸하겠다."

만나자마자 한 첫마디로, 참 뒤숭숭한 의견을 듣고 말았다.

상대는 언뜻 봐서는 10대 전반의 소년.

게다가 반바지 미소년이다.

난누치 씨가 군침을 흘리며 기뻐할 만한 풍모를 가졌다.

그러나 그의 옆에 떠 있는 스펜서 자작이 공손하게 반 발짝 물러나서 대기하고 있는 것을 보면, 에디타 선생님이나 로리곤과 마찬가지로 외견 연령과 실제 연령이 일치하지 않는 상대라는 건 상상하기 어렵지 않다. 외모로 판단하면 큰일이 벌어지는 타입이다.

자연스레 추남도 등을 곧게 뻗었다.

바로 옆에서는 에디타 선생님과 로리곤도 표정을 굳히고 있다. 특히 후자의 반응은 현저했다. 갑자기 안절부절못하면서 꼬리를 부들부들 떨기 시작했다. 그 모습을 보면 용왕이라는 직함에도 설득력이 생긴다.

이런 걸 오네쇼타라고 하는 건가.

개인적으로는 언제나 아재로리 가도를 매진하고 싶은데 말이지.

"왜 그러지? 왜 입을 다물고 있나."

이쪽이 대답을 주저하는 사이, 상대가 재촉했다.

선불리 거슬렀다가 역린을 건드리면 큰일이 벌어진다.

그렇다면 어찌 됐든, 이 자리에서는 정중하게 인사라도 하자.

“처음 뵙겠습니다, 용왕님. 불사왕과의 면회 자리, 꼭 마련하도록 하겠습니다. 그런데 지장이 없다면 자리를 옮겨서 쉬시면서 말씀을 들어봐도 될까요? 당장에라도 차를 준비하겠습니다.”

“그 뼈다귀, 이곳의 인간을 편들어주고 있다더군.”

그 뼈다귀라는 건, 혹시 스켈레톤이었던 선대 불사왕 님을 가리키는 건가. 그렇다면 이미 그는 하늘로 올라가버렸다. 당대 불사왕은 각져 있던 그와는 달리 동그랗고 폭신폭신한 새다.

지금도 추남의 팔에 안겨서 함께 용왕님을 마주하고 있다.

그러나 그 사실을 이 자리에서 전하는 건 저항감이 있다.

상대가 어떤 사정으로 이 자리를 찾았는가. 지금 시점에서는 전혀 판단이 가지 않는다. 상대가 정말로 용왕님이라면 상황에 따라서는 새 씨의 생명이 얽히게 된다. 섣불리 전하는 건 주저됐다.

동시에 새 씨의 비밀을 북쪽 대국에 알리는 것도 피하고 싶다.

“확실히 만나 뵌 적은 있습니다.”

“그럼 당장 내놓아라.”

“하지만 그와는 만나자마자 바로 헤어졌습니다.”

“뭐라고?”

“그쪽의 그녀에게 무슨 이야기를 들으셨습니까?”

스펜서 자작에게 시선을 보내면서 물었다.

북쪽 대국이 어떤 이유로 용왕님과 결탁한 건지, 이 자리에서는 배후 관계 확인을 우선해야 한다. 감시역으로 보이는 그녀도 상대가 진짜 임금님이라면 옆에서 끼어드는 짓은 하지 않을 거다.

거유 미녀가 긴장하는 모습이라니, 뭔가 에로하다.

"그 뼈다귀, 인간과 편을 먹고 짐의 흉내를 내기 시작했다지 않은가."

"용왕님의 흉내, 말입니까?"

"강한 자로서 아랫것들을 이끈다는, 무척이나 숭고한 사명이다."

"……그렇군요."

말하는 것의 의미를 전혀 모르겠다.

게다가 어째서인지 의기양양한 표정을 지었다.

그래도 어찌어찌 상상을 부풀려 보면, 자신의 흉내를 내기 시작한 불사왕이 마음에 안 드니까 트집을 잡으러 왔다는 느낌인가. 만약 그렇다면 용왕님, 참으로 마음이 편협하다.

말려든 아랫것들은 참을 수가 없군.

"거기 계집, 어째서 용족이 사람과 함께 있지? 불사왕은 어디에 있나."

간장 얼굴과 말을 나누다가 그 시선이 빠르게 로리곤 쪽으로 이동했다. 아마 추남과 대화하는 것보다는 그녀에게 캐묻는 게 빠르다고 생각한 것이리라. 완전히 이쪽을 깔보고 있기에 나오는 대응이다.

귀여운 얼굴에 비해서는 꽤 강압적인 성격의 인물이다.

「모, 몰라! 불사왕 같은 건 모른다고?!」

"짐은 여기에 있다고 들었다. 당장 내놓아라."

「크르르릉…….」

로리곤을 계집애 취급하다니. 이건 본격적으로 킹의 예감이다.

말괄량이 기질이 강한 그녀가 반박하지 못하고 있잖아.

추남이 서둘러서 진행해야 하는 것은 스테이터스 확인이다.

이름 : 요한

성별 : 남자

종족 : 에인션트 드래곤

레벨 : 6189

직업 : 용왕

HP : 154000020/154000020

MP : 210019828/210019828

STR : 11900021

VIT : 10777011

DEX : 7100100

AGI : 31200564

INT : 19000991

LUC : 790011

아, 이거 위험하다.

마왕님이나 불사왕님과 동급이다. 후자만큼 말이 통하는 상대라면 좋겠지만, 전자처럼 앞뒤 가리지 않는 성격이라면 눈 뜨고 볼 수도 없다. 애초에 어째서 그는 스펜서 자작과 함께 온 걸까?

아무리 상상을 떠올려 봐도 전부 멀쩡한 게 없다.

사실 여자아이라든가 하는 아련한 기대감도 품어봤지만, 완전히 고추 판정.

신뢰와 실적의 스테이터스 윈도우다.

"용왕님. 모처럼 오셨으니 차를 준비해 드리고 싶습니다만……."

"그런 건 됐다. 짐의 앞에 불사왕을 데려와라."

게다가 이 드래곤, 엄청 팍팍 들이댄다.

생각해 보면 로리곤도 처음 만났을 때는 이랬다.

드래곤은 기본적으로 강압적인 계열인가?

차, 마시자고.

"……그러십니까."

자연스레 떠오르는 건, 전에 그녀가 중얼거렸던 용왕님과 불사왕님의 관계. 아무래도 두 사람은 견원지간이라고 한다. 이 타이밍에 전자가 후자를 찾으러 왔다면, 과거의 불화가 원인이겠지.

추남은 양자 사이에 어떤 악연이 있는지 전혀 모르지만.

"……."

아, 스펜서 자작이 동행한 이유를 알았다.

우리와 불사왕님이 한패라는 걸 언니인 스펜서 백작에게 확인받고, 그걸 용왕님에게 전달한 게 아닐까? 북쪽 대국은 페니 제국에 대항하고자 암흑대륙에까지 사람을 보내고 있었다. 그쪽 관계로 용왕님에게도 발길을 옮긴 게 아닐까?

그리고 훌륭하게 낚여버린 용왕님, 그런 느낌인가.

"이봐, 당장 내놓아라. 짐을 기다리게 하지 마라."

"조금 전에도 말씀드렸다시피, 그 스켈레톤과는 이미 헤어졌습니다. 만나 뵌 것도 남부 국가군의 체리 왕국이었고, 자세한 사항은 그 나라와 친근한 관계에 있는 그쪽 스펜서 자작이 더 잘 알고 있을 것 같습니다만."

"뭐라고?"

"큭……."

용왕님의 시선을 받은 자작의 몸이 움찔 떨렸다.

아무래도 양자의 관계는 일방적인 것 같다.

그녀는 다급한 표정으로 나불나불 변명을 늘어놓기 시작했다.

"그, 그렇지 않습니다. 언니로부터는 저 남자야말로 불사왕과 한 패라는 이야기를 들었습니다. 그라누스 습지대에 있던 불사왕의 침상도 붕괴했고, 이후로 저희는 발자취를 파악하지 못하고 있습니다."

북쪽 대국은 페니 제국에 대한 견제로 용왕님의 존재를 이용하고 싶은 것이리라. 그러나 저 모습을 봐서는 어디까지 협력을 얻을 수 있을지 미심쩍다. 자칫하면 두 나라가 한꺼번에 멸망 일직선이다.

멋대로 자멸하는 건 상관없지만, 우리까지 끌어들이지 말았으면 좋겠다.

"확실히 얼마 전에 그런 말을 했었군."

"네. 전달해 드렸습니다."

"그렇기에 짐도 이렇게 거성을 떠나온 것이다."

스펜서 자작에게서 우리를 돌아본 용왕님이 말했다.

거만하게 양팔을 좌우로 뻗으며 액션.

엄청 잘난 듯이 보인다.

"인간, 숨기고 있는 거라면 용서하지 않겠다. 그 뼈다귀를 숨기고 있는 마을을 짐이 직접 멸망시켜 주마. 자리를 비웠을 때 거처를 잃고 당황하는 그자의 모습이라니, 아아, 무척이나 유쾌한 광경이 아닌가. 상상하기만 해도 가슴이 후련해지는군."

「자, 잠깐 기다려!」

곧바로 로리곤이 목소리를 높였다.

마을의 진퇴가 화제에 오른 게 이유겠지.

"뭐냐? 계집, 방해할 셈이냐?"

「불사왕은 상관없어! 여, 여기는 내 마을이야!」

비행마법을 조작해 간장 얼굴이나 에디타 선생님보다 반 발짝 정도 앞으로 나와 호소했다. 쭉 뻗은 꼬리가 부르르 잘게 떨리는 모습이 인상적이었다. 그럼에도 애쓰는 모습에서는 그녀가 아래쪽 마을에 향하는 애정이 엿보인다.

상대는 같은 종족의 임금님.

평사원이 직장의 사장에게 직소하는 셈이겠지.

그렇게 생각하면 오늘의 로리곤은 굉장히 애쓰고 있다.

그런데 문득 돌이켜 보니, 어딘가의 마족은 마왕님에게 마법을 펑펑 쏴대고 있었다. 그는 자신들의 왕이 일부 기억을 계승하면서 전생한다는 걸 알고 있는 건가? 언젠가 짬을 내서 알려주고 싶다.

"계집. 그대도 용족이라면 그 뼈다귀의 소행을 알고 있을 텐데? 그런데 설마 편을 들려는 건 아니겠지? 만약 그렇다면 동족이라도 용서하지 않겠다. 이 자리에서 갈기갈기 찢어주마."

「만약 나를 갈기갈기 찢는다고 해도 여기에 그 뼈다귀는 없어!」

"그러나 이 인간은 여기에 있다고 말하고 있다. 이 마을이, 이 나라가 불사왕의 편을 든다면 짐은 여기 있는 인간에게 가담하겠다. 과거의 굴욕을 풀 절호의 기회다. 그 뼈다귀가 길러온 모든 것을 짐이 이 자리에서 모조리 빼앗겠다."

「크…….」

용왕님의 입을 통해 직접 북쪽 대국과의 관계가 확인되었다.

아무래도 에디타 선생님이 염려하던 것이 현실로 드러난 모양이다. 게다가 페니 제국과 북쪽 대국의 대립을 불러일으키고 있다. 스펜서 자작이 그에게 어떤 식으로 말을 걸었는지 무척 신경이 쓰였다.

"한 번만 더 말하겠다. 짐의 앞에 불사왕을 데려와라."

"……."

이어진 것은 최종 통보처럼 느껴지는 말이었다.

이렇게 되면 새 씨의 존재를 숨길 수 없다. 솔직하게 사정을 전달하고 용왕님에게 돌아가 달라고 부탁하는 게 올바른 일일 것이다. 에디타 선생님에게 힐끔 시선을 보내자, 고개를 끄덕이는 모습이 보였다.

그걸 확인한 추남은 입을 열었다.

"용왕님. 조금 전부터 반복해서 말씀드리게 되어 죄송합니다만, 스켈레톤인 그는 이곳에 데려오지 않았습니다. 그러나 불사왕의 자리에 있는 자라면 이미 우리 눈에 닿는 범위에 있습니다."

"무슨 뜻이냐?"

"바로 며칠 전에 불사왕의 대가 바뀌었습니다. 선대인 그, 용왕님이 면회를 요청하신 스켈레톤은 그 역할을 마치고 땅으로 돌아갔습니다. 그러니 대단히 죄송합니다만, 이 자리에 데려올 수는 없습니다."

"……뭐라고?"

그제야 용왕님에게 동요하는 기색이 보였다.

아무래도 뼈 사람의 서거는 몰랐던 모양이다. 대가 바뀌면 고인이 된다는 걸 알고 있었다면 지인에게 인사 정도는 해두라고, 하는 생각이 들었다. 적어도 인편으로라도 이야기를 해뒀으면 좋았을 것을.

그렇게 뼈 사람의 임종 활동에 불만을 품었지만, 과거에는 나도 북쪽 대국을 상대로 이것저것 다 숨기고 있었던 게 떠올랐다. 솔직하게 모든 걸 털어놓았다면 이렇게 용왕님이 앙갚음하러 찾아올 일도 없었을 거다.

아니, 하지만 아무리 그래도 그것까지는 읽을 수 없잖아.

아, 뭐랄까, 여러모로 죄송합니다.

"그 뼈다귀를 감싸고 있는 게 아니냐?"

"천만의 말씀을요."

"만약 대가 바뀐 게 사실이라면 당대 불사왕은 어디에 있다는 거냐? 인간, 네가 그렇다는 거냐? 아니면 옆에 있는 엘프냐? 설마 짐과 동족인 계집이 계승했다고 하지는 않겠지?"

당연하게도 새 씨는 무시다.

상대도 설마 간장 얼굴이 안고 있는 사랑스러운 새가 당대 불사왕이라고 생각하지는 않을 터였다. 그렇기에 사실을 전달하는 게 주저된다. 농담하는 거냐며 반감을 품고 공격마법을 쏴대기라도 하면 큰일이다.

그러나 이런 상황에서는 그것도 어렵다.

"여기 있는 피닉스의 유생입니다."

양손으로 안고 있는 새 씨를 정면에서 들며 알렸다.

모두의 주목이 동그랗고 폭신폭신한 그에게 향했다.

"……."

「파아~?」

그와 용왕님 사이에서 서로의 시선이 오갔다.

고개를 갸웃하며 얼빠진 목소리로 우는 새 씨가 귀여웠다.

로리곤의 '야, 잠깐 기다려'라는 시선이 느껴졌다. 그녀가 염려하는 바는 추남도 잘 알고 있다. 그러나 달리 좋은 방법이 없었다. 솔직하게 알릴 수밖에 없다.

아니나 다를까, 상대의 반응은 차가웠다.

"짐을 바보 취급하다니, 인간 따위가 대단한 짓을 하는구나."

그 팔을 이쪽으로 내밀더니 날벌레라도 쫓으려는 듯 휘둘렀다.

간장 얼굴은 황급히 화력 최대, 모바일 F랭크를 소환.

즉시 발사된 후자는 저자가 쏜 눈에 보이지 않는 무언가와 부딪혀서 퍼엉 하고 커다란 폭발을 일으켰다. 예전에 남부 국가군 학교에서 교원 사람이 사용했던, 블래스트라 부르는 마법과 비슷한 느낌이다.

순순히 맞았다면 분명 몸이 두 쪽으로 갈라졌으리라.

「파앗?! 파아, 팍큐~!」

상대의 행동을 목격한 새 씨도 깜짝 놀랐다.

추남의 품에서 급거 임전 태세를 취했다.

눈앞의 상대를 적대자로 인정했나 보다.

그래서 나는 웨폰즈 프리를 안내했다.

"새 씨. 마법이 나설 차례입니다. 가볍게 썩어버리게 해주세요."

그에 따라 지속형 회복마법을 전개하는 것도 잊지 않았다.

나 말고도 에디타 선생님이나 로리곤에게도 사용했다. 육체가 아련한 광채에 휩싸이는 걸 확인하고 일단은 안심했다. 아쉬운 점은 언데드가 되어버린 새 씨에게는 같은 회복마법을 선사하지 못한다는 것이다.

「팍큐~! 팍큐~!」

직후, 그의 정면에 커다란 마법진이 떠올랐다.

어두운 색상의 흉흉한 모습이다. 러블리한 새와는 갭이 어마어마하다. 지금부터 몸에 좋지 않은 걸 날리겠다며 넌지시 호소하고 있다. 후자를 양손으로 안고 있는 추남에게는 조금 불안감이 남는 광경이다.

그러나 이번만큼은 봐주거나 그럴 상대가 아니다.

새 씨도 그 점은 어렴풋이 알고 있는 건지 울음소리가 빠릿빠릿했다.

「파아악큐우우우우우우!」

마법진 중앙에서 발사된 새까만 무언가가 몇 줄기나 겹치면서 어마어마한 기세로 용왕님에게 날아갔다. 에스텔이 즐겨 사용하는 일곱 빛깔 마법. 그걸 검은색 일색으로 바꾼 느낌이었다.

파이어 볼의 작렬로 생겨난 연기도 흩어졌다.

그 한가운데를 내달린 새 씨의 마법이 용왕님에게 향했다.

그걸 본 상대도 반응을 보였다.

"크……."

비행마법을 조작하더니 즉시 몸을 틀어서 회피하려 했다.

대부분은 후방으로 빗나갔지만, 그중 한 발이 한쪽 팔에 맞았다.

아마 방심했기 때문이리라.

팔꿈치 앞쪽이 걸쭉하게 썩기 시작했다.

남부 국가군의 통일을 위한 회의, 거기서 목격했던 것과 똑같은 광경이다.

마왕님과 비견되는 상대에게 일격으로 대미지를 넣는다니, 역시 여기 있는 그가 정말로 불사왕이라는 게 새삼스레 느껴졌다. 그리고 이건 우리뿐만이 아니라 용왕님도 마찬가지였던 모양이다.

"이건……."

상대는 놀란 표정으로 자신의 팔을 응시했다.

믿을 수 없다는 모습이다.

옆에 있는 스펜서 자작도 마찬가지였다.

「파악큐~! 파악큐~!」

"믿어주시겠습니까?"

새 씨의 머리를 쓰다듬고 다음 한 방을 대비하면서 확인했다. 아직 본격적인 싸움이 시작될 기색은 없었다. 지금의 대화로 이쪽의 말이 진실이라는 걸 용왕님이 믿어줬으면 좋겠다.

무엇보다 그의 바로 옆에는 스펜서 자작이 있다. 내가 부탁해 놓고서 좀 그렇지만, 간장 얼굴은 간담이 서늘해졌다. 용왕님이 상대인데도 팔 하나가 그대로 썩어버리다니, 인류가 대상이라면 일격에 전신 좀비화를 면할 수 없을 것이다.

그녀의 포동포동 보디를 썩게 만들다니, 그렇게 아까운 일은 할 수 없다.

세상에는 좀비에게 성욕을 느끼는 취향도 있는 모양이지만, 동정은 신선한 게 좋다.

"……그 뼈다귀는, 정말로 떠난 거냐?"

"네. 평온하게 떠났습니다."

잠시 후, 용왕님의 시선이 자기 팔에서 추남에게로 이동했다.

그리고 지금까지와는 다른 분위기로 엄숙하게 물었다.

진지한 표정을 짓고 있다.

그에게 선대 불사왕이란 어떤 사이이고 입장, 관계에 있는 존재였을까? 이렇게 싸움을 걸러 온 시점에서 로리곤의 말대로 견원지간이라는 건 틀림없어 보이기는 하지만.

"죄송합니다만, 사정을 알려주실 수 있겠습니까?"

"인간, 짐의 가슴에서 솟구치는 울분은 대체 어디에서 풀어야 하는 거냐?"

"……."

그런 건 모른다고.

마왕님이나 불사왕과는 다르게, 여기 있는 그는 뿌리부터 임금님 기질이다. 자기 엉덩이는 직접 닦으라고 목소리 높여 말하고 싶다. 추남이 닦고 싶은 건 미소녀의 엉덩이뿐이다. 앞쪽이라면 혀로 세심하게 닦고 싶은 마음가짐이다. 비데 같은 의미로.

"이렇게 들어 올린 주먹을, 짐은 어디에 겨눠야 하는 거지."

"아뇨, 그건……."

혼자서 끓어오르기 시작한 용왕님, 곤란하다.

샌드백을 소망하는 모양이다.

그러자 그것에 찬물을 확 끼얹은 인물이 나타났다.

「……뭔가 잘난 듯이 말하지만, 먼저 싸움을 건 건 저 녀석이야.」

로리곤이다.

불만스러운 표정으로 용왕님을 날카롭게 쳐다보고 있다. 그 말을 듣자마자, 이 자리에 있는 모두의 시선이 그녀에게 향했다. 조금 조심스러운 음색인 건, 여전히 떨리는 꼬리와 함께 그녀가 품은 두려움이 진짜라는 증거겠지.

그래도 새 씨의 힘을 목격하고선 기세가 붙은 것 같다.

"그렇습니까?"

「저 녀석이 불사왕에게 싸움을 거는 바람에 수많은 동료가 죽거나 썩어버렸어. 그래서 동족의 빈축을 사서 소동 후에 취락에서 쫓겨난 거다. 꽤 예전 일이지만, 우리는 네가 한 짓을 잊은 적이 없어.」

털털한 성격인 그녀가 과거의 원한을 들먹이며 이 정도까지 말하는 건 드문 일이다. 분명 커다란 피해를 동반하는 일이었겠지. 동시에 로리곤이 이야기하려 하지 않는 이유를 깨달았다. 동족의 수치이니, 최대한 덮어두고 싶었을 게 분명하다.

어딘가 그녀와도 통하는 면이 있다는 점은 입 다물고 있기로 하자.

지적하면 분명 화낼 테니까.

드래곤이란 그런 생물일지도 모른다.

또한, 추남은 로리곤 같은 녀석이 몇 명이나 있다면 용왕님이라도 함부로 대할 수 없다는 사실을 재인식했다. 사실 우리도 아랫것들이 모여서 마왕님을 격퇴했다. 에인션트 드래곤 집단이라면 전력으로는 상당한 수준일 것이다.

「그러다가 지금은 익인족을 포섭해서 임금님 시늉을 하고 있지.」

"계집, 짐을 우롱할 셈이냐?"

「그야 사실이니까. 그리고 계집이라고 하지 마. 내, 내가 더 연상이니까.」

뭐야, 용왕님은 우리 폐하 같은 셈이었잖아.

여기 있는 그의 불운한 점은 옆에 재상님 같은 서포트 역할이 없었던 거겠지. 쓸데없이 힘이 강해서 누구의 의견도 받아들이지 않은 채 자라왔을 게 분명하다. 덕분에 동료에게 추방당해서 아싸 사우르스가 되고 말았다.

이렇게 되니 스펜서 자작도 기겁했다.

어? 거짓말이지? 그런 표정으로 용왕님을 바라보고 있다.

이건 그거다, 그거. 업무 위탁한 사외 벤더가 지뢰였던 패턴. 납기 직전이 되어서 사내 현장 담당자가 필사적으로 뒤처리하는 꼴이 되는 그거다. 반면, 지불만큼은 단호하게 요구한단 말이지.

당사자였다면 장난이 아니지만, 남 일이라면 조금 재미있다.

"닥쳐라. 당시 짐의 판단은 지극히 올바른 것이었다."

「그럼 어째서 동료가 그렇게나 힘들었던 거냐?」

"필요한 희생이었다. 오히려 그 정도로 끝냈던 걸 기뻐해야 한다."

「크, 크르르르릉…….」

그나저나 뭐야, 왕이라고 해도 완벽한 존재는 아니구나.

마왕님이나 불사왕님도 포함해서 모두가 인간 냄새 나는 인물들뿐이다. 조금쯤은 왕도를 걷는 분이 있어도 되지 않을까? 그 몸에 가진 강대한 힘에 비해서 언동에 불안감이 느껴지는 건 무척이나 스트레스로 다가왔다.

“아무튼, 선대 불사왕은 세상을 떠났습니다. 굳이 찾아와 주셨는데 죄송합니다만, 이 자리에서 돌아가 주시겠습니까? 보시다시피 당대 불사왕은 피닉스의 유생에 불과합니다.”

“그러면 짐의 쌓인 울분은 어떻게 되나?”

“아뇨, 그건 스스로 어떻게든…….”

“이건 논리의 문제가 아니다. 짐의 감정 문제다. 그대들이 그 뼈다귀에 가담했다는 건 사실이다. 그럼 이 아래에 보이는 마을을 정복한다면, 먼저 가버린 그자에 대한 짐의 앙갚음은 달성도겠지. 짐은 기분 좋게 성으로 돌아갈 수 있다.”

「큭…….」

이게 무슨 일이야. 용왕님이 정색해버렸다.

도저히 삼킬 수 없는 분노라는 건 확실히 존재할 것이다. 본인의 말마따나 들어 올린 판을 내릴 이유를 찾는 거겠지. 그러나 그걸 우리 마을로 풀려는 건 좀 봐주길 바란다.

“용왕님은 조금 전 강한 자로서 아랫것들을 이끄는, 굉장히 숭고한 사명이 있다고 하셨습니다. 만약 이 자리에서 당신이 우리의 마을을 어떻게 하려 한다면, 당대 불사왕은 그걸 모방하여 당신이 인도하는 아랫것들에게 똑같은 운명을 내리겠죠.”

“뭐라고? 네놈, 그건 비겁하지 않나.”

진지하게 그런 말을 하는 건 그만뒀으면 좋겠는데.

이 미묘하게 이야기의 전제가 맞물리지 않는 것, 이문화 커뮤니케이션이라는 느낌이 들었다. 돌이켜 보면 로리곤과도 처음 만났을 때는 이런 분위기였다. 일방적으로 휴먼을 얕잡아 본달까, 뭐랄까.

그렇기에, 오히려 이렇게 물고 늘어졌을 때 버그가 발생한다.

"그렇다면 저희에게 손을 대는 건 그만둬 주시겠습니까."

"……."

새 씨의 존재를 전면에 세우고 솔직하게 말했다.

용왕님이 다스리는 마을은 로리곤에게 확인하면 위치를 금방 알아낼 수 있을 것이다. 북쪽 대국 사람들과도 교섭에 나설 정도다. 본인도 거성이 어쩌니 하는 이야기를 했으니 대대적으로 문을 개방하고 있을 게 분명하다.

개인 정보 유출은 무섭다니까.

그러는 사이, 스펜서 자작이 목소리를 높였다.

"용왕님, 선대 불사왕과의 면회라는 당초 목적은 이미 달성하는 게 불가능합니다. 지금은 귀환하시고, 향후의 일은 다시 검토하시는 게 어떨까요? 당대 불사왕은 상대의 관리하에 있고, 이 이상의 강경책은 리스크가 따릅니다."

"짐이 불사왕 따위에게 밀린다고 생각하는 거냐?"

"결코 그렇지는 않습니다. 하지만 용왕님이 다스리시는 마을은 그렇지 않죠. 백성을 소중히 여기신다면, 이 자리는 신중하게 행동하셔야 한다고 말씀드립니다."

"설마 그대, 짐에게 패퇴하라는 거냐?"

"아뇨, 결코 패배는 아닙니다."

"……."

자작의 충언이 이어지자, 용왕님의 꼬리가 꿈틀꿈틀 반응을 보였다.

짜증이 난 거려나?

짜증이 난 거겠지.

자기들이 쳐들어와 놓고 오히려 격퇴당한 셈이니까.

마왕님이라면 아마 틀림없이 공세에 나설 국면이다. 그러나 용왕님에게 아랫것은 로리곤이 드래곤 시티에게 보이는 애정과 비슷하게 자신의 울분을 억눌러서라도 우선해야 할 것인 모양이었다.

잠시 후, 그는 살짝 고개를 끄덕였다.

"……그렇게까지 말한다면, 짐도 이 자리에서는 참도록 하마."

"송구합니다."

그녀도 용왕님을 다루는 것에 고생하는 모양이다.

그렇게 생각하면 우리 새 씨는 참 착한 아이라니까. 평소에도 행실이 좋고 화장실도 제대로 기억했다. 반복해서 들려주면 이쪽의 의향을 어느 정도 이해해준다. 말이야 안 통하지만, 용왕님보다는 훨씬 대하기 쉽다.

가슴에 안은 그를 힐끔 바라보면서 문득 그런 생각을 했다.

*

우여곡절 끝에 스펜서 자작과 용왕님은 떠나갔다.

그들의 배후에 떠 있던 비공정도 함께.

돌아갈 때는 왔던 길과 마찬가지로 공간마법.

단숨에 팟 사라졌다.

그걸 보내준 우리는 촌장 저택 집무실에 집합해서 회의를 열었다. 의제는 용왕님의 향후 취급이다. 상대가 북쪽 대국에 가담했다면, 앞으로는 크든 작든 충돌은 피할 수 없을 거다.

이곳에는 새 씨를 안고 소파에 앉은 나 말고도 좌우에 에디타 선생님과 로리곤. 낮은 테이블을 사이에 둔 맞은편에는 에스텔와 세로 롤. 그 뒤에는 재수 없는 롱 헤어. 데스크에는 소피아가 앉아 있고, 옆에 곤과 노이만 씨가 서 있다.

그리고 동쪽의 용사님이 창밖에서 메이드를 응시하고 있다.

저널 교수는 남부 국가군의 소동 때문에 며칠 전에 학원도시로 돌아갔다. 또한, 서쪽의 용사님은 페니 제국의 광고탑으로 일하고 있어서 리처드 씨의 요청을 받아 수도 카리스로 향했다.

마도귀족은 왕립 학원 이사라서 수도의 직장에서 머물며 서무에 분주 중이다.

"죄송합니다, 여러분. 제가 불사왕과 관계를 가지는 바람에."

"그렇게 따지고 보면, 그자를 깨워버린 나의 책임이야."

여기 모인 이들에게 바로 조금 전 있었던 일을 설명한 간장 얼굴은 고개를 숙였다.

그러자 직후에는 에디타 선생님도 사과하는 목소리를 냈다.

「이봐, 그런 건 됐으니까 그 녀석을 어떻게든 하자고!」

이것에는 로리곤이 곧바로 지적해 왔다.

크르릉 울면서 숨을 고른 그녀는 굉장히 진지한 표정을 지었다. 평소에도 이런 독촉을 해대는 촌장님이지만, 이번에는 더더욱 힘을 주고 있다. 콧구멍이 벌렁벌렁 움직이고 있어서, 느닷없이 손가락으로 꽉 잡아서 깜짝 놀라게 해주고 싶다.

"하지만 용족의 왕을 상대한다니, 그, 그런 건 위험해!"

"그러게요오? 나도 싸우는 건 봐줬으면 좋겠네요오."

에스텔과 세로 롤은 한 발짝 물러난 의견을 냈다.

과거, 마왕님과의 소동을 감안한 거겠지.

그쪽 의견은 간장 얼굴도 대찬성입니다.

"물론 저도 정면에서 맞부딪치려고 생각하는 건 아닙니다."

"말이야 그렇지만 나리, 상대는 의욕이 넘치잖아?"

"지금 시점에서는 미묘한 부분이군요."

"무슨 소리야?"

"용왕님 본인은 의욕이 넘치지만, 이쪽은 불사왕을 데리고 있습니다. 그리고 상대도 우리와 마찬가지로 지킬 것이 있으니, 부주의하게 쳐들어올 수는 없죠. 게다가 북쪽 대국의 의향도 얽힐 테니까요."

"아무튼 판단 재료가 부족하다는 건가……."

"그렇기는 하죠. 어디로든 굴러갈 가능성이 있습니다."

곤의 말마따나 용왕님이 다스리는 마을이 어딘지는 조만간 빨리 확인해 봐야 할지도 모른다. 지금 시점에서는 그 존재야말로 새씨와 함께 드래곤 시티의 생명선이다.

추남이 고개를 끄덕이자, 이어서 노이만 씨가 입을 열었다.

"상황에 따라서는 마을 주민을 피난시켜야 하지만, 그러면 마을의 평판이 땅에 떨어질 거다. 북쪽 대국의 움직임에 따라서는 그대로 수도 카리스까지 소동이 파급될 수도 있어. 서둘러서 궁중에 보고해야 하지 않겠나? 뭣하면 내가 가지."

"죄송하지만 부탁드려도 되겠습니까? 노이만 씨."

"그래, 다나카는 달리 해야 할 일이 있을 테니까. 곧바로 출발하겠다."

가장 곤란한 부분이었는데, 도와줘서 정말 고마웠다.

덕분에 간장 얼굴은 한동안 현장 작업을 하게 될 듯했다.

또, 덤으로 나도 의문으로 생각하던 점을 해소하려고 한다.

"그런데 크리스티나 씨. 용왕님에 관해서 잠시 괜찮을까요?"

「뭐, 뭔데?」

"용왕님이 다스린다는 마을의 위치를 알고 싶습니다만."

「그 녀석의 성이 있는 곳 말이야?」

"네, 그렇습니다."

최악의 경우 인질로 이용해야만 한다. 상대가 드래곤 시티의 위치를 파악한 이상, 이쪽도 상대의 위크 포인트를 확보하지 못하면 향후 교섭에서 크게 불리해질 것이다.

그렇게 생각했는데, 돌아온 건 묘한 대답이었다.

「그거라면 하늘 어딘가에 있겠지.」

"네?"

「그러니까, 하늘 말이야. 그 녀석의 성은 하늘에 있어.」

또 로리곤이 영문 모를 소리를 하기 시작했다.

설마, 하늘에 떠 있다는 말이라도 하려는 건가?

"용왕님의 거성은 이 넓은 하늘 어딘가에 떠 있다는 겁니까?"

「그런데?」

"……."

어쩌지, 말 그대로였다.

이러니까 판타지는 곤란하다.

여러모로 엉성하다고 해야 하나.

아니, 이런 생각을 하면 에디타 선생님에게 혼나겠지. 아마 세상의 구조를 자세히 공부하면 이론도 확실히 파악할 수 있을 거다. 이방인인 나는 전혀 짐작도 가지 않지만.

"장소를 아십니까?"

「……찾아보면 알 거야. 아마도.」

곧바로 태스크가 하나 쌓여버렸군.

그것도 시급한 용건이다. 오늘 안에라도 찾아 나설 필요가 있다. 추남은 상황에 따라서 철야도 해야 할 것 같다며 내심 당황하기 시작했다. 그 마음을 짐작했는지, 바로 옆에서 에디타 선생님이 목소리를 높였다.

"그렇다면 정령왕에게 협력을 요청하는 게 어떨까?"

용왕님이 이어서 또 킹 같은 이름이잖아. 정령왕.

게다가 왕의 이름을 가진 존재와는 항상 한 발짝 물러나 있던 선생님답지 않은 제안이다. 과거에 대지의 대정령님과 교섭할 때도 인사에 노 땡큐를 관철했었다. 그런데 협력을 요청하다니, 간장 얼굴은 걱정이 되었다.

"에디타 씨?"

"네가 하고 싶은 말은 알겠어."

선생님은 "그런데" 하고 중얼거리며 말을 이었다.

그것은 지금 막 염려하던 문제의 해결책이었다.

"용왕의 거성에 관한 건 정령왕의 조력을 받아서 바람 정령에게 부탁할 수 있다면, 우리가 굳이 하늘을 날아다니지 않아도 위치를 확인할 수 있을 거야. 그 위치를 계속 쫓아다니는 건 불가능하지 않아."

"그렇군요."

"또한, 아무리 강대한 용왕이라도 불사왕과 정령왕, 두 명의 왕을 상대하게 되면 섣불리 간섭하지 못할 거야. 그런 의미에서도 그자와 관계를 가지는 건, 디메리트 이상으로 메리트가 있다고 생각해.”

이미 다른 임금님에게 찍혀버린 이상, 선생님의 의견은 내 가슴에도 묵직하게 내려앉았다. 듣도 보도 못한 상대에게 의지하는 것에 불안감이 없다면 거짓말일 것이다. 그러나 드래곤 시티의 위기를 고려하면, 이것도 저것도 모두 어쩔 수 없는 일이다.

“이런 상황이 되었는데 찬밥 더운밥 가릴 처지는 아니니까…….”

“확실히 지금의 저희는 주저할 여유가 없군요.”

“이 의견 말인데, 다들 어때?”

간장 얼굴이 수긍한 것을 확인한 선생님이 모두를 돌아보며 말했다.

딱히 반론은 나오지 않았다.

아무래도 만장일치로 가결된 모양이다.

대신 재수 없는 롱 헤어의 입에서 의문이 나왔다.

“그런데, 어떻게 정령왕에게 가려는 거냐?”

“이 저택에서 예전에 내가 소환한 대지의 대정령이 있잖아? 그 존재에게 중개를 부탁하려고 생각하고 있어. 그자라면 당대 정령왕과도 면식이 있지. 게다가 며칠 전에도 우리와는 다른 일로 얼굴을 마주했었으니까.”

“흐으응? 그건 그것대로 신경 쓰이는 이야기네요오.”

“그렇게 대단한 건 아니야. 달리 뭔가 질문 있는 사람은 있어?”

“확인하고 싶은 게 있는데, 그 정령왕이라는 건 용왕과 사이가 좋거나 하지 않아? 만에 하나 그렇다면 눈 뜨고 볼 수 없는 사태가 벌어질 것 같은데, 그쪽은 괜찮은 거야?”

로리 비치가 좋은 말을 했다.

추남도 신경이 쓰입니다.

"들은 적은 없어. 하지만, 만약을 위해 대정령에게 확인해 보자."

"그러네요오. 그게 좋다고요오? 그런 건 굉장히 중요하니까요오."

이후에는 에디타 선생님의 주도 아래, 빠르게 이야기가 진행되었다.

선생님과 로리곤, 그리고 나 이렇게 세 명은 촌장 저택 안뜰에서 대정령님과 교섭. 다른 이들은 만일의 사태에 대비하여 드래곤 시티에서 피난할 준비. 노이만 씨만큼은 수도 카리스에서 궁중의 2인조나 리처드 씨에게 사정 설명.

이런 느낌으로.

"그럼 곧바로 행동에 들어가자. 언제 용왕이 움직일지 알 수 없으니까."

선생님의 호령과 함께, 각자 맡은 일을 위해 바쁘게 흩어졌다.

*

집무실을 나온 우리는 촌장 저택 안뜰로 자리를 옮겼다.

오늘은 구름 한 점 없이 쾌청해서, 일광욕하기에는 절호의 날씨다. 쨍쨍 내리쬐는 햇살을 받으니 무척 기분이 좋다. 시야 한가득 비치는 로리곤의 채소밭에서는 점점 자라기 시작한 채소의 잎사귀가 부드럽게 흔들리고 있다.

하루 내내 뒹굴뒹굴 놀고 싶어지는 날씨가 아닐까.

그런 마음을 삼키고, 우리는 대정령님을 맞이할 준비를 했다.

"좋아, 그럼 그자를 부르겠어."

"부탁드립니다. 에디타 씨."

「됐으니까 빨리 해, 빨리!」

간장 얼굴과 로리곤이 바라보는 가운데, 선생님의 정면에 마법진이 떠올랐다.

과거에도 목격한 적이 있는 디자인이다.

그것이 광채를 늘린 것과 동시에 중앙에서 사족 생물의 상이 맺혔다. 한 방에 노리는 상대를 뽑을 수 있을지 불안감이 들었지만, 이 동물적인 실루엣을 목격한 추남은 선생님이 당첨을 뽑았다는 걸 확신했다.

커다란 귀와 복슬복슬한 꼬리는 틀림없다.

마법진의 광채가 사라지자 상대가 먼저 반응을 보였다.

"……이번에는 무슨 용건이냐? 별난 자들."

발주한 대로 대지의 대정령님이다.

어딘가 어이없다는 표정으로 물어보는 동작은 입에서 나온 사람 말과 어우러져서 묘하게 인간 냄새가 났다. 소피아가 있었다면 눈을 반짝반짝 빛내며 기뻐했겠지.

"갑자기 불러내서 미안하군, 대정령님."

"이곳은 예전에도 왔던 너희의 거처인가……."

주변 광경을 바라본 대정령님이 나지막하게 중얼거렸다.

시선은 자연스레 로리곤의 채소밭으로 향했다.

"드리아드가 또 뭔가 나쁜 짓을 한 건가?"

"아니, 이번에는 다른 일로 불렀어."

"다른 일?"

대정령님이 고개를 살짝 갸웃했다.

그러자 로리곤이 더는 참을 수 없다는 태도로 외쳤다.

「정령왕에게 안내해! 지금 당장!」

"뭐라고?"

험악한 말투를 들은 대정령님의 분위기가 급변했다.

그리고 허리를 낮추고 우리를 경계하기 시작했다. 지면에 발톱을 콱 세우고 있는 모습은 다음 순간 바로 덤벼들 것 같은 자세처럼 보였다. 짐승다움이 급격히 상승하자, 추남의 가슴도 두근두근 뛉니다만.

“자, 잠깐만. 결코 적대적인 의사는 없어. 오히려 반대야.”

“……무슨 소리냐?”

조급해진 촌장님을 대신해서 에디타 선생님이 커버에 들어갔다.

집무실에서 정해진 이런저런 일이 그녀의 입을 통해서 대정령님에게 전달되었다.

과거에도 상대에게 정령왕님과의 관계에 관해서 이야기를 들은 적이 있다. 사정을 올바르게 전달한다면, 결코 일이 안 좋게 굴러가지는 않을 거다. 선생님도 그런 건 파악하고 있는 듯, 삐질삐질 필사적으로 설명했다.

“……과연. 그런 거였나. 갑자기 놀라게 하지 마라.”

“미안해. 이자도 마을의 위기라서 신경이 곤두서 있거든.”

이쪽의 의도를 파악한 대정령님이 경계 모드를 바로 거뒀다.

동시에 안쓰럽다는 시선이 로리곤에게 향했다. 정말 이 녀석은 어쩔 수 없다니까, 그런 느낌. 본인도 그런 상대의 마음을 짐작했는지 더더욱 큰소리로 으르렁대듯 외쳤다.

「그러니까 안내다! 우리를 정령왕이 있는 곳으로 안내해!」

“아무래도 그쪽도 예전과는 사정이 달라진 모양이군.”

촌장님을 무시한 대정령님이 에디타 선생님에게 말을 걸었다.

정령왕님과의 교섭, 로리곤에게는 대기를 부탁하는 게 좋을지도 모른다. 현재 그녀는 마을의 위기로 인해 신경이 곤두서 있다. 상대의 성격도 파악하지 못한 지금 상황에서 데려갔다가 상대의 심기를 거스르면 큰일이다.

"음. 그래서 미리 정령왕님과 용왕의 사이를 알아두고 싶어. 대정령님은 뭔가 알고 있는 게 있어? 우리가 조력을 요청해서 좋지 않은 일이 일어난다면 삼가고 싶다는 생각도 드는데."

"적어도 내가 아는 한, 당대의 용왕과는 관계성이 흐릿하다."

"과연. 그렇다면 문제는 없어 보이는데……."

"정령왕님은 너희에게 흥미를 보이고 있다. 아마 나쁘게 대하지는 않겠지. 뭐, 전에 나의 권유를 거절한 걸로 다소 끈적끈적 치근덕거릴지도 모르지만, 그 정도로 그칠 거다."

"……그, 그런가."

간장 얼굴은 끈적끈적이라는 단어에 불안감을 느꼈다.

분명 에디타 선생님도 마찬가지겠지.

끈적끈적한 성격의 소유자이기라도 한 건가.

그건 조금 싫은데.

"서두르고 있는 거겠지? 너희를 우리 주인에게 안내하마."

"그래, 그렇게 말해주니 고마워."

대정령님의 긍정적인 제안을 받아서 일단 안심했다. 그의 말마따나 과거에 한 번 정령왕님의 권유를 거절했기에, 문전박대를 당하는 게 아닐까 불안했으니까.

"하지만, 그쪽 드래곤은 데려가지 않는 게 좋아."

「어? 어째서?!」

경악한 표정의 로리곤이 목소리를 높였다.

영문을 모르겠다는 표정으로 상대를 응시했다.

"아마 정령왕님과는 상성이 안 좋을 거다. 분명 멀쩡한 일이 일어나지 않겠지.”

「크, 크르르르릉…….」

아무래도 대정령님도 간장 얼굴과 똑같은 생각을 한 모양이다.

그렇다면 그녀의 동행은 주저된다.

언젠가는 대면하게 되겠지만 그건 나나 에디타 선생님이 충분한 교우를 다지고 난 뒤가 좋을 것이다. 만에 하나 정령왕님의 미움을 사서 용왕님이나 북쪽 대국과 합류해버리면 눈 뜨고 볼 수 없는 사태가 발생한다.

그렇게 되면 페니 제국 멸망은 확정이다.

“알겠습니다. 그럼 저와 그녀가 가도록 하겠습니다.”

「앗. 이, 이봐! 나도! 나도 같이 갈 거거든?!」

“이것도 마을을 위해서입니다. 크리스티나 씨는 촌장으로서, 저희가 자리를 비운 동안 여기서 마을을 지켜주시겠습니까? 약속을 받아내는 대로 금방 돌아오겠습니다. 그리 오래 비우려는 건 아닙니다.”

「그래도…….」

새삼스럽지만 폐하나 리처드 씨에게 수락을 받지 않고 이런 일을 해도 되는지 모르겠다. 그러나 그들의 허가를 일일이 받다가는 드래곤 시티가 위기에 처한다. 여기서는 우리의 소중한 곳을 우선하도록 하자.

로리곤이 꺼리자 에디타 선생님도 제안하는 목소리를 냈다.

“불안하다면, 불사왕도 함께 남기는 게 어떨까?”

“그러게요. 오히려 섣불리 데려갔다가 정령왕님을 좋지 않은 형태로 자극할 것 같습니다. 이번에는 저희만 가는 게 좋을지도 모르겠군요. 마을의 방비를 굳혀야만 하는 것도 사실이고요.”

「이, 이봐! 딱히 나는 불안한 게…….」

추남이 안고 있던 새에게 힐끔 시선을 보내자, 로리곤이 허둥대기 시작했다. 여전히 이 존재에게 거북한 마음이 있는 모양이다. 아마 용왕님이 말하던 과거의 일도 영향을 주고 있겠지.

"아무쪼록 우리 마을을 잘 부탁드립니다. 크리스티나 씨."

「……크르릉.」

"그럼 준비하도록 해라. 바로 가도록 하지."

추가타라는 듯이 대정령님의 재촉.

이렇게 당초 예정대로, 정령왕님과의 면회가 정해졌다.

*

【소피아 시점】

다나카 씨와 엘프 씨가 정령왕님에게 가기 위해 마을을 떠났습니다.

어째서 두 분의 예정을 파악하고 있느냐면, 나가기 직전에 인사하러 오셨기 때문입니다. 그때 드래곤 씨가 대기한다는 설명을 들었습니다. 아무래도 상대와의 상성이 좋지 않다고 합니다.

그러나 정작 본인은 그것이 몹시 불만인 모양이네요.

두 분이 출발하고 나서 집무실에서 재미없다는 듯 머물고 있습니다.

「촌장인데, 내가 촌장인데…….」

혼자 소파에 앉아서 무릎을 부여잡고 있는 모습이 사랑스럽게 비치네요.

뒤에서 꽉 안아주고 싶은 충동에 휩싸입니다.

그러나 그런 메이드의 팔에는 이미 선객이 있었습니다.

「파아~?」

"배는 고프지 않으신가요?"

다나카 씨가 새 씨를 돌봐달라고 말씀하셨습니다.

지금까지 지켜보기만 했던 동그랗고 폭신폭신한 생물이 마침내 메이드의 곁으로 찾아온 것입니다. 대정령 씨도 귀여웠지만, 이쪽의 새 씨도 상당합니다. 덕분이 기분이 들뜨는 걸 느끼고 있습니다.

얼굴을 푹 파묻고 싶은 충동에 휩싸이네요.

「파아~? 파아~?」

"촌장님도 계시니까, 차를 준비할까요."

드래곤 씨의 기분 전환도 겸해서 티 타임을 가지기로 하죠.

새 씨를 소파에 내리고, 메이드는 탕비실로 향했습니다.

그러자 어째서인지 좌판에서 폴짝 내려온 그가 제 뒤를 쫄래쫄래 따라오는 게 아니겠어요? 이쪽을 올려다보며 짧은 다리를 바쁘게 움직여서 걷는 모습은 한눈에 봐도 가슴이 쿵쿵합니다.

어쩜 이리도 귀여울까요.

친가가 음식점을 경영한지라 애완동물을 사육하는 건 금기였습니다. 그래서 동경한다고 할까요. 이런 작고 동그란 생물과 생활의 자리를 함께하는 걸 꿈꿔왔단 말이죠.

"저와 함께 오실래요?"

「파큐, 파큐.」

무슨 소리를 하는지는 전혀 모르겠지만, 데려가기로 하죠.

탕비실만이 아니라 제 방까지 데려갈 수밖에 없습니다.

오늘 밤은 같은 침대에서 자는 겁니다.

다나카 씨, 엘프 씨, 돌아오는 건 내일로 부탁드려요.

「이, 이봐! 그 새는 위험하다고?!」

“차를 타 올게요. 금방 돌아올 테니 잠시 기다려주세요.”

메이드를 쫓아오는 새 씨의 모습을 목격한 드래곤 씨가 목소리를 높였습니다. 혹시 저를 걱정해주신 걸까요. 그렇다면 굉장히 고마운 일이네요.

하지만 왠지 모르게 괜찮을 것 같습니다.

들은 이야기에 따르면, 여기 있는 새 씨는 마왕님과도 비견되는 무척이나 굉장한 몬스터라고 합니다. 그러나 지금 막 소파를 박차고 바닥에 내려섰는데도 좌판 쿠션이 찢어지는 일은 없었습니다.

이건 어제까지의 일상생활에서도 마찬가지입니다.

그렇기에 생각하는 거지만, 이 새 씨는 아마 자신이 가진 힘과 그 주변에 끼치는 영향을 이해하지 못하는 게 아닐까요? 그게 아니라면 이미 소동 한두 개쯤은 일어났을 겁니다.

오늘 다나카 씨는 외출하실 때, 이 새 씨에게 되풀이해서 촌장님에게 협력하라고 신신당부하셨습니다. 메이드는 그도 그런 점을 고려하면서 대하고 있는 게 아닌가 느끼고 있습니다.

「잠깐 기다려! 위험해! 위험하다니까!」

그러나 드래곤 씨는 그렇지도 않은 모양입니다.

우울한 표정으로 시무룩하게 있던 것도 잠시, 이쪽을 향해 후다닥 달려오셨습니다. 메이드는 새 씨가 그녀를 돌아보면서 쫑긋 세우는 꼬리의 움직임을 귀엽게 생각합니다.

“다나카 씨는 괜찮다고 말씀하셨는데요…….”

「아니, 안 돼! 이 녀석은 위험해. 방심하면 큰일이야!」

「파아~?」

「크, 크르르르릉…….」

두 분 사이에서 시선이 오갔습니다.

경계의 색이 강한 드래곤 씨와는 달리, 새 씨는 고개를 살짝 갸웃하면서 상대를 바라보고 있습니다. 그녀가 다나카 씨와 사이좋게 지내는 모습을 평소에도 목격하고 있었기 때문이겠죠. 후자는 전자를 완전히 받아들이고 있는 것 같습니다.

“저, 저기, 그렇다면 함께 차 준비를…….”

「그래! 그게 좋아! 나는 촌장이니까, 이 녀석을 감시해야지.」

과거, 엘프 씨와의 사이가 그랬듯이 이쪽의 새 씨와도 언젠가 친해지는 날이 찾아오면 기쁘겠네요. 목을 울리는 드래곤 씨를 바라보니 그렇게 바라지 않을 수 없었습니다.

*

간장 얼굴과 에디타 선생님은 대정령님의 안내를 받아 촌장 저택을 나왔다.

이동은 이번에도 선생님의 공간마법으로. 그것도 드래곤 시티를 출발한 이후, 몇 번이고 반복해서 사용을 부탁하게 되었다. 이것도 이번에는 안내인과 인솔자가 서로서로 위치를 확인하며 진행하는 여로였기 때문이다.

참고로 나는 목적지는 물론이거니와 현재 위치조차 전혀 파악하지 못한 채 두 사람의 대화를 묵묵히 지켜보기만 했다. 차례차례 바뀌는 주변 경치를 바라보면서 이런저런 감회를 품는 사이에도 경치는 흘러갔다.

그리고 최종적으로 찾아간 곳은, 땅속으로 보이는 동굴 깊은 곳.

반짝반짝 빛나는 수정 같은 보석에 둘러싸인 곳이다.

이 세계에 찾아오고 나서 여러 장소로 발길을 옮겼지만, 그중에서도 손꼽힐 만큼 판타지 같았다. 참고로 밖으로 나가면 맹렬한 눈보라가 부는 설산 한가운데라서, 바로 조금 전까지는 평범하게 얼어붙어 있었다.

선생님의 공간마법이 없었다면 발을 들이는 것조차 주저되는 환경이다.

"꽤 신비로운 곳이군요."

"예전에는 다른 곳에 계셨지만, 최근에는 이곳에 머무시는 일이 많다."

별생각 없이 감상을 중얼거렸는데, 대정령님의 대답이 돌아왔다.

아무래도 정령왕님이 좋아하는 장소인 모양이다.

"지장이 없다면, 정령왕님의 취미 같은 걸 여쭤보고 싶습니다만."

"취미? ……취미라."

교섭을 원만하게 진행하기 위해서, 동굴 안을 걸어가면서 사전 탐문.

그러자 대정령님이 곧장 웅얼거리고 말았다.

그렇게 친한 사이는 아닐지도 모른다.

그러나, 그렇게 생각한 것도 잠시였다.

"취미다운 취미는 가지고 계시지 않지만, 굳이 따지자면 승부 부류일까."

"어……."

이거 또 불온한 취미를 가지고 계시군요.

순간 잘못 들었나 해서 귀를 의심해 버렸는데.

"내가 너희에게 발길을 옮긴 것도, 왕들의 파워 밸런스에서 항상 우위에 서고자 하는 정령왕님의 의사 표시다. 단어만 보면 위태롭게 들릴지도 모르지만, 그 점에서는 너희에게도 결코 안 좋은 일만은 아닐 거다."

"하, 하나 확인하고 싶은 게 있는데, 다른 왕과 다투고 있거나 하지는 않나?"

바로 옆에서 에디타 선생님도 목소리를 높였다.

밝았던 표정이 돌변해서 긴장하고 있다.

"틀어박혀만 있던 선대 불사왕이나 어디에 있는지도 모르는 해왕(海王)과 비교하면 다른 왕과도 관계를 두고 계시지. 하지만 너희가 걱정하는 일은 일어나지 않는다고 생각했기에 나도 안내하고 있는 거다."

"그렇다면, 뭐, 뭐어, 괜찮은가……."

"쓸데없이 시비를 거는 분은 아니니 안심해라. 적어도 선대 마왕처럼 호전적인 인물은 아니다. 대국을 보는 눈은 확실히 가지고 계시지. 뭐, 조금 별난 성격을 가진 분이기는 하지만."

"……."

여기까지 오자 선생님도 불안감을 느끼기 시작한 모양이다.

정령왕님에게 방문하자는 건 그녀의 제안이었다. 그 책임을 양어깨에 무겁게 짊어지고 있어서 이것저것 고민하는 거겠지. 혹시 위험하다면, 그때는 최소한의 교섭으로만 그치고 곧바로 물러나기로 하자.

니플 왕국이 우리에게 비굴하게 굴던 심정, 지금이라면 잘 이해할 수 있다.

가지지 못한 자는 필연적으로 가진 자에게 고개를 조아리게 되는 법이다.

"도착했다. 이 너머에 계신다."

우리의 몇 발짝 앞을 걷던 대정령님의 발걸음이 멈췄다.

그가 올려다보는 곳에는 동굴이라는 로케이션에 어울리지 않는, 금속제의 커다란 문이 설치되어 있었다. 이 너머에 강한 보스 캐릭터가 있다는 걸 시각적으로 호소해 마지않는 훌륭한 쌍여닫이 문이다.

그 옆에 세이브 포인트를 찾아보고 싶을 정도다.

"……."

추남은 살짝 노크를 해봤다.

그러나 반응은 없다.

부재중인가?

"너, 뭐 하는 거냐?"

"아뇨, 멋대로 들어가도 되는지 의문이 들어서요."

"여기까지 발을 옮겼으니, 이미 정령왕님도 우리를 알아채고 계신다."

"그렇군요."

그렇다면 괜찮을 것 같아서, 문고리에 손을 뻗어서 그걸 밀어젖혔다.

자물쇠는 걸리지 않았고, 문은 간단히 열렸다.

금속이 스치는 끼익 소리가 동굴 안에서 울렸다.

그 너머에는 지하 암굴이라고는 생각할 수 없을 만큼 널따란 공간이 있었다. 천장도 일반적인 가옥의 두 배 이상은 된다. 바위를 깎아서 확장한 것으로 보이는 이곳의 천장이나 벽에는 반짝반짝 빛나는 수정 같은 보석이 곳곳에 돋아나 있었다.

최심부는 한 단 높이 있었다. 누군가가 가져온 건지 옥좌 같은 게 설치되어 있었다. 그 좌판 위, 몇 센티미터 정도로 떠오르는 형태로 배구공 정도의 크기를 가진 동그란 구체가 둥실둥실 떠 있었다.

"정령왕님. 그 인간을 데려왔습니다."

우리가 한 발짝 들여놓자, 대정령님이 말했다.

직후, 빛의 공이 발하는 광채가 강해졌다 약해지더니 어딘가에서 목소리가 들렸다.

"아아앙, 수고했어어!"

엄청 애니 목소리.

혀짤배기에다 높다. 발랄한 목소리가 정면과 옥좌 쪽에서 들렸다. 설마 해서 옆을 바라보니, 에디타 선생님이 자기는 아니라고 호소하듯이 고개를 앞으로 흔들고 있었다.

트윈테일이 힘차게 좌우로 흔들리는 모습이 코미컬하다.

개인적으로는 선생님이 새된 목소리로 허덕이는 모습을 무척이나 보고 싶다.

"어라아~? 왜 그러는 걸까? 들어와도 되는데에~?"

"……실례합니다."

넓은 동굴 안, 목소리는 마치 마이크라도 쓰듯이 크게 울렸다.

예상 밖의 첫인상에 기가 죽었지만, 그래도 플로어 안으로 발을 들였다.

몇 미터 정도 걸어서 옥좌 앞에 정지했다. 한쪽 무릎을 꿇고 고개를 숙였다. 추남의 대응을 본 에디타 선생님도 마찬가지로 행동했다. 정말로 감사합니다.

"어서 와~. 잘 왔네? 나는 기뻐어."

상대는 곧바로 대답했다.

기분 좋아 보이는 분위기다.

그러나, 순순히 받아들이는 건 주저된다.

시종일관 팬의 비위를 맞추려 드는 아이돌 같은, 참으로 수상한 분위기가 배후에서 느껴진다. 왜냐하면, 파워 밸런스를 고려하면 상대가 훨씬 강하니까. 정령왕이라는 직함도 어우러져서, 오히려 용왕님보다 까다로운 상대처럼 느껴진다.

"처음 뵙겠습니다. 이번에 알현 기회를 받게 되어 무척이나 감사히 생각합니다. 또한, 예전에도 말을 걸어주셨는데 인사가 늦어진 것에 관해서는 진심으로 사과의 말씀을 드립니다."

일단 인사.

그리고 스테이터스 확인이다.

이름 : 리안

성별 : 없음

종족 : 정령

레벨 : 7105

직업 : 정령왕

HP : 133019900/133019900

MP : 671000100/671000100

STR : 1098000

VIT : 8900010

DEX : 22300082

AGI : 3019900

INT : 49001000

LUC : 1000290

틀림없다. 옥좌의 반짝반짝은 정령왕님 본인 같다.

예전에 에디타 선생님이 말했다. 정령에게 외견이란 그다지 의미가 없다고. 빛의 구슬 말고는 아무것도 아닌 상대의 모습을 내 눈으로 직접 보니, 그런 말을 강하게 뒷받침하는 것처럼 비친다.

"흐~응? 정말로 하이엘프와 인간이 같이 있네~."

"……."

어떻게 대답하는 게 정답일까.

간장 얼굴은 다음 말을 주저했다.

그러자 바로 옆에서 에디타 선생님이 목소리를 냈다.

"정령왕님은 우리를 아는 건가?"

"응응. 거기 정령한테 들었어어."

옥좌 위에서 구체가 살짝 움직였다.

대정령님을 가리키는 것이리라. 그가 대기하고 있는 곳을 향해 살짝 앞뒤로 슬쩍슬쩍 움직였다. 그에 맞춰서 목소리를 낼 때마다 빛이 강해졌다 약해진다. 강렬한 애니 목소리 덕분에 그것만으로도 왠지 감정을 느낄 수 있다.

철저하게 무뚝뚝했던 선대 불사왕과는 대조적인 임금님이다.

"드래곤이나 마족까지 함께 하나의 마을에서 생활하고 있다지이? 게다가 서로 협력하면서 마왕까지 쓰러뜨렸다니, 나도 깜짝 놀랐어~. 어떻게 한 거야? 저기저기, 어떻게 마왕을 쓰러뜨렸어?"

"마왕에 관해서는, 이 남자가 쓰러뜨렸어."

"어? 거짓말~! 그쪽 인간이 혼자 쓰러뜨린 거야?!"

에디타 선생님의 말에 정령왕님의 목소리가 한층 커졌다.

빛의 구슬도 목소리에 맞춰서 뿅뿅 위아래로 움직였다.

뭔가 조금 귀엽다.

가지고 돌아가서 소피아에게 자랑하고 싶은 충동에 휩싸였다.

그 모습을 시선으로 따라가고 있는데, 곧바로 상대가 목소리를 높였다.

“아, 이 모습이라면 역시 말하기 힘들지? 잠깐 기다려~.”

아무래도 추남의 시선 움직임을 알아챈 모양이다.

직후에 광구에서 나오는 광채가 한층 커졌다. 어두운 동굴 안에 익숙해지기도 해서, 눈이 부신 바람에 저도 모르게 눈을 가늘게 뜨고 말았다. 그리고 세로로 좁아진 시야 끝에서, 정령왕님이 앉은 옥좌에 변화가 보였다.

좌판에 앉아 있는 형태로 사람의 모습이 상을 맺었다.

눈이 부셨던 건 시간적으로 몇 초 정도.

광채가 잦아들자, 변화의 자세한 결과가 우리의 눈앞에서 드러났다.

“이런 느낌이 어~떨까? 어울려? 어울리지?”

좌판 위에 떠 있던 빛의 구슬은 사라졌다.

대신해서 그곳에는 사람의 모습이 있었다.

그것도 실오라기 한 점 없는 알몸의 미소녀가 앉아 있었다.

겉모습으로 봤을 때 외견 연령은 중학생 정도.

허리까지 닿는 긴 흑발과 선명한 푸른색 눈동자가 인상적인 여체다. 가슴의 굴곡도 크지 않은 반면, 허벅지는 매우 포동포동하다. 옥좌에 앉아 있어서 엉덩이가 어떤지는 엿볼 수 없지만, 다리의 살집을 보면 꽤 기대할 수 있을 것 같다.

특필할 점은, 거침없이 벌어진 가랑이.

그 너머에서 추남은 세로줄을 목격.

동정, 대환희. 로리로리 쿵.

성별란에는 없음이라고 적혀 있었지만, 그런 건 사소한 문제다.

"굉장히 잘 어울리시는군요. 굳이 저희를 위해 죄송합니다."

"뭐어~? 정말로오? 잘 어울리는지 불안하네~."

즉시 과금하고 싶어지는 모습이로군요, 정령왕님.

바닥에 무릎을 꿇은 자세에서 올려다보자, 허벅지 사이로 엿보이는 세로줄에 의식을 빼앗기고 말았다. 직립했다면 위험했다. 자신의 사명을 떠올린 똘똘이가 그 책무를 다하고자 여행을 떠날 준비를 시작했다.

에디타 선생님이나 로리곤보다 조금 연상, 게다가 나와 비슷한 흑발이라는 게 포인트가 높다. 더 친근한 에로스를 느낀다. 무조건 세일러복 같은 게 어울릴 거다. 피부색이나 이목구비야 이세계 사양이지만, 어딘가 고향을 방불케 한다.

조금 귀찮아하는 듯한 느낌도 이거라면 의외로 나쁘지 않다.

여름방학의 이케부쿠로. 공원에서 조건만남 같은 걸 할 법한 느낌이 근사합니다.

"이봐……."

이크, 에디타 선생님이 팔꿈치로 찌르고 말았다.

간장 얼굴이 시선으로 바라보는 곳을 알아챈 건가.

아니, 옆에서는 아무리 그래도 거기까지는 모를 거다.

그래도 변명만큼은 제대로 해둘까.

"그리운 머리색을 보게 되어서, 문득 고향이 떠올랐습니다."

"……그, 런가."

에디타 선생님이 뭔가 복잡한 표정을 보였다.

거짓말은 하지 않았다. 거짓말은.

정령왕님은 그에 아랑곳하지 않고 토크를 지속.

추남을 돌아보고는 조금 전과 똑같은 질문을 다시 꺼냈다.

"그래서 너 말이야아. 어떻게 마왕을 쓰러뜨렸는지 나한테 가르쳐줘."

"저희가 사는 마을은 종족의 틀을 넘어선 다양한 주민이 있습니다. 이번 일은 그런 이들의 협력을 받은 산물이며, 우연의 산물로 받아들여 주신다면 다행이겠습니다. 똑같은 걸 한 번 더 하라고 한다면, 아마 불가능하겠죠."

"흐~응? 흐으~응?"

내 대답이 마음에 안 들었던 건가.

가만히 품평하는 듯한 시선을 보내고 있다.

이게 또 근사하다.

도발적인 분위기가 느껴지는 눈빛은 그야말로 건방진 꼬맹이의 품격.

세상에는 그녀와 같은 소녀를 참교육해 주고 싶은 사람들이 많다고 한다. 그러나 이 동정은 오히려 이런 소녀에게 참교육을 당하고 싶다. 참교육을 해주는 것보다는 당하고 싶은 거다. 똘똘이도 그렇게 말하고 있다. 아비는 이해한다.

"왜 그러십니까?"

"인간은 태연하게 거짓말을 하는 생물이니까아. 그렇게 생각하고 있어."

"그렇군요."

어떤 걸 거짓말로 느낀 걸까.

에디타 선생님의 간장 얼굴 띄워주기가 통한 건가? 아니면 마왕님을 토벌한 사실에 의문을 느낀 건가. 아무튼 정령왕님의 의심을 사는 전개는 피하고 싶다. 그러나 소피아의 오줌이 어땠느니 하는 설명을 시작할 수는 없다.

어떻게 해야 정령왕님의 신뢰를 얻을 수 있을까?

추남이 고민에 잠겨 있는데, 상대가 이어서 목소리를 높였다.

"한 번은 이쪽의 권유를 거절해 놓고서 이렇게 자기들이 찾아왔다는 건, 너희도 나에게 용건이 있다는 거지? 그것도 꽤 급한 일 아닐까?"

"솔직히 말씀드리자면, 그야말로 지적하신 대로입니다."

"그건 역시 그거잖아? 마왕을 쓰러뜨린 걸로 마족이나 다른 왕의 눈에 들어버려서 나한테 달려들려고 온 거지? 아니야? 저기저기, 내 상상, 틀렸어? 그렇지 않지?"

"완전히 맞다고는 할 수 없지만, 그렇다고 틀리지도 않은 느낌일까요."

"거짓마알? 정말로? 무조건 정답이라고 생각했는데~."

사정은 조금 복잡하다.

괜히 착각하면 곤란해지니까 방문 목적은 빠르게 알려야 하지 않을까? 넌지시 에디타 선생님 쪽으로 시선을 돌리자, 그녀도 고개를 살짝 끄덕였다. 선생님의 수락을 받았기에, 추남은 말을 이었다.

불사왕님의 대가 바뀐 것과 용왕님의 등장을 둘러싼 이런저런 일이다.

얼추 설명을 끝내자, 상대는 감탄한 표정으로 중얼거렸다.

"아하아앙, 아무리 나라도 거기까지는 상상할 수 없지이."

반쯤 벌린 입에서 혀를 살짝 내밀며 포즈.

정령왕님, 그거 무조건 노리고 하는 거죠?

인간의 하반신 사정, 완벽하게 이해하고 계시지 않습니까?

계속 열려 있는 가랑이라든가, 아무리 애써도 신경이 쓰인다. 귀여운 얼굴과 대담하게 벌어진 허벅지 사이에서 동정은 안구가 위아래로 왕복하는 걸 멈출 수가 없다. 점점 아프다.

눈에 해로운 것이란 이런 걸 말하는 거겠지.

눈근육이라는 의미에서.

"정말 죄송합니다만, 아무쪼록 저희에게 협력을 부탁드려도 되겠습니까?"

"그렇다면 하나, 내 쪽에서 부탁할 게 있는데~?"

"무엇입니까?"

"쪼~끔, 곤란한 일이 있거든~."

바로 협력 관계를 맺을 수 있으리라고는 우리도 생각하지 않았다.

뭔가 조건이 나오리라는 것도 상정 범위 안.

"만약 순순히 받아들여 준다면, 그쪽에 붙어줄 수도 있다고~? 너희의 말대로 불사왕과 내가 아군으로 들어온다면 용왕도 그리 간단히 쳐들어오지는 못할 거라고 생각하거든. 당분간 너희 마을에 머물러 줄 수도 있으려나~?"

"자세한 사정을 여쭤봐도 되겠습니까?"

"응응. 너희처럼 솔직한 아이, 나는 좋아한다구우!"

싱글벙글 미소를 지으며 고개를 계속 끄덕였다.

그로부터 그녀는 나불나불 부탁이라는 것의 설명을 시작했다.

*

정령왕님의 부탁이라는 건, 어딘가에서 들어본 적이 있는 내용이었다.

아무래도 세상에는 수왕(獸王)이라는 존재가 있다고 한다.

마왕님이나 불사왕님처럼, 킹의 직함을 계승하는 구체적인 구조가 있는 건 아니다. 그러나 세상에는 종종 무척이나 강한 짐승이나 수인이 나타나서 기세를 떨치는 일이 있다고 한다.

그걸 일부 사람들이 편의상 수왕이라 부르는 것이다.

그리고 정령왕님은 선대 수왕과 아는 사이였다고 한다.

마왕님을 타도한 우리에게 대정령님을 경유해서 말을 걸어왔던 것과 마찬가지로, 그녀 쪽에서 어프로치해서 서로 불가침 조약 같은 걸 맺었다는 설명을 들었다. 대략 수십 년 이상 이전 이야기라고 한다.

그런데 최근 들어서 대가 바뀌었다는 소문을 들었다.

소스는 여기저기를 둥실둥실 떠다니는 바람 정령이다.

구체적으로 어떤 형태로 전해졌는지 몹시 신경 쓰이는 출처다.

그녀가 우리에게 할 부탁이란, 그렇게 당도한 소문의 진위를 우리의 눈으로 확인해 달라는 것이었다. 또한, 만약 대가 바뀌었을 경우에는 차기 수왕에 관해 조사하고, 가능하다면 유효한 관계를 맺고 와달라는 말도 들었다.

"어때~? 너희에게도 의미는 있지?"

"확실히 정령왕님의 말씀이 지당한 것 같습니다."

"그치~? 그치그치? 역시 그렇게 생각하지!"

그보다, 추남은 바로 최근에 수왕이라는 직함을 가진 인물과 만났다.

약초 고블린 중 오빠의 직함이 그런 느낌이었던 것 같다. 마왕님과의 사건에서도 위험할 때 도움을 받았다. 그런 의미에서는 이미 당대 수왕님과 우리는 원만한 관계를 맺었다고 할 수 있다.

단, 그들의 위치는 지금 시점에서 알 수 없다.

우리가 남부 국가군에서 바쁘게 지내는 사이 드래곤 시티에서 떠났다.

지금은 어디서 뭘 하는지 전혀 짐작도 가지 않는다.

그리고 이번에 정령왕님에게서 받은 퀘스트는 마을을 떠난 그들을 찾아서 여기까지 동행을 부탁하는 게 클리어 조건이 될 것 같다. 누군가가 손해를 보는 이야기는 아니니까 받아들여도 문제는 없을 듯했다.

"선대 수왕이 살던 취락에 관해 여쭙고 싶습니다만."

"장소는 거기 정령에게 안내하게 할 테니까, 안심해도 돼!"

정령왕님의 시선을 받은 대정령님의 꼬리가 꿈틀 떨렸다.

상사를 거북하게 여기고 있는 게 아닐까?

"일방적으로 불러냈는데 죄송합니다만, 괜찮으십니까?"

"그, 그래. 맡겨도 된다."

"이것저것 죄송합니다만, 잘 부탁드립니다."

주인 앞에서 교섭하게 되어 미안하지만, 대정령님의 수락을 얻어냈다.

약초 고블린의 존재는 이 자리에서는 아직 함구하고 있기로 하자.

이쪽의 계획이 어긋났을 때 곤란하고, 그게 아니더라도 말한다고 해서 이득을 보지도 않는다. 그런 짓을 했다가 추가로 일거리가 늘어나면 곤란하니, 유능한 사축은 사후 보고를 결심했다.

"아, 그리고 선대 수왕 말인데, 나에게는 미켈이라는 이름을 댔었어. 종족적으로는 미노타우로스고, 외모도 다른 동족과 큰 차이가 없거든. 하지만 알맹이는 전혀 다르니까, 그 점은 주의하는 게 좋을지도~?"

"과연, 미켈 님이군요."

"만약 살아 있다면, 은근히 호전적인 성격이니까 조심해야 해!"

"걱정해주셔서 감사합니다."

이세계 1학년인 추남은 미노타우로스라는 종족과 만난 적이 없다. 이름과 비주얼로 상상할 수야 있지만, 만약을 위해 목적지로 가는 길에 에디타 선생님에게 가르침을 부탁하려고 한다. 박식한 선생님이라면 분명 알고 있겠지.

자연스레 간장 얼굴의 시선이 옆쪽 엘프에게 향했다.

그러자 그녀도 정령왕님에게 다시 목소리를 냈다.

"정령왕님. 내 쪽에서도 질문해도 될까?"

"응~ 뭔데에~?"

"과거에 정령왕님은 요정왕과 다퉜다고 기억하고 있어. 그쪽은 현재 어떤 관계지? 요정왕의 성격을 고려하면, 용왕도 포함해서 다른 왕과 합류할 일은 없다고 생각하고 있는데."

"그렇지이. 친하지는 않지만, 네 상상대로라고 생각하는데?"

이 세상에는 용왕이나 정령왕 말고도 요정왕이라는 존재까지 있는 모양이다. 추남은 용왕이나 수왕, 해왕도 포함해서 여섯 명의 왕이 존재한다는 걸 알게 되었다. 세상에는 대체 왕이 얼마나 더 있는 걸까?

그러고 보니 예전에 폐하에게도 인왕이라는 칭호가 붙어 있었던 것 같은데.

"네 지적대로, 요정왕은 주변에 적만 만들고 있으니 말이지~."

"으, 음. 그런 이야기를 과거에 들은 적이 있어."

"요정왕이 적으로 돌아선다면 그걸 구실 삼아 끄집어낼 수 있는 왕도 있으니까, 그쪽은 생각하지 않아도 괜찮으려나? 아, 하지만 그걸 위해서는 너희가 내 부탁을 잘 들어줄 필요가 있겠지만."

"알고 있어. 당장에라도 미노타우로스가 다스리는 취락으로 가겠어."

"그래, 그래. 그럼 바로 부탁 좀 할게!"

이렇게 해서, 정령왕님의 심부름을 위해 출발하게 되었다.

*

설산 동굴을 나온 우리는 그대로 목적지로 향했다.

멤버는 에디타 선생님과 대정령님, 그리고 추남 세 명이다. 가는 길은 이번에도 선생님의 공간마법에 신세를 졌다. 매번 이동 수단으로 써버려서 죄송할 뿐이다.

슬슬 간장 얼굴도 똑같은 마법을 습득해야 하려나.

아니, 하지만 앞으로 한동안은 임금님 관련 문제가 일어났을 때 대처할 수단을 위해 선택의 여지는 남겨둬야 한다. 그걸 위해서라도 스킬 포인트는 최대한 온존하고 싶다. 마왕님과의 일전에서도 그렇게 아껴둔 스킬 포인트가 도움이 되었다.

"에디타 씨는 요정왕과 면식이 있으십니까?"

"아니, 면식이라고 할 건 없지만……."

여정의 90퍼센트를 공간마법으로 건너간 뒤, 나머지 약간의 이동은 비행마법.

추남은 공중을 날면서 바로 옆에 나란히 있던 에디타 선생님에게 질문했다.

참고로 정면은 대정령님.

짐승 꼬리를 마구 바라볼 수 있다. 이런 건 좋아하는 사람에게는 참을 수 없는 광경이다. 개인적으로는 취향이 아니니까 아무래도 좋지만.

대정령님, 인간화하면서 여체화까지 해주지 않으려나.

해주지 않으려나.

"아무튼 관계는 갖지 않는 게 좋아. 그건 위험해."

"그렇습니까."

동굴에서 대화를 들어본 바로는 과거에 정령왕님과도 싸웠던 적이 있다고 한다. 분명 성격에 문제가 있는 인물이겠지. 우리의 목적을 생각하면 가급적 거리를 두고 싶은 상대다.

그와 동시에 그 존재에 대해 듣고 나니 한 가지 의아한 점이 떠올랐다.

그건 최근 북쪽 대국의 동향이다.

그들은 킹 속성 사람들을 필두로 해서 세상의 실력자들에게 말을 걸며 돌아다니고 있는 낌새를 보인다. 그 연장선상에서 요정왕님을 상대로 교섭을 진행한다면? 그런 생각이 든 추남은 불안해졌다.

"참고로, 그런 정보는 은근히 알려진 겁니까?"

"아는 사람은 안다, 정도일까."

뭐, 용왕님이 같이 있다면 괜찮겠지. 에디타 선생님이 이렇게까지 말할 정도니까, 선택지에 올라간 시점에서 그의 입에서 사정 설명을 들을 가능성이 높을 거다. 그보다, 지금은 그런 생각을 해둘 수밖에 없다.

걱정거리가 많으니 마음의 평온은 확실하게 유지해야지.

덤으로 미노타우로스에 관해서도 자세한 이야기를 들었다.

이쪽은 내가 상상한 그대로의 생물이었다. 신장 3미터에서 4미터 정도고 근육질인 소 마초계 수인이라고 한다. 종족의 강함은 하이 오크나 와이번과 비슷한 정도라는 모양이다.

"보인다. 저 숲 중간쯤에 취락이 있다."

그러는 사이에 대정령님이 말을 걸어왔다.

에디타 선생님에게 향하던 시선을 지상으로 내렸다.

그러자 계속 이어지던 황야 너머에 나무들이 우거진 곳이 보이기 시작했다. 꽤 커다란 숲으로 보였다. 지평선 너머까지 울창한 나무들이 우거져 있고, 그 너머에는 키가 큰 산들이 줄지어 있는 모습이 보였다.

참고로 공간마법을 연발했기에, 추남은 현재 위치를 모른다.

대정령님이나 선생님과 헤어진다면 아마 틀림없이 미아가 될 것이다.

두 사람을 확실하게 따라가야겠다.

"그나저나 뭐랄까, 닌쿠 대삼림에 수왕이 있을 줄은 몰랐어."

"그쪽도 파악하고 있겠지만, 수왕의 계승은 확실한 구조가 있는 게 아니다. 정령왕님이 수왕으로 대하고 있을 뿐, 더욱 수왕다운 짐승이 다른 곳에 존재할 가능성도 있다는 것을 기억해뒀으면 좋겠군."

"그래, 그 점에 관해서는 나도 알고 있어."

고도는 그대로 둔 채 삼림 상공으로 접어들었다.

너무 낮은 위치를 날면 지상에서 공격당할 가능성이 있다는 것이 에디타 선생님과 대정령님의 공통된 견해다. 암흑대륙에서는 드래곤이 우글거려서 오히려 고도를 내렸지만 이쪽은 그렇지 않은 것 같다.

지역에 따라 대응이 다른 것, 게임의 잡몹 분포 같아서 조금 재미있었다.

닌쿠 대삼림의 근교에는 로크 새라는 생물이 하늘 생태계의 정점에 서 있다고 한다. 플레어 와이번보다 강하고, 레드 드래곤보다는 약하다. 그런 생물이라고 에디타 선생님이 설명해줬다.

대정령님도 포함해서 우리에게는 대단한 위협이 아니다.

이윽고 지상에 조금 탁 트인 곳을 발견했다.

원을 그리듯이 나무가 벌채되어 있었다.

작은 광장 같은 느낌이다.

중앙에는 목재로 조립한, 주변보다 한 단 높은 무대 같은 게 보인다. 또한 그곳과 인접한 주변 숲속에는 나뭇가지나 잎에 가려진 가옥처럼 보이는 구조물이 수없이 보였다.

아무래도 광장을 중심으로 한 일대가 수왕님이 다스리는 취락인 모양이다.

"미노타우로스 말고도 여러 종족이 모여 있네요."

"음. 닌쿠 대삼림에는 이런 야수족들의 거주지가 드문드문 있지."

지상을 왕래하는 사람이 아닌 자들.

사전에 들었던 미노타우로스만이 아니라 이족보행 늑대나 새 같은 것과 자네는 무조건 곰이 아닌가 싶은 생물까지, 에디타 선생님의 말로는 야수족이라고 하는 것들의 모습이 보였다. 상당히 배리에이션 풍부하다.

종합적으로 짐승 농도가 높기에 짐승 귀 미소녀 같은 건 가망성이 적어 보인다.

"이대로 트인 곳에 내려설 거다. 그래도 괜찮겠나?"

"상대는 우리의 방문을 모르지 않습니까? 괜찮을까요?"

"이 취락의 주민들은 자신들 가까이에 있는 수왕의 존재를 알고 있다. 미리 정령왕님의 이름을 꺼내두면 함부로 공격당할 일은 없을 거다. 오히려 숲속에 내려선다면 기습을 당할 가능성이 있다."

"그렇군요."

우리는 대정령님의 말에 따라 광장을 향해 고도를 내렸다.

그러자 곧바로 상대가 반응을 보였다.

하늘을 올려다보던 야수족들이 광장으로 모이기 시작했다.

게다가 손에는 무기를 들고 있어서 그런지 참으로 뒤숭숭한 광경이었다.

"우리는 정령왕의 사자다. 이 땅을 다스리는 수왕에게 할 말이 있어 찾아왔다."

대정령님은 광장 중앙에 설치된 무대 옆, 지상 수 미터 지점에 떠서 소리 높여 전달했다. 에디타 선생님과 추남은 교섭을 그에게 맡기고 옆에서 대기. 주변 경계에 힘썼다.

수왕님에게 선제로 일격을 맞기라도 하면 버틸 수가 없다.

약초 고블린의 스테이터스를 감안하면 그 강함은 이미 보장이 된 셈이다.

취락 주민의 대부분은 우리에게 무해한 반면, 단 한 명 치사성 상대가 섞여 있다는 두근두근한 느낌. 게다가 이쪽은 대상의 모습을 모르니까 러시안 룰렛 같은 위기감이 들었다.

미노타우로스 전원이 위협적으로 보이게 되었다.

"우리에게 투쟁하려는 의사는 없다. 아무쪼록 무기를 거둬줬으면 한다."

수십이나 되는 야수족들이 우리를 둘러싼 채 험악한 표정을 짓고 있었다.

대정령님이 호소했는데도 상황이 좋지 않다.

다음 순간에라도 공격마법이 날아올 것만 같다.

당연하다면 당연한 상황이다. 쌍수를 들고 환영했다면 정령왕님도 우리에게 의뢰하거나 하지 않았을 거다. 아마 대정령님만 가면 위험한 상황이라고 상정했으니까 이쪽에 협력을 요청했을 게 분명하다.

그러는 사이, 숲속에서 미노타우로스 한 명이 나타났다.

혼자 코에 고리를 달고 있다. 금속제 링이다. 다른 미노타우로스는 안 달고 있는 걸 보면 그만의 패션 같았다. 개체를 특정하기에는 무척 편리하다. 편의상, 이후에는 그에게 코고리라는 뇌내 호칭을 붙이기로 하자.

직후, 광장을 채운 야수족들이 변화를 보였다.

자연스레 코고리를 피하듯이 인파가 좌우로 갈라져서 길을 만들었다.

길이 뚫린 곳에는 하늘에 떠 있는 우리의 모습.

상대는 그렇게 생겨난 길을 성큼성큼 걸어서 다가왔다.

"이봐, 정령왕의 사자라는 건 사실이냐?"

우리와는 3~4미터 정도 떨어진 지점.

발길을 멈춘 코고리가 말을 걸어왔다.

혹시 여기 있는 그가 수왕님이기라도 한 건가?

"사실이다. 전언을 받아 찾아왔다. 그쪽은 수왕이 틀림없나?"

"……아니, 나는 이미 수왕이 아니다."

대정령님의 말을 듣고 코고리는 퉁명스럽게 대답했다.

탐탁잖은 화제라고 넌지시 호소하는 듯한 태도였다.

"대가 바뀌었다는 소문은 사실이었나?"

"굳이 그걸 확인하러 온 거냐?"

"정령왕께서는 이 땅에 사는 강한 자들과 우호적인 관계를 바라고 계신다.”

“…….”

대정령님의 확인으로 언질을 받았다.

그가 선대 수왕일 것이다.

근육뇌를 방불케 하는 마초한 체구나 허리에 천 한 장이라는 차림새는 시각적으로도 폭력적으로 비친다. 그러나 정령왕님과 우호적인 관계라는 건 아무래도 사실인 모양이다. 대정령님의 질문에 대답하는 모습을 본 추남은 일단 안심했다.

그 이유는 바로 그의 스테이터스.

이름 : 미켈

성별 : 남자

종족 : 미노타우로스

레벨 : 1572

직업 : 니트

HP : 16500221/16500221

MP : 170000/170000

STR : 5000022

VIT : 3311074

DEX : 1022230

AGI : 2999988

INT : 180000

LUC : 992000

직함이야 수왕이 아니지만 매우 흉악한 수치가 늘어서 있다.

완전히 근육뇌 포지션이다.

마법 같은 건 그다지 쓰지 않을 것 같은 분위기가 있다.

참고로 다른 미노타우로스는 이런 느낌이다.

이름 : 나탈리

성별 : 여자

종족 : 미노타우로스

레벨 : 67

직업 : 주부

HP : 21000/21000

MP : 2101/2010

STR : 9800

VIT : 9912

DEX : 4500

AGI : 7800

INT : 2190

LUC : 3499

혼자 툭 튀어나와 있었다. 도저히 같은 종족이라고는 생각할 수 없다.

외모는 거의 변함이 없다는 점에서 공포가 느껴졌다.

안 매운 고추 중에서 딱 하나 매운 고추가 섞여 있는 느낌.

그보다 수왕을 그만두면 니트라니, 미노타우로스의 삶은 정말 극단적이네. 왕의 직함을 잃어서 마음이 꺾인 걸까. 조국에서도 정년 퇴임한 사람들이 사회적 지위를 잃고 우울해지는 경향이 있다는 이야기를 들은 적이 있다.

60세를 넘어서 처음으로 상실 체험을 하는 인생, 그건 그것대로 행복할 거라 생각하지만.

"정령왕과의 관계는 계속 이어갈 의사가 있다. 그래도 상관없나?"

"꼭 부탁하고 싶다. 단지, 차기 수왕과도 면식을 가지고 싶다."

대정령님의 말을 잇자, 코고리의 표정이 꾸깃 일그러졌다.

그는 사나운 소 그 자체인지라, 이게 또 표정이 무섭게 비쳤다. 덩치도 에디타 선생님의 설명대로 3미터에서 4미터 정도. 손을 뻗으며 뛰어오르면 어느 정도 높은 위치에 떠 있는 우리에게도 닿지 않을까?

"설마, 나에게 소개해 달라고 하는 거냐?"

"가능하다면 부탁하고 싶다. 하지만 결코 무리하게 요청하는 건 아니다."

힐끗 노려보자 대정령님의 꼬리가 쫑긋 떨렸다.

분명 쫄아버린 거겠지.

간장 얼굴도 쫄았으니까, 그 마음은 잘 안다.

그래도 그는 우리에게 협력해서 정령왕님의 심부름을 달성하려 하고 있다. 원래 이 일련의 대화는 드래곤 시티의 안전을 맡은 추남이 해야 할 일이다. 이대로 모조리 떠넘길 수는 없다.

"옆에서 잠시 실례하겠습니다. 제 쪽에서도 괜찮겠습니까?"

"네놈은 뭐냐?"

"다나카라고 합니다. 정령왕님께서 친하게 대해주고 계십니다."

"인간이냐? 아니, 하지만 그런 것치고는 묘하게 노란데……."

"차기 수왕 말입니다만, 그건 혹시 고블린이 아닙니까?"

"윽……. 이 자식, 어째서 그걸 아는 거냐?!"

서둘러서 수왕 직함의 소재를 확인했다.

스테이터스 윈도우만이 아니라, 현장에서 확인해 본 바로도 차기 수왕님은 약초 고블린이 틀림없어 보였다. 대정령님은 '너는 갑자기 무슨 소리를 하는 거냐?'라는 시선을 보내왔다.

선대 수왕님에 이르러서는 임전 태세.

허리를 낮추고 다음 순간에라도 돌격할 것만 같다.

"착각하지는 말아 주십시오. 저희에게 적대할 의사는 없습니다."

"그럼 어째서 그 고블린을 아는 거냐!"

"예전부터 아는 사이입니다."

"크……."

거짓말을 해봐야 별수 없기에 이 자리에서는 순순히 전달했다.

대신, 이쪽에서도 질문하기로 했다.

"확인하고 싶습니다만, 수왕의 직함은 어떻게 다음 대로 옮겨가는 겁니까? 마왕이나 불사왕 등과 비교하면, 수왕의 계승은 엄밀한 구조가 있지는 않다고 들었습니다."

"그딴 거야, 강한 녀석이 이름을 대는 게 뻔하잖냐."

"그렇군요."

단순히 싸움의 승패로 정해지는 모양이다.

혹시 당대가 차대를 인정한 시점에서 옮겨가는 걸지도 모른다. 과거에 에디타 선생님의 설명을 들은 대로, 그런 외부의 인식으로 운용되고 있는 거겠지.

스테이터스 면에서도 상대는 약초 고블린과 비슷하다.

어느 정도 좋은 시합을 벌인 결과 왕위 계승이 벌어졌을 거다.

아, 그래도 여동생이 협력했다면 고블린 남매의 압승일지도.

"다, 다나카 백작! 어째서 이런 곳에……."

그러는 사이에 광장 구석에서 목소리가 들려왔다.

의연한 목소리는 여성의 것이다.

모두의 시선이 목소리가 들려온 곳으로 향했다. 선대 수왕님이 나타난 것과 딱 반대편이다. 추남도 황급히 시선을 돌렸다. 그러자 그곳에는 수많은 야수족에게 둘러싸인, 전신 갑옷을 입은 여성의 모습이 있었다.

아니, 이게 누구야. 스펜서 자작 아닙니까?

드래곤 시티에서 만난 지 얼마 안 된 상대다.

그녀의 주변에는 그 밖에도 십여 명의 기사들이 있는 게 보였다.

"……아니, 생각할 것도 없군요. 정말이지 기민해요."

드문드문 낯익은 얼굴을 확인할 수 있는 걸 보니, 아마 암흑대륙에서 활동을 함께하던 이들일 터였다. 한 명의 예외도 없이 중앙에 선 그녀를 지키려는 듯 무기를 들고 있다.

그런 태세로 천천히 이리로 다가왔다.

여기 있는 취락의 주민들은 그들을 둘러싸면서 위협하며 이동.

이빨이나 손톱을 드러낸 짐승들이 여기저기서 으르릉 목을 울리고 있다.

"네놈들은 뭐냐! 차례차례 어떻게 된 거야?!"

"닌쿠 대삼림에 군림하는 수왕님에게 용건이 있어 찾아왔습니다."

"큭……."

스펜서 자작의 별것 아닌 발언이 니트 소의 멘탈을 후벼 팠다.

아무래도 그녀는 수왕님의 대가 바뀐 걸 몰랐던 모양이다.

이 이상의 질의응답은 위험하다.

가뜩이나 선대는 우리와의 토크로 화가 나 있다.

간장 얼굴은 황급히 양자의 대화에 끼어들었다.

"스펜서 자작, 용왕님은 어떻게 된 겁니까?"

"저희를 이곳으로 보내주시고, 거성으로 돌아가셨습니다."

머리 위를 가리킨 스펜서 자작에 이끌려서 추남도 하늘을 올려다봤다. 그러자 아득한 하늘 저편에서 훌륭한 비공정이 떠 있는 걸 확인할 수 있었다. 오늘에도 목격했던 한 척이다.

아마 우리와 비슷한 꿍꿍이로 찾아온 거겠지.

이렇게까지 행동이 겹치면 서로의 의도는 뻔히 보인다.

에디타 선생님의 말처럼, 아는 사람은 아는 게 수왕님의 존재다. 드래곤 시티에서 퇴각한 이후, 용왕님에게 수왕님의 존재를 듣고 급하게 찾아왔을 게 틀림없다. 설마 한나절도 걸리지 않아 얼굴을 마주하게 될 줄이야.

"자기 몸을 돌보지 않는 겁니까? 너무나도 무모한데요."

"배려는 감사합니다. 하지만 저희도 용왕님이라는 실적이 있습니다."

"그렇습니까……."

북쪽 대국도 초조해하기 시작했다는 뜻인가.

이렇게 되면 스펜서 자매 말고도 여기저기서 움직이고 있다고 생각하는 게 좋을지도 모른다. 드래곤 시티에서 온천 삼매경을 보내던 저널 교수가 무거운 허리를 들어 학원도시로 돌아간 것도 이런 세상의 움직임을 알아챘기 때문이겠지.

우리로서는 용왕님이 동행하지 않았다는 점에 안심했다.

만약 그가 함께 찾아왔다면 큰일이 벌어졌을 거다.

"이, 이봐!"

이크, 에디타 선생님이 셔츠 자락을 잡아당겼다.

몸을 쭉쭉 압박하는 느낌이 기분 좋다.

로리가 내 셔츠를 잡아당긴다는 쾌감.

이걸 위해서 휴일에 교외 쇼핑몰을 배회하고 싶어진다.

콤마 이하 확률의 세계.

미아가 된 모르는 여아의 부탁을 받는 역할이라든가, 그런 거.

하지만 그렇게 돌아본 선생님의 안색이 좋지 않았다.

"젠장! 이놈이고 저놈이고 수왕이니 뭐니 떠들어대기는……."

그녀가 바라보는 곳에서 선대 수왕님이 얼굴을 붉히며 분노하고 있었다.

바로 판단할 수 있었다.

폭발 직전이다.

정신이 들자, 광장을 채우고 있던 다른 야수족들까지 어느새 우리와 거리를 벌리고 있었다. 잠깐잠깐, 이런 건 다른 데서 하라고. 그런 표정으로 이쪽을 멀리서 엿보고 있다.

어디를 어떻게 봐도 곰 같은 야수족이 입가에 손을 댄 채로 불안해하는 모습이 매우 큐트했다. 평범하게 대화를 나눌 수 없으려나. 동영상을 촬영해서 소셜 미디어에 투고하고 싶은 욕구에 휩싸였다.

"진정해 주세요. 그녀는 이런 사정에 어두워서 말이죠."

"수왕이 어쨌다는 거냐! 네놈들을 모조리 죽여버리겠다!"

"윽……"

정령왕님의 말대로 상당히 호전적인 성격의 소유자다.

음머~하고 귀청을 찌르는 포효.

이렇게 되면 소동을 피할 수 없다.

간장 얼굴은 황급히 자신의 스테이터스를 확인했다.

가능하다면 체크하는 일 없이 넘어가고 싶었다.

LUC의 마이너스 수치를 보고 싶지 않기 때문이기도 했다.

건강검진을 싫어하는 중년이 의외로 많단 말이지.

20대일 때 매년 검진하는 걸 습관으로 만들어 두면 건강할 때의 기억이 성공 체험으로 남으니까, 나이를 먹어서도 자연스레 마무리를 그릴 수 있게 되어 추천한다는 것이 현장 의사의 고마우신 말씀이다.

그러나 그 이상으로 생각하는 게 하나.

나의 스테이터스와 대조하면서까지 최선을 다해야 하는 상대와 싸우게 되면 주변의 피해는 심각해진다. 마왕님과의 소동에서도 그랬다. 그렇기에 앞으로는 싸우는 걸 전제에 두고 생각해서는 안 되고, 폭력에 의존하는 일은 삼가고 싶다.

역에도 그런 포스터가 붙어 있었잖아.

이름 : 다나카

성별 : 남자

종족 : 인간

레벨 : 691

직업 : 연금술사

HP : 790100/790100

MP : 1698800001/1698800001

STR : 52998

VIT : 150020

DEX : 89000

AGI : 120110

INT : 102007651

LUC : −88001

그러나 나르시시스트 사고도 잠시였을 뿐, 급상승한 레벨에 방긋 웃었다.

지금의 추남, 꽤 기분 나쁜 표정을 짓고 있었겠지.

그렇다. 폭력에 눈을 뜬 기고만장한 동정의 얼굴이다.

"에디타 씨, 물러나주세요."

"자, 잠깐! 나도 도와……."

"아마 저 혼자서도 대처할 수 있을 겁니다."

이런 말을 꺼내면 불에 기름을 붓는 짓이니까 입 다물고 있었지만, 수왕님은 마왕님이나 불사왕님과 비교하면 한 랭크 약하다. 스테이터스 수치가 전체적으로 낮기 때문이다. 예를 들어 STR 수치는 선대 마왕님의 절반 정도에 불과하다.

반면, 이쪽은 대폭 레벨 업의 은총을 받아 INT 수치가 한 자릿수 올라갔다. 마왕님의 마법조차도 버텨낸 회복마법이나 스톤 월을 고려하면, 여기 있는 그가 상대라면 완봉도 불가능하지는 않을 것 같다.

"아니, 하지만 상대는 전 수왕이라고?! 아무리 그래도 위험해!"

"시끄러워어어어! 전이라고 하지 마라아아아아아!"

에디타 선생님이 꺼낸 전 수왕이라는 워드가 뼈아팠나 보다.

이거, 이미 콤플렉스가 되어버렸네.

선대 수왕님이 움직였다.

땅을 박차고 공중으로 뛰어올라 주먹을 내질렀다.

우리 인류의 머리보다 커다란 주먹이다. 상대와의 스테이터스 차이를 고려하면, 순순히 받아냈다가는 목 윗부분만이 아니라 상반신이 날아가겠지. 그게 순식간에 코앞까지 다가왔다.

이미 발동 중인 비행마법을 이용한다면 피하는 건 가능하다.

최근에는 이런 급제동도 능숙하게 해낼 수 있다.

그러나 첫 일격은 순순히 맞아주기로 했다.

상대의 혈기도 빼주고, 이쪽의 힘을 알리기 위해서다.

단, 직후에 지속형 회복마법은 잊지 않았다.

에디타 선생님이나 대정령님에게도 함께 걸었다.

또한, 몸을 젖혀서 맞는 부위를 왼팔로 삼았다. 머리를 잃으면 일시적으로 의식 불명이 되어버리니까, 그것만큼은 피하고 싶었다. 추남이 쓰러진 사이 상대의 적의가 다른 이들에게 향하면 큰 일이니까.

몇 초 뒤, 코고리의 주먹이 간장 얼굴의 왼쪽 팔꿈치를 후려쳤다.

파아앙 하고 경쾌한 소리를 내면서 팔이 어깨 주변까지 날아갔다.

곧바로 지속형 회복마법이 효과를 발휘.

소실되었던 왼팔이 몇 초도 지나지 않아 복귀했다.

"뭣……."

이것에는 상대도 놀란 모양이다.

그보다 추남도 경악했다.

예전과는 비교할 수도 없을 만큼 치유 스피드가 향상되었다. 이를 악물고 각오를 다졌던 통증도 거의 느껴지지 않았다. 그야말로 눈 깜빡할 사이에 일어난 일이다. 정말로 공격을 받았는지 의문이 들 정도의 치유다.

단, 변함없이 의복만큼은 그 범주에 없다.

그대로 찢어진 셔츠 소매가 상대가 공격했다는 흔적을 주변에 알려주었다.

코고리의 공격은 확실하게 추남의 팔을 날려버렸다는 것을.

"너, 지, 지금 그건 회복마법, 이야?"

"마왕님과의 소동을 겪으면서 성능이 올라간 모양입니다."

"하지만, 아무리 그래도 치유가 너무 빠른 게……."

에디타 선생님도 눈을 크게 뜨며 내 팔을 바라봤다.

대정령님이나 스펜서 자작도 예외는 아니다.

여기 있는 모두가 간장 얼굴을 주목하고 있다.

은근히 뭐든지 가능한 판타지 세계의 마법 업계지만, 그럼에도 지금 이건 예외적인 일인 모양이다. 뜬금없는 매직을 보게 되었다는 반응이 야수족들에게서도 돌아왔다.

이렇게 되면 VIT나 HP 같은 내구력에 관련된 스테이터스 수치는 의미가 없어졌을지도 모르겠다. 지속형 회복마법만 사용할 수 있다면 육체적인 손상은 그리 대단한 문제가 아니지 않을까?

아니, 아무리 그래도 이건 지나친 생각인가.

상대의 순발력에 따라서는 확실하다고 말할 수 없다.

시험해 볼 수도 없으니까, 자만하는 건 삼가자.

"……네놈, 정말로 인간이냐?"

코고리의 지적을 받았다.

주먹을 꽂아 넣은 직후, 지상에 내려서서 추남과 거리를 벌렸다. 호들갑스럽게 경계하는 모습에서는 지금까지 없었던 경계의 색이 느껴진다. 이쪽을 위협적이라고 인정한 모양이다.

"그렇기는 합니다만, 지금 이건 조금 설득력이 부족하군요."

"……."

내가 그의 입장이었다면 절대 믿지 않을 것이다.

오히려 언데드 같은 게 아닌가 생각할지도 모른다.

상대가 즉시 거리를 벌린 것도 그걸 염려한 게 아닐까? 새 씨와 행동을 함께하고 되고 나서 알게 된 건데, 좀비화만큼 성가신 게 없다. 개인적으로는 용왕님보다는 불사왕님과 적대했을 때가 더 위험한 것 같다.

과거, 전자가 후자에게 패배한 것도 그쪽이 이유인 게 아닐까?

“다음에는 이쪽에서 공격하기로 할까요.”

“크…….”

그렇지만 상대를 다치게 할 생각은 없다.

광장 주변에는 야수족들의 거주지가 존재하고 있다. 이 인근에서 파이어 볼이라니, 화재가 일어나는 미래밖에 보이지 않는다. 어느 정도의 규모로 사는지 확실하지는 않지만, 자칫하면 전쟁이 시작될 수도 있다.

가뜩이나 북쪽 대국과의 관계가 위태로운 지금, 그것만큼은 피해야 한다.

그런고로 간장 얼굴의 초이스는 스톤 월 하나.

“스톤 월!”

딱히 기술명을 외칠 필요는 없다. 무영창, 무선언으로 사용이 가능하다.

그래도 안전한 마법이라는 걸 어필하기로 했다.

직후, 나의 의도대로 대상 주변에 돌벽이 불쑥 솟아올랐다. 그것도 상대를 사방에서 감싸듯이 퍼엉 솟아났다. 이어서 지면과 수평으로 뻗은 면이 천장에 뚜껑을 닫았다. 사방 3미터, 높이 5미터 정도의 커다란 석관이 완성되었다.

“뭐, 뭐냐 이건!”

상대도 갇혀버릴 줄은 몰랐던 모양이다.

내부에서 으르렁대는 목소리가 들렸다.

동시에 쾅쾅 벽을 두들기는 기척.

이 모놀리스는 일격이라면 선대 마왕님의 마법조차 막아낼 수 있었다. 술자의 INT 수치가 증가한 현재, 게다가 상대의 공격력이 그녀보다 낮다면 어느 정도 버틸 수 있지 않을까?

그런 간장 얼굴의 예상대로 벽은 코고리를 상대로 건투.

계속해서 몇 번이고 두들기니 표면에 금이 가게 되었지만, 스톤 월을 중첩하자 그것도 금방 원상복구 되었다. 당연하게도 후자가 더 손쉬우니까, 수왕님은 전혀 벽 안쪽에서 나오지 못했다.

"네놈. 꺼, 꺼내라! 이런 건 비겁하잖아?!"

"전직이라고는 해도, 수왕을 구속할 정도의 스톤 월이라니……."

에디타 선생님도 감탄한 목소리를 냈다.

상대의 레벨이 일정 이하라면 스톤 월로 가두기 최강 전설. 이것과 파이어 볼이 있다면 어지간한 적은 확실하게 죽일 수 있다. 돌이켜보면 이런 느낌의 꼼수 플레이가 가능한 온라인 게임, 옛날에 있었던 것 같다.

그러나 이번에 파이어 볼은 삼가자.

간장 얼굴은 토목 마법을 반복해서 사용해서 벽 일부를 움푹 들어가게 했다.

감각적으로는 작은 창문을 설치한 느낌이다.

그러자 그곳에서 소 씨의 얼굴이 불쑥 인사하듯 나왔다.

"밖으로 꺼내라! 나를 바보 취급하는 거냐?!"

"그렇다면 죄송합니다만, 주먹을 거둬주시겠습니까? 가능하다면 숲에 불을 지르고 싶지는 않습니다. 앞서 말씀드렸다시피, 저희는 여기 사는 분들에게 적의를 가지고 있지 않으니까요."

“크…….”

코고리가 창틀 부분에 닿으면서 콱콱 소리를 내고 있다.

체면이고 뭐고 없는 상황이라 미안하게 생각한다.

하지만 먼저 공격한 건 그쪽이니까.

“괜찮으시겠습니까?”

“……젠장, 마음대로 해.”

반복해서 묻자 석관 안에서 코고리가 얌전해졌다.

아무래도 순순히 저항을 단념한 모양이다.

창틀에 튀어나왔던 소머리도 안으로 쏙 들어가서 보이지 않게 되었다.

마법을 쓰지 않고 타격전을 벌인다면 죽지야 않겠지만, 유효타를 가할 수 없는 추남에게 승산은 전혀 없었다. 그러나 이런 우회적인 수단이라면 내가 더 유리하다. 이렇게 스테이터스 차이를 착각하게 만들 수 있었다.

그걸 확인한 간장 얼굴은 스톤 월을 해제했다.

상대의 주변을 둘러쌌던 벽이 사라지고, 코고리의 모습이 모두의 앞에 돌아왔다.

조금 전까지 혈기왕성한 태도와는 다르게 의기소침해 보였다. 광장에 있는 취락의 동료들이 보내는 시선 때문이기도 하겠지. 시선을 엉뚱한 방향으로 돌리면서 안절부절못하는 모습이라서, 향후 그의 생활을 고려하면 미안하게 됐다.

그런 직후의 일이었다.

광장 구석에서 떠들썩한 소리가 들렸다.

“큰일이다! 고블린이 왔다! 말하는 고블린이 또 왔다!”

크게 외친 건 개와 흡사한 분위기의 야수족이었다.

사족보행으로 숲속에서 달려오더니 슬쩍 두 다리로 일어서면서 호소했다. 광장에 모인 이들에게 목소리를 높여 울부짖었다. 그 언동은 이종족이면서도 많은 두려움이 엿보였다.

직후, 그의 뒤에서 나뭇가지나 잎사귀가 흔들렸다.

이번에는 뭐냐고. 그런 분위기가 모두에게서 흘렀다.

부스럭부스럭 기척이 나자, 여기 있는 전원의 의식이 쏠렸다.

그러자 우리가 주목하는 가운데, 모습을 드러낸 것은 두 명의 고블린.

그것도 추남에게는 어딘가 낯익은 모습을 하고 있었다.

한쪽은 검을 든 검사 스타일.

스펜서 자작이 금속제 전신 갑옷을 입고 있는 것과는 대조적으로, 가죽제 바지나 망토를 베이스로 하고 있다. 어깨나 방패 일부에 금속을 쓰고 있는 정도라, 상당히 가벼운 인상이 드는 차림새였다.

다른 한쪽은, 지팡이를 든 마법사 스타일.

이쪽도 가죽제 로브 차림을 기본으로 삼았고, 평상복에 가까운 분위기가 느껴졌다. 등에는 커다란 배낭을 메고 있고, 척 봐도 후위라는 느낌. 그리고 전자가 남성 같은 느낌이 나는 반면, 이쪽은 여성 같은 느낌이 엿보인다.

그런 모습을 한 고블린 두 명이 야수족 사이를 지나 광장에 나타났다.

설마 잘못 볼 일은 없다. 약초 고블린 남매다.

"윽…… 또, 또 오다니! 이번에는 무슨 용건이냐 이 자식들!"

잠시 추남을 경계했던 코고리는 이제 고블린들을 돌아보며 경계하게 되었다. 천객만래란 바로 이런 걸 가리키는 거겠지. 꽤 바쁜 미노타우로스 공이다. 소동이란 종종 겹치는 법이니까.

이런 경우에는 뒤편에서 뭔가 이벤트가 일어나고 있는 거지.

스펜서 자작이나 그녀가 데려온 기사들도 의문의 표정을 짓고 있다.

"마왕의, 소식. 약속, 대로, 전하러 왔다."

"뭐라고?"

고블린 오빠의 발언을 들은 코고리의 표정이 변화를 보였다.

놀라서 눈을 크게 뜨고 있다.

이 짧은 시간에 화내거나 침울해지거나 놀라는 등, 감정이 무척 풍부한 인물이다. 우리 인류가 보기에는 익숙하지 않은 소머리인데도 처음 만났을 때의 위압감이 흐려지기만 하고, 개그맨 같은 인상이 싹트고 있다.

그런 그의 곁으로 고블린 남매가 다가왔다.

자연스럽게 간장 얼굴이나 에디타 선생님의 모습도 그들에게 비쳤다.

"……인간?"

"오랜만입니다. 이렇게 말해도, 그 정도까지는 아닌가요."

공중에 뜬 우리를 올려다본 고블린 오빠가 말했다.

여동생도 어라? 같은 시선을 보내고 있다.

과거에 스테이터스 윈도우로 확인한 오빠의 직함을 고려하면, 이 남매가 선대 수왕을 찾아온 건 우리도 이해가 안 가는 건 아니다. 한편, 그들이 보기에 나는 닌쿠 대삼림과는 무관계한 납작한 노랑족.

야수족과의 관계도 전혀 없으니까, 그들이 의문을 품는 건 당연한 일이다.

"이런, 곳에, 어쩐 일이냐?"

"저기 있는 그에게 용건이 있어서요."

바로 옆에 선 코고리를 시선으로 가리키며 말했다.

고블린 남매의 시선이 양자 사이를 오갔다.

"이곳, 야수족의, 취락. 인간, 위험하다."

"네. 알고 있습니다."

"야수족에게, 무슨, 용건이?"

"여기서 수왕님의 대가 바뀌었다는 이야기를 들어서요."

모르는 사이도 아니기에, 솔직하게 전달하기로 했다.

우리의 대화를 바라보던 선대는 짜증 섞인 시선으로 이쪽을 바라보고 있다. 그러나 조금 전 스톤 월이 통했는지, 그 이상 아무 말도 하지 않았다. 당대와의 관계를 알리기에는 절호의 기회다.

이걸로 그도 우리의 입장을 이해해주지 않을까?

"인간, 수왕, 쓰러뜨리는 건가?"

"천만에요. 우호 관계를 맺으러 찾아왔습니다."

"과연……."

솔직하게 사정을 설명하자, 상상 이상으로 바로 납득해줬다.

마왕님과 싸우던 때, 그의 직함에 수왕이라고 기재되어 있던 건 결코 폼이 아니었던 모양이다. 아마 선대 수왕님, 코고리와의 사이에서 뭔가 주먹이 오가는 충돌이 있었던 거겠지.

모처럼 기회가 왔으니, 그쪽도 확인해 볼까.

"당대 수왕을 계승하셨다고 들었는데, 어떻습니까?"

"확실히, 그런 이야기, 들은 적, 있다."

"저기 있는 그와의 사이에서 뭔가 문제라도 있었습니까?"

"대단한, 일은, 아니다."

"그렇습니까?"

"약간의, 분쟁. 착오."

"지장이 없다면 당시의 일을 여쭤보고 싶습니다만……."

"이, 이봐!"

우리의 대화를 듣던 코고리가 항의하는 목소리를 냈다.

그러나 한 발짝 내디디며 거칠게 항의하기는 했지만, 그 이상 아무것도 하지 못했다. 분한 표정으로 으드득 이를 갈면서 주먹을 움켜쥘 뿐. 힘이 모든 것인 세계에서 살아가는 만큼, 이런 반응은 현저하다.

주변에서는 취락 주민들이 끊임없이 시선을 보내오고 있다.

에디타 선생님이나 스펜서 자작도 묵묵히 우리의 대화를 지켜보고 있군요.

그런 와중에 약초 고블린에게 사태의 전말을 들었다.

그의 입에서 나온 말에 따르면, 아무래도 고블린 오빠에게 수왕의 직함은 우연히 얻은 산물인 모양이었다. 이것도 고블린 남매에게 먼저 싸움을 건 건 코고리 쪽이었지만.

닌쿠 대삼림에서만 난다는 귀중한 약초.

그걸 채집하러 찾아온 약초 고블린.

그 앞길을 가로막은 코고리라는 구도다.

사람 말을 하는 고블린의 존재에 흥미를 느끼고 살짝 찔러보려고 한 거겠지. 본인의 말에 따르면, 숲의 약초를 얻기에 어울리는지 아닌지 실력을 시험해 보자는 것이었다고 한다. 하지만 뭐, 요컨대 그런 뜻이다.

그 결과, 오히려 본인이 당해버려서 수왕의 이름을 양보하게 된 것이다.

취락 사람들 앞이라 물러나고 싶어도 물러나지 못하게 된 코고리의 모습이 손쉽게 상상되었다.

완전히 자업자득인 미노타우로스다.

"수왕, 딱히, 필요 없다. 필요하다면, 돌려준다."

"웃기지 마! 그렇게 동정하듯이 건네주는 걸 받을 수 있겠냐!"

마음씨 착한 고블린이 코고리에게 주는 것은 따스한 배려.

정말로 돌려주고 싶을 텐데, 자존심이 강한 소는 목소리를 높이며 뿌리쳤다. 신장 3미터는 넘는 근육 덩어리 같은 몬스터가 우리 인류보다 작은 고블린 상대로 안간힘을 쓰는 모습을 보니 위화감을 씻을 수가 없다.

여동생은 오빠 뒤에 숨어서 움츠러들어 있잖아.

"당대의 수왕은 네놈이다. 그 이름에 걸맞게 제대로 긍지를 가지라고."

"하지만, 고블린도, 수왕, 필요 없다. 썩히는 것, 좋지 않다."

"뭐, 뭐라고?!"

그 반응을 보고 왠지 미안해하는 고블린이 귀여웠다.

조용히 의견을 전달하는 모습에서는 아무런 적의도 느껴지지 않는다.

"수왕, 강한 자. 그렇다면, 그것은, 이 인간."

"이 자식, 내게서 수왕의 자리를 빼앗아 놓고서는……."

"아까, 이야기, 계속한다."

아까 이야기란, 약초 고블린이 처음 만났을 때 했었던 마왕의 소식이 어떠니 하는 대화일 터. 아마 마왕님의 동향을 전달하겠다는 약속을 사전에 했던 게 아닐까?

굳이 이렇게 발길을 옮긴 걸 보면 고블린 남매와 코고리의 관계는 적어도 전자에게는 그런대로 우호적으로 보인다. 닌쿠 대삼림에서만 난다는 약초의 존재와 그걸 나눠 받은 것이 영향을 줬을 것이다.

어쩌면 우정 같은 걸 느끼고 있을지도 모른다.

"마왕, 쓰러뜨린 것, 이 인간."

"뭐?! 무슨 웃기는 소리를 하는 거냐."

"이 인간, 고블린보다, 강하다. 수왕, 어울린다."

"……이 자식, 설마 진심으로 하는 소리냐?"

코고리는 음머~하고 으르렁거리는 소리를 내며 노려봤다.

직후, 그 시선이 추남에게도 향했다.

지금 당장에라도 두들겨 패러 올 것만 같았다.

비행마법으로 공중에 떠 있어서 다행이다. 만약 지상에 서 있었다면 양자의 압도적인 신장차 때문에 심하게 기가 죽었을 거다. 스테이터스 수치는 그렇더라도 무서운 건 무서운 거다.

"이 눈으로, 봤다. 틀림, 없다."

"크……."

그러는 사이에도 양자 사이에서 대화가 진행되었다.

단, 그건 간장 얼굴도 끼어들고 싶어지는 대화다.

"저기, 그건 조금 무리가 있어 보입니다만……."

이 세계에 찾아온 이후, 수시로 납작한 노랑족 취급을 받아서 인류의 틀에서 한 발짝 삐져나온 입장에 있다. 오크나 리저드맨 같은 인외 판정을 받은 적도 많다. 적어도 직함 정도는 사람을 유지하고 싶다.

아니, 딱히 야수족을 낮춰보는 건 아니다.

그런 건 아니지만, 그게 추남이 사람으로서 가진 최소한의 존엄.

믿고 있겠어, 스테이터스 윈도우.

이름 : 다나카

성별 : 남자

종족 : 인간

레벨 : 691

직업 : 수왕

HP : 790100/790100

MP : 1698800001/1698800001

STR : 52998

VIT : 150020

DEX : 89000

AGI : 120110

INT : 102007651

LUC : −88001

이게 무슨 일이야. 전혀 무리가 아니었다.

어째서 거기에 있는 거냐고. 수왕 칭호가.

그렇다면 고블린은 어떻게 되었지?

이름 : 랜슬롯

성별 : 남자

종족 : 고블린

레벨 : 3401

직업 : 영웅

HP : 27001023/27001023

MP : 309800/309800

STR : 8988811

VIT : 6700191

DEX : 1305653

AGI : 6001910

INT : 340555

LUC : 2001932

어? 뭐야, 그거. 멋있잖아.

간장 얼굴도 그쪽이 좋아.

게다가 놀랍게도 마왕님과의 싸움에서 조력을 받았을 때보다 레벨이 더 올라가지 않았나? 추남과 마찬가지로 그때의 일이 영향을 준 건가. 아니, 하지만 그런 것치고는 굉장한 상승량이다.

그보다 넋을 잃고 있을 때가 아니다.

어떻게든 납작한 노랑족의 수왕 취임을 회피해야만 한다.

"왜 그러나? 인간. 이상한 표정, 짓고 있다."

"저에게는 다른 지위가 있습니다. 수왕을 자칭할 수는 없습니다. 애초에 그런 대단한 직함은 왕이 될 만한 실력을 가진 분이 올라야겠죠. 그런 의미에서 저는 닌쿠 대삼림을 다스리는 그가 왕의 그릇이 있다고 생각합니다."

추남의 얼굴이 이상한 건 원래 그렇다.

고민 같은 걸 하면 이상한 부분이 급상승한다.

"어, 어째서 네놈이 그런 걸!"

"보아하니 이 취락은 다양한 종족이 서로 손을 맞잡고 지내고 있습니다. 당연히 분쟁도 많겠죠. 그걸 훌륭하게 규합하고 있는 수완은 희귀한 겁니다. 천부의 재능이라 불러도 과언이 아니겠죠."

"윽……."

이렇게 되면 띄워줘야 한다.

띄워줄 수밖에 없다.

가뜩이나 최근 주변에서 불사왕의 직함을 둘러싸고 귀찮은 일이 벌어지고 있다. 여기에 추가로 내가 수왕으로 취임하게 된다면 주변에서 어떤 시선으로 바라볼지 알 수가 없다.

바로 옆에는 에디타 선생님이나 스펜서 자작의 눈도 있으니까.

"또한 그러면서도 무력도 우수하시죠. 아뇨, 우수한 수준이 아닙니다. 주변과는 돌출되어 있죠. 적어도 저는 선대 마왕이나 여기 있는 그를 제외하고는 이렇게나 강대한 힘을 가진 야수족을 만난 적이 없습니다."

"네놈, 그럼 어째서……."

"조금 전에는 기량에 의한 승부였기에 이쪽이 유리했습니다. 하지만 얼굴을 마주하고 격투전을 벌인다면 저에게 승산은 없었겠죠. 그런 의미에서는 저의 방식은 꽤 비겁했습니다."

"……"

"무엇보다도 왕이란 타인을 이끌어야 하는 존재입니다. 자신의 힘을 올바른 방향으로 이끌고, 정정당당하게 휘두를 수 있는 당신은 그야말로 매일매일을 왕으로 살고 있죠. 이렇게나 수왕의 이름에 어울리는 분은 달리 없다고 강하게 생각합니다."

도중부터 점점 칭찬이 즐거워졌다.

덕분에 후반부는 기세에 맡겨서 이것저것 말을 거듭하고 말았다. 그래도 딱히 거짓말을 하지는 않았다. 본인도 어느 정도 자각하고 있는 건지, 이쪽의 말에 대한 반론의 목소리도 점점 줄어들었다.

그렇게 잠시 반복해서 칭찬의 말을 늘어놓았다.

일방적으로 띄워주자 코고리는――.

"……뭐, 그렇게까지 말한다면, 어, 어쩔 수 없지."

넘어왔다.

완전히 넘어왔다.

어쩜 이리도 쉬운 미노타우로스인가.

"당대 수왕의 자리, 아무쪼록 군림해 주시겠습니까?"

"만약을 위해서 확인하는 거지만, 네놈, 정말로 마왕을 쓰러뜨린 거냐?"

"제가 쓰러뜨렸다기보다는 모두와 협력한 결과입니다."

"그런 녀석이 원한다면야, 조금 더 해, 해줄 수도 있다고? 나로서는, 저기, 뭐랄까? 슬슬 은거해도 되려나 생각하고 있었는데 말이지. 그래도 그렇게까지 말한다면야 마을 녀석들을 위해서라도 힘낼 수밖에 없겠지?"

무심한 척을 하면서도 입가가 히죽거리고 있는데.

그걸 감추고자 뺨을 실룩실룩 잘게 떨고 있었다. 미노타우로스는 입가가 크니까, 근육이 움직이는 모습도 자세히 엿볼 수 있다. 게다가 그에 연동해서 입술이 파들파들 떨렸다.

그렇게나 기쁜 거냐는 생각이 들기도 한다.

분명 굉장히 기쁜 거겠지.

수왕의 직함도 이런 인물이 손에 넣어야 의미가 있을 거다.

"감사합니다. 꼭 부탁드리고자 합니다."

"그래, 나에게 든든하게 맡겨두라고!"

코고리가 수긍한 직후, 다시 스테이터스 윈도우를 확인했다.

그러자 추남의 직함은 예전 것으로 돌아가 있었다.

대신 상대의 직함이 니트에서 수왕으로 변화했다.

마왕이나 불사왕 같은 다른 왕과는 달리, 애니멀 속성의 킹은 이렇게 당사자들의 승인 행위로 존재를 계승하는 모양이다. 요컨대 우리 인류가 다루는 왕족 칭호와 똑같다. 과거에 에디타 선생님에게 확인한 그대로다.

그런데, 모처럼 당대 수왕님과 가까워졌군.

이 기회에 닌쿠 대삼림과도 우호적인 관계를 맺고 싶다.

스펜서 자작이 함께 있는 것도 상황이 좋다.

이 자리에서 페니 제국은 야수족과 원만한 관계를 맺었다고 대외적으로 주장하기로 하자.

"수왕님, 바로 제 쪽에서 하나 말씀드려도 괜찮으시겠습니까?"

"으……. 뭐, 뭔데? 말해봐."

"모처럼 이렇게 이야기를 나눌 기회를 얻었으니, 아무쪼록 저희와 우호적인 관계를 맺어 주시겠습니까? 구체적으로 뭔가 하려는 건 아니지만, 저희는 닌쿠 대삼림의 여러분과 친하게 지내고 싶습니다."

"그건 네놈들 인간과, 라는 거냐?"

코고리, 아니 수왕님이 약간 경계심을 보였다.

그러나 이 자리에서는 팍팍 나가자.

결코 수상쩍은 일은 아니다.

무엇보다 상대도 우리와 함께하는 게 매력적일 터다.

"인간이라기보다는 저희와 맺는 형태겠죠. 실은 저희도 이 대륙에 취락을 두고 있습니다. 그곳에서는 인간 말고도 드래곤이나 엘프, 마족 같은 이들이 함께 생활하고 있습니다."

"호오……."

"규모야 닌쿠 대삼림보다 훨씬 뒤떨어집니다만, 그 존재 방식은 이쪽과 비슷하다고 생각합니다. 선구자에게 배운다는 의미에서도, 함께 발전을 지향한다는 의미에서도 앞으로 다투지 않고 사이좋게 지내고 싶어서요."

"확실히 네놈은 강하다. 게다가 정령왕과는 공통 지인이지."

대정령님에게 힐끗 시선을 보낸 수왕님이 말했다.

시선을 받은 그는 고개를 끄덕였다.

긴 귀가 앞으로 힘차게 흔들리는 모습이 무척이나 러블리하다.

"그녀에게는 당대 수왕에 관해 확실히 전달하기로 하겠습니다."

"그래. 그렇다면야 이쪽에도 딱히 안 좋은 이야기는 아니지."

"긍정적으로 검토해 주시겠습니까?"

"알았어, 네놈을 믿기로 하겠다. 사이좋게 지내자고."

"감사합니다. 그렇게 말씀해주시니 무척 기쁩니다."

다행이다. 이걸로 닌쿠 대삼림의 야수족들과 우리 드래곤 시티는 친근한 관계가 되었다. 적어도 북쪽 대국에 붙은 수왕님과 그가 이끄는 짐승들이 페니 제국을 쳐들어오는 상황은 피할 수 있다.

넌지시 스펜서 자작에게 시선을 보내니, 분한 표정으로 추남을 바라보는 모습이 눈에 들어왔다. 자신들이 노리고 있었는데 적국에 한 발 뒤처졌으니까 당연하다면 당연한가.

어느 의미로는 아슬아슬하게 세이프라 할 수 있다.

정령왕님의 심부름은 우리에게도 매우 실익이 컸다.

왕 된 존재(2) King Being(2nd)

당대 수왕 직함을 둘러싼 문답은 최종적으로 원래 보유자에게 돌아갔다.

그와 함께 우리는 정령왕님에게 받은 퀘스트를 무사히 완수. 이후에는 닌쿠 대삼림에서 있었던 일을 보고하러 돌아가기만 하면 된다. 당초에는 약초 고블린에게 동행을 부탁하려고 했는데, 그럴 필요도 없어 보인다.

소동에 마주했던 스펜서 자작은 딱히 뭐라 더 말하지 않고 데려온 기사들과 함께 비행마법을 써서 공중에 뜬 비공정으로 돌아갔다. 이번 일로 북쪽 대국이 한동안 조용해진다면 다행일 터다.

그렇게 취락 광장이 조용함을 되찾은 지 얼마 후.

우리는 수왕님의 호의를 받아들여 이곳에서 1박을 하게 되었다.

기꺼이 환영하니까 꼭 묵고 가라고 했다.

하늘에는 이미 해도 저물고 있었기에, 기왕 이렇게 된 이상 오늘은 신세를 지기로 했다. 그들과의 원만한 관계는 드래곤 시티에도 이익이 된다. 하룻밤 실례해서 친목을 다지는 것도 의미가 있다고 판단했다.

에디타 선생님과 대정령님에게도 수락을 받았다.

참고로 고블린 남매도 함께다.

그렇게 찾아온 수왕님의 저택은 꽤 훌륭했다.

일단 무엇보다도 건물 자체가 컸다. 몸길이 3~5미터는 되는 미노타우로스니까 거주지도 상당한 수준이다. 문 하나만 해도 손잡이가 우리 머리쪽에 위치하고 있어서 이세계 느낌이 굉장했다.

가옥은 기본적인 목조 단층집이었는데, 로그하우스 같은 분위기가 감돌았다. 주변이 나무들에 둘러싸여 있기에 재료가 되는 목재는 모자라지 않은 모양이라, 취락 건조물은 모두 사치스럽게 목재를 사용하고 있었다.

물이야 우물을 기본으로 쓰고 있지만, 의외로 생활의 질은 높아 보인다.

그런 생각은 식탁에 둘러앉았을 때도 느꼈다.

그다지 기대하지는 않았다는 말은 결코 할 수 없지만, 식생활의 차이라고 해야 하나, 그런 쪽의 불안감은 적잖이 느끼고 있었다. 그러나 막상 저녁 식사 자리에 와보니 상당히 공을 들여 만든 맛있는 메뉴가 우리 앞에 보였다.

취락의 여자들이 공들여 만들었다는 것이 코고리의 말이다.

실제로 먹어보니 맛있어서 불안감을 느꼈던 게 미안해졌다. 인류와 상성이 꽤 안 좋은 식생활을 가진 야수족도 있지만, 그래도 비교적 우리와 가까운 식생활을 보내는 야수족도 있는 모양이다.

그런 이야기를 들은 즈음에서, 간장 얼굴은 향후 교류에 대한 희망을 찾아냈다.

육식은 사냥감이 주류인 반면, 채소나 곡물은 농작을 진행하고 있다고 한다. 적어도 수왕님의 직속 취락에서는 굶주림과도 연이 없는 생활을 보내고 있다는 이야기를 들었다. 어딘가의 빈곤 왕국과 비교해도 월등히 풍족한 생활상이다.

술도 일상적으로 주조하고 있다고 해서 한 잔 받았다.

이게 또 무척 맛있었다.

그리고 식후에는 그대로 수왕님의 저택에서 오늘 밤의 침상을 빌렸다. 손님방이라는 곳은 역시 미노타우로스 사양이라 매우 컸다. 40평방미터는 되어 보이는 공간에 킹사이즈를 뛰어넘는 커다란 침대가 두 개 놓여 있었다.

대정령님은 별도로 전용 침대가 들어왔다. 단적으로 말하면, 애완동물용 침대. 그와 같은 소형 사족보행 야수족도 이 취락에서는 어느 정도 숫자가 있어서 그리 고생하지 않고 조달할 수 있었다.

고블린 남매는 다른 방이다.

아무리 그래도 다섯 명이 숙박하기에는 좁으리라는 상대의 배려였다.

오늘은 이쪽 세 명이 한 방에서 1박을 보내게 되었다.

추남은 에디타 선생님과 같은 방이라 가슴이 두근거렸다.

"그나저나 이번에는 무척이나 이야기가 잘 진행되었네."

"네, 그러게 말입니다."

침대 가장자리에 앉은 간장 얼굴과 선생님은 서로 마주 보는 포지션. 또한, 그 옆에는 자기 침대에 누운 대정령님의 모습이 보였다. 속된 말로 하자면 이집트 자세로 우리를 옆에서 바라보는 구도다.

"그런데, 너는 어떻게 그 고블린이 당대 수왕이라는 걸 알고 있었어?"

"본인과 이야기를 나눌 기회가 있었는지라, 설마 했던 겁니다."

목욕하고 돌아와서 침대에 앉은 직후의 일이다.

에디타 선생님에게 질문을 받았다.

스테이터스 윈도우의 존재를 설명하는 건 귀찮으니까, 미안하지만 여기서는 얼버무리기로 했다. 그들과 사전에 면식이 있었던 건 사실이고, 추남이 멋대로 추측한 거라면 누구에게 폐를 끼치지도 않는다.

"그러고 보니 마왕과의 사건 이전부터 아는 사이라고 했었지."

"네, 그렇죠."

돌이켜 보면 이 세계에서 에스텔이나 소피아보다 먼저 만난 상대다. 그들보다 이전에 면식을 가진 인물이라면 메르세데스 정도일까. 그렇게 생각하면 그 근위 레즈와의 관계는 참 감회가 깊었다.

지금은 어디서 뭘 하고 있을까.

바라건대 왕녀님을 잘 돌봐줬으면 좋겠다.

"마왕의 타도에는 그 고블린 두 명도 공헌했었던가?"

"위험할 때 도움을 받았습니다. 그들의 존재 없이는 말할 수가 없죠."

"그렇군……."

대정령님에게도 질문을 받았다.

정령왕님과 같은 왕의 이름을 가진 존재. 지금이야 직함을 코고리에게 넘겨줬지만, 사실상 그보다도 강대한 힘을 가진 자다.

그 존재를 보고한다면 대정령님의 상사도 분명 어프로치에 나서지 않을까.

"그자들에 관해서는 나도 예전부터 신경이 쓰였어. 너와는 어떻게 알게 된 거야? 예전에 암흑대륙에 찾아갔을 때인가? 마왕과 싸울 때까지는 마을에서 본 적도 없었던 것 같은데."

"수도 카리스 인근에 있던 숲에서였죠."

"그, 그런 곳에, 그렇게나 강력한 고블린이 있었나……."

에디타 선생님, 엄청 놀라시는군요.

눈을 동그랗게 뜨고 목소리를 높이는 모습이 사랑스럽다.

그러나 당시에는 그렇지 않았다고 기억한다. 오빠는 다쳤고 여동생도 화살에 맞아 빈사의 중상이었다. 이후, 얼굴을 마주할 때마다 스테이터스가 상승하는 모습을 확인했기에, 그 점에서는 틀림없다.

“그들과의 교류는 원만합니다. 정령왕님에게 보고할 때는 아무쪼록 잘 말씀해주시면 좋겠습니다. 그러는 쪽이 정령들에게도 분명 좋은 방향으로 흘러가리라 생각합니다.”

“알았다. 그 말과 함께 확실히 전달하도록 하지.”

“배려해주셔서 감사합니다.”

이쪽의 요망을 들은 대정령님도 흔쾌히 수락했다.

그 모습을 지켜보던 에디타 선생님의 얼굴에 웃음이 감돌았다.

“불사왕과 정령왕, 게다가 수왕까지 원만한 관계를 구축한 거야. 아무리 용왕이라도 섣불리 손댈 수는 없겠지. 여기에 그자가 다스리는 마을의 위치까지 확인한다면, 당분간은 안심이라 할 수 있어.”

“마을이라고 하니, 저도 에디타 씨에게 여쭤보고 싶은 것이 있는데요.”

“뭔데?”

“닌쿠 대삼림 말입니다만, 페니 제국과의 지리적인 위치 관계는 어떻습니까? 사람의 발로 간편히 오갈 수 있는 건지, 비공정을 이용하지 않으면 왕래가 불가능한지, 감각적이라도 알아두고 싶어서요.”

“대략적으로 말하면, 남부 국가군으로 가는 것과 큰 차이가 없는 정도일까.”

“의외로 거리가 있군요.”

“직선거리는 그렇지 않지만, 도중에 산맥 지대가 펼쳐져 있거든.”

“산을 넘는 코스트가 크게 드는 느낌입니까.”

“음, 그런 뜻이야.”

역시 금발 로리 탱탱 선생님, 매우 박식하시다.

남부 국가군과의 일과는 다르게, 이쪽 야수족과의 관계는 다나카 백작이 손에 쥐고 있을 예정이다. 폐하나 재상님에게 말을 걸어봐야 멀쩡한 일이 벌어지지 않으리라는 게 눈에 선하다. 대신 우리 쪽에서 정기적으로 국교를 맺도록 하자.

이동은 비행마법에 신세를 져야겠다.

대삼림과 페니 제국 사이에 존재하는 다른 나라는 드래곤 시티에 돌아가는 대로 세로 롤이나 노이만 씨에게 확인하자.

남부 국가군과의 사이에 있는 나라와 합쳐서 우리에게는 우선도가 높은 국가다. 국교 확인과 궁중에 진언을 진행하고 싶다.

"너도 귀족이라는 지위에 슬슬 녹아들고 있네."

"그런가요?"

추남을 바라보는 에디타 선생님이 감회가 깊다는 듯 말했다.

너무 과도하게 여기저기 손대고 있는 건가.

그런데 선생님은 남부 국가군에서 재회한 이후, 의복에 변화가 보이는군요. 더 구체적으로 말하자면 스커트가 짧은 바지로 바뀌었다. 당연하게도 팬티 노출을 보는 난이도도 상승했다.

돌이켜 보면 로리곤도 차림새를 새로 고쳤다.

뭔가 포멀하달까, 전체적으로 단정한 느낌.

"이걸로 그자가 좋아하는 마을이 평온해진다면 좋은 일이겠지."

"……."

드래곤 시티를 떠난 사이 갈고닦은 추남의 힐끔 엿보기 기술이 시험받는 장면이 아닐까? 지금은 먼 곳에 있는 주인님의 곁에서 단련한 안구 운동, 이 자리에서 시험하지 않을 수 없다. 숙박 공간을 함께하고 있어서 그런지 동정은 피가 끓는 걸 느끼고 있었다.

적어도 한 번이라도, 살짝이라도 엿보고 싶은 세계가 그곳에 있다.

"아, 미안해. 일방적으로 잘난 듯이 말해버렸네."

"천만에요. 크리스티나 씨를 위해서라도 힘내려고 합니다."

목은 절대 움직이지 않고 약간의 눈 움직임만으로 초점을 아래로 이동했다. 주변 시력을 이용하여 조준을 맞추고, 상대의 의식이 추남에서 멀어진 순간을 노려서 정확하게 힐끔 쳐다보는 것에 성공한다는 스타일.

이러니저러니 해도 에디타 선생님은 가드가 약하단 말이지.

지금도 왠지 가랑이를 벌리고 있어서, 살과 살의 틈새에 암흑이 엿보인다.

그 너머에 있는 것은 안정의 검은색인가, 희귀함의 하얀색인가.

그러나 미니스커트도 최고지만 반바지도 꽤 나쁘지 않다. 안쪽 허벅지가 항상 일정 심도로 보이고, 이게 별것 아닌 움직임에 따라 심부까지 한눈에 볼 수 있다. 이 들어갔다 나오는 느낌이 더더욱 힐끔 엿보고 싶은 욕구를 자극한다.

다만, 그런 추남의 도전도 잠시뿐이었다.

"뭔가 안구가 떨리는데, 괜찮나?"

"윽……."

곧바로 대정령님의 지적을 받았다.

즉시 목소리가 들려온 방향을 돌아보자, 간장 얼굴을 가만히 올려다보고 있었다. 실태가 어떤지는 모르겠지만, 언뜻 보면 그는 더러움을 모르는 순진무구한 짐승 같은 분위기가 느껴졌다.

그러니까 아무래도 죄책감이 자극되는 말이란 말이죠.

그보다 그렇게 부들부들 떨었던 건가, 동정의 눈알.

"……죄송합니다. 눈에 먼지가 들어간 모양이라."

"괜찮아? 물로 씻는다면 내가 도와줄 텐데……."

"아뇨, 그 정도까지는 아니니, 내버려두면 멋대로 빠져나갈 겁니다."

에디타 선생님의 배려가 가슴이 아프다.

뱃속에 삿된 마음을 품었던 동정 자식은 마음이 아파지는 걸 느꼈다.

오늘은 이만 삼가기로 하자.

그러나 언젠가 반드시 공략해 보이겠다. 선생님의 새 의상.

*

【소피아 시점】

다나카 씨와 엘프 씨가 마을을 출발하고 나서 하룻밤이 지났습니다. 95

아무래도 오늘은 숙박하는 일이 생긴 모양이라, 어제는 돌아오실 기색이 없었습니다. 에스텔 님은 저녁 식사 자리에서 굉장히 걱정하고 계셨습니다. 드래곤 씨는 시종일관 불만스러운 표정이었고요.

그렇게 하룻밤이 지나 다음 날, 메이드는 평소대로 집무실로 향했습니다.

데스크에 도착해서 서류와 마주하고 있습니다. 앞으로 이 마을에서 뭔가 커다란 문제가 벌어져서 주민들을 피난시켜야 할 때 발생하는 각종 비용을 정리하고 있습니다.

앞으로 며칠은 이쪽 일로 시간을 잡아먹을 것 같네요.

"이럴 바에는 나도 따라갈 걸 그랬네요오."

"주인, 당대 정령왕은 뭔가 소문이 많은 존재입니다."

"그런가요오?"

"교섭은 그자들에게 맡기고, 저희는 거리를 둬야 하지 않을지."

데스크 정면에 마련된 소파 세트에는 세로 롤 님이 쉬고 계시네요. 옆에는 시종인 꽃미남 씨도 함께입니다. 따분해 보이는 전자를 후자가 달랜다는, 평소와 변함없는 광경입니다.

변함없이 굉장히 자유로운 분입니다.

"있잖아요, 소피아. 그는 언제쯤 돌아올까요오?"

"죄송합니다. 저도 자세한 예정은 듣지 못해서……."

"어머나아, 그런가요오?"

그렇게 오래 자리를 비우시지는 않을 겁니다.

촌장님의 심기도 있으니까 아무리 시간을 들이더라도 며칠 정도면 돌아오시지 않을까요. 공간마법을 사용할 수 있는 엘프 씨도 함께 있으니, 정령왕님과의 교섭이 얼마나 걸릴지는 넘어가더라도 돌아오는 것만이라면 금방 오실 수 있을 겁니다.

「파아…….」

데스크 구석에서는 새 씨가 크게 하품하고 있습니다.

아침 식사 자리를 마치고 집무실로 처음 이동했을 때는 메이드의 손을 바라보며 흥미로워하고 있었습니다. 그러나 조금 지나자 꾸벅꾸벅 졸기 시작했습니다. 배가 차서 졸려온 거겠죠.

엘프 씨의 말에 따르면, 태어난 지 얼마 안 된 새끼 새라고 합니다.

사람의 아기와 마찬가지로 많이 잠들 필요가 있는 게 아닐까요?

그 사랑스러운 모습을 곁눈질하면서 일하는 건 꽤 근사했습니다.

참고로 어젯밤은 같은 침대에서 잤습니다. 폭신폭신한 깃털이 굉장히 기분 좋았습니다. 목욕도 함께했습니다. 오늘 밤도 다나카 씨가 돌아오지 않으시면 함께하려고 합니다.

"자리를 오래 비우면, 그 새도 주인을 잊어버리지 않을까요오?"

"그, 그렇지는 않을 것 같은데요……."

그렇게 세로 롤 님과 별것 아닌 대화를 나누던 도중이었습니다.

복도에서 후다다닥 바쁜 발소리가 들려왔습니다.

혹시 드래곤 씨가 찾아온 걸까요?

저희의 의식은 집무실 문으로 향했습니다.

그러자, 직후에 닿은 건 곤잘레스 씨의 목소리였습니다.

"아가씨, 잠깐 괜찮을까?!"

"아, 네. 왜 그러시나요?"

그곳에서 목소리가 나온 동시에 문이 곧장 열렸습니다.

모습을 드러낸 건 음색 그대로의 인물입니다.

그런데 어쩐 일일까요? 어깨를 헐떡이면서 헉헉 거칠게 숨을 몰아쉬는 모습은 항상 여유를 잊지 않는 곤잘레스 씨답지 않은 등장 장면입니다. 이마에는 땀이 줄줄 흐르고 있습니다.

"뭔가요오? 허억허억하다니 후덥지근하네요오."

"마을의 중대사야! 용왕 녀석이 쳐들어왔어!"

곤잘레스 씨의 말을 듣자, 집무실의 분위기가 일변했습니다.

저도 대답이 잘 떠오르지 않습니다.

머릿속이 새하얘지고 말았습니다.

"아가씨, 다나카 나리는 아직 외출한 상태인가?"

"네, 네. 아직 돌아오지 않으셨어요……."

"어쩔 수 없지. 이렇게 되면 마을에 있는 녀석들로 어떻게든 할 수밖에 없어."

"잠깐, 그거 진심으로 하는 말인가요오?"

"주인의 말대로다. 우리가 어찌할 수 있을 리가 없지 않나!"

세로 롤 님과 시종분의 반응은 지당합니다.

상대는 마왕님과 비견되는 용족의 왕이니까, 저희가 할 수 있는 일은 매우 한정적입니다. 상대가 마음만 먹는다면, 대충 팔 한 번 휘둘러도 너무나 간단하게 사망해 버리겠죠.

"하지만, 그렇게 말해도 이대로 내버려둘 수도 없잖아? 딱히 정면에서 싸움을 걸자는 이야기가 아니야. 나리네가 정령왕과의 교섭을 마치고 돌아올 때까지 이쪽에서 시간을 벌자는 계획이지."

"용왕이라는 건, 말이 통하는 상대일까요오?"

"이미 정문이 박살 났어. 내버려두면 다른 곳에도 불똥이 튀겠지."

"어……. 부, 부서진 건가요?"

"그래, 훌륭하게 산산조각이 났어. 내버려두면 촌장이 혼자 돌진할 수도 있고."

"……."

아무래도 이미 피해가 나온 모양입니다.

상황은 긴박하네요.

게다가 마을 정문은 드래곤 씨가 손수 공들여 만든 역작입니다. 어지간한 마법으로는 흠집 하나 나지 않는다고 엘프 씨가 말씀하셨습니다. 그게 이미 산산조각이라니, 메이드는 용왕님의 진심을 엿본 기분입니다.

"그렇더라도 최소한의 무력이 필요하지 않을까요오?"

"네가 하려는 말은 이해하고 있어. 하지만 지금 상황이라면……."

곤잘레스 씨도 괴로운 표정입니다.

꽉 움켜쥔 주먹이 그의 내면을 반영하고 있습니다.

그러나 그 표정이 다음 순간 현저한 변화를 보였습니다.

문득 뭔가 알아챈 듯, 그의 시선이 다른 곳으로 이동했습니다.

그에 따라 우리의 시선 역시 그를 따라갔습니다.

그러자 모두의 시선이 향한 곳은 메이드가 앉아 있는 데스크 위입니다.

더 구체적으로 말하면, 거기에 앉은 새 씨입니다.

「파아~?」

늘어뜨린 울음소리가 조용했던 집무실에 크게 울렸습니다.

수마에 빠져 꾸벅거리던 그의 의식은 곤잘레스 씨의 등장으로 인해 우리에게 옮겨갔습니다. 모두가 일제히 바라보자 고개를 갸웃하고 있네요. 의문이라는 반응이 굉장히 귀엽습니다.

“확실히 당대 불사왕을 의지할 수 있다면 상대가 용왕이라도 시간을 벌 수는 있을지도 모르겠네요오? 여기 촌장에게 들은 얘기로는 과거에 고위 용족을 상대로 좋은 승부를 벌였다잖아요오.”

“주인, 그건 너무나도 불확실한 방법입니다.”

“불확실하기는 하지만 그 이상의 확실한 방법이 떠오르지 않아.”

“큭…….”

이 메이드도 가능하다면 위험한 일에 고개를 들이밀고 싶지 않습니다. 그러나 상대가 용왕님이라면, 이 마을 어디에 있어도 큰 차이는 없지 않을까 생각하게 됩니다.

마왕님과 다나카 씨의 싸움을 본 뒤이기에 이렇게 느끼는 거겠죠. 하늘 높은 곳에서 펑펑 벌어지던 마법 전투는 그야말로 가공할 정도였습니다. 하늘 일대가 불꽃에 휩싸일 때는 허리에 힘이 빠져버렸습니다.

상대가 진심이라면 분명 마을까지 펑 터져버리겠죠.

그럴 바에는 강한 분들 옆에 있는 게 그나마 생존 확률이 높습니다. 세로 롤 님은 그런 판단에는 정평이 나 있기에, 메이드는 그녀와 행동을 함께하는 게 꽤 나쁘지 않은 선택이라고 생각합니다.

“나리도 이런 상황을 대비해서 이 녀석을 마을에 남겨뒀을 거야.”

“확실히 돌이켜 보면 그런 말을 했던 것 같기도 하네오오.”

「파아~? 파아~?」

모두의 안색을 엿보며 두리번두리번 시선을 돌리는 새 씨, 너무 좋아요. 이렇게 사랑스러운 아이를 전면에 세우고 마왕님과 필적하는 분에게 대응해 달라고 부탁하는 건, 개인적으로 마음에 걸립니다.

메이드는 자연스레 손을 뻗어서 그의 몸을 안았습니다.

머리를 쓰담쓰담 어루만졌습니다.

폭신폭신한 털의 감촉을 참을 수가 없습니다.

「파아아아…….」

“아가씨, 미안하지만 불사왕에게 나가달라고 해주겠어?”

“저, 저기, 이 아이는 정말로 그렇게 굉장한 아이인가요?”

“확실히 말하고자 하는 바가 뭔지는 이해할 수 있어. 솔직히 말해서 나도 아직 믿을 수가 없어. 하지만 나리가 거짓말을 했을 것 같지는 않아. 게다가 촌장이 기겁하던 모습을 보면 다소는 실감도 나지 않아?”

“그 엘프도 말했었죠오? 대가 바뀌었느니 어쨌느니.”

이 자리의 모두가 새 씨가 싸우는 모습을 목격한 게 아닙니다.

분명 제가 느끼는 의문은 다들 느끼고 있겠죠.

그러나 달리 매달릴 곳이 없는 게 현재 마을의 상황입니다.

“……네, 알겠습니다.”

살짝 끄덕인 메이드는 데스크 의자에서 일어났습니다.

저의 어리광으로 모두에게 폐를 끼칠 수는 없습니다. 하지만 새씨에게 무리한 일을 강요하고 자신만 숨을 수도 없습니다. 그렇다면 적어도 현장까지는 동반하기로 할까요.

저는 뭔가 할 수 있는 일이 없지만, 적어도 그 정도는.

"아니, 아가씨는 여기서 기다리고 있어도 괜찮은데."

"무리한 부탁을 드려서 죄송해요. 저, 저도 함께 가도 될까요?"

"……진심이야? 아가씨."

"폐, 폐를 끼치게 되어 죄송합니다. 하지만 용왕님이 진심으로 공격하러 오셨다면 마을 어디에 있어도 똑같을 거예요. 그렇다면 저는 여, 여러분과 함께, 그게, 사, 사태의 전말을 지켜보고 싶어서……."

"……."

여기에 있는 모두가 가만히 저를 쳐다봤습니다.

성급했던 걸지도 모릅니다.

지금까지의 경험을 돌이켜보면, 이런 현장의 기세 같은 분위기는 과거에도 많이 있었습니다. 그때마다 반복해서 처참한 경험을 했습니다. 휩쓸리기 쉬운 저의 감성이 원망스럽기 그지없습니다.

하지만 마을에 느끼는 애착은 진심입니다.

"그렇다면, 모두 함께 갈까요오?"

"주인?! 아, 안 됩니다! 이 자리는 저의 마법으로 멀리까지……."

"그 남자에게 은혜를 입힐 절호의 기회잖아요오? 소피아만 멋진 모습을 보여주게 둘 수는 없어요오. 게다가 여차할 때는 당신이 어떻게 해주겠죠? 그럼 지금 정도는 얼굴을 내밀어도 괜찮을 것 같네요오."

"윽……. 아, 알겠습니다. 이 몸을 바쳐서라도 반드시."

혹시, 세로 롤 님. 메이드를 신경 써주신 걸까요? 씨익 미소를 지으면서 당당하게 말하는 그녀의 모습이 든든하게 느껴졌습니다. 시종분에게는 미안할 따름입니다.

「파큐.」

새 씨만큼은 사정을 알아채지 못하고 어리둥절하게 있습니다.

그 동그랗고 폭신폭신한 몸을 꼬옥 안은 메이드는 여기에 있는 분들에게 깊이 고개를 숙였습니다. 그리고 저희의 대화를 확인한 곤잘레스 씨가 각오를 다진 듯 끄덕였습니다.

"알았어. 그렇다면 모두 와줘."

다른 분들과 함께 마을 정문으로 가고자 촌장 저택을 출발했습니다.

*

【소피아 시점】

목적지인 정문 앞에는 금방 도착했습니다. 세로 롤 님의 시종분이 공간마법을 사용해 주셨으니까요. 전이한 곳은 문에서 조금 떨어진 건물 뒤편이라고 해야 할까요. 저희는 거기서 신중하게 걸어서 문제의 지점으로 향했습니다.

정문은 확실히 무너져 있었습니다.

아래쪽 부분부터 훌륭하게 무너져서 원래 형태는 거의 남아 있지 않았습니다. 일부 지붕 주변의 형상이 커다란 조각으로 남아 있는 정도일까요. 돌로 만든 문이 산산조각 부서져서 땅에 떨어진 광경은 보기만 해도 위기감을 자극합니다.

그리고 그 정면에는 귀여운 소년의 모습이 있었습니다.

무너진 문을 배후에 두고 이어지는 거리를 바라보는 중이었습니다.

머리에 난 뿔과 엉덩이에서 난 꼬리가 특징적인 남자아이입니다.

드래곤 씨나 엘프 씨와 그리 차이가 없는 연령으로 보입니다.

"저, 저기, 설마하니 용왕이라는 분은……."

"나리에게 들은 그대로의 모습이야. 저 아이가 틀림없어."

"엑……."

확실히 지위 높은 분위기가 느껴집니다.

입고 있는 의상은 왕후 귀족 같았는데, 한눈에 보기만 해도 돈을 많이 들인 것 같습니다. 팔짱을 끼고 유유히 서 있는 모습도, 정문을 파괴한 뒤라면 매우 그럴싸하게 비칩니다.

그러나 아이입니다.

이런 작은 아이가 정말로 용왕님일까요?

의문이 들지 않을 수 없습니다.

그리고 꽤 잘생겼네요.

장래가 기대되는 얼굴입니다.

"알맹이는 이 마을 촌장과 똑같은 느낌일까요오?"

"주인, 용왕은 선대 마왕과 비견됩니다. 충분한 주의를."

"저 튼튼한 문을 저렇게까지 파괴했다면 설득력이 있네요오."

예전에는 용왕님과 함께 북쪽 대국의 분도 마을에 찾아왔다고 합니다.

그러나 이번에는 하늘에 비공정이 떠 있지 않습니다. 무너진 문 앞에도 기사나 병사가 늘어서 있지는 않습니다. 여기 있는 마을 사람들도 이미 현장에서 도망쳤기에 인근 일대는 한산합니다.

아무래도 용왕님은 혼자 오신 모양이네요.

문이 무너지지 않았다면 정중하게 환영한다는 선택지도 있었을지도 모릅니다. 저번에는 선대 불사왕님과의 악연으로 발길을 옮겼다는 이야기를 들었습니다. 오늘 방문은 무슨 의도일까요?

혹시 새 씨를 노리고 있다면, 메이드는 슬플 뿐입니다.

"그래서 지금부터 어쩔 생각인가요오?"

"댁들은 여기서 기다려. 용건을 묻고 올게."

"어머나, 믿음직해라. 하지만 당신이 죽으면 그가 슬퍼하겠네요오……."

"나는 녀석의 기사단장이라고. 여기서 나가지 않고 언제 나가라는 거야. 그러니 미안하지만, 아가씨. 불사왕님을 맡아주지 않겠어? 싸우게 시킬 생각은 없어. 교섭 재료로 썼으면 해."

"……아, 알겠습니다."

곤잘레스 씨에게 이런 말을 들으면 메이드는 거절할 수 없습니다.

그러나 그런 직후의 일입니다.

갑자기 크게 울리는 목소리가 들렸습니다.

「너! 설마, 네가 부순 거냐?! 그거!」

드래곤 씨입니다. 드래곤 씨가 찾아왔습니다.

하늘을 휘~잉 날아서 용왕님 앞으로 일직선입니다.

아마 저희와 마찬가지로 정문의 파괴를 알고 찾아온 거겠죠. 곤잘레스 씨가 아셨다면, 황혼의 단 사람들 사이에서 일련의 소동은 이미 주지의 사실일 겁니다.

"흠, 어제도 소란을 부리던 계집인가."

「크르르르르릉. 이, 이 마을을 부술 셈이냐?! 뭘 하러 온 거냐!」

드래곤 씨, 무척이나 신경을 곤두세우고 있습니다.

메이드도 보고 있으니 무서울 정도입니다.

으르렁대듯이 목을 울리면서 임전 태세로 용왕님을 바라보는 모습은 친해지기 전, 다나카 씨를 찾은 지 얼마 안 되었을 무렵의 그녀를 방불케 합니다. 다음 순간에라도 달려들 것 같은 분위기가 느껴집니다.

그런 그녀에게 용왕님은 엄숙하게 말했습니다.

“짐은 어젯밤, 한숨도 자지 못했다.”

「읏……. 그, 그게 뭔 소리야.」

“선대 불사왕에게 앙갚음하지 못한다는 걸 알게 되니 짜증이 가라앉지 않더군. 과거의 일이 이것저것 뇌리에 떠올랐다 사라지고, 떠올랐다 사라졌다. 그렇게 보내는 사이, 어느새 날이 밝았다.”

「…….」

드래곤 씨와 용왕님 사이에서 문답이 시작되었습니다.

두 분의 대화는 우리의 귀에까지 선명하게 들렸습니다.

원래는 사람들로 북적거리는 곳이지만, 오늘은 정문 파괴로 인해 인적이 완전히 끊어졌습니다. 그래서 상대의 덤덤한 말소리도 거리가 먼 이쪽까지 또렷하게 들립니다.

마을 주민은 건물이나 벽의 강도를 잘 아니까, 그 파괴를 보자마자 그대로 도망친 느낌이네요. 멀리서 드문드문 낌새를 살피는 모습이 보이지만 그것도 한 손으로 꼽을 정도일까요.

마왕님과의 싸움에서도 아주 조금 무너진 정도였으니까요.

“……짐은 어젯밤, 한숨도 자지 못했다는 거다.”

「바, 반복하지 않아도 알아들었어! 그래서 어쨌다는 거야!」

그런데 용왕님은 조금 별난 감성의 소유자 같네요.

그런 건 자신의 가슴에 묻어둬야 한다고 생각합니다. 누구나 잠들지 못한 밤이 한두 번은 있지 않을까요? 이 메이드도 주변에서 무슨 문제가 생길 때마다 밤새워 덜덜 떨었습니다.

“짐이 느끼는 짜증, 계집은 어떻게 생각하나?”

「그런 건 알아서 생각하라고! 왜 나한테 묻는 건데?!」

“그대의 말대로 자신의 의지로 고민해 봤더니, 짐은 이런 생각이 들었다. 그 뼈다귀가 떠날 때 남기고 간 마을을 멸하면, 짐의 가슴에 넘쳐나는 짜증을 풀 수 있지 않을까? 오늘 밤, 기분 좋게 취침할 수 있지 않을까?”

「크…….」

용왕님이 드래곤 씨를 향해 한 발짝 내디뎠습니다.

전자가 전혀 동요하는 기색 없이 유유히 문답을 이어가는 반면, 후자는 그의 접근에 전신을 움찔 떨었습니다. 쫑긋 솟은 꼬리에서도 그녀의 긴장감이 손에 잡힐 듯 전해집니다.

「잠깐 기다려! 여기는 상관없어! 불사왕과는 상관없다고?!」

“어제도 그런 말은 들었다. 하지만 사실인지 아닌지 알 방법은 짐에게 없지.”

「하지만…….」

“중요한 건 짐이 어떻게 느끼느냐다.”

왕의 이름을 가진 분들은 생각의 방식이 무척 대담합니다.

말려든 쪽은 참을 수가 없네요.

「그런 짓을 벌이면, 우, 우리도 네 마을을 멸할 거다!」

용왕님의 발언을 들은 드래곤 씨의 발언도 점점 과격해졌습니다. 건물 뒤에서 대화를 엿보는 저희에게는 참으로 조마조마한 광경입니다. 일촉즉발의 사태가 아닐까요?

“……그렇다면 짐은 이 짜증을 어찌해야 하나?”

「그, 그러니까, 그런 건……!」

결과적으로 이야기가 빙빙 헛돌고만 있네요.

듣는 역할에 곤혹스러워하는 드래곤 씨, 신선한 느낌이 듭니다.

평소에는 다나카 씨나 엘프 씨가 옆에 머물면서 교섭을 맡아주시기 때문이겠죠. 그녀는 굳이 따지면 육체노동을 담당하는 일이 많으니까요. 본인도 그걸 기꺼이 받아들이는 구석이 있습니다.

"그대를 괴롭히면 짐의 짜증이 해소될까?"

「큭?!」

다음 순간, 용왕님이 움직임을 보였습니다.

별것 아닌 동작으로 한 발짝 내디딘 것처럼 보였는데, 순식간에 드래곤 씨에게 육박했습니다. 그리고 그녀의 몸통을 향해 주먹을 내질렀습니다. 복부에 꽂히는 일격입니다.

눈에 보이지 않는 속도였습니다.

배를 얻어맞은 드래곤 씨는 후방으로 날아갔습니다.

다리가 지면에서 떨어진 채 뒤에 있던 건물과 충돌했습니다.

콰앙, 하는 커다란 소리가 나면서 외벽에 금이 갔습니다.

그대로 엉덩방아를 찧은 그녀는 고개를 푹 숙인 채 움직이지 않게 되었습니다. 꼬리나 손끝이 흠칫흠칫 떨리는 모습을 보니 살아있는 건 틀림없습니다. 그러나 용태는 좋지 않아 보입니다.

"윽……."

메이드는 저도 모르게 목소리를 내고 말았습니다.

이건 세로 롤 님이나 곤잘레스 씨도 마찬가지라서, 숨을 삼키는 기척이 바로 옆에서 전해졌습니다. 시종분에 이르러서는 발밑에 마법진을 그리고 있습니다. 아마 공간마법이겠죠.

아무리 그래도 그녀를 버리고 도망칠 수는 없습니다.

바보 같은 일이라고 생각합니다.

제가 나서봤자 변하는 건 없을 테니까요.

오히려 발목을 붙잡는 꼴이지 않을까요.

하지만 정신을 차리고 보니 어느새 몸이 움직였습니다.

건물 뒤에서 나와 드래곤 씨에게 달려갔습니다.

"웬 놈이냐? 게다가 그 피닉스 유생은 혹시……."

용왕님의 시선이 이리로 이동했습니다.

직후, 메이드의 품에서 새 씨가 반응을 보였습니다.

꾸물꾸물 몸을 틀더니, 팔에서 뿅 빠져나와서 지면에 타탁 착지했습니다. 그리고 저나 드래곤 씨 앞에 서서 용왕님을 향해 도발적으로 몸을 내밀었습니다.

「팍큐~! 팍큐~!」

이어지는 울음소리는 지금까지 부드러웠던 것과 달리 험악하게 느껴지는 위협이었습니다. 사랑스러움 속에서도 야성미가 느껴지는 음색이 반복해서 용왕님을 향해 전해졌습니다.

그도 눈앞의 인물을 적이라고 인식한 모양입니다.

동그란 엉덩이가 좌우로 실룩실룩 움직이는 동작, 굉장히 사랑스럽습니다. 뒤에서 보니 그 모습이 선명하게 보여서 안아주고 싶은 충동에 휩싸입니다. 그러나 상대는 불사왕님이니까, 이 자리에서는 맡기도록 하겠습니다.

그 대신 메이드는 드래곤 씨에게 달려갔습니다.

자유로워진 양손으로 쓰러진 그녀를 안아 들었습니다.

이대로 철수할 수 없을까요?

「이, 이봐, 바보! 빨리 도망쳐야지…….」

직후, 의식을 되찾은 그녀가 목소리를 냈습니다.

몸을 감싼 아련한 광채는 회복마법이겠죠.

다나카 씨의 마법과 비슷한 따스함이 느껴지네요.

"선대 불사왕에게 내릴 벌, 당대인 그대에게 내리는 것도 여흥인가."

「파악?!」

그러는 사이에도 용왕님의 행동에 변화가 보였습니다.

드래곤 씨에게 향하던 시선이 새 씨에게 옮겨갔습니다. 조금 전과 마찬가지로 눈에 보이지 않는 기세로 내달린 상대가 동그랗고 폭신폭신한 그에게 다가왔습니다. 정신이 들자 어느새 발차기를 먹이고 있어서 깜짝 놀랐습니다.

지면에 놓인 공이라도 걷어찬 것 같습니다.

그러나, 이어지는 전개는 지금까지와는 양상이 달랐습니다.

「파아악큐우우우우!」

"음……."

곧바로 새 씨의 정면에 마법진이 떠올랐습니다.

용왕님의 발끝은 그의 육체 앞에서 정지.

드래곤 씨가 얻어맞았을 때와는 달리, 전자의 몸이 후방으로 날아가지는 않았습니다. 오히려 그 대신 공격을 가한 후자의 육체가 옆에서 봐도 현저한 변화를 보이기 시작했습니다.

무릎의 앞쪽이 걸쭉하게 순식간에 썩어버린 겁니다.

반바지에서 보이던 파릇파릇한 종아리가 순식간에 주름투성이가 되었고, 게다가 피부 속에 숨겨져 있던 근육이나 뼈가 드러났습니다. 아주 조금의 시간조차 들이지 않고 인체가 지글지글 썩어가는 모습을 바라보니 공포가 느껴집니다.

이것에는 용왕님도 위기감을 느낀 모양입니다.

"대가 바뀌었는데도 이 위력이라니, 선대는 무척이나 힘을 모아

두고 있었던 모양이군."

「파악큐! 파악큐우우우우!」

새 씨, 굉장합니다.

반복되는 견제의 목소리에도 지금까지 이상의 강한 힘이 느껴집니다.

정말로 굉장한 힘을 가지고 있다는 걸 뒤늦게 깨달은 메이드는 그가 가진 불사왕님으로서의 본질에 경악을 느꼈습니다. 여기저기 제멋대로 데리고 다녔고, 어젯밤에는 안는 베개 대신으로 삼았습니다.

그 사실에 등골이 서늘해집니다.

하지만 본인은 결코 싫어하지 않았습니다.

분명 괜찮다고, 지금은 그저 믿기로 했습니다.

그러지 않으면 메이드도 용왕님의 종아리와 똑같이 걸쭉걸쭉해지겠죠.

"변함없이 성가시기 그지없군. 이것에 얼마나 많은 동포가 쓰러졌는지."

거리를 벌린 용왕님은 썩어버린 자신의 다리를 향해 가볍게 팔을 흔들었습니다. 무슨 일인가 하고 바라보던 저희 앞에서 그 무릎 앞쪽이 절단되어 지면에 떨어졌습니다. 단면에서 대량의 혈액이 확 분출되었습니다.

그러나 그것도 잠깐이었습니다.

상처 부위가 바로 막히더니 사라진 부위가 돋아났습니다.

다나카 씨와 마찬가지로 용왕님도 강력한 회복마법을 쓰시는 모양입니다. 돌이켜 보면 선대 마왕님도 마찬가지로 파워풀한 회복마법을 사용하셨습니다. 왕의 이름을 가진 분들 정도 되면 이런 마법 하나 정도는 숙달되어 있겠죠.

"덤벼라. 짐이 상대해주마."

「파아악큐우우우!」

용왕님의 목소리에 응해 새 씨가 뛰어들었습니다.

땅을 박찬 작은 몸이 마치 탄환처럼 돌격했습니다.

이후, 두 분 사이에서 격렬한 싸움이 시작되었습니다.

용왕님은 새 씨에게 가차 없이 마법을 쏘아댔습니다.

육체를 부패시키는 마법을 두려워한 거겠죠. 공중에 떠올라 지상에 내려선 그에게 거리를 벌리며 공세를 퍼붓고 있습니다. 날아오는 마법은 다양해서, 불덩어리거나 지면을 깊이 꿰뚫는 뇌격이기도 했습니다.

반면 새 씨도 용왕님에게 마법을 쏘아댔습니다.

이쪽은 일관되게 부패 마법입니다.

아마 주변에 피해가 생기지 않게 그도 나름대로 배려하는 게 아닐까요? 실제로 용왕님의 마법이 인근 건물을 부수자 깜짝 놀라는 모습을 보입니다.

행동도 배후를 힐끔힐끔 신경 쓰는 것 같네요.

분명 저희가 생각하는 것 이상으로 새 씨는 똑똑한 게 아닐까요?

"당신이 안고 있던 새, 의외로 굉장하네요오."

"아한 님……."

정신이 들자 어느새 옆에 세로 롤 님이 계셨습니다.

근처에는 시종분이나 곤잘레스 씨의 모습이 있습니다.

"주인, 그래서 제가 말씀드린 겁니다. 저 새는 위험하다고."

"그렇게 말해도, 우리를 위해 애써주고 있는데요오."

"뭐가 어떻게 굴러갈지 모릅니다. 최소한의 거리는 둬야 합니다."

“하지만 아무래도 새답지 않은 싸움이네요오? 돌이켜 보면, 이 마을에 찾아오고 나서 저 새가 날아다니는 모습을 한 번도 못 봤는데, 피닉스라는 생물은 하늘과는 무연한 조류인가요오?”

세로 롤 님의 의견은 저도 동감합니다.

새 씨, 달리기만 하고 있습니다.

짧은 다리로 지면을 도도도도 종횡무진 내달리고 있습니다.

한편 용왕님이 공중에 떠 있는 걸 생각하면, 그가 가진 날개의 존재 의의에 조금 의문이 들기도 하는 현재입니다. 날갯짓하지는 못하더라도, 마법으로 하늘을 나는 선택지도 있지 않을까요?

「크르르르릉, 어째서 저 새가 마을을 위해…….」

새 씨가 싸우는 모습을 지켜보던 드래곤 씨도 그의 의지를 느낀 모양입니다.

그리고 메이드의 어쭙잖은 판단이기는 하지만, 상황은 대등해 보입니다.

용왕님이 날리는 마법은 대부분 새 씨에게 직격하기 직전, 눈에 보이지 않는 벽 같은 것에 막히고 있습니다. 한편 새 씨의 마법도 좀처럼 상대에게 맞지 않습니다. 또한, 맞아도 절단과 회복으로 원래대로 돌아갔습니다.

서로 결정타가 부족한 분위기가 느껴지네요.

덕분에 일련의 상황은 용왕님에게는 굉장히 스트레스였던 모양입니다.

“아아, 참으로 번거롭구나.”

「파악큐~! 파악큐~!」

“이대로 가면 짐의 짜증이 쌓이기만 할 뿐이다.”

하늘을 날던 용왕님이 갑자기 고도를 부쩍 내렸습니다.

그의 시선이 지상을 달리던 새 씨에게서 떨어졌습니다.

그 시선이 다시 향한 곳에는 드래곤 씨의 모습이 있었습니다.

저희도 바로 근처에서 모여 대기하고 있었기에, 상대의 시선이 이쪽으로 향한 것을 바로 깨달았습니다. 세로 롤 님 옆에서 시종분이 공간마법 준비를 시작했습니다.

"동족의 계집이여, 짐의 도움이 되어라."

「윽…….」

직후, 용왕님이 저희 눈앞에 육박해 왔습니다.

경계하던 드래곤 씨는 즉시 공격마법을 날렸습니다. 머리 위에서 다가오는 상대를 향해 정면에 떠오른 마법진에서 반짝반짝 빛나는 빛의 띠 같은 것이 단번에 방출되었습니다.

어른 몇 명을 삼키고도 남을 만큼의 두께네요.

그러나 용왕님은 그걸 공간마법으로 회피.

드래곤 씨의 배후로 즉시 자리를 옮겼습니다.

「파아아악큐우우우우우!」

새 씨의 한층 커다란 목소리가 들렸습니다.

그가 이쪽을 향해 노도의 기세로 다가왔습니다.

동그란 폭신폭신이 도도도도 다가오고 있습니다.

그 도착을 기다렸다는 듯, 용왕님의 손에서 마법이 발사됐습니다. 필사적으로 저희에게 달려오는 새 씨. 그 옆구리를 노리고 그의 손에 떠오른 마법진에서 일곱 빛깔로 빛나는 마법이 발사됐습니다.

수십 개의 광채가 차례차례 새 씨를 향해 날아갔습니다.

그러나 보이지 않는 벽에 막혀서 성과는 제로입니다.

새 씨, 굉장합니다.

그러나 광채 너머에서 변화가 보이자 상황이 크게 달라졌습니다.

새 씨 말고도 드래곤 씨를 필두로 세로 롤 님이나 시종분, 곤잘레스 씨, 그리고 메이드에게까지 일곱 빛깔의 광채가 날아온 겁니다.

「파악! 파아! 파아아아아아!」

하마터면 직격할 뻔한 순간, 메이드는 목격했습니다.

새 씨의 주변에 떠올랐던 것과 같은, 눈에 보이지 않는 무언가가 용왕님의 마법을 튕겨냈습니다. 그건 저뿐만이 아니라 드래곤 씨나 세로 롤 님 같은 여기 있는 다른 분들도 마찬가지입니다.

예외가 있다면, 그건 새 씨 본인입니다.

「파악, 파아아아아아아!」

저희를 지키기 위해 힘을 할애한 게 원인이겠죠.

수없이 날아온 일곱 빛깔의 광채 중 하나가 그의 몸을 관통했습니다. 지금까지 완벽하게 막고 있던 용왕님의 마법이 새 씨의 몸을 날개 위쪽부터 크게 도려냈습니다.

균형을 잃은 그는 땅을 달리던 기세를 그대로 싣고 지면을 데구르르 굴렀습니다. 그리고 저희 바로 옆을 순식간에 지나가서 그 연장선상에 있던 건물 외벽에 부딪히며 멈췄습니다.

아무래도 치명적인 일격이었던 모양입니다.

꿈틀꿈틀 경련을 반복할 뿐 일어설 기척이 없습니다.

「이, 이봐!」

즉시 드래곤 씨가 새 씨에게 손을 뻗었습니다.

직후, 손에 마법진이 부우웅 떠올랐습니다.

당황하는 그녀를 본 용왕님이 말을 걸었습니다.

“계집이여. 회복마법 같은 걸 써도 되겠나? 상대는 언데드다.”

「크…….」

“불사왕의 자리를 계승한 지 얼마 안 되어서, 불사자가 육체를 다루는 법을 미처 이해하지 못하는 것 같군. 게다가 외모 그대로 새대가리이니 다루기도 손쉽다. 이 상태라면 짐에게는 위협이 될 수 없지."

그러고 보니 예전에 다나카 씨도 저희에게 신신당부했습니다. 새 씨는 언데드니까 회복마법은 절대로 쓰면 안 된다고요. 아무래도 회복이 진행되는 게 아니라 오히려 다친다는 모양입니다.

교회에서 일하는 성직자들이 좀비나 스켈레톤에 회복마법을 써서 견제한다는 건 저도 이야기로 들은 적이 있습니다. 그게 새 씨에게도 똑같은 효과를 발휘한다고 합니다.

언뜻 봐서는 언데드 같지 않은 모습이기에 그만 잊어버릴 것 같습니다. 아마 드래곤 씨도 저도 모르게 몸이 움직여버린 게 아닐까요? 게다가 이렇게 되면 저희가 할 수 있는 일은 한정됩니다.

저는 황급히 그에게 달려갔습니다.

축 늘어진 작은 몸을 지면에서 안아 들었습니다.

「……파아…… 파아아…….」

꿈틀꿈틀 잘게 떠는 모습을 본 메이드는 새 씨의 생존을 확인했습니다. 언데드이니 올바른 표현인지 아닌지는 조금 의문이 남는 판단이기는 하지만, 반응이 있으니 좋은 일입니다.

그러나 다시 일어나기는 어려워 보이는 용태입니다.

제가 할 수 있는 일이라고는 걸치고 있던 앞치마를 찢어서 붕대 대신 환부에 감아주는 정도입니다. 하지만 이것도 그가 언데드라는 걸 생각하면 얼마나 의미가 있는 행동일지 모르겠습니다.

한편, 용왕님을 돌아본 드래곤 씨가 목소리 높여 외쳤습니다.

「비, 비겁하다! 그러고도 네가 용족이냐?!」

"그대는 자신을 위해 다른 자를 이용한 적이 없다는 거냐?"

「없어! 그거야 당연하지!」

두 사람의 대화를 듣다가 문득 떠오른 것은 과거에 페페산에서 다나카 씨와 처음 만났을 때 있었던 일입니다. 다나카 씨와 싸우던 그녀가 도중에 에스텔 님을 인질로 잡았던 건 저도 똑똑히 기억하고 있습니다.

그런 메이드의 기억과 똑같은 걸 떠올리신 걸까요.

「윽……!」

드래곤 씨가 뭔가 알아챈 듯이 깜짝 놀랐습니다.

그러더니 말을 고쳐서 외쳤습니다.

「대, 대부분! 대부분, 없어!」

그녀의 이런 의리 있는 부분, 메이드는 정말 좋아합니다.

그러나 지금은 그런 걸 생각할 때가 아닙니다. 저희의 생명은 물론이거니와 드래곤 시티 전체의 위기입니다. 이대로 가면 다나카 씨가 돌아오시기 전에 마을이 사라질지도 모릅니다.

"계집이여, 동족의 인연으로 그대에게 기회를 주마."

「기회라니, 뭐, 뭔데?!」

"그대가 짐에게 조금이라도 상처를 입힌다면, 이 마을은 내버려 두겠다."

「어? 이봐, 그건…….」

"그러나 그대가 그걸 포기했을 때, 짐은 이 마을을 흔적도 없이 날려버릴 것이다."

「큭…….」

드래곤 씨의 표정에 현저한 변화가 보였습니다.

지금까지 이상으로 눈을 크게 부릅뜨고 용왕님을 바라보고 있습니다.

이대로 눈이 떨어지는 게 아닌가 싶을 정도의 반응이네요.

쫑긋 솟은 꼬리는 부르르 잘게 떨리고 있습니다.

「……저, 정말이지? 정말로 마을에는 아무것도 하지 않겠다고 약속하는 거지?」

이어진 대답은 드래곤 씨답지 않은 저자세였습니다.

평소에는 즉시 싸움을 받아들이고 덤벼들었겠죠. 바라던 바라며 목소리를 높이며 사납게 외치는 모습이 메이드의 뇌리에 자연스럽게 떠오릅니다. 그러나 그게 이번만큼은 종적을 감췄습니다.

뭐니 뭐니 해도 눈앞의 상대는 같은 용족의 임금님입니다. 마족이라는 틀에서도 세로 롤 님의 시종분이 선대 마왕님에게 손도 발도 내밀지 못했듯, 그녀 역시 용왕님에게는 절대 이기지 못하는 게 아닐까요?

조금 전 일격을 맞은 광경이 메이드의 불안감을 긍정하고 있습니다.

이런 대화는 그녀에게는 사실상 사형선고가 아닐까요?

"그래, 약속하지. 왕의 이름을 걸고."

「알았다! 내, 내가 너를 이 마을에 내쫓아 주겠어!」

하지만, 그럼에도 드래곤 씨는 힘차게 끄덕였습니다.

이 마을은 그녀에게는 그 정도로 중요한 걸까요?

메이드는 그저 지켜볼 수밖에 없는 자신의 한심함을 느낄 뿐입니다.

*

코고리나 야수족들의 환영을 받은 다음 날, 우리는 닌쿠 대삼림을 출발했다.

드래곤 시티의 상황도 신경이 쓰여서 아침 일찍 나왔다.

헤어질 때, 그들은 "또 와라"라고 말했다. 까칠한 태도로 말하는 모습은 틀림없는 츤데레였다. 간장 얼굴은 이렇게나 고마움 없는 츤데레를 달리 모른다. 그래도 조만간 또 발길을 옮기려고 생각하고 있다.

이동은 왔을 때와 마찬가지로, 돌아가는 길도 에디타 선생님의 공간마법에 신세를 졌다. 멤버는 선생님 말고는 대정령님과 추남까지 해서 세 명이다. 약초 고블린 남매는 달리 할 일이 있다면서 여동생의 마법을 써서 어딘가로 떠나갔다.

정령왕님이 기다리는 보석 동굴까지 이동은 한순간이었다.

이동한 곳은 동굴 안에 있는 커다란 쌍여닫이문 정면이다.

그 너머에 알현실이 있다는 건 우리도 어젯밤 확인했다. 문을 열자, 최심부 한 단 높은 곳에 훌륭한 옥좌가 있었다. 그리고 우리를 기다렸다는 듯이 거기 앉은 정령왕님의 모습이 보였다.

상대는 우리의 모습을 확인하고는 먼저 목소리를 높였다.

"잠깐, 너희드을, 돌아오는 게 빠르지 않아~?"

수상한 표정으로 우리를 응시하고 있다.

아무래도 우리의 일 처리에 의문을 느낀 모양이다.

참고로 오늘의 그녀는 이렇게 마주했을 때부터 사람 형태를 하고 있다. 중학생 정도의 작은 육체는 예전에 이야기를 나눴을 때와 전혀 변함이 없다. 나와 같은 검은색 장발이 인상적이다.

그래도 차이점을 찾는다면, 의복을 착용하고 있다.

어디서 조달한 걸까.

고스로리를 방불케 하는 디자인의 원피스 차림이어서 그야말로 눈길을 끌었다. 스커트 길이도 짧아서 대단히 감사합니다. 얇은 레이스 세공을 보면, 이 세계에서는 꽤 비싼 물건이 아닐까?

그리고 머리를 묶은 방식이 에디타 선생님과 비슷하다.

그녀의 스타일을 참고한 걸지도 모른다.

"의뢰하신 대로, 수왕의 대가 바뀐 것에 관해 확인하고 왔습니다."

"정말이야? 제대로 대가 바뀐 수왕과 대화를 나누고 온 거야아?"

옥좌 앞까지 걸어가서 저번과 마찬가지로 무릎을 꿇고 고개를 조아렸다.

이 자리는 추남이 대표로 정령왕님과 문답을 나누기로 하자.

약초 고블린과의 관계 등, 배후 관계까지 사정을 이해하고 있는 건 나뿐이다. 그녀의 성격을 고려하면 뭔가 지적해 올 가능성이 높다. 아무래도 에디타 선생님이나 대정령님에게 부담을 강요할 수는 없겠지.

"결론부터 말씀드리면, 수왕의 대가 바뀐 건 사실이었습니다."

"적당히 말을 늘어놓아도 금방 들키거든~?"

정령왕님이 대정령님에게 시선을 힐끔힐끔 보냈다.

괜찮다. 그도 현장에 있었으니까.

간장 얼굴은 이어지는 귀찮은 설명도 안심하고 진행할 수 있다.

"그러나 한편으로, 이번에 벌어진 닌쿠 대삼림에서의 교대는 선대와 당대 사이에서 상의가 이루어진 결과 없었던 일이 되었습니다. 당대 수왕은 계속해서 정령왕님과 면식이 있는 미노타우로스가 맡기로 했습니다."

"에에에엑? 그건 무~슨 소리야? 어째서 그~렇게 되는데?"

"선대와 당대가 마주하고 그 자리에서 상의한 결과입니다."

"거짓말을 하면 안 되거든? 그런 짓을 하면 나는 너희에게 울컥

울컥할 거야? 수왕의 대가 바뀌려면 결투가 벌어져야 한다는 건 나도 자~알 알고 있단 말이지. 어째서 당대가 선대에게 자리를 양보한다는 거야?"

"정령왕님이 들으신 대가 바뀌었다는 소문은 당대에게 본의가 아닌 일이었습니다."

"뭐~어?"

너희 무슨 소리를 하는 거야? 상대방은 그런 표정을 지었다.

그리고 간장 얼굴은 닌쿠 대삼림에서 있었던 일을 전달했다.

소개받은 선대 수왕님과 무사히 만났다는 것. 그와 동시에 당대 수왕 직함을 가진 인물이 찾아왔다는 것. 양자 사이에서 수왕 직함을 둘러싸고 대화가 진행되었다는 것. 그런 각종 사정이다.

단, 스펜서 자작의 존재는 일부러 침묵하기로 했다. 만에 하나 눈앞의 상대가 북쪽 대국에 가담한다면 버틸 수가 없다. 그녀의 스카우트를 받고 드래곤 시티까지 찾아온 용왕님의 사례도 있다. 양 국가의 정세는 결코 방심할 수 없는 상황이다.

그러나 추남의 보고는 정령왕님에게 와닿지 않았다.

"거짓말은 좋지 않네에, 거짓말은. 그런 걸로 선대가 수락할 리가 없잖아."

그녀는 이쪽을 짜증 난다는 듯 바라보고는 불만스러운 어조로 말했다.

옥좌에 앉은 채 다리를 크게 다시 꼬았다.

그에 따라 허벅지 사이에서 살색이 힐끔.

알현실에 노팬티 특별 경보가 울렸다.

눈앞의 인물과의 대화에 집중해야만 하는데, 동정의 시선은 스커트 안쪽, 속옷의 존재가 전혀 느껴지지 않은 어둠으로 쏠려서 멈출 수가 없다. 어두운 알현실, 광원으로 파이어 볼을 띄우고 싶어진다.

시추에이션으로 고려하면 완전히 무자각 노출이지 않을까?

확신범인 에디타 선생님과는 다른 면에서 좋단 말이지.

아마 사람의 모습을 취하는 것에는 익숙하지 않은 모양이다.

결과적으로 가드가 느슨한 여자아이가 완성되었다.

동정은 크게 기뻐했다.

“애초에 어째서 선대가 너희의 말에 귀를 기울인 걸까? 그 망나니가 인간의 말을 순순히 듣다니, 도저히 상상히 안 가네. 설마 너희가 나의 부하를 끌어들이거나 한 건 아니지?”

정령왕님의 시선이 대정령님에게 향했다.

그러자 시선을 받은 그는 덤덤히 목소리를 높였다.

“정령왕님. 제 쪽에서도 괜찮겠습니까?”

“괜찮아~. 팍팍 지적해줬으면 좋겠어.”

“그런 의미라면, 이 인간은 선대 수왕의 선제공격을 무방비하게 맞았는데도 그걸 완전히 무력화한 뒤, 일방적으로 없애버리기 직전까지 갔습니다. 선대 수왕은 이 자의 무력에 굴복했습니다.”

“……반복해서 말하는 거지만, 거짓말은 동족이라도 용서할 수 없거든?”

“또한, 선대를 격파하고 당대 수왕이 되었던 개체와는 서로 면식이 있었습니다. 예전부터 우호적인 관계였던 모양입니다. 마왕 타도 때도 협력을 요청했다는 점을 현장에서 들었습니다.”

“…….”

굳이 설명할 것도 없을 것 같아서 입 다물고 있던 어제 일의 자세한 줄거리가 대정령님의 입을 통해 정령왕님에게 전달되었다.

다른 사람의 입에서 나왔다고는 해도, 완전히 자랑 이야기가 되어 버리니까 안타깝다.

에디타 선생님의 면전이기도 해서 부끄러움이 장난 아니다.

동시에 눈앞의 인물이 마왕님 타도에 관해서 우리를 의심하고 있다는 것도 깨달았다. 그것도 상당히 현저한 형태로, 뭔가 다른 누군가의 개입이 있었던 게 아닌가 하는 생각을 확신에 가까운 레벨로 하고 있는 것 같다.

이번 심부름에서 허점이 드러나는 걸 기대했던 거겠지.

대정령님은 그런 우리를 감시하는 역할이었던 것 같다.

하지만 그렇더라도 그의 발언은 나를 너무 띄워주고 있는 것 아닐까?

이쪽의 존재를 섣불리 드러냈다가 정령왕님의 반감을 사면 큰일이다. 그녀는 경쾌한 어조와는 달리 곳곳에서 자존심이 강하다는 게 느껴지고 있기에, 유능함을 어필하는 것보다는 순종적인 협력자로 적절한 거리감을 유지하는 관계성을 바란다.

그런 상태에서 총애를 받는다면 행복하겠지.

정기적으로 가랑이를 노출해줬으면 좋겠다.

"기다려 주십시오. 저희의 존재는 그렇게 대단하지 않습니다. 그러니 이렇게 정령왕님께 협력을 요청하러 찾아왔습니다. 그 점에 관해서는 아무쪼록 착오가 없도록 말씀드리고자 합니다."

"……흐, 흐응~?"

여기까지 오자, 상대의 표정에 변화가 보였다.

입가가 실룩실룩 움직였다.

어떤 감정의 표현인지는 그다지 생각하고 싶지 않다.

코고리와는 달리 그녀는 선대 마왕님과 비슷할 정도로 위험하다. 게다가 근육뇌인 그와 비교하면 종합적으로 강하다. 공간마법이나 지속형 회복마법도 아마 틀림없이 쓸 수 있겠지. 스톤 월로 무력화하는 것도 불가능하다.

"너희, 나에게 조력을 요청하러 온 거지? 용왕이 무서우니까."

"바로 그렇습니다. 정령왕님."

"뭔가 좋지 않은 일을 꾸미거나 하지는 않은 거지?"

"천만에요. 정령왕님을 속일 생각은 추호도 없습니다."

"……정말일까아?"

"정말입니다. 아무쪼록 저희를 믿어주시겠습니까?"

"……."

불사왕님의 존재도 고려한 걱정이겠지.

숫자로만 따진다면, 처음에 설명했던 새 씨에, 추가로 약초 고블린 남매가 수왕으로 카운트. 이걸로 상대와는 2대 1. 또한, 대정령님의 말을 순순히 받아들인다면 후자에 비견되는 포지션에 추남이 놓인다.

정령왕님이 이것저것 고민하게 되는 것도 무리는 아니다.

이런 건 스테이터스를 확인하지 못하는 만큼, 내가 느끼는 것 이상으로 이쪽의 전력이 크게 보이는 게 아닌가 싶다. 게다가 그녀는 과연 당대의 용왕님을 어느 정도 수준이라고 생각하고 있을까?

"정령왕님이 생각하시는 염려는 지당하다고 생각합니다. 하지만 저희가 원하는 건 결코 분쟁이 아닙니다. 피 한 방울 흐르지 않는 평화입니다. 그걸 위해 아무쪼록 정령왕님의 조력이 필요합니다."

"흐으~응? 그렇게 세계 정복이라도 할 셈이야?"

"결과적으로 그렇게 하지 않을 수 없을 경우에는, 정령왕님을 정점으로 두고 그 도움을 드려도 상관없다고 생각합니다. 하지만 저희가 원하는 건 어디까지나 주변의 평화뿐입니다."

"호오~오?"

내 대답을 듣고 정령왕님의 눈썹이 꿈틀거렸다.

설마 흥미가 있는 건가, 세계 정복.

정령은 조금 더 평온한 존재라고 생각했는데.

어제오늘 이야기를 나눠본 느낌으로는, 지금까지 만난 어느 임금님보다도 세상의 정세에 민감한 것 같다. 취미가 승부라는 것도 결코 무관계하지는 않겠지. 다른 임금님들과 솔선해서 교류하는 점도 그렇다.

그로부터 한동안 고민하던 정령왕님은 고개를 끄덕였다.

"좋아. 그렇다면 꼭 사이좋게 지내보기로 할까!"

"주제넘은 부탁이라고는 생각합니다만, 조력을 청해도 되겠습니까?"

"그래! 중요한 건 실력보다는 왕으로서의 간판일 테니까!"

"아뇨, 결코 그렇지는 않습니다만……."

"내가 거절하면 다음은 어디로 이야기를 들고 갈 생각이었으려나아?"

"……."

그렇게 말하면 대답이 잘 떠오르지 않는다.

우리는 조급했던 걸까.

의견을 구하고자 에디타 선생님에게 시선을 돌렸다.

그 얼굴은 붕붕 옆으로 흔들렸다.

원맨 기업의 사장 영업과 장사 이야기를 진행하는 기분이다. 정령 업계에 블랙 기업의 기풍이 느껴진다. 대정령님은 완전히 중간관리직 포지션. 귀여운 얼굴 너머에 차마 거부할 수 없는 기질이 느껴졌다.

그러나 그녀의 간판이 필요했던 것도 사실이다.

"아무쪼록 오래도록, 사이좋게 지내주신다면 감사하겠습니다."

"그럴까~! 나도 너희와는 사이좋게 지내고 싶거든?"

사전에 들었던 대로, 꽤 끈적끈적한 성격을 가진 인물일지도 모른다.

*

【소피아 시점】

예기치 못한 용왕님의 습격으로부터 한동안 시간이 경과했습니다.

저희는 여전히 마을 정문 인근에 있습니다.

이곳에서 드래곤 씨와 용왕님이 싸우는 광경이 끊임없이 펼쳐지고 있습니다. 장소를 지상에서 공중으로 옮겨서, 정문에서 마을 바깥을 향해 조금 나아간 곳에서 펑펑 맞부딪치고 있는데 그야말로 떠들썩합니다.

저희는 그걸 비통한 심정으로 지켜봤습니다.

왜냐하면, 전황은 일방적이었으니까요.

드래곤 씨, 너덜너덜합니다.

「이, 이게에에에!」

"짐을 상대하기에는 아직 단련이 부족하군."

이를 악물며 양손을 정면에 들고 마법을 쏘는 드래곤 씨.

빛의 띠 같은 것이 순식간에 용왕님에게 뻗어갔습니다.

후자는 그걸 한 손으로 가볍게 날려버리고는 전자에게 급속히 접근했습니다.

그리고 상대의 머리를 향해 크게 뒤꿈치를 내리찍었습니다.

드래곤 씨는 황급히 피하려 했지만, 용왕님의 움직임이 월등히 빨라서 어깨에 맞아버렸습니다. 멀리서도 그녀의 반신이 움푹 크게 들어가는 모습이 보였습니다. 마치 짓밟힌 인형 같은 모습이었습니다.

「끄악…….」

몸을 강하게 맞은 드래곤 씨는 지상에 거꾸로 떨어졌습니다.

그대로 지면에 퍼엉 내리꽂힙니다.

이게 과연 몇 번째일까요?

"아가씨, 불사왕의 상태는 어때? 의식은 돌아왔어?"

"죄, 죄송해요. 아직 괴로워 보여서……."

메이드의 품에는 여전히 축 늘어진 새 씨가 있습니다.

여전히 용왕님의 일격에서 복귀할 기색이 없습니다.

다나카 씨의 말에 따르면, 그는 불사왕을 계승한 지 얼마 되지 않았다고 합니다. 그래서 힘을 능숙하게 다루지 못한다고 용왕님도 말씀하신 바 있습니다. 눈을 감고 움찔움찔 떨고만 있습니다.

"아가씨까지 말려들게 해서 미안하네."

"아뇨, 그, 그렇지 않아요……."

곤잘레스 씨가 미안한 표정으로 말씀하셨습니다.

이쪽은 아무런 도움이 되지 못해서 죄송할 뿐입니다.

지금은 전력 외인 메이드 따위보다는 드래곤 씨가 큰일입니다. 저는 이 이상 그녀가 다치는 모습을 보고 싶지 않습니다. 그리고, 그런 마음은 곤잘레스 씨도 하고 계시겠죠.

그러나 저희가 할 수 있는 건 아무것도 없어서, 두 분이 싸우는 광경을 바라볼 수밖에 없습니다. 이건 세로 롤 님이나 시종분도 마찬가지였는데, 현장에서 도망치지 않고 여기서 상황을 엿보고 계십니다.

꽉 움켜쥔 주먹이 그녀의 감정을 넌지시 알려주고 있습니다.

최근에는 두 분도 드래곤 씨와 교류할 기회가 점점 늘어났으니까요.

“주인, 이렇게 되면 제 마법으로 저택 주민만이라도 안전한 곳으로.”

“네. 그럴까요오. 이제 달리 쓸 수 있는 방법은 없을지도 모르겠네요오…….”

그건 저희에게는 최후의 선택입니다.

평소에는 이럴 때 가장 먼저 도망치는 세로 롤 님이 그래도 이렇게 현장에 남아서 판단을 내리려 하고 계십니다. 그 사실에 메이드는 과거에 없었던 위기감이 생겼습니다.

가능하다면 드래곤 씨를 구하러 가고 싶습니다.

그러나 그녀조차도 대적할 수 없는 상대에게 저희가 나가봤자 아무런 의미도 없습니다. 이렇게 드래곤 씨가 계속 살아 있는 것도 오로지 동족이기 때문입니다.

용족이 아닌 방해꾼이라면 빠르게 없애버렸겠죠.

“계집이여. 일어나지 못하겠나? 일어나지 못하겠다면, 그대의 마을도 여기까지다.”

「……기, 기다려! ……아직이다! 아직, 이라고!」

드래곤 씨는 부들부들 떨리는 다리를 채찍질하며 일어섰습니다.

그 모습은 멀리서 봐도 여실할 만큼 만신창이입니다. 머리에 난 뿔은 한쪽이 뿌리부터 부러졌습니다. 쭉 뻗은 귀여운 꼬리도 곳곳이 결손됐습니다. 게다가 몸은 피투성이라, 여기저기에 상처가 보입니다.

그걸 회복마법으로 치료한 것도 잠깐일 뿐.

곧바로 새로운 부상이 생기는 것의 반복입니다.

“단 일격도 가하지 못하는가.”

「크……?!」

용왕님에게 배를 얻어맞은 드래곤 씨가 후방으로 날아갔습니다.

얻어맞은 기세로 공중에 떠서 풀썩, 떨어져서 데굴데굴.

윤기 나는 흑발도 흙먼지로 더러워진 지 오래되어 부스스합니다. 최근에 새로 만든 귀여운 의상은 이미 흔적도 없습니다. 촌장다워서 괜찮아 보인다며 본인도 좋아하던 옷이었습니다.

“이 상태로는 아무리 발버둥 쳐도 불가능하지 않은가?”

「……그, 그렇지, 않아!」

그녀는 용왕님의 말을 뿌리친 동시에 일어났습니다.

몇 번을 반복했는지 모를 대화입니다.

그런 그녀의 반응을 들었기 때문이겠죠.

용왕님의 입에서 터무니없는 제안이 나왔습니다.

“다음에 그대가 땅에 무릎을 꿇었을 때, 짐은 이 마을을 멸할 것이다.”

「윽…….」

드래곤 씨의 표정이 경악으로 변했습니다.

그 직후에 나온 건, 지금까지 이상으로 커다란 목소리의 비난입니다.

「그런 짓을 한다면, 우, 우리도 네 마을을 멸할 거라고?!」

“당대 불사왕의 수준은 알았다. 그대의 말은 현실적이지 않지.”

「그렇다면, 그렇다면……!」

"그대에게 원한은 없지만, 불사왕에게 가담한 자신의 판단을 한탄해라."

덤덤히 중얼거린 용왕님이 한 발짝 내디뎠습니다.

드래곤 씨에게 한 팔을 들었습니다. 정면으로 향한 손바닥 조금 앞에 마법진이 부오옹 떠올랐습니다. 일련의 대화를 생각하면, 저게 공격마법을 날리려고 한다는 건 의심할 여지도 없습니다.

그리고 그녀의 뒤에는 드래곤 시티가 있습니다.

「저, 절대로 부수면 안 돼! 이곳은 굉장히 소중한 곳이야!」

양손을 좌우로 크게 펼친 드래곤 씨가 말했습니다.

자신의 뒤에 있는 마을을 지키고자 가로막은 겁니다.

"그렇게 이 마을이 소중한가?"

「나는 촌장이다! 이 마을을 지킬 의무가 있어!」

틈만 나면 촌장을 강조하는 그녀지만, 이런 상황에서도 일관된 모습을 보게 되니 저도 모르게 눈시울이 확 뜨거워졌습니다. 다나카 씨, 드래곤 씨가 큰일이에요. 제발 빨리 돌아와주시지 않을래요?

메이드는 기도할 수밖에 없는 자신이 한심할 뿐입니다.

제가 싸움터에 나간다고 해서 상황이 뭐가 달라질까요?

이런 상황에서 교섭 같은 걸 할 수 있는 걸까요?

단 한 마디, 가라는 지시를 내려주시는 분이 있다면 얼마나 마음이 편할까요.

"그것이 자신의 목숨을 걸 정도인가?"

「이곳이 잘못된다면, 분명 나는 앞으로도 계속 잘못된 채로 살게 될 것 같아. 네가 사라지고 나서도, 계속계속 잘못된 드래곤이 되어버리겠지. 그것만큼은 절대로 용납할 수 없어!」

"동족의 인연이니 그대만큼은 놓아주려고 했는데 말이지."

「누가 도망친다는 거냐! 너만큼은 절대로 용서 못 해!」

크르릉 목을 울린 드래곤 씨가 도발적으로 말했습니다.

이를 드러내며 당장에라도 달려들 것 같습니다.

한편, 정면에서 용왕님의 마법진이 광채를 늘리고 있습니다.

원을 그리듯이 형성된 그 중앙에서 정체 모를 반짝반짝한 것이 모이는 모습이 엿보입니다. 아마 저렇게 모인 무언가를 쾅 하고 쏘는 마법이겠죠.

"그런가. 그렇다면 마을과 함께 멸망해라. 그것도 위에 선 자의 책무다."

「내가 멸망하더라도 마을만큼은, 마을만큼은 절대 멸망하지 않아……!」

그러는 사이 드래곤 씨에게도 급격한 변화가 보였습니다.

그 몸이 강하게 반짝반짝 빛나기 시작한 겁니다.

다나카 씨의 회복마법도 대상이 아련하게 빛나지만, 그것과 비교해도 강렬한 느낌이 다는 광채입니다. 그야말로 직시하는 것조차 주저될 정도라서, 메이드도 저도 모르게 눈가를 손으로 가렸습니다.

"이 자리에서 스러지려는가……."

용왕님의 중얼거림에 불온한 기색이 느껴졌습니다.

무슨 일이 벌어지려는 걸까요. 학식이 없는 메이드는 전혀 이해할 수 없습니다. 그러나 드래곤 씨에게 좋지 않은 일이 일어나려는 분위기가 느껴집니다. 지금 당장 막아야 하지 않을까요?

"그대는 역량이 떨어져도, 위에 서는 자의 그릇은 가지고 있는 모양이다."

「이 마을은 소중한 마을이야! 그 녀석에게도 지키겠다고 약속했다고!」

아, 어떻게 해야 좋을지. 어떻게 해야 하는지.

저는 점점 생각하는 게 지겨워졌습니다.

마을이 사라지는 건 싫지만 드래곤 씨가 사라지는 것도 싫습니다.

“곤잘레스 씨, 새 씨를 부탁드려요!”

“이, 이봐, 아가씨. 뭘 할 셈이야?!”

이렇게 되면 이제 이판사판입니다.

아무래도 이 메이드는 다른 사람보다 조금 운이 좋게 태어났다고 합니다. 마왕님과의 소동 때 곳골 씨에게 들었습니다. 그렇다면 지금 이 순간, 저의 존재가 조금이라도 그녀에게 도움이 되지 않을까요?

옆으로 다가가는 것만으로도 의미가 있기를 바랍니다.

다나카 씨, 뒷일은 부탁할게요.

*

무사히 정령왕님의 협력을 얻게 된 우리는 곧바로 드래곤 시티로 돌아가기로 했다. 최대한 빠르게 마을에 소개하러 가지 않겠냐고 상담했더니, 그럼 지금부터 가자며 그녀가 수락했기 때문이다.

불사왕님이나 용왕님에게도 생각한 거지만, 풋워크가 굉장히 가볍다.

오히려 허리가 무거운 임금님을 만난 적이 없다.

이건 추남이 멋대로 하는 상상인데, 아마 정령왕님도 우리와의 관계에 어느 정도 가치를 보고 있는 게 아닐까? 만약 그렇다면 앞으로 환멸 당하지 않도록 노력하고 싶다.

용왕님이 다스리는 마을의 위치에 관해서는 드래곤 시티의 사람들 모두 소개한 뒤에 자잘한 사정 설명을 곁들여서 상담할 예정이다. 이런 건 로리곤을 끼워서 확인하는 게 확실하다고 판단했다.

"자, 그럼 너희 마을로 안내해줘~."

"으, 음. 그럼 바로 내 마법으로 보내주겠어."

정령왕님의 발언을 듣고, 에디타 선생님이 대답했다.

어제부터 이동 수단 대용으로 이용하기만 해서 정말 미안했다. 우리의 발밑에 부오옹 하고 떠오른 마법진, 그걸 바라보면서 마음속으로 사과를 되풀이했다. 용왕님과의 소동이 일단락되면 뭔가 답례를 생각하는 게 좋을지도.

그러는 사이에 옥좌에서 일어난 정령왕님이 바로 옆까지 다가왔다. 비좁은 마법진 위, 손을 뻗으면 닿을 거리에 노팬티 소녀가 있다고 생각하니, 동정은 마음이 들뜨기 시작하는 걸 느꼈다.

단이 짧은 원피스.

얇은 천에서 육체의 굴곡이 느껴진다.

커다랗고 동그랗게 부풀어 오른 엉덩이가 올이 촘촘한 천의 음영 사이로 엿보인다. 왠지 균열 쪽에 주름이 있어서 나체를 보고 있는 듯한 착각이 들었다. 오늘 밤의 자가발전 소재로 결정했다.

"응~? 왜 그래애? 이 차림새에 뭔가 문제가 있는 걸까?"

"아뇨, 대정령님과는 약간 취향이 다르셔서요."

빤히 쳐다보고 있던 건 아니지만 즉각 지적을 받았다.

추남의 일거수일투족을 잘 관찰하고 계신다.

혹시 우리를 경계하고 있는 건가.

그렇다면 앞으로는 힐끔 노출을 노리려고 해도 난이도가 올라갈 것 같다.

"정령에게 사물의 형태 같은 건 대단한 의미가 없어."

"대정령님에게도 예전에 그런 설명을 들었습니다."

"인간은 사물의 형태를 중시하는 생물이니까, 여러모로 귀찮네~."

그런데, 그녀의 발밑에는 대정령님의 모습이 있다.

이쪽을 올려다보는 그의 포지셔닝은 아무리 발버둥 쳐도 스커트 안쪽이 보이는 위치. 설마 즐기고 있는 건가. 상사의 고간을 올려다보며 즐기고 있다는 건가.

공간마법도 좋지만 작은 동물로 변신하는 마법도 매력적으로 느껴졌다.

사물의 형태를 중시하지 않기에 보이는 무방비함이 동정에게는 대단히 매력적입니다.

"그럼 가자."

"네, 아무쪼록 부탁드립니다."

에디타 선생님의 호령과 함께 공간마법이 발동했다.

단번에 시야가 어두워졌다.

새까매진 건 아주 잠깐이다.

곧바로 주변 광경이 변화를 보였다.

곳곳이 보석으로 빛나던 어두운 동굴 한가운데에서, 햇살이 쨍쨍 내리쬐는 햇님 아래, 익숙한 초원 지대 한가운데로. 조금 앞쪽에는 드래곤 시티의 거리가 보인다. 이동한 곳은 정문에서 조금 떨어진 언덕 위인 것 같았다.

정령왕님에게 마을 전경을 보여주고 싶다는 선생님의 재치 있는 배려겠지.

그런 직후, 추남은 문득 예기치 못한 광경을 보게 되었다.

놀랍게도 마을 정문이 무너져 있었다.

그것도 상당히 화려하게 무너진 상태다.

마도귀족이나 저널 교수조차도 흠집을 내기 힘들어하던 물건이다. 마조 마족이나 곳골이라 해도 어디까지 대미지를 줄 수 있을까. 이것을 파괴할 정도라면, 이런 짓을 저지를 수 있는 상대는 한정된다.

에디타 선생님도 곧바로 목소리를 높였다.

“이, 이봐. 뭔가 마을의 낌새가 이상하지 않아?”

“뭔가 문제가 발생한 모양이군요.”

우리가 바라보는 곳에서 퍼엉 하고 커다란 소리가 울려 퍼졌다.

동시에 지상에서 하늘로 빛의 띠가 뻗어나갔다.

우선 틀림없이 공격마법이다.

누군가가 정문 근처에서 싸우는 것 같았다. 이어서 콩알 정도 크기의 사람 그림자가 오가는 모습을 확인할 수 있었다. 숫자상으로는 소수 같지만, 주변에 대한 피해는 지금 시점에서도 무시할 수 없다.

그걸 목격한 정령왕님이 목소리를 높였다.

“너희 마을, 공격당하고 있네? 문도 부서지지 않았어?”

“바로 정령왕님께 조력을 부탁드려야 할 것 같습니다.”

드래곤 시티에 적대적이면서 정문을 분쇄할 수 있는 인물이라면, 간장 얼굴은 한 명밖에 떠오르지 않는다. 그러나 하루 만에 쳐들어올 줄은 몰랐다. 주변에 북쪽 대국의 비공정이 보이지 않는 점도 신경 쓰인다.

어떤 의도로 침공한 걸까.

“사전에 이야기로는 들었지만, 이렇게나 정면에서 용왕과 맞붙고 있을 줄은 몰랐네. 너희는 이쪽이 생각하던 것 이상으로 과격한 집단이었다거나 그런 걸까? 그렇다면 정령왕도 쪼~금 무릎이 떨리는데.”

“저쪽에 용왕이 있는 걸 아십니까?”

“가까이 있는 정령들이 겁먹었거든~.”

“그렇군요.”

정령 센서, 엄청 편리하다.

그 밖에도 이것저것 응용할 수 있을 것 같다.

아니, 지금은 이렇게 감탄할 때가 아니다.

“에디타 씨. 실례지만 서둘러 저쪽까지 부탁드립니다.”

“음. 마, 맡겨둬!”

에디타 선생님이 강하게 끄덕인 동시에 다시 시야가 암전됐다.

엘리베이터에 탄 것처럼 잠깐의 부유감.

이어서 발밑에 지면의 감촉이 돌아왔을 때, 시야에는 아는 모습이 있었다.

이동한 곳은 드래곤 시티 주변을 둘러싸는 외벽 위였다. 무너진 정문 바로 옆이라서, 문을 들어오자마자 바로 나오는 광장을 아래에서 내려다볼 수 있는 지점. 덕분에 우리는 곧바로 현장 상황을 파악할 수 있었다.

정문 앞에는 간장 얼굴이 상상한 대로 용왕님의 모습이 보였다.

또한, 그에게서 몇 미터 앞에는 마을을 배경 삼아 양손을 펼친 로리곤의 모습이 있다. 전신에서 반짝반짝 빛을 발하는 건 어떤 마법의 효능일까? 만신창이인 모습을 봐서도 물러나지 못하는 분위기가 느껴졌다.

“그대는 역량이 떨어져도, 위에 서는 자의 그릇은 가지고 있는 모양이다.”

「이 마을은 소중한 마을이야! 그 녀석에게도 지키겠다고 약속했다고!」

곧바로 양자의 대화가 귀에 날아들었다.

클라이맥스를 예감케 하는 대화가 이보다 더할 수 없을 만큼 불온하다.

그러더니 다른 곳에서도 사람의 움직임이 보였다.

"곤잘레스 씨, 새 씨를 부탁드려요!"

"이, 이봐, 아가씨. 뭘 할 셈이야?!"

로리곤보다 후방에서 상황을 지켜보던 메이드가 무슨 생각인지 싸움터로 뛰쳐나왔다. 안고 있던 새 씨를 바로 옆에 있던 곤에게 넘겨주고는 돌격해 왔다.

그녀가 나온다고 해서 어떻게든 될 수 있을까.

아니, 어떻게 할 수 있을 리가 없다.

본인도 당연히 알고 있을 것이다.

그래도 나오지 않을 수 없을 만큼 절박한 상황이라는 건가.

이건 그야말로 절체절명이잖아.

"기, 기다려!"

"에디타 씨, 여기는 제가."

한 발짝 내디딘 선생님보다 먼저 추남이 돌격했다.

상대는 용왕님이다.

아끼고 있을 때가 아니다.

사정은 잘 모르겠지만, 로리곤이나 소피아보다 앞서는 것은 이 세상에서 존재하지 않는다. 향후 드래곤 업계의 상황이라든가, 그와 친한 임금님들의 존재라든가, 그런 이런저런 것들을 신경 쓸 여유는 전혀 없다.

비행마법으로 현장까지 일직선.

그러자 상대도 이쪽을 알아챈 모양이었다.

"뭐냐? 그대는 예전에도 짐에게 대들었던 인간인……."

"파이어 볼!"

무슨 말을 하려던 용왕님의 입을 가로막으며 일격.

전심전력을 담아서 새까만 파이어 볼을 날렸다.

마왕님과의 일전에서 이용한 거다.

주먹 크기로 빛나는 극히 작은 새까만 화염구. 예전에도 생각한 거지만, 한눈에 봐도 몸에 안 좋아 보이는 느낌이다. 그걸 이번에는 숫자를 늘려서 추남 주변에 몇 개씩 띄우고는 일제히 용왕님에게 보냈다.

"윽……."

아무래도 상대도 검은 불꽃의 위력을 알아챈 모양이다.

눈을 크게 뜨고는 놀라면서 비행마법을 써서 공중으로 날아올랐다.

"다, 다나카 씨!"

「앗! 아아아아아, 너……!」

추남의 모습을 목격하자, 여기에 있던 이들이 반응을 보였다.

곧바로 달려가서 등장을 어필하고 싶기는 하다.

그러나 이 자리는 용왕님 대응이 우선이겠지.

눈에 닿는 범위에 회복마법을 날리고 이쪽도 하늘로 날아올랐다.

추남이 바라보는 곳에서 검은 파이어 볼이 용왕님을 추격했다. 모바일 F랭크를 필두로 한 다른 스타일과 마찬가지로, 호밍 방식으로 제공했다. 그 궤적을 알아챈 상대가 경악한 목소리를 냈다.

그래도 그는 차분하게 불꽃을 하나하나 처리했다.

비행마법을 능숙하게 다루면서 불꽃끼리 접촉하여 유폭하는 것을 노렸다. 불꽃에 닿은 불꽃은 서로를 삼키는 검은 광채를 발하며 소실. 이 추남도 곡예비행에는 일가견이 있지만, 용왕님도 꽤 제법이었다.

속도, 각도, 가속도, 모두 충분하다.

그러나 전부 처리하지는 못했던 모양이다.

그것은 발끝을 스친 마지막 하나.

확 부풀어 오른 새까만 불꽃이 대상을 삼키려 했다.

"크……."

그걸 본 용왕님은 자기 다리를 날려버려서 침식을 회피했다.

흑염은 떨어지는 다리를 휘감은 채 지상으로 낙하했다. 그 순간 불타오른 불꽃은 절단면에서 흐른 체액을 태웠을 뿐, 허벅지 위쪽의 남은 부분까지는 태우지 못했다.

당연한 듯이 멀쩡한 반바지를 본 추남은 동경심을 느꼈다.

절단된 부분은 다음 순간 회복마법으로 치료해서 부활.

스테이터스를 확인할 것도 없이 완전 회복했다.

마왕님과 싸웠을 때와 똑같은 반응이다.

이런 것들은 킹인 분들에게는 당연한 반응이라고 생각하는 편이 좋을 듯했다. 확실하게 타도하려면 사전에 마력을 고갈시키는 등 단계를 거쳐야만 한다. 그리고 그게 너무나 힘들다.

본격적으로 싸우게 된다면 아마 추남의 승산은 절반도 안 될 것이다.

INT 일변도가 마왕님에게 들켰을 때는 그야말로 뼈아픈 반격을 당했으니까.

그러나 이번의 흐름은 꽤 나쁘지 않은 것 같다.

허를 찔러서 일격을 가한 사실, 그걸 확고하게 인상에 새긴 추남은 곧바로 새까만 파이어 볼을 추가 발주. 조금 전과 똑같은 숫자를 내 주변에 띄웠다. 당장에라도 발사할 수 있다며 전력으로 위협했다.

지금 이 순간이야말로 허세를 부려야 한다.

지속형 회복마법으로 방어를 굳히는 것도 잊지 않았다.

그리고 마을 상공, 하늘 높은 곳에서 용왕님과 대치하게 되었다.

"그대, 정말로 인간이냐?"

"당신은 제가 인간으로 보이십니까?"

"……."

몇 미터 정도 거리를 두고 서로 마주 봤다.

상대는 이미 마을에 위해를 가했다. 이 자리에서 저자세로 나가서 이쪽에 전의가 낮다고 보이게 할 수는 없다. 자잘한 사정은 전혀 모르겠지만, 로리곤이 다친 건 사실이니까 이 자리에서는 거세게 나가자.

"마을에 위해를 가할 생각이라면, 공멸해서라도 당신을 쓰러뜨리겠습니다."

마왕님과의 소동을 거쳐 레벨 업했기 때문이겠지. 검은 파이어 볼을 상당한 숫자로 뿌렸는데도 불구하고 마력적인 여유가 충분히 있다. 지속형 회복마법을 병용해도 회복량이 더 많은 것만 같았다.

그렇기에 파이어 볼을 추가 주문.

용왕님의 주변을 둘러싸듯이 주변에 검은 화염구를 더 많이 생성했다.

"크……."

그러자 어제 만났을 때와 마찬가지로, 상대가 이쪽을 향해 팔을 휘둘렀다.

주변 경치를 일그러뜨리며 다가오는 눈에 보이지 않는 무언가.

그런 게 두 번, 세 번 계속 날아왔다.

그걸 상대하는 간장 얼굴은 미리 띄워둔 파이어 볼을 부딪쳐서 눈앞까지 다가온 위협을 상쇄시켰다. 어떻게든 용왕님의 첫 공격을 넘겼다. 직후에는 소실된 분량만큼 화염구를 생성하는 것도 잊지 않았다.

“짐은 그대와 같은 인간을 모른다.”

“그렇다면 이번 기회에 알아두시는 게 좋겠군요.”

상대의 표정이 눈에 띄게 굳었다.

역시 이 마법은 임금님 속성 상대라도 충분히 위협적인 모양이다. 용왕님에 대한 허세로는 어느 정도 효력을 발휘하고 있는 게 아닐까?

그리고 사치스러운 이야기이지만 이 이상의 다툼은 피하고 싶다.

이러니저러니 해도 우리 밑에는 드래곤 시티가 있다.

애초에 왕의 이름을 가진 상대와 본격적으로 싸울 생각은 없다. 마왕님과의 소동에서 무척 고생했던 기억이 있다. 상황에 따라서는 모든 걸 잃었을지도 모른다. 그렇기에 같은 전철을 밟는 일은 삼가고 싶다.

중요한 건 서로가 손대지 못하는 상태를 오래도록 유지하는 것. 모두가 사이좋게 지낼 수는 없는 세상이니만큼, 평화란 그런 게 아닐까? 나는 오셀로 게임판을 한 색으로 물들이는 일이 가능할 것 같지 않으니까.

“설마, 그대는 인간들의 왕 된 존재인가?”

“천만에요. 저는 가신에 불과합니다. 군주는 따로 있지요.”

"……."

의미가 있는지 없는지는 모르겠지만, 넌지시 폐하에 대해서도 어필해 두자. 추남보다 위험한 인간이라고 착각해준다면 좋을 것이다. 지난번에 스테이터스 윈도우에도 그럴싸한 직함이 적혀 있었으니, 거짓말은 하지 않았다.

그런 생각을 하던 중, 바로 옆에 사람의 기척이 생겨났다.

아니, 사람이 아니라 정령인가.

정령왕님이 공간마법으로 간장 얼굴 옆에 안녕.

"야호~! 오랜만이네에. 잘 지냈으려나~?"

"정령들의 왕이 이런 곳까지 찾아오다니 무슨 일이냐."

아무래도 정령왕님과 용왕님은 서로 면식이 있는 모양이다.

무척 싹싹한 전자의 인사를 들은 추남은 다음 말을 집어넣었다. 당초 예정대로 그녀의 존재를 용왕님에게 밀어붙이기로 하자. 내가 윽박지르는 것보다는 이러는 편이 커다란 영향을 줄 수 있을 거다.

그나저나 정령왕님, 절묘한 타이밍에 끼어들었군.

아마 이런 응수에 익숙한 거겠지.

"애초에 짐이 잘 지내든 안 지내든 그대와는 상관없지 않나."

"뭐어~? 그런 쓸쓸한 소리 하지 마. 쓸쓸하잖아."

용왕님의 대응을 정령왕님에게 맡긴 추남은 지상의 모습을 힐끔힐끔 엿봤다. 그러자 그곳에는 로리곤 쪽으로 달려가는 에디타 선생님의 모습이 있었다. 간장 얼굴을 대신해서 그녀들 쪽에 대응에 나서주고 있다.

제대로 상의한 것도 아닌데, 이렇게 마음을 파악하고 움직여주는 금발 로리 탱탱 선생님, 정말로 감사합니다. 역시 결혼한다면 선생님 같은 처녀가 좋다고, 이 동정은 목소리 높여 호소하고 싶다.

로리곤도 무사해 보여서 다행이다.

회복마법을 받고 복귀한 모습을 멀리서 확인할 수 있었다.

그녀에게 무슨 일이 생겼다면, 동정은 마음이 꺾였을 것이다.

한편, 여전히 움직임을 보이지 않는 새 씨에게 불안감이 들었다. 언데드인 그에게는 회복마법을 쓸 수 없다. 추남은 힐 의존증인 만큼, 아무래도 위기감이 쌓인단 말이지. 당장에라도 달려가고 싶은 충동에 휩싸였다.

"설마, 짐의 행동에 불만을 제기하려는 거냐?"

"네 성 말인데, 어제 갑자기 이동을 시작했더라? 주변에 떠다니던 정령들이 보고하던데, 어떻게 된 일일까? 최근에는 계속 똑같은 곳에서 인간 마을과 교역하고 있었는데."

"……."

정령왕님이 싱글벙글 미소를 지으면서 물었다.

그러자 용왕님은 할 말을 잃었다.

교역 운운하던 말을 생각하면, 전자가 평소에 후자의 동향을 엿보고 있었다는 점은 틀림없다. 그런 상태에서 어제 우리와의 대화를 듣고, 주변에 떠다니는 정령에게 확인을 받은 거겠지.

정령을 이용한 정보 전달 능력은 정말 무섭다.

"아, 착각하지는 말아줄래? 나는 너하고도 친하게 지내고 싶으니까."

"그럼 거기서 물러나라."

"다 들었다구~? 아무래도 불사왕의 대가 바뀌었다던데에."

"그게 어쨌다는 거냐."

"네가 선대 불사왕에게 울분을 쌓고 있다는 건 유명하니까. 과거에 용족과의 사이에서 무슨 일이 있었는지, 외부인인 나도 어느 정도는 알고 있거든? 여러모로 큰일이었다잖아."

"그래서 뭐라는 거냐."

"거기에 얹어서 상담하고 싶은 게 있는데, 이쯤 해서 손을 떼줄 수 없으려나~?"

"그대가 왜 그런 말을 하는 거지?"

"이렇게 보아하니, 이미 어느 정도 날뛴 후 아니야?"

"……."

정령왕님의 시선이 지상으로 향했다.

그녀에게는 당대 불사왕이 피닉스의 유생이라는 걸 사전에 전달했다. 그 시선이 향한 곳에는 곤에게 안겨서 그로기 상태가 된 새씨의 모습이 보였다. 피투성이로 축 늘어진 모습은 틀림없이 용왕님의 짓일 터다.

그렇습니다. 그가 당대 불사왕님입니다.

직함이 가리키는 대로, 결코 죽지 않는다고 믿고 있다.

그러나 불안감이 드는 건 그것과는 다른 문제다.

"지금이라면 아직 마을 사람들도 너를 용서할 수 있다고 생각하거든. 하지만 이 이상은 어떨까~? 원한이 남을 건 틀림없을 거야. 선대 불사왕과의 사건, 그것과 똑같은 일이 이번에는 너와 그 마을 사이에서 일어나려고 하고 있단 말이지?"

"그게 어쨌다는 거냐?"

"다음에 쓰라린 맛을 보는 건, 어쩌면 너일지도 모르겠네에."

"……."

과거에 용왕님과 불사왕님 사이에서 무슨 일이 있었는가. 추남은 자잘한 사정까지는 모른다. 용족을 끌어들여서 싸웠다는 게 로리곤의 말이다. 그것 때문에 그는 여전히 동족들로부터 빈축을 사고 있다고 한다.

정령왕님의 발언을 듣고 즉시 뭐라 말하려고 한 용왕님이, 그럼에도 다음 말을 삼키는 모습에서 가슴속에 품은 마음의 크기가 엿보였다. 우리는 이해할 수 없는 역사가 있는 거겠지.

"요 수백 년 정도 소재가 확인되지 않았던 마왕이 갑자기 나타났다가 순식간에 쓰러졌다는 거, 너는 알고 있어? 몰랐다면 이 자리에서 기억하고 돌아가는 게 좋을걸? 그 주도자가 이 인간이니까."

"……그런 이야기는 예전에 짐도 다른 인간에게 들었다."

"안 믿었지~? 그래도 지금이라면 믿지 않을 수 없겠네?"

바로 옆에 떠 있는 추남을 시선으로 가리킨 정령왕님이 말했다. 무대 배우 같은 대사가 술술 나오는 걸 보면, 이런 대화에 익숙해 보인다. 말주변이 없었던 선대 불사왕님과는 천양지차다.

개인적으로 그녀의 꺄아꺄아 화법에서 향수가 느껴졌다. 검은색 머리와 어우러져서 하교 중인 여중생 같은 분위기를 느끼고 있습니다. 세일러복 같은 걸 입으면 분명 잘 어울릴 거다.

"……."

거듭해서 말하자 용왕님은 침묵하고 말았다.

모두 외견은 어린 남녀라서 그런지, 옆에서 보면 초등학생 소년이 중학생 누나에게 떽, 하고 야단맞는 듯한 느낌. 그 광경을 옆에서 지켜보는 추남은 장소가 장소라면 완전히 수상한 놈이다.

그리고 잠시 침묵하던 상대가 반응을 보였다.

"……알았다, 그대의 말에 따르지."

용왕님은 마지못한 태도로 수긍했다.

이쪽을 경계하던 육체가 대답과 함께 확 풀어졌다. 지금까지의 대화를 고려하면, 그는 암습 같은 걸 하는 인물이 아니다. 지금 대답이 최종적인 합의라고 생각해도 지장은 없겠지.

"정말? 그렇게 말해주니 기쁘네에!"

"하지만 그대들이 짐의 마을을 공격한다면 보복은 철저하게 할 거다."

"아이참~ 그런 말은 하지 마! 공격하거나 하지 않으니까."

"……."

무척이나 가벼운 정령왕님의 언동에는 불안감이 들기도 한다.

그러나 용왕님은 딱히 반발하지 않았다.

시종일관 묵직한 태도도 그렇고, 이런 면에서는 묘하게 관용적이라서 그야말로 임금님이라는 느낌이 들었다. 여기에 외모만 어느 정도 나이를 먹었다면 조금 더 품격이 있었겠지. 어째서 쇼타를 초이스한 걸까.

생각해 보면 로리곤도 로리로리하니까, 드래곤 업계에는 어린이 붐이 온 걸지도 모른다. 추남은 에인션트 드래곤이 좋아질 것 같다.

그 취락에는 언젠가 실례하고 싶다.

그런데 나도 그에게는 한 가지 확인하고 싶은 게 있다.

"용왕님, 제 쪽에서도 괜찮겠습니까."

"……말해봐라."

"전에 함께 있던 여성은 오늘 오지 않았습니까?"

"오늘, 짐은 이 마을에 혼자 찾아왔다. 일행은 없다."

"그렇습니까."

아무래도 북쪽 대국의 꿍꿍이라기보다는 용왕님의 사적인 감정이 방문 이유였던 것 같다. 그 나라가 그것도 포함해서 이용하고 있을 가능성도 고려해 볼 수 있다. 그러나 어쨌든 한동안은 마을의 안전이 확보되었다고 생각해도 좋을 것이다.

정령왕님과의 협력 관계가 있는 한, 상대도 건드리지 않겠지.

그 점을 확인한 추남은 내심 안도했다.

"……돌아가겠다."

그러는 사이, 용왕님이 누구에게랄 것도 없이 나지막하게 중얼거렸다.

직후, 그의 발밑에 마법진이 부오옹 떠올랐다.

저 익숙한 디자인은 공간마법이다.

"또 봐~!"

"……."

정령왕님이 반짝반짝 미소를 지으면서 기운차게 손을 흔들었다. 발랄한 언동이 매우 수상쩍었다. 그러나 동작에 따라 하늘하늘 흔들리는 스커트 옷자락을 보고 있으면 괜찮겠다고 생각하게 되는 것이 동정의 습성 같은 것이다.

용왕님은 그것에는 대답하지 않고 말없이 마을을 떠났다.

*

용왕님을 배웅한 우리는 곧장 하늘에서 지상으로 내려섰다.

장소는 무너진 정문 인근.

주변에서 하늘을 올려다보던 모두의 곁으로 직행했다.

그곳에는 일행 앞에 선 에디타 선생님을 필두로 로리곤에게 붙어 있는 메이드, 세로 롤에 재수 없는 롱 헤어, 새 씨를 안은 곤. 조금 거리를 둔 대정령님의 모습이 보였다.

각자 우리가 등장한 뒤부터 이쪽의 동향을 주목하고 있었다.

고도를 내리자 즉시 목소리가 나왔다.

가장 먼저 반응을 보인 건 로리곤이다.

「이, 이봐! 그 녀석은 어떻게 됐어?! 용왕은!」

“돌아가 달라고 부탁했습니다. 당분간은 이곳에 찾아오지 않을 겁니다.”

「……정말이야? 또 습격하거나 하지 않아?」

그야말로 불안해 보이는 표정을 짓고 있다.

흙먼지나 피범벅이 되어 심하게 더러워진 머리나 육체, 걸레짝이 될 정도로 소모된 의복을 바라본 추남은 자신이 부재중일 때 그녀가 터무니없는 고생을 하고 말았다는 걸 깨달았다.

귀환 직후의 광경을 생각하면, 새 씨조차도 격침된 상태에서 그래도 홀로 떨쳐 일어나 용왕님을 상대하고 있었던 거겠지. 그렇게 생각하니 가슴속에 죄책감이 부풀어 오르는 게 느껴졌다.

이유는 출발 직전, 그녀에게 한 부탁이다.

우리가 부재중일 때 마을을 지켜달라고 가볍게 부탁했었다.

자기도 함께 가겠다고 조르던 로리곤을 마을에 남겨두려는 구실이었지만, 설마 이런 일이 벌어질 줄은 몰랐다. 동시에 그녀가 없었다면 마을은 좀 더 큰일이 벌어졌으리라.

명실공히 촌장으로서 몸을 던진 것이다.

“에디타 씨에게 이미 설명을 들으셨을지도 모르지만, 정령왕님과의 교우를 상대에게 전달할 수 있었습니다. 용왕이 아무리 강대하더라도 불사왕의 존재도 있으니, 다수의 왕을 상대로 싸움을 걸어오지는 않겠죠.”

바로 옆에 선 그녀를 시선으로 가리키며 설명했다.

자기소개 같은 행동은 촌장 저택에 돌아가고 나서 해도 되겠지.

오늘 런치타임에라도 다른 이들이 모인 타이밍에 실천하자. 정령왕님에게 똑같은 소리를 계속 반복하게 하는 건 미안하다.

「그래도, 그 녀석은 밤에도 잠들 수가 없다든가, 그런 소리를 하면서…….」

"본인에게 언질을 받았습니다. 개인적인 감정으로 내린 판단이라 죄송합니다만, 용왕은 이런 약속은 확실히 지키는 분이라고 생각합니다. 그와 오랜 사이인 크리스티나 씨는 어떻게 생각하시죠?"

「언질이라니, 뭐, 뭔데?」

"앞으로 두 번 다시 우리 마을을 공격하지 않겠다는 겁니다. 그가 다스리는 마을에 무슨 일이 생긴다면 예외라는 말도 했지만, 이쪽에서 치고 들어가지 않는 한 문제는 없겠죠."

「정말이야? 정말 그 녀석이 그렇게 말했어?」

"네. 사실입니다."

「…….」

하늘 위에서 있었던 일을 요약해서 설명했다.

로리곤 말고도 여기 있는 사람들 모두가 불안감이 쌓여 있겠지.

이러니저러니 해도 어제오늘 사이에 우리의 본거지까지 쳐들어온 용왕님이니까.

「……네가 그렇게 말한다면, 알았어.」

"감사합니다."

아무래도 납득해준 모양이다.

살짝 끄덕인 그녀를 바라본 나는 깊이 고개를 숙였다.

이번만큼은 우리 촌장님에게 고개를 들 수가 없다.

마을을 부탁한다는 말은 이제 두 번 다시 하지 말기로 하자.

"그리고 이번에는 정말로 죄송합니다. 크리스티나 씨에게만 부담을 끼친 것, 대단히 죄송하게 생각합니다. 제가 경솔하게 부탁하는 바람에 큰일을 겪으셨습니다. 앞으로는 좀 더 자신을 소중히 여겨주시면 감사하겠습니다."

「따, 딱히 이 정도쯤, 대단한 일 아냐!」

"그렇게 말씀하셔도, 척 봐도 힘들어 보였습니다만……."

「나는 촌장이니까! 이 정도는 당연해! 당연!」

팔짱을 끼고 가슴을 펴며 소리 높여 주장했다.

뒤에서 붕붕 움직이는 꼬리가 인상적이다.

그러자 직후에 에디타 선생님이 보충하러 들어갔다.

"그래도 조금 전 광채는 간과할 수가 없어. 너, 설마 마을을 감싸고 죽을 작정이었던 거냐? 그대로 계속 사용했다면, 에인션트 드래곤의 내구력이 아무리 뛰어나더라도 결코 무사히 넘어가지 못했을 거야."

조금 전 광채라는 건, 정문 앞을 찾아온 직후에 목격한 반짝반짝인가.

로리곤이 엄청 빛나던 건 간장 얼굴도 기억하고 있다.

돌이켜보면 선대 마왕님도 MP 대신 HP를 깎아서 마법 같은 걸 사용했었다. 아니, 그녀에 한정된 이야기는 아니다. 서쪽의 용사님도 무술대회에서 비슷한 걸 썼던 것 같다.

그런 행동에 나선 끝에 자폭하는 모습이 어쩐지 상상이 갔다.

그리고 이런 선생님의 발언은 아마 촌장님에게 지적한다기보다는 그녀의 행동을 다른 이들에게 설명하기 위해서겠지. 사실 그걸 들은 추남은 깜짝 놀랐다. 눈부실 만큼 빛나고 있었는데, 그 정도의 행동일 줄은 몰랐다.

나의 머릿속에 떠오른 후회도 두 배가 되었다.

그녀가 드래곤 시티에 보이는 애정을 얕보고 있었다.

「그, 그렇지 않거든?! 네 착각이야!」

“정말이야?”

「그 정도는 평범해! 촌장에게 그런 건 평범하다고!」

“뭐, 그래도 나의 마음에 변함은 없어. 네 행동에 감사해.”

고개를 꾸벅 숙이는 에디타 선생님이 귀엽다.

허리를 깊이 구부렸다.

그러자 감사를 받은 촌장님은 ‘어? 뭐야 그게?’라는 듯 당황한 표정을 지었다. 에디타 선생님이 힘을 되찾은 이후, 그녀들은 종종 경쟁하듯이 행동하고 있었는데 느닷없이 격식을 갖춰 대응하고 있으니 놀란 것이리라.

「뭐, 뭔데! 평범하다고 했잖아?! 평범!」

“아니, 딱히 너를 질책하는 건 아닌데…….”

로리곤은 조금 혼란스러워 하는 것 같았다.

선생님과의 갑작스러운 거리감 변화에 곤혹감을 느낀 거겠지.

혹은 예기치 못하게 받은 호의가 쑥스러운 건가.

어쨌든 그런 감각은 모르는 바도 아니다.

추남도 비슷한 경험이 있습니다.

예를 들어, 편의점에 서 있는 젊고 아름다운 여성 점원.

이건 틀림없이 거스름돈을 줄 때 위에서 떨어뜨리겠구나. 그런 각오를 하고 계산대 앞에 선 직후, 웃으면서 손을 감싸듯 거스름돈을 건네줬을 때 동정은 경악하여 머리가 새하얘졌었다.

“그런데, 그쪽 분은 정령왕님이 맞는 건가요오?”

그러는 사이, 세로 롤이 지적하는 목소리를 냈다.

그녀의 의문을 들은 모두의 시선이 간장 얼굴 옆으로 향했다.

그곳에는 지적대로 정령왕님의 모습이 있다.

뿔이 나 있거나, 귀가 길거나 등등 인간 이외의 무언가를 나타내는 신체적 특징은 전혀 없다. 사정을 모르는 그들에게는 평범한 인간과 큰 차이가 없어 보이겠지.

"네, 그렇습니다."

손님을 방치하고 우리끼리만 이야기할 수는 없다. 이 자리는 세로 롤의 커버를 순순히 받아들이기로 하자. 정령왕님은 언동이야 가볍게 느껴지지만, 자존심이 상당하다고 느끼고 있으니까.

굳이 와달라고 부탁한 이상, 가볍게 대할 수는 없다.

"정령왕님. 나중에 다시 소개할 자리를 마련하겠습니다만, 지금은 간단히 설명하려고 합니다. 여기 있는 용족 소녀가 이 마을의 대표입니다. 또한, 다른 이들은 마을 운영에서 핵심적인 역할을 맡고 계십니다."

그런데 설명한 직후에 추남은 깨달았다.

정령왕의 이름을 물어보지 않았다.

스테이터스 윈도우를 보고 일방적으로 확인해버린 폐해다.

"안녕~! 내가 정령왕입니다. 잘 부탁해~?"

「으…….」

무척이나 가벼운 인사를 들은 로리곤이 움찔했다.

이 사람, 아니 이 정령. 꽤 잘 울리는 타입의 애니 목소리다.

추남도 처음에는 조금 움찔했으니 이해한다.

게다가 바로 어제, 너와는 성격이 안 맞을 것 같다는 대정령님의 지적을 들은 로리곤이다. 파워 밸런스도 상대가 훨씬 강대하니까, 어느 정도 긴장한 거겠지.

"용족이 인간 마을을 다스리다니 별일이네~?"

「도, 도와준 건, 고맙다. 느긋하게 지내면 돼!」

그녀의 존재가 마을에 유익하다는 건 촌장님에게도 사전에 설명했다.

그래서인지 로리곤은 웬일로 신참에게 기특한 태도를 보였다.

그 퉁명스러운 말투를 들은 에디타 선생님이 조마조마하는 것까지 추남이 상상한 그대로였다. 최근에는 함께 행동하는 일이 늘어난 두 사람인지라, 아무래도 선생님의 고생이 끊이지 않는다.

"그녀는 말주변이 없어서, 앞으로도 잘 넘어가주시면 감사하겠습니다만……."

"알고 있어~! 용왕도 그렇지만, 용족은 이런 애들이 많단 말이지~?"

오오, 이해해줬다.

기운이 넘쳐난다.

그녀가 몸짓을 보일 때마다 하늘하늘 오르내리는 스커트 옷자락도 최고.

"나, 그런 건 딱히 신경 쓰지 않으니까, 적당히 대하면 된다고~? 공손하게 대해도 곤란하니까! 용왕처럼 딱딱한 녀석은 거북하단 말이지. 애초에 인간의 문화 같은 건 전~혀 모르기도 하고."

또또 농담을.

어느새 그녀의 후방으로 이동한 대정령님.

그에게 힐끔 시선을 보냈다.

그러자 살짝 고개를 가로젓는 모습을 확인할 수 있었다.

앞으로도 정령왕님의 취급에는 충분한 주의를 기울여야겠다.

"그런데 정령왕님. 말씀을 가로막게 되어 죄송합니다만, 한 가지 서둘러서 해결하고 싶은 문제가 있습니다. 실례지만 저희의 상황을 우선하게 해주시겠습니까? 그쪽과의 관계에도 많은 영향을 주는 이야기라서요."

"그거 혹시, 저기서 다 죽어가는 불사왕 말이야?"

곤에게 안긴 새 씨를 바라본 정령왕님이 말했다.

지금도 괴로운 듯이 축 늘어져 있다. 상처는 한눈에 봐도 알 수 있는 레벨로 남아 있었다. 추남이 회복마법을 날리고 싶어서 견딜 수가 없어지는 광경이다. 이미 직업병이라고 해야 할까, 보고 있으면 전신이 근질근질하다.

소피아도 조금 전부터 힐끔힐끔 시선을 보내고 있었다.

"네. 말씀하신 그대로입니다."

"불사자로서의 육체를 잘 다루지 못하는 것 같네. 이러면 대가 바뀐 지 얼마 안 됐다는 너의 설명도 납득이 가. 내버려둬도 죽지는 않겠지만, 본인에게는 이보다 괴로운 상황도 없겠어."

"그렇습니까?"

"원래는 당장에라도 치료할 수 있~는 상처거든. 보면 알아아~."

그러고 보니 선대 불사왕님이 떠날 때 말했다.

새 씨가 자신의 육체를 배워나간다면, 조만간 회복마법에 의지하지 않고도 대처할 수 있게 된다고. 그럼 구체적인 방법을 사전에 가르쳐줬다면. 갈 곳을 잃어버린 추남의 절실한 소망이다.

"가능하다면 당장에라도 간호하고 싶습니다만……."

"으~음."

검지를 손에 댄 정령왕님이 고민하는 모습을 보였다.

이보다 더할 수 없을 만큼 캐릭터를 만들고 있다.

아이돌 활동 중인 조피와 견줄 만한 임팩트가 있다.

옆에 놔둬서 경쟁시키고 싶은 충동에 휩싸인다.

그렇게 잠시 기다리자, 정령왕님이 말했다.

“뭐, 상대는 새니까? 게다가 보아하니 태어난 지도 얼마 안 됐지? 입으로 말해도 알아들을 상대가 아니니까, 이런 경우는 이쪽에서 억지로 움직이게 하는 편이 빠르지 않을까아?”

“그렇습니까?”

“잠깐 그 새, 빌려주지 않을래? 나쁘게 대하지는 않을 테니까.”

곤을 돌아보며 손을 스윽 내밀었다.

예기치 못하게 말을 들은 그는 긴장하면서 표정을 굳혔다.

“그, 그래…….”

정령왕님에게 다가가서 양손으로 안고 있던 새 씨를 내밀었다.

대화할 때, 기사단장님이 간장 얼굴에게 시선을 돌렸다.

달리 의지할 데도 없기에, 순순히 고개를 끄덕였을 따름이다.

“그럼, 잠깐 시험해 볼게~!”

정령왕님의 기운찬 모습에 불안감이 든다.

미~안, 실패했어! 그런 전개가 뇌리를 스쳤다. 이것도 전부 그녀의 언동이 너무 경쾌하기 때문이다. 학교 근처의 패밀리 레스토랑에서 활기차게 구는 여고생 그룹, 그런 분위기가 팍팍 느껴졌다.

새 씨를 넘겨준 곤도 걱정스러운 표정을 지었다.

어이어이, 정말 괜찮겠어? 그런 느낌이다.

그에 아랑곳하지 않는 정령왕님의 발밑에 마법진이 떠올랐다.

모두가 주목하는 가운데, 변화가 찾아왔다.

새 씨의 몸이 움찔움찔 태동하는 듯한 반응.

그 직후, 특징적인 울음소리가 단속적으로 나오기 시작했다.

「파아…… 파악?! 파악…….」

연약한 울음소리에 위기감이 솟구쳤다. 사전에 뭘 하려는 건지 설명을 부탁할 걸 그랬다. 그렇게 불안감이 쌓여가는 우리가 지켜보는 가운데, 정령왕님은 새 씨의 동그란 몸을 다정하게 쓰다듬으며 부드럽게 말했다.

"부들부들 두~웅. 부들부들 두~웅."

그게 뭐야?

의문이 든 직후, 변화가 시작되었다.

새 씨의 동그란 몸에 있던 상처가 마치 비디오를 되감듯이 사라지고 있는 게 아닌가. 깃털에 달라붙은 피는 그대로였지만, 그 너머에 엿보이던 상처가 눈에 띄게 치유되고 있는데 이게 대체 어떻게 된 일이지?

"이크, 그거 멈추면 안 되거든~?"

「파악?! 파악…… 파악! 파아아아!」

시간적으로는 고작 몇 분 정도의 일이었다.

새 씨의 부상이 완전히 나았다.

의식도 또렷하게 돌아왔는지, 정령왕님에게 안긴 채 주변 상황을 두리번두리번 돌아보기 시작했다. 뭐가 어떻게 됐냐는 듯한 반응이 사랑스럽다. 아무래도 우리의 걱정은 기우였던 모양이다.

이어서 자기 몸을 부리로 콕콕 찌르기 시작했다. 털고르기를 방불케 하는 거동이다. 아무래도 몸 상태를 확인하는 것 같다. 다친 부분이 갑자기 나은 것에 의문을 느끼는 게 아닐까?

"정령왕님, 이건 대체 어떻게 된 겁니까?"

"언데드는 외법(外法)을 자신에게 걸면 치료가 촉진되거든."

그렇게 말하는 정령왕님의 손끝은 어느새 썩어 있었다. 틀림없이 새 씨에 의한 행동이다.

직후에 에디타 선생님이 납득했다는 듯 목소리를 높였다.

"불사왕의 힘을 반사한 건가. 확실하기는 하지만, 너무나도 위험한 행위야."

"잘 보고 있네~? 바로 그거야."

아무래도 새 씨의 힘을 되돌려줘서 본인에게 부여한 것 같다.

손끝이 썩었다는 건, 그럼에도 전부 반사하지는 못했다는 거겠지. 그녀 정도의 역량이라도 완벽하지 못했던 걸 봤을 때 우리가 손댔다면 전신 좀비화를 면하지 못했을 거다.

확실히 위험한 행위다.

이번 경험이 새 씨에게 도움이 되었기를 바란다.

아마 우리 손으로 똑같은 걸 반복하는 건 불가능할 테니까.

"선대 불사왕은 무척이나 힘을 많이 축적했었나 보네. 조금 초조했어."

정령왕님은 별것 아니라는 기색으로 중얼거리더니 자기 손목 앞쪽을 절단했다.

툭 떨어진 미소녀의 손이 참으로 요염하다.

단면은 얼어붙어 있어서, 혈액이 뿜어져 나오지는 않았다.

자가발전용으로 가져가고 싶다.

여기 있는 이들은 그녀의 예기치 못한 행동에 깜짝 놀랐다. 어딘가에서 숨을 삼키는 소리도 들린다. 그러나 그것도 잠시, 곧바로 돋아난 결손 부위를 목격하자 모두가 납득한 표정을 지었다.

좀비화된 부위는 회복마법으로 치유할 수 없으니까.

"그러고 보니 본인도 떠나기 전에 그런 말을 하더군요."

"쪼~끔 더 빨리 대를 바꿔줬으면 했는데에."

정령왕님은 불사왕님의 교대에 어느 정도 지식이 있는 모양이다. 새 씨의 부상도 치료해 주셨으니 이것저것 물어봐도 괜찮을지도 모른다. 대가를 요구할지도 모르지만, 그만한 가치는 있어 보인다.

그러는 사이, 새 씨가 정령왕님의 팔에서 빠져나왔다.

「파악! 파큐! 파악!」

지면에 탁 착지하고는 추남에게 달려왔다. 변함없이 하늘을 나는 기색은 조금도 볼 수 없다. 짧은 다리를 타타타탓 고속으로 움직이는 달리기. 그리고 내 발밑에 딱 정지했다.

올려다보는 모습이 참으로 러블리.

안아달라는 건가.

순순히 따르기로 한 간장 얼굴은 그의 털을 쓰다듬으며 감촉을 즐겼다.

「파아아~…….」

마을을 위해 애써준 새 씨에게는 오늘 밤에라도 포상을 준비해 줘야겠다. 맛있는 고기 요리를 잔뜩 먹여주고 싶다. 함께 단 과자 같은 걸 준비하면 기뻐해주려나.

소피아와 상담해서 공동 작업을 즐길 절호의 기회다.

"마을을 위해 애써준 모양이더군요. 감사합니다."

「파아! 파아!」

변함없이 무슨 소리를 하는지는 전혀 모르겠다.

하지만 귀여우니 상관없잖아.

뭐가 어찌 됐든, 이걸로 가슴속에 있던 우려는 모두 사라졌다. 장기적으로 보면 불안밖에 없는 사회 정세이지만, 당분간 안심하고 매일을 보낼 수 있을 것 같다. 서둘러 정령왕님을 촌장 저택으로 모셔서 마음껏 대접하기로 하자.

이제는 추남도 마음 놓고 그녀의 은근한 노출을 노릴 수가 있다.

대성국의 주인(1) Lord of the Great Holy Land(1st)

정령왕님을 마을에 맞이한 날, 저녁 식사 자리에서 모두에게 그녀를 소개했다.

식탁을 함께한 것은 용왕님과의 소동에서 현장에 있던 이들 말고도 에스텔을 필두로 한 팀 난교의 세 명, 곳골, 쇼타 거시기에 피짱, 동쪽의 용사님이라는 포진이다.

지난달에 비하면 인원이 조금 적다.

외톨이 대책으로 준비한 식당 유일의 테이블, 커다란 원탁에 빈 자리가 눈에 띄었다.

마도귀족과 노이만 씨는 수도 카리스에서 활동하고 있어서 부재. 사자 몸속의 벌레였던 왕녀 전하도 마침내 폐하의 호출을 받아 왕성으로 돌아갔다. 메르세데스가 없는 것도 아마 그녀를 따라간 거겠지.

한편, 평소에는 볼 수 없는 갈색 로리타가 동석한 건 앞으로 오래 알고 지내게 될 정령왕님과 얼굴을 마주하는 자리이기에 추남이 무리하게 부탁해서 오늘 식탁에 초대했기 때문이다.

저녁 식사 자리에서 모두의 반응은 어땠느냐면, 다들 긴장하고 있었다.

무척이나 가벼운 정령왕님의 언동을 듣자, 오히려 그녀와의 거리감을 고민하게 된 모양이다. 사정 설명과 함께 감사의 말을 나누기도 했지만, 그걸 입에 담는 모두의 태도는 눈에 띄게 굳어져 있었다.

“늘 생각하는 건데, 인간의 음식에 대한 정열은 굉장하지 않아~?”

“그런가요?”

“배 속으로 들어가면 다 똑같잖아? 너무 집착하고 있어어~.”

오늘 메뉴에 대한 정령왕님의 반응은 나쁘지 않았다.

감탄한 표정으로 식사를 입에 옮기고 있다.

정령이 우리와 같이 식사하고 있다니, 이 자리에 함께하기 전까지는 불안했지만 막상 자리에 앉은 그녀는 평범하게 요리를 먹고 있었다. 아무래도 정령은 잡식인 모양이다. 우선 그 사실에 안심하며 가슴을 쓸어내렸다.

여기 있는 모두는 그런 그녀를 의식하면서 디너 타임.

당연하게도 평소와는 달리 잡담은 격감했다.

그야말로 조용해졌고 말고요.

문득 예전에 일하던 직장의 런치 타임이 떠올랐다. 사원들이 화기애애하게 도시락을 펼치던 플로어에 현장과의 교류이니 뭐니 호언장담하며 아무런 사전 연락 없이 사장이 들어왔을 때와 같은 분위기가 느껴졌다.

키워드는 야자타임.

사장님, 진짜 방해되는데.

그렇게 중얼거리던 대졸 신참 U군은 다음 달 퇴직했다.

사축은 야자타임이라는 말을 사전에서 삭제했다.

쇼타 거시기와 피짱 두 사람은 서로 얼굴을 마주하면 뭔가 트집을 잡아서 말다툼을 벌이는데, 오늘만큼은 모두 입을 다물고 조용히 있다. 그래도 서로 힐끔힐끔 시선을 마주치고 있는 걸 보면 참 사이가 좋구나 싶었다.

“저, 저기, 정령왕님에게 여쭤보고 싶은 게 있는데요…….”

“응~? 뭔~데? 뭐든 물어봐도 되거든~?”

이크, 그러더니 피짱이 목소리를 높였다.

그가 경어를 쓰는 모습이라니, 학원도시 이후 오랜만이다.

어떤 질문을 하려는 걸까.

추남만이 아니라 모두의 시선이 그에게 쏠렸다.

"정령에게는 성별이 없다고 들은 적이 있습니다. 하지만 오늘 이렇게 모습을 보니 저희 인간 여성으로 비치는데, 그쪽은 뭔가 이유가 있는 건가요? 지장이 없다면 가르쳐 주십시오."

괜히 학원도시에서 수석 자리에 있던 게 아니다. 굉장히 학술적인 발언이다.

동시에 그건 나도 매우 신경이 쓰였습니다.

개인적으로는 지금 모습이 최고라고 생각하지만.

"너는 남자 모습을 하는 게 좋았던 거려나아?"

"네? 아, 네. 구, 굳이 따지면……."

예기치 못한 질문에 피짱은 무심코 진심을 대답하고 말았다.

역시 그랬구나.

여기 있는 모두가 정령왕님의 일거수일투족과 비슷할 정도로 현저한 반응을 보이는지라, 간장 얼굴은 솔직하게 굉장하다고 생각했다. 모두가 깜짝 놀라고 있다. 아마 어프로치해야 할 기관의 부재를 깨달은 그도 곤란한 게 아닐까.

"그보다, 성별 같은 건 딱히 아무래~도 좋지 않아~?"

"윽…… 그, 그렇죠! 저도 그렇게 생각해요!"

직후, 피짱이 정령왕님을 바라보는 시선이 변했다.

불안하던 얼굴이 단번에 반짝반짝 빛나고 있다.

그리고, 그의 발언이 계기가 되었는지 다른 이들도 드문드문 질문을 꺼내기 시작했다.

교류의 계기를 만들어 준 피짱에게 감사하고 싶다.

그렇게 한동안 식사를 이어가던 중.

문득 방구석을 바라보던 정령왕님이 말했다.

"그런데 너 말이야아, 저 아이만 구석이라니 대우가 너~무하지 않아?"

"예?"

상대방의 시선을 따라가자, 그곳에는 곳골이 있었다.

방구석 바닥에서 정좌한 채 식사하고 있다.

지적한 대로 혼자 테이블을 따로 쓰고 있습니다. 커다란 원탁에 모두가 앉아 있는 우리와는 완전히 다른 식탁이다. 참고로 그 말을 꺼낸 그녀는 추남 바로 옆에 앉아 있다. 반대쪽에는 에디타 선생님이 앉고 계신다.

"아뇨, 그녀는 조금 특수해서……."

"알고 있거든? 곳골족이지?"

"그 상위종입니다."

위치만 보면 따돌림을 당하는 상태 같지만, 과거에는 전용 테이블을 준비했던 경위가 있다. 바닥 위에 정좌라니 너무나도 쓸쓸한 광경이니까. 그러나 완고하게 현재 상태를 유지하려는 그녀가 뿌리친지라, 지금은 부엌 구석에서 먼지를 뒤집어쓰고 있다.

"……흐응, 꽤 희귀한 종족과 친해졌네에."

"평소에는 그다지 얼굴을 내밀지 않지만, 정령왕님도 의식해 주셨으면 해서요."

화제에 오르자, 모두의 주목이 갈색 로리타에게 향했다.

그녀도 손에 든 식사에서 우리에게 시선을 옮겼다.

이어서 나지막하게, 쿨한 목소리가 식당에 울렸다.

"안녕."

짧지만 마음에 울리는 대사가 아닐까?

고개를 꾸벅 숙이는 동작이 사랑스럽다.

그 밑으로 달려가서 마음을 전라로 까발리고 싶은 충동에 휩싸였다.

"잘 부탁해~! 아, 그래두그래두, 내일이면 돌아갈 거지만!"

"어? 그렇습니까?"

예상치 못한 향후 예정에 추남이 놀랐다.

왜냐하면 동굴 안에서 이야기를 나눴을 때의 느낌으로는 그녀도 드래곤 시티 시찰에 긍정적이었으니까. 우리라는 존재에게 흥미가 생겼다는 기색이 곳곳에서 느껴졌다. 체제에도 긍정적인 코멘트를 받았었다.

앞으로 며칠은 묵을 줄 알았다.

즉, 힐끔 노출에 도전해야 한다면 그건 오늘 밤뿐이다.

"대신이라고 하기는 좀 그렇지만, 거기 대정령을 너희 근처에 놔둘 테니까 전령으로 쓰라고. 필요하다면 자~알 찾아올 거고, 그쪽에서 놀러 오더라도 전혀 상관없으니까!"

"으……."

대정령님, 일방적으로 이후 예정이 정해져버렸다.

사전 설명도 없었는지, 경악한 표정으로 정령왕님을 응시.

참고로 그런 그는 현재 메이드의 팔에 안겨 있다. 식사 시중을 들겠다며 돌보는 역할로 나선 그녀에게 붙잡혀서 양육 중인 아기처럼 밥을 먹고 있다. 참으로 부럽다.

참고로 추남의 허벅지 위에는 새 씨가 앉아 있다.

소피아가 나의 행동에 촉발되었다는 건 어쩐지 납득이 갔다.

“알겠습니다. 정기적으로 인사하러 가겠습니다.”

“그러라구~! 그때는 내가 너희를 대접할 테니까!”

“배려에 감사드립니다.”

이건 또 매력적인 제안이군요.

유흥업소 같은 의미로.

지금까지의 인생, 접대한 적은 있어도 접대받은 경험은 전무. 정말 기대하게 된다. 아니, 이건 거짓말이 되나. 접대받은 경험은 있다. 이쪽 세계에서. 단, 어새신 메이드부터 시작해서 소년, 소년, 미소년.

평범한 게 좋다고, 평범한 게.

“근데 너무 많이 와버리면 곤란하거든?”

“그건 물론 잘 알고 있고말고요.”

그렇게 말하는 정령왕님의 시선이 곳골에게 힐끔 향했다.

절대로 갈색 로리타는 데려오지 말라는 뜻이겠지. 뭔가 들키면 곤란한 걸 뱃속에 품고 있는 게 틀림없다. 그녀와의 교우 관계가 비틀리면 곤란하니까, 그 점에 관해서는 충분히 주의하고 싶다.

어떤 비밀을 숨기고 있는지는 확실하지 않지만, 앞으로도 우호적인 관계를 이어가고 싶기 때문에 우리는 자잘한 것에 얽매이지 않는다. 왜냐하면 이 마을은 사이좋게 지낼 상대를 고를 만큼 축복받은 상황이 아니니까.

그녀와의 관계가 사라진다면, 용왕님이 컴백할 수도 있다. 만약 본인이 앙갚음을 단념하더라도, 북쪽 대국과의 관계를 고려한다면 정령왕님과의 원만한 교우는 페니 제국을 지키기 위해 필수적이다.

상황에 따라서는 다른 나라도 우리와 비슷한 정책을 시작할지도 모른다.

"……."

그렇게 생각하자 변변찮은 미래만 떠올랐다.

아니, 이런 나중 일을 걱정해도 별수 없나.

"저기, 제, 제 쪽에서도 정령왕님에게 한 가지 여쭤봐도 괜찮을까요?"

그러는 사이 에스텔이 목소리를 높였다.

모두의 시선이 그녀에게 향했다.

"그래그래, 뭔데에~?"

"같은 정령이라 해도 그쪽 대정령은 동물 모습을 하고 있는데, 어째서 정령왕님은 사람 모습을 하고 계시는 건가요? 뭔가 정해진 게 있다면, 이 기회에 배우고 싶은데요."

"아아, 이거? 이건 딱히 의미 같은 건 없는데?"

"그런가요?"

"굳이 따지자면, 너희가 인간이니까 인간 모습을 하고 있을 뿐이야. 만약 용족이 불렀다면 용의 모습을 본뜨지 않았을까? 순수한 정령에게 외견은 그다지 의미가 없으니까 신경 쓰지 않아도 돼."

"그, 그렇군요……."

간장 얼굴도 정령왕님의 거처에서 똑같은 설명을 들었다.

아무래도 쇼타 거시기나 피짱 같은 이들도 똑같은 의문을 가졌는지, 그녀의 이야기를 듣고 납득한 듯 고개를 끄덕였다. 스테이터스 윈도우에 따르면, 정령왕님의 육체는 성별조차 정해지지 않았다고 하니까.

그렇기에 동정은 고민하고 있다.

눈부시게 빛나던 구체 모습을 떠올리면 똘똘이도 곤혹감을 금치 못한다.

다음에 만났을 때 소년 모습이라면 아아, 어쩌지.

그리고 에스텔이 목소리를 높인 것도 잠시, 두 사람의 대화는 바로 끝나서 식당은 조용해졌다. 이후에는 딱히 누군가의 발언도 없이 각자 식사하는 소리만 덤덤히 울리기 시작했다.

그런 조금 긴장된 분위기를 배려한 거겠지. 입을 열려다가 멈추고, 다시 입을 열려다가 멈추기를 반복하는 에디타 선생님이 사랑스럽다.

평소에는 솔선해서 목소리를 높이는 로리곤도 위험할 때 일방적으로 도움을 받은 경위가 있어서인지 뭐라 말하지도 않고 얌전히 있다. 우물우물 밥을 먹으면서도 수시로 엿보듯이 시선을 보내는 동작이 인상적이다.

그녀들이 이런 상황이니 다른 이들은 더더욱 조용했다.

떠들썩한 식사 자리가 오늘만큼은 조용하게 흘러갔다.

정령왕님의 존재가 압박감이 되고 있다는 건 틀림없다.

그래도 뭐, 억지로 흥을 돋울 필요는 없겠지.

내일이면 돌아간다고 그녀가 말했으니까.

마도귀족이나 저널 교수가 동석하고 있다면 상황이 달랐을지도 모르지만, 그들은 며칠 전부터 마을을 비웠다. 나중에 오늘 일을 듣고 분통해하는 두 사람의 모습이 추남의 뇌리에 떠올랐다.

*

정령왕님의 방문으로부터 며칠 뒤, 수도 카리스에서 편지가 당도했다.

보낸 사람은 리처드 씨다.

아무래도 서둘러 수도 카리스로 돌아와 달라고 한다. 자세한 사정은 기재되어 있지 않았기에, 어느 정도 중요한 이야기가 있으리라는 걸 짐작할 수 있었다. 이렇게 되면 지시대로 서둘러 발을 옮길 필요가 있다.

"소피아 씨, 실례지만 잠시 마을을 비우겠습니다."

"네? 아, 네. 외출하시는 건가요?"

그런고로, 장소는 촌장 저택 집무실.

그곳에서 추남은 데스크에 앉은 메이드에게 향후 예정을 보고했다. 드래곤 시티에서는 특히 소피아에게 사람이나 정보가 모이는 경향이 있다. 서둘러 그녀에게 연락해 두면 괜찮을 거다.

그렇게 생각하면, 완전히 마을 기능의 중추다.

나 같은 사람보다 훨씬 영주 같다.

"리처드 씨가 부르셔서, 수도 카리스로 갈 예정입니다."

"네, 네에. 알겠습니다!"

"그리고 소피아 씨에게 상담할 것이 있는데요. 앞으로 며칠은 일을 쉬고 편하게 지내주시면 좋겠습니다. 최근 너무 일만 하고 계신 것 같으니, 이쯤 해서 적절하게 휴일을 보내셨으면 하네요."

"네? 괜찮은 건가요?"

"딱히 급한 일도 없으니 마침 좋은 기회이지 않을까요. 또 조금 지나면 남부 국가군 관련으로 바빠질 가능성이 있으니까, 지금 이때 마음 편히 쉬어주시면 감사하겠습니다."

"그렇다면 저기, 휴, 휴일을 가질게요."

"네. 꼭 그렇게 해주세요."

이 메이드, 일벌레 기질이 있다.

내버려두면 계속 일한다.

가끔 쉬더라도 당연하다는 듯이 친가를 도우니까.

“그런데 저기, 새, 새 씨는 어쩌실 건가요?”

“보여주는 것도 겸해서 같이 데려가려고 생각하고 있습니다.”

“……그, 그런가요.”

소피아가 눈에 띄게 유감스러운 표정을 보였다.

분명 휴일을 함께 보내고 싶었겠지.

참고로 화제에 오른 그는 오늘도 추남의 품에 안겨 있다.

「파아?」

자신에게 주목하자, 목소리를 높이는 모습이 러블리하다.

용왕님에게 두들겨 맞은 것 때문에 육체적인 손상보다 정신적인 대미지가 더욱 걱정되었지만, 현재 그에게 딱히 그쪽 영향은 보이지 않는다. 요 며칠 낌새를 살폈는데, 평소대로 행동하는 것처럼 보인다.

그렇다면 마을에 남겨두기로 할까.

수도 카리스에 가서 보여주는 건 언제든 할 수 있고, 드래곤 시티에는 새 씨가 상주하는 게 바람직하다. 게다가 무엇보다 추남은 메이드의 휴일이 충실하기를 바란다.

“하지만 소피아 씨에게 여유가 생긴다면 좀 돌봐주시겠습니까?”

“어? 괜찮나요? 수도 카리스에 보여주러 가신다는 건…….”

“그리 서두를 일도 아니니, 다음에 해도 문제없을 것 같아서요.”

내 대답을 듣자, 메이드는 활짝 미소를 지었다.

엄청 기뻐 보인다.

간장 얼굴의 착각이 아니어서 다행이다.

“저기, 그, 그렇다면 맡겨주세요! 돌봐드릴게요.”

"모처러 휴일인데, 번거롭게 해서 죄송합니다."

"아뇨아뇨, 천만의 말씀을요!"

소피아는 콧김을 거칠게 킁킁 불면서 끄덕였다.

그 모습을 확인하고, 새 씨를 데스크 위에 올려놨다.

그의 시선이 추남과 그녀 사이를 오갔다.

「파아? 파아~?」

"잠시 이쪽 그녀와 함께 보내주세요."

데스크에 앉은 메이드를 시선으로 가리키며 전했다.

그러자 새 씨는 그녀를 힐끔 바라보더니 살짝 울었다.

「파큐.」

데스크 위를 뚜벅뚜벅 걸어가서 소피아 옆까지 이동.

내가 멋대로 하는 상상인데, 추남이 말하고자 하는 바를 이해해준 게 아닐까? 최근에는 그녀에게 새 씨를 맡긴 기회도 몇 번 있었으니, 그 연장선상에서 생각한 것 같다.

특필할 점은 그저께 밤, 그를 그녀와 함께 목욕탕에 넣어준 이벤트가 최고였다. 새 씨의 목욕물이 튀어서 가슴 주변이 젖은 메이드. 의복 천이 비쳐서 피부색이 떠오른 모습은 팬티가 보이는 것보다도 더한 충격이었다.

앞으로도 욕실에서 사양 않고 첨벙첨벙해 줬으면 좋겠다.

"그럼 죄송하지만, 저는 당장에라도 출발하려고 합니다."

"네! 조심하세요!"

"배려해주셔서 감사합니다."

메이드는 굳이 의자에서 일어나서 배웅해줬다.

그에 마주 인사한 간장 얼굴은 집무실을 나왔다.

오늘의 수도 카리스행은 비행마법으로 이동하는 걸 예정하고 있다. 최근에는 에디타 선생님의 공간마법에 신세만 지고 있으니, 한동안은 알아서 이동하기로 하자. 일행도 없으니 마음껏 날아갈 수 있다.

*

【소피아 시점】

다나카 씨는 수도 카리스에 용건이 있으시다면서 집무실을 나가셨습니다.

메이드는 그 뒷모습을 들뜬 기분으로 배웅했습니다. 예기치 못하게 정식 휴일을 받은 데다, 새 씨를 돌보는 역할까지 받았습니다. 이걸 즐겁다고 하지 않고 무엇을 즐겁다고 할까요.

오늘 밤은 같은 침대에서 잠들 수밖에 없겠네요.

이번 기회에 좋아하는 것 조사를 진행하기로 할까요.

그런 의미에서는 대정령님도 매우 귀엽고 매력적입니다. 그러나 아무래도 돌볼 보람이 없습니다. 또한, 빈틈없는 성격이라 안아주려고 해도 스르륵 도망쳐 버립니다.

"한동안 잘 부탁드려요."

「파아?」

데스크 위에 있던 그를 안아 들어서 꼬옥 안았습니다.

순순히 안기는 새 씨. 굉장히 근사합니다.

자연스레 손은 그의 폭신폭신한 머리를 쓰다듬고 말았습니다.

「파아~…….」

좋은 느낌이네요.

다나카 씨도 이 정도로 귀여웠다면 메이드는 매일이 행복했을 텐데요. 그런 생각을 했지만, 아뇨. 이 이상은 생각하지 말기로 하죠. 새 씨의 얼굴이 다나카 씨로 보이면 대참사입니다.

후자가 임팩트는 더 강하니까요.

그렇게 새 씨와 교류를 가지며 한동안 치유 받던 중이었습니다.

복도에서 후다다닥 발소리가 들려왔습니다.

왠지 상대를 짐작할 수 있는 분위기입니다.

직후에 콰앙, 하는 커다란 소리를 내며 집무실 문이 열렸습니다.

「그 녀석 있어?! 그 녀석!」

"이, 이봐. 문은 조금 더 조용히 열라고……."

찾아온 것은 예상대로 드래곤 씨와 엘프 씨입니다.

앞다투어 방에 들어온 전자 옆에서 후자가 미안한 표정으로 발을 들이는 모습이 인상적이네요. 최근에는 두 분이 함께 행동하는 일도 많아서, 집무실에서는 일상이 된 광경입니다.

"다나카 씨라면 수도 카리스로 가셨어요."

「뭐라고?!」

"죄, 죄송합니다. 바로 조금 전 일이라서……."

"이봐, 이자를 질책해서 어쩔 거야!"

귀기 서린 표정으로 묻는 드래곤 씨, 조금 무섭습니다.

즉시 달래 주시는 엘프 씨, 굉장히 다정합니다.

「으……. 지, 질책 안 했어! 질책 안 했다고?!」

"그럼 조금 더 차분하게 이야기하는 게 어때?"

곧바로 당황하기 시작한 드래곤 씨, 역시 귀엽습니다.

그런 두 분의 모습을 바라보던 메이드는 자연스레 묻게 되었습니다.

"저기, 다나카 씨에게 무슨 용건이 있으신 건가요? 저로 괜찮으시다면, 두 분의 힘이 될 수 있으면 기쁠 것 같은데요. 이야기만이라도 들려주시겠나요? 아, 무, 물론 무리하게 캐물으려는 건 아니지만…….”

그녀들에게는 평소에도 이것저것 신세를 지고 있습니다.

이런 일이라도 조금이나마 보은하고 싶네요.

그러자 드래곤 씨가 곧바로 반응을 보였습니다.

「이 마을을 강하게 만들겠어! 좀 더 좀 더 강하게 만들 거다!」

“엑…….”

“너, 그래서는 설명이 안 되잖아.”

가슴을 쫙 편 드래곤 씨, 매우 열정적입니다.

그러나 무슨 소리인지 전혀 못 알아듣겠습니다.

“저기, 강하게 만든다니 어떻게……”

“바로 며칠 전에도 용왕이 이 마을에 쳐들어왔잖아? 그때 소동을 겪은 이자도 이것저것 생각하는 바가 있는 모양이야. 그래서 일단 처음으로, 이 마을의 방비를 다지려고 생각한 것 같아.”

“그렇군요.”

엘프 씨가 보충해 주셨습니다.

그렇다면 굳이 다나카 씨에게 허가를 받지 않아도 문제없지 않을까요? 아마 그도 똑같이 생각하고 계실 거고, 마을 건축 전반에 관해서는 촌장님에게 맡기고 있는 부분이 큽니다.

대규모 구획 정비 같은 게 동반되지 않는다면 문제가 되지는 않을 겁니다.

「그러니까 마석과 미스릴, 그리고 오리할콘 같은 게 필요해!」

“마석과 미스릴에 오리할콘, 인가요?”

마석은 넘어가더라도, 미스릴과 오리할콘은 고급품입니다.

공급에 비해 수요가 크기 때문에, 요즘에는 시장 가치도 상승일로를 걷고 있습니다. 일부에서는 금화 등을 대신해서 자산으로 보유하는 분도 있고, 마왕님 관련 소동을 겪은 뒤부터는 가격이 급등했습니다.

「이 엘프가 용왕의 마법을 막을 마도구를 만드는 데 필요하다고 말했다고.」

"알겠습니다. 그렇다면 바로 조달하기로 할까요."

엘프 씨의 판단이라면 아마 틀림없겠죠.

메이드도 최대한 협력하기로 했습니다.

이 마을이 강해지는 건 굉장히 기쁜 일이니까요.

"아니, 하지만 이게 그리 간단한 이야기는 아니야."

"……무슨 말씀이세요?"

제가 수긍한 것도 잠시, 엘프 씨가 침통한 표정으로 말했습니다.

뭔가 문제가 있는 걸까요?

의문이 들어서 물어보니, 대답을 확인하고 납득했습니다.

"우선 마석 말인데, 비공정을 띄우는 것에 이용하는 물건과 비교하더라도 훨씬 큰 게 필요해. 미스릴과 오리할콘에 이르러서는 두꺼운 전신 갑옷을 몇 벌이나 만들 수 있을 만큼 많은 양이 요구되거든."

"……."

그건 또 터무니없는 액수가 될 것 같네요.

확실히 엘프 씨의 고뇌는 지당합니다.

그러면 저도 다나카 씨에게 상담하지 않고 판단할 수가 없습니다. 어느 정도의 금액이라면 마음대로 써도 된다는 말은 예전에 들었지만, 지금 이야기를 들은 뒤에 순순히 수긍하기에는 저항감이 큽니다.

「……안 되는 거야?」

"그, 그건 저기……."

그러나, 드래곤 씨의 슬픈 얼굴을 보니 괴롭네요.

어떻게든 해주고 싶은 충동에 휩싸입니다.

마도구를 제작해서 설치하는 건 분명 다나카 씨도 안 된다고 하지는 않으실 겁니다. 오히려 기뻐하시지 않을까요? 그러면 역시 문제는 금전적인 허들이 높다는 점입니다.

애초에 비공정에 이용하는 것보다 더 큰 마석이라면 시장에 얼마나 나돌고 있을까요? 대부분 대규모 경매에 출품되어서 가야 할 곳에 가버린다고 들었습니다.

오히려 직접 찾아보는 게 빠르지 않을까 싶을 정도입니다.

"……."

이런저런 고민에 잠겼던 메이드는 문득 떠올랐습니다.

네. 그겁니다.

필요한 비용은 저희가 조달하면 되는 겁니다.

작년까지 저는 이런 매매에 관련된 지식이 없었습니다. 그러나 최근 들어서는 어느 정도 경험을 쌓은 데다, 피츠클라렌스 공작님을 필두로 한 귀족분들의 소개를 받아서 업자쪽 지인도 늘어났습니다.

아예 못하지는 않을 겁니다.

드래곤 씨와 엘프 씨의 협력을 받으면 불가능하지 않습니다.

게다가 미스릴은 니플 왕국에서 광맥이 발견되었다는 이야기를 다나카 씨로부터 들었습니다. 그 나라와는 앞으로도 친하게 지내고 싶으니까, 드래곤 시티에서도 약간 가격을 얹어서 구입해 달라는 부탁을 받았습니다.

"마을의 재정을 이용하는 건 어렵겠지만, 두 분이 협력해 주신다면 입수하는 게 가능할지도 몰라요. 화, 확실하다고 할 수는 없지만, 이야기를 들어주실 수 있을까요?"

문득 떠오른 방안을 두 분에게 전달했습니다.

예전에 마왕님 토벌 축하회를 전후로 해서 다나카 씨와 세로 롤님, 그리고 시종인 꽃미남분이 암흑대륙에 돈을 벌러 가신 적이 있었습니다. 그리고 그가 가지고 돌아온 물품들을 팔아서 나온 매각금은 그야말로 대단했습니다.

그것과 똑같은 걸 한다면, 드래곤 씨의 소원을 이룰 수 있을지도 모릅니다.

「암흑대륙에 가서 이것저것 가져오면 되는 거야?」

"음. 그런 거라면 나도 협력하겠어."

엘프 씨도 흔쾌히 수락해 주셨습니다.

드래곤 씨도 흥미를 보이시는 모양입니다.

위험한 곳이라는 건 물론 잘 압니다. 그러나 이 두 분이라면 다나카 씨와 마찬가지로 안전하게 활동할 수 있지 않을까요? 엘프 씨는 사전에 예상했다는 분위기가 느껴집니다.

"하지만 굉장히 위험한 곳이라고 들었는데……."

"나와 이자가 간다면, 굉장히 깊숙한 곳까지 가지 않는 한 그리 대단한 문제는 아닐 거야. 최근에는 그 남자에게 신세만 지고 있으니까. 가끔은 나도 마을에 공헌하고 싶어."

「엘프가 좋은 말을 했어! 그렇다면 당장 가자! 당장!」

평소에도 공헌하고 있는 것 같지만, 정말 겸허한 분입니다.

한편, 드래곤 씨는 의욕이 넘치네요.

지금 당장 뛰쳐나갈 것 같은 기척이 느껴집니다.

콧구멍을 벌렁거리면서 호소하는 모습이 믿음직합니다.

"비교적 환금이 쉬운 물품의 리스트를 바로 준비할게요."

"음. 바쁜 와중에 미안하지만 잘 부탁해."

「바로 가져오겠어! 바로 가져올 테니까?!」

이쪽은 과거 실적을 통해 간단히 준비할 수 있습니다.

다나카 씨의 결혼 활동은 결과적으로 실패하고 말았지만, 돌고 돌아서 마을의 도움이 되려고 하고 있습니다. 그 사실이 왠지 묘하게 재미있었던 메이드는 히죽히죽 웃는 걸 참으면서 펜을 들었습니다.

*

드래곤 시티를 출발한 간장 얼굴은 수도 카리스를 향해 일직선으로 향했다.

스코어는 자기 베스트. 정오 전에는 도착할 수 있었다.

도중에 딱히 문제가 발생하지도 않았다. 이세계 풍경을 즐기면서 드라이브했다. 단, 마을에 들어갈 때는 귀족용 출입구를 이용하려다가 실랑이, 추남의 빈곤한 차림새를 둘러싸고 약간의 소동이 벌어졌다.

평민에게 개방된 출입구는 행렬이 주르륵 늘어서 있었기에, 저도 모르게 꼼수를 부리고 싶어져서 벌어진 일이다. 이쪽은 리처드 씨가 보낸 편지를 제시하여 어떻게든 해결할 수 있었다.

그렇게 발을 들인 곳은 왕성에 있는 폐하의 개인실.

그곳에는 리처드 씨 말고도 궁중 2인조의 모습이 있었다.

피츠클라렌스 가의 자택을 찾아가 보니, 바로 시간을 내달라면서 이곳으로 초대를 받았다. 예전에는 몇 분 정도의 알현에 며칠이나 기다려야 했다. 그렇게 생각하면 참으로 감회가 깊었다.

앉은 건 여느 때의 소파 세트.

위치도 과거와 똑같다.

혼자 앉은 폐하와 그 뒤에 선 재상님.

그와 마주하는 형태로 리처드 씨와 내가 나란히 앉았다.

"잘 왔다. 다나카 백작."

"저야말로 초대해주셔서 황공합니다. 폐하."

인사도 익숙해져서, 소파에 앉은 채 고개를 조아렸다.

재상은 변함없이 무서운 얼굴이지만, 불만은 표하지 않았다.

"제게 급한 용건이 있으시다고, 리처드 씨에게서 전해 들었습니다만."

"음. 예전부터 이야기하던 마왕 토벌 개선식에 관해서다."

"과연, 그것이었습니까."

겨우 행사 계획이 정해진 모양이다.

드래곤 시티에서는 이미 이것저것 축하한지라 완전히 잊고 있었다. 페니 제국만이 아니라 남부 국가군에서도 정보가 나돌고 있어서 약간 늦은 감이 있다. 근데 굳이 추남을 부르면서까지 할 이야기인가?

이런저런 의문이 떠올랐다.

"오래 기다리게 해서 백작에게는 미안한 일을 했다고 생각한다."

"아뇨, 당치도 않은 말씀입니다."

"하지만 의미도 없이 시간을 낭비한 건 아니다."

나의 마음속을 짐작했는지, 폐하가 말을 이었다.

그 내용은 다나카 백작에게도 예상 밖의 상담이었다.

"이번 개선식을 이용해서, 대성국을 확보하고 싶어서 말이다."

"……무슨 말씀이신지?"

"성녀가 죽은 지금, 그 나라의 결속은 현저하게 떨어졌을 것이야."

"그건 틀림없을 겁니다."

세인트 비치가 살아 있다는 걸 아는 건 극히 일부의 사람에 한정된다. 당연하게도 폐하나 재상님은 모른다. 함께 사는 난누치 씨에게도 그녀를 절대 남들 앞에 내보내지 말라고 부탁했다.

본인에게는 미안하지만, 당분간 목욕탕에서 지내줘야겠다.

"병력 10만을 준비했다. 지시를 내리면 내일이라도 바로 출병할 수 있지."

"……."

진지한 표정으로 간장 얼굴을 가만히 응시하는 폐하.

농담하는 것처럼 보이지는 않는다.

재상님의 낌새를 확인하자, 이쪽도 진지함 그 자체다.

"페니 제국은 조만간 대성국을 공격하기로 결정했다. 그러나 이건 짐과 재상, 그리고 리처드 세 명이 정한 일. 병사를 준비한 건 북쪽 대국의 침공을 대비한 것이라고 설명했었다. 그 점은 다나카 백작도 주의해 주기를 바란다."

"크나큰 영단이시군요. 하지만, 그것과 제가 무슨 관계가?"

"다나카 백작은 침공하기 전에 대성국을 염탐해 주었으면 한다."

"그런 것이었군요."

굳이 간장 얼굴을 왕궁까지 불러낸 이유는 이건가.

확실히 다른 사람에게 들으면 대단한 소동이었겠지.

"우리는 마왕 토벌과 대성국의 병합에 맞춰서 다나카 백작의 개선식을 열고 싶다. 그 나라를 대신해서 마왕을 토벌한 지금이라면, 그리고 마왕의 부활에 성녀가 관여했다는 사실도 포함한다면 우리에게 대의명분이 있지. 이 기회를 이용하지 않을 수는 없을 것이야."

"하지만 그래도 약간 설득력이 떨어지지 않습니까?"

국가 연합 같은 기관이 진입한다면 모를까, 페니 제국은 단일 국가에 불과하다. 그런데 거대한 종교 조직을 보유한 대성국을 공격하기라도 하면 다른 나라에도 다수 존재하는 교도들의 반감은 필연적이다.

자칫하면 페니 제국이 공격당할 수도 있다.

"백작은 짐의 딸이 차기 성녀라는 소문이 도는 걸 아는가?"

"그런 이야기가 저잣거리에 화제라는 이야기는 들었습니다."

"대성국을 장악하는 대로, 짐은 내 딸을 차기 성녀로 세울 생각이다. 그리고 당분간 혼란의 도가니에 있을 대성국의 자치를 지키기 위해서, 그 원조를 진행하겠다는 명목으로 병사를 파견할 예정이지."

톱을 갈아치우고, 우리에게 유리하도록 여론을 조작하자는 거겠지. 국민이 알아챘을 때는 이미 대성국은 베니 제국의 꼭두각시가 되었을 거다. 난이도는 올라가지만, 정면에서 공격하는 것보다는 훨씬 스마트하다.

그렇기에 생각하게 된다. 폐하답지 않은 결단이라고.

자연스레 추남의 시선은 옆에 앉은 리처드 씨에게 향했다.

"……."

그는 뭐라 말하지 않은 채 사람 좋아 보이는 미소를 짓고 있다.

그야말로 싱글벙글.

아마 틀림없이 계획 입안은 이쪽이겠지.

이런 공세적인 제안이 폐하나 재상님에게서 나왔을 것 같지는 않다.

"확실히 그런 흐름이라면 세간에서도 반응이 괜찮겠군요."

"거기서 아무쪼록 다나카 백작의 협력을 얻고 싶다. 나나 리처드는 백작의 협력이 있다면, 어쩌면 병사를 보내지 않고도 대성국을 장악할 수 있지 않을까 생각하고 있다. 이것에는 재상도 협력을 아끼지 않겠다고 하고 있다."

"아무리 그래도 그건 너무 과대평가가 아닐지요."

계속해서 일거리를 떠넘겨 받은 다나카 백작이 전부 귀찮아진 결과, 병사 10만을 회유해서 쿠데타를 일으킬 수 있다고 생각하지는 않는 건가. 아니, 생각하지 않겠지. 드래곤 시티의 전력을 생각하면, 군병 같은 건 오차 같은 셈이다.

그럴 마음이 있다면 이미 저질렀을 거다. 상대는 그렇게 보고 있는 거겠지.

"물론, 백작에게만 부담을 강요하고 있다는 건 짐도 자각하고는 있다."

"……그, 말씀은?"

이크, 여기서 포상 타임의 예감이 오는 폐하의 발언.

불평불만이 얼굴에 드러난 걸까.

개선식에 맞춰서 뭔가 받을 수 있지 않을까 기대하고 있던 건 사실이다. 마왕님 토벌만이 아니라 남부 국가군에서의 소동 등등, 최근 드래곤 시티 사람들은 곳곳에서 활약하고 있으니까.

설마 아무것도 없지는 않겠지.

애써주고 있는 모두를 위해서라도, 최대한 많은 걸 가지고 돌아가야 한다.

"다나카 백작, 이건 가까운 장래의 이야기다만……."

폐하의 표정이 더더욱 진지하게 변했다.

어흠, 하고 일부러 헛기침하고는 말을 이었다.

"나아가서는 나의 딸과 함께, 대공이 되어서 그 땅을 다스려줬으면 좋겠다."

"……."

또 그런 소리를 하네.

방치하고 있던 혼인 운운하는 이야기가 여기서 불을 뿜다니.

왕녀님을 아내로 들이고 일국의 왕이 된다. 확실히 사람에 따라서는 이보다 더할 수 없는 포상이겠지. 나라를 위해 애쓰는 귀족이라면 모두가 동경하는 시추에이션일 거다. 이런 입신양명 이야기에서는 종점이라 불러도 과언이 아니다.

나도 상황에 따라서는 기뻐했을 것이다.

그래. 왕녀님이 처녀였다면 말이지.

"한동안 활약한 것에 대한 포상이지만, 이것이라면 다나카 백작도 만족하겠지. 폐하께서는 주변을 어떤 이들로 채우는지, 그런 사항도 백작이 자유롭게 해도 괜찮다고 생각하고 계신다. 그 마을 사람들도 기뻐할 거다."

재상님이 폐하의 발언을 보충하듯 말했다.

엄청 의기양양한 얼굴이다.

어때? 어떤데? 그런 표정이다.

그러고 보니 이 사람, 전에 폐하가 딸을 부탁하니 운운하며 상담했을 때, 응접실 앞에서 문지기 흉내를 내고 있었다. 혹시 추남과 그녀의 결혼에 의욕적이기라도 한 건가.

의도를 알 수가 없어서 반대로 무섭다.

"실례지만, 왕녀 전하는 이 이야기를……."

"이미 흔쾌히 받아들였다. 뭣하면 이후에라도 만나보도록 해라."

그녀가 수도 카리스에 호출된 이유는 이거였나.

그보다, 흔쾌히 받아들였다니 진짜입니까.

무조건 뭔가 좋지 않은 일을 꾸미고 있잖아.

아니, 지금은 이런 생각이나 할 때가 아니다.

"폐하께서 제안해주신 포상은, 당연하지만 저희가 대성국을 확보한 뒤겠죠. 하지만 아무리 성녀를 잃었다고는 해도, 그 나라는 세계 각국에 구심력을 가지고 있습니다. 그렇게 쉽사리 타국의 침략을 허용할 것 같지는 않습니다."

"음. 다나카 백작의 말도 지당하다."

어떻게든 유예를 둬야 한다.

최악의 경우, 대성국 공략에 실패하더라도.

"그렇기에 가볍게 받아들여서 다른 분들에게 폐를 끼치는 건 주저됩니다. 폐하께서 제안해주신 포상에 관해서는, 무사히 달성한 뒤에 다시금 답변하도록 하겠습니다."

"다나카 백작은 변함없이 묘한 부분에서 성실하구나."

"그렇습니까?"

"하지만, 짐은 그것도 백작의 매력이라 생각한다."

"……."

폐하에게 그런 말을 들어도 전혀 기쁘지 않다.

*

이날, 왕궁 2인조와 헤어진 추남은 리처드 씨의 호의를 받아 피츠클라렌스 가 저택에서 신세를 지게 되었다. "가끔은 우리 집에서 묵고 가는 게 어떻습니까?"라면서 기분 좋은 듯 권유해 온 것이다.

딱히 갈 곳도 없기에, 순순히 신세를 지기로 했다.

그렇게 찾아온 저택.

간장 얼굴은 저녁 식사 자리에서 예기치 못한 상대와 마주했다.

"엑……. 어, 어째서 이런 곳에?!"

"어라, 에스텔 씨."

초대를 받은 식탁에서 낯익은 로리 비치를 만났다.

이미 자리에 앉아 있던 그녀는 뒤늦게 식당을 찾은 추남의 모습을 목격하더니 뭔가 놀란 표정을 지었다. 내가 수도 카리스에 찾아왔다는 건 아무래도 지금 알게 된 것 같다.

"에스텔 씨도 수도 카리스에 돌아오셨었군요."

"아, 아버님께 부탁하고 싶은 게 있다는 연락을 받았어!"

"그렇군요."

나와 비슷한 시기에 편지라도 받은 거겠지.

드래곤 시티는 수도 카리스에서 매일 같이 식품이나 일용 잡화를 필두로 한 물자를 받고 있다. 그에 맞춰서 편지 부류도 상당한 양이 유통되고 있다. 촌장 저택 멤버도 종종 편리하게 이용한다고 들었다.

"딸에게는 다나카 씨의 도움을 부탁하려고 해서요."

두 사람 사이에서 잠시 말이 오간 직후.

옆에 선 리처드 씨가 목소리를 높였다.

당주가 직접 간장 얼굴을 안내해줬다.

"그건 혹시 대성국 건에 관해서입니까?"

"대성국 상층부를 차지하는 주요 사제를 필두로 해서, 다나카 백작이 모르는 점도 많이 있을 겁니다. 그쪽을 도울 수 있는 인물이자, 그러면서도 속내를 잘 아는 상대라면 좀처럼 적당한 인물이 없어서요."

그는 우리의 얼굴을 교대로 바라보면서 설명했다.

피츠클라렌스 가도 대성국의 병합에 한몫 끼겠다는 의도가 엿보인다. 뭐, 리처드 씨의 포지션을 고려하면 당연한 판단이다. 폐하나 재상님과도 이미 뒤에서 커넥션을 두고 있겠지.

그러나, 설령 그렇더라도 그닥지 않은 제안이다.

이런 판단의 배후에는 추남과 로열 비치의 혼인 내정이 보험이 되고 있으리라는 건 상상하기 어렵지 않다. 그게 아니라면 미혼인 딸을 나 같은 상대와 동행하게 하는 건 절대 있을 수 없으니까.

"잠깐, 아빠. 도움이라니 무슨 소리야?"

"리즈. 갑작스러운 이야기라 미안하지만, 그와 함께 대성국으로 가줬으면 좋겠구나."

"……어?"

리처드 씨가 에스텔에게 사정을 설명했다.

궁중에서 오늘 내가 들었던 것과 같은 내용이다.

단, 왕녀 전하와 간장 얼굴의 혼인 운운하는 이야기 및 병합 후 대성국의 처우에 관해서는 생략했다. 이쪽은 발설을 삼가라는 말을 했으니까, 이쪽 내용은 우리만의 비밀인 거다.

가능하다면 앞으로도 비밀인 채로 끝내고 싶다.

그걸 들은 에스텔은 기운찬 목소리를 냈다.

"알았어! 그렇다면 꼭 나에게 맡겨줘!"

“무척이나 기운찬 대답이구나, 리즈.”

“그, 그야 최근의 나, 아빠의 도움이 되지 못했으니까!”

“그러니? 그럼 미안하지만 부탁하마.”

답변하는 에스텔, 눈이 반짝반짝 빛나고 있다.

의욕이 넘쳐나고 있군요.

내키지 않는 추남은 그 모습에 불안감을 느꼈다.

빠르게 왕녀님과의 혼인을 파기할 계획을 생각해야 한다. 이쪽로리 비치는 아무래도 행동력이 넘쳐나는 인물이다. 내가 문제를 미루는 사이 어느새 대성국을 함락시킬 수도 있다.

돌이켜보면, 성녀님을 국외로 끌어낸 것도 그녀의 공적이다.

참고로 식탁에서는 그녀 말고도 엄마의 모습도 보인다.

예전 귀족 사교장에서 역헌팅을 당한 알렌이 쫄래쫄래 따라갔던 여성이다. 싱글벙글 붙임성 있게 미소를 짓고 있는 모습은 드센면이 사라진 에스텔 같은 분위기가 느껴진다.

“자, 그럼 식사할까요. 다나카 씨도 자리에 앉으시죠.”

“가족의 시간에 끼어든 것 같아서 죄송합니다.”

“그렇게 송구해하실 것까지야. 이미 가족 같은 셈 아닙니까.”

“아뇨아뇨, 천만의 말씀을요.”

리처드 씨의 재촉을 받아 식탁에 앉았다.

이후, 만찬은 시종일관 활기찬 분위기에서 온화하게 흘러갔다.

*

【소피아 시점】

엘프 씨와 드래곤 씨가 암흑대륙으로 출발하고 나서 며칠이 지났습니다.

최근에는 마을을 비우는 분이 많아서 메이드는 식탁에 쓸쓸함을 느끼고 있습니다. 구체적으로 말하자면, 다나카 씨와 에스텔 님이 부재중입니다. 파렌 님이나 저널 교수님도 여전히 돌아오지 않고 계십니다.

음식점 딸로서는 역시 매일 모두와 함께 떠들썩하게 밥을 먹고 싶다는, 그런 사치스러운 생각을 하게 됩니다. 그러나 페니 제국의 왕녀님과 근위 기사분만큼은 부재를 기뻐하는 자신의 마음에 거짓말할 수가 없어서 곤란하네요.

그렇게 오늘도 아침 식사를 마치고 집무실로 향했습니다.

다나카 씨에게는 휴가를 받았지만, 그것도 2~3일이 지나자 점점 따분해졌습니다. 대신해서 의식을 차지하는 건, 제가 쉬는 사이에도 발생하는 각종 업무입니다.

신경 쓰지 않으면 된다고 생각하기는 하지만, 신경 쓰지 않을 수가 없습니다.

어차피 휴일이 지나면 건드려야 합니다.

그럴 바에는 지금 이럴 때 조금씩 진행하는 편이 낫다고 생각하게 되니 데스크에 앉지 않을 수가 없었습니다. 누가 놓고 가셨는지, 탁상에는 이미 서류나 소포 같은 게 쌓이기 시작했습니다.

그러나, 결코 안 좋은 일만 있는 건 아닙니다.

왜냐하면 메이드의 품에는 새 씨의 모습이 있으니까요.

“새 씨, 오늘도 함께 힘내요.”

「파큐.」

별것 아닌 메이드의 중얼거림에도 울어서 대답해주는 게 무척 기쁩니다.

이 아이와 함께라면 업무도 평소 이상으로 노력할 수 있을 것 같습니다. 데스크 정면에 마주한 형태로 놓인 소파 세트. 그 좌판에 앉기로 하죠. 의자에 앉은 메이드도 낌새를 엿볼 수 있는 위치입니다.

새 씨는 저의 행동을 그대로 받아주고 있습니다.

굉장히 얌전합니다.

봉제 인형 같습니다.

뭐, 금방 졸기 시작했지만요.

“자, 그럼…….”

새 씨를 소파에 내려놓고, 저는 데스크를 마주했습니다. 서둘러 어디 사는 누군가가 남긴 일거리를 정리하기로 했습니다. 이런 서류나 소포가 급한 일인 경우는 드물지만, 방치하는 것도 정신적으로 좋지 않습니다.

그렇게 의식을 업무로 돌린 직후의 일이었습니다.

복도 쪽에서 후다다닥, 소란스러운 발소리가 들렸습니다.

그걸 알아챈 메이드는 아래쪽에서 시선을 들었습니다.

직후에 콰앙, 하는 커다란 소리를 내며 집무실 문이 열렸습니다.

「가져왔다! 이것저것 가져왔어!」

“이봐, 이른 아침이니까 좀 더 조용히 해야지!”

복도에서 모습을 드러낸 건 드래곤 씨와 엘프 씨입니다.

상상했던 흐름 그대로였기에 메이드는 안도감을 느꼈습니다.

아무래도 두 분은 무사히 암흑대륙에서 돌아오신 모양입니다. 양손에 커다란 가죽 주머니를 안고 있네요. 엘프 씨에 이르러서는 그에 더해 등에도 자신이 쏙 들어갈 만큼 커다란 가방을 메고 있습니다.

작은 체구인 두 분이 커다란 짐을 든 모습은 굉장히 사랑스럽게 비치네요.

동시에 대체 얼마나 많은 물건을 채집해 왔는지 조금 불안감이 듭니다.

언뜻 본 바로는 과거에 다나카 씨가 암흑대륙에 가셨을 때와 비교해도 짐이 훨씬 많습니다. 빵빵하게 부푼 가죽 주머니나 가방을 보면 그녀들이 며칠 동안 해온 활동을 자연스레 떠올리게 됩니다.

아마 상당히 애써서 모아오신 거겠죠.

「파아~?」

두 분의 방문에는 새 씨도 반응을 보였습니다.

그녀들을 바라보며 고개를 살짝 갸웃하고 있네요.

드래곤 씨는 그걸 보고 순간 어깨를 움찔 떨었습니다. 그러나 예전이라면 곧바로 불평 한마디라도 했을 텐데, 오늘은 딱히 아무 말도 하지 않고 성큼성큼 방으로 들어오셨습니다.

발길이 향한 곳은, 새 씨가 앉은 소파 정면입니다.

낮은 테이블 위에 들고 있던 가죽 주머니를 툭 내려놓았습니다.

엘프 씨도 뒤따랐습니다.

짊어진 가방을 잘 내리지 못해서 악전고투하는 모습이 무척 사랑스럽네요. 내용물이 빵빵하게 들어찼기 때문이겠죠. 어깨끈이 꽉 당겨져서 팔에서 잘 떼어놓지 못해 고생하고 계십니다.

「네가 종이에 적었던 거, 잔뜩 가져왔어!」

“네, 넷…….”

드래곤 씨에게 재촉받은 메이드는 데스크에서 일어났습니다.

그녀가 입을 벌린 가죽 주머니로 달려갔습니다.

바로 옆에 나란히 서서 주머니 내용물을 확인합니다.

그러자 그곳에는 전리품이 빼곡하게 들어차 있었습니다.

자잘한 품목을 이것저것 주문하기는 했지만, 그래도 판단하기 망설여지는 물건이 많네요. 물건의 이름과 가치는 알지만, 실물을 확인하는 건 뭔가 좀 다르게 느껴집니다.

짐승 뿔로 보이는 뾰족한 막대기 모양의 무언가라든가, 딱딱해 보이는 껍질에 뒤덮인 나무 열매 등등 천차만별의 물건들이 잡다하게 들어가 있는 광경. 이것들이 암흑대륙의 산물이라고 생각하면 뭐가 튀어나올지 알 수가 없어서 무섭습니다.

"곧바로 확인할 테니 자, 잠시 기다려 주세요!"

"나도 도울게. 이만한 양이야. 혼자서는 힘들겠지."

즉시 목소리를 높여주신 엘프 씨, 굉장히 다정하십니다.

솔직하게 고백하자면 조금 당황했습니다.

설마 이 정도의 양을 가지고 돌아오실 줄은 몰랐으니까요.

"감사합니다. 실례지만 꼭 부탁드릴게요……."

"음."

「그럼 나도 돕겠어! 나도 말이야!」

이후, 셋이서 분담하며 전리품을 분류했습니다.

당초에는 낮은 테이블 위에서 진행했지만, 점점 물건들을 놓을 곳이 부족해져서 이윽고 집무실 바닥 위에 노천상처럼 주르륵 배치하게 되었습니다. 최종적으로는 어느 정도 넓이가 있는 방이 절반 이상 메워지고 말았습니다.

메이드는 그렇게 진열한 물건의 이름과 숫자를 종이에 정리했습니다. 그리고 최근 시장가와 대조하며 드래곤 시티와 거래하는 상인들에게 매각한다면 어느 정도의 수입을 바라볼 수 있을지 계산했습니다.

합산할 때는 손이 떨렸습니다.

왜냐하면 그 액수는, 과거에 마을에서 개최한 무술대회 총예산과 비교해도 높을지언정 떨어지지 않았으니까요. 당연하게도 무술대회 때는 피츠클라렌스 가나 페니 제국이 거액의 원조를 해줬습니다.

드래곤 시티 단독으로 다루는 예산으로는 따질 것 없이 역대 최대입니다. 토리클리스를 필두로 한 인근 지방 도시의 연간 예산과 비교해도 큰 차이가 없는 금액이 아닐까요? 그 사실에 메이드는 겨드랑이가 땀에 젖기 시작하는 걸 느꼈습니다.

「이봐, 충분해 보여? 더 가져오는 게 나아?」

제가 전전긍긍하고 있는 사이, 드래곤 씨가 질문을 던졌습니다.

제 얼굴을 들여다보면서 슬쩍 치켜보고 있습니다.

"미스릴이나 오리할콘을 얼마나 들여올 수 있느냐에 달렸겠지만, 이만큼이나 있다면 사, 상당한 양을 구입할 수 있을 거예요. 마석은 경매로 나오니까 확실하게 입수할 수 있다고 말씀드릴 수는 없지만, 경쟁에서 밀리지는 않겠죠."

「정말이냐?!」

"네, 네에."

반짝반짝 눈을 빛내는 드래곤 씨, 굉장히 기뻐 보이네요.

그 기대감으로 가득한 얼굴을 눈앞에서 보게 되니, 역시 포기하겠다고는 입이 찢어져도 말할 수 없었습니다. 메이드도 각오를 다지고, 거래에 임하겠다고 결의했습니다. 그녀에게는 평소에도 신세를 지고 있습니다. 돕고 싶은 마음은 진심입니다.

그러나, 말이야 이렇지만 이건 역대 최대의 쇼핑입니다.

아마 틀림없이 다른 상회나 귀족님도 눈여겨 볼 규모입니다.

"언제나 폐를 끼쳐서 미안해……."

"아뇨, 천만의 말씀이에요!"

엘프 씨가 배려하는 말을 해주셨습니다.

오히려 그건 제가 할 말입니다.

그러는 사이, 소파에 앉아 있던 새 씨가 움직임을 보였습니다.

좌판에서 바닥으로 뿅, 하고 내려온 그가 저희 눈앞, 바닥에 진열된 전리품 중 하나로 다가갔습니다. 조류의 깃털로 보이는 물건입니다. 그리고 무슨 생각인지, 부리로 가볍게 콕콕 찌르기 시작했습니다.

「아, 이, 이봐! 그건 음식이 아니라고?!」

드래곤 씨, 다급해 보입니다.

새 씨에게 향했습니다.

그와 동시에 품에서 뭔가 꺼낸 그녀는 그걸 새 씨의 정면에 내밀었습니다. 잘 보니 아무래도 나무 열매 같네요. 손바닥에 올라가는 크기의 동그란 나무 열매입니다.

「이거 줄 테니까, 그건 안 돼. 자, 이, 이거다!」

「파아?」

「……필요 없어? 이거라면 먹어도 된다고?」

드래곤 씨답지 않은 행동이 아닐까요?

예전의 그녀였다면 직접 새 씨에게 다가가는 일은 절대 없었을 겁니다. 이건 메이드가 멋대로 하는 상상인데, 용왕님과의 일을 거친 뒤에 그녀도 뭔가 생각하는 바가 있었을지도 모릅니다.

자연스레 저의 흥미도 그녀가 내민 나무 열매로 향했습니다.

"저기, 그 나무 열매는……."

"피닉스가 좋아하는 거야. 현지에서 우연히 발견했거든."

메이드의 의문에는 엘프 씨가 즉시 설명해 주셨습니다.

드래곤 씨가 새 씨에게 다가가기 위한 물품이라고 해야 할까요.

한동안 바라보던 후자가 그걸 꿀꺽 삼켰습니다. 곧바로 전신을 부르르 떠는 전자의 모습이 인상적이네요. 부리가 손끝에 닿았으니까, 그게 원인일 겁니다. 깜짝 놀란 거겠죠.

새 씨는 부리와 혀를 이용해서 재주 좋게 나무 열매를 깨물어 부쉈습니다.

직후, 그 거동에 변화가 보였습니다.

「파악?! 파아! 파아!」

「윽?!」

일심불란 나무 열매를 우걱우걱, 꿀꺽.

그러더니, 드래곤 씨에게 뛰어들었습니다.

그리고 전신이 경직된 그녀의 발밑에서 뺨을 스읏스읏 비비적댔습니다.

아무래도 나무 열매가 마음에 든 모양입니다.

엘프 씨의 설명대로, 좋아하는 맛이었나 봅니다.

요 며칠 정도 생활을 함께했는데, 한 번도 목격한 적이 없는 기쁨입니다. 메이드로서는 조금 샘이 나는 광경이네요. 그러나 두 분이 친해지는 모습은 솔직히 기쁘게 생각합니다.

「……그, 그렇게 맛있었어?」

「파큐, 파큐.」

드래곤 씨가 조심조심 물었습니다.

새 씨는 뺨을 비비면서 그에 답했습니다.

메이드는 그렇게 두 사람의 모습을 바라보면서 향후 예정을 생각했습니다.

군자금은 충분히 얻을 수 있었습니다.

구체적인 물자 조달을 검토해야겠네요.

판매자가 붙지 않은 상품의 대금을 밑천 삼아서 무언가를 사려고 하는 건 정말 무서운 일입니다. 게다가 그 액수가 최근 마을의 수입을 넘어선다면, 가슴이 찢어질 것만 같습니다.

그러나 드래곤 씨의 필사적인 표정을 바라보면 그걸 함부로 내팽개칠 수 없습니다. 바로 며칠 전에는 몸을 던지면서까지 과감하게 용왕님과 맞섰던 그녀입니다. 그렇다면 이번에는 메이드가 힘낼 차례가 아닐까요?

네. 힘내기로 하죠.

우선, 미스릴의 가격이 어떤지 알아보러 가는 게 좋을 것 같습니다.

매물이 있는 건 확실하니까, 그쪽에서 액수 교섭을 진행하고 나머지 두 품목의 구매에 이용할 수 있는 금액을 정하기로 하죠. 특히 마석은 경매로 구입할 예정이라 지금 시점에서는 뭐라 말할 수가 없습니다.

자금의 상한을 정하는 건 중요하다고 생각합니다.

"저기, 엘프 씨. 계속해서 죄송하지만……."

"다음은 니플 왕국이면 될까?"

제가 말을 걸자마자 엘프 씨의 발밑에 부오옹 하고 마법진이 떠올랐습니다. 기억에 있는 디자인은, 공간마법 같네요. 아무래도 빠르게 제 의도를 짐작해주신 모양입니다.

방긋 웃는 얼굴이 믿음직해 보입니다.

"네, 넷! 감사합니다!"

분류한 전리품은 이대로 방치해도 괜찮겠죠.

촌장님 저택에서 나쁜 짓을 벌일 사람은 없습니다. 눈에 띄는 곳에 메모를 남겨두면 건드리지 않을 겁니다. 그리고 집무실에 자물쇠를 걸어두면, 딱히 문제가 생길 일도 없겠죠.

그렇게 생각해서 서둘러 준비에 착수했습니다.

"아, 따, 딱히 서두르지 않아도 되거든? 천천히 해도 괜찮아."

「야, 인마! 나를 놔두고 가지 말라고?!」

마법진의 출현을 확인한 드래곤 씨가 서둘러 엘프 씨에게 달려왔습니다.

그녀에게 이끌려서 새 씨도 함께 뚜벅뚜벅 걸어왔습니다.

그리고 각종 준비를 마친 메이드가 합류해서, 준비는 다 끝났습니다.

예전의 저였다면 준비해야 하느니, 문단속을 확인해야 한다느니 이것저것 주저했을 겁니다. 그래도 최근에는 몸 하나에 지갑 하나만 들고 어디에든 나갈 수 있게 되었습니다.

외출을 싫어하던 시골 처녀도 어느 정도 성장하게 되었네요.

"그럼 간다?"

"네. 부, 부탁드려요!"

지금, 니플 왕국을 향해 출발합니다.

*

왕궁에서 폐하로부터 대성국을 갖고 싶다 운운하는 이야기를 듣고 나서 다다음 날 낮.

간장 얼굴과 에스텔은 빠르게도 현지에 진입하게 되었다.

이동 수단은 이번에도 역시나 비행마법이다. 페니 제국은 수도 카리스에 존재하는 피츠클라렌스 가 저택을 출발하고 나서 도중에 몇 번 화장실 휴식이나 식사, 수면을 끼워 넣으며 꼬박 하루에 걸쳐 대성국에 도착했다.

출발 당초에는 추남만이 아니라 에스텔도 자신의 마법으로 날았다. 아침에 저택을 출발하고 나서 해가 높은 곳까지 떠오를 때까지 계속 날던 그녀는 비행마법 다루는 법에 관해서는 상당한 수준이었다.

그러나 이후에는 이동 시간과의 균형을 위해, 외람되지만 내가 옮기게 되었다. 남부 국가군에서 니플 전하를 운반할 때와 마찬가지로 옆에 둥실둥실 띄운 채 이동했다. 분한 표정으로 하늘을 바라보는 로리 비치의 모습이 인상적이었다.

그렇게 우리는 현재, 둘이 나란히 대성국의 마을을 걷고 있다.

사람도 많은 번화가, 음식점 등으로 북적이는 구역이다.

성녀님 본인과 교류를 거친 지금의 우리는 그녀가 허수아비 같은 게 아니라 진짜로 대성국의 수장이었다는 걸 안다. 그렇기에, 저잣거리에도 어느 정도 혼란이 보이지 않을까 생각하고 있었다.

그러나 마을의 모습은 예전과 그리 다르지 않아 보였다.

"이렇게 바라보는 바로는, 마을의 낌새에 변화가 없군요."

"나라의 수장이 행방불명인데 주민은 신경 쓰이지 않는 걸까?"

"성녀님의 경우, 어지간한 대표와는 상황이 다르니까요……."

세인트 비치가 본국에서 누리던 지위는 문자 그대로 성녀님이다. 종교적 가르침의 상징이라고 부를 만한 위치다. 그런 그녀가 마왕님에게 패배한 데다 어딘가로 사라졌다는 건 여러모로 치명적이었을 것이다.

그런데도 마을 사람들은 괜찮은 걸까?

에스텔이 입에 담은 의문은, 당연히 간장 얼굴도 신경이 쓰였다.
"이 주변에서 가볍게 이야기를 들어볼까요?"
"응, 나도 그게 좋을 것 같아!"
평민과 큰 차이가 없는 차림새인 추남은 몰라도, 에스텔은 제대로 귀족 차림새다. 그녀와 함께 말을 건다면 상대가 어지간한 상류 계급이 아닌 한 무시당할 일은 없겠지.
일행에게 수락을 받아냈기에 탐문을 시작했다.
첫 번째 사람, 노천상 점주.
"귀족님이 이런 가게에 무슨 용건이시죠? 네? 성녀님이요? 그거라면 아무래도 교회의 높으신 분이 조만간 진정한 성녀님이 탄생한다고 하더라고요. 아니, 저도 자세한 이야기는 몰라요. 하지만 이전의 성녀님은 마왕이 보낸 가짜였다느니 어쨌느니……."

두 번째 사람, 주부로 보이는 통행인.
"이, 이거이거! 저 같은 마을 처녀에게 무슨 용건이신가요? 네? 처녀라고 할 만큼 젊지 않다? 아뇨, 이래 봬도 아직 20대인데요. 네? 그래도 처녀라고 할 나이는 아니다? 죄, 죄송합니다! ……성녀님이요? 그렇다면 교회 분들에게 물어보시는 게 어떨까요? 아무래도 최근 차기 성녀님을 찾아냈다던데요."
세 번째 사람, 뒷골목 노숙자.
"이건 또 무척이나 차림새 좋은 아가씨잖아. 그쪽 노란색 남자는 수행원인가? ……아앙? 성녀님에 관한 이야기를 듣고 싶다고? 그럼 아가씨, 이리 와서 거시기 좀 물어주지 그래. 이래 봬도 얼마 전까지 마을 교회에 드나들었단 말이지? 아, 잠, 잠깐 기다…… 끄아아악!"
네 번째 사람, 광장에서 놀던 소년.

“저기, 뭐, 뭔가 귀족님에게 실례되는 일을……. 네? 성녀님이요? 죄송해요. 잘 몰라요. 아, 그래도 전에 아빠가 말했어요. 이제 곧 진정한 성녀님이 오신다고 해요. 귀족님처럼 젊고 예쁜 여성이라고 그랬어요. ……네? 어째서 용돈 같은 걸……. 저기, 모, 모르는 사람에게 돈을 받는 건…….”

다섯 번째, 여섯 번째, 일곱 번째…….

번화가를 돌면서 약 한 시간 정도 탐문을 진행했다.

남녀노소, 닥치는 대로 말을 걸다 보니 한 가지 보이는 게 있었다. 키워드는 진정한 성녀님. 아무래도 우리 폐하와 똑같은 생각을 하는 인물이 이미 이 마을에 들어온 모양이다.

이렇게 되면 추남도 마음이 평온하지는 않다.

동정에게는 왕녀님과의 혼인을 파기할 절호의 기회다. 이대로 방치하는 선택지도 자연스레 떠올랐다. 그러나 대성국을 확보하고 싶다는 의지도 있다. 이 나라와의 관계는 페니 제국의 진퇴에도 크게 얽히는 문제니까.

“당연하다면 당연하지만, 이미 경쟁 상대가 움직이고 있는 모양이군요.”

“응. 우리도 느긋하게 있을 수 없겠어!”

에스텔은 콧김을 흥 거칠게 뿜으며 말했다.

무척이나 의욕이 넘치고 있다.

최종적으로 어떤 판단을 내릴지는 넘어가더라도, 성녀님이 부재 중인 대성국에 달려든 상대가 누군지는 시급하게 확인할 필요가 있어 보인다. 상황에 따라서는 폐하가 준비한 병사 10만을 끌어오는 것도 생각해야만 한다.

“그런데 문득 생각난 건데, 하나 괜찮아?”

"뭡니까? 에스텔 씨."

"번화가의 소란이 예전보다 활기찬 것 같아."

"네. 그건 저도 느끼고 있었습니다."

구체적으로는 노상에서 활동하는 호객 행위가 늘어난 것 같다.

그것도 섹시한 차림새를 한 여성이 눈에 띈다.

추남은 일부러 입 다물고 있던 사항이다. 탐문하는 사이에도 넌지시 시선을 돌리며 힐끔힐끔 즐기고 있었다. 뭔가 속옷 차림 같은 사람도 있어서 그야말로 눈이 호강하는 광경이었습니다.

그리고 원인도 왠지 짐작이 간다.

성녀님의 감시가 사라졌기에 대성국의 부패한 부분이 점점 표층으로 드러나고 있는 게 아닐까? 이 나라는 그녀가 수백 년에 걸쳐 혼자 운영하고 있었다. 억압되어 오던 욕구가 상당하겠지.

"성녀님에게 억눌려오던 것이 흘러나온 게 아닐까요."

"그런 여자라도 마을은 잘 다스렸나 보네."

"국민은 국가의 뼈대니까요. 위정자로서의 그녀는 대단한 인물이겠죠."

"어……. 다, 당신이 그 여자를 칭찬하는 거야?"

"지난 수백 년 동안 대성국이 번영해 왔던 건 사실이니까요."

"확실히, 그건 그럴지도 모르지만……."

추남의 중얼거림을 들은 에스텔은 여전히 불만스러워 보인다.

예전부터 성녀님을 적대시했으니까.

새삼스럽지만, 드래곤 시티에 들러서 성녀님으로부터 대성국의 내부에 관한 이야기를 들어놔야 했을지도. 만약 좋은 방안을 찾을 수 없다면 다시 그녀에게 상담하러 가보기로 하자.

"에스텔 씨. 마을에서 탐문하는 건 이만 그만두기로 하죠. 만약 저희의 상상이 올바르다면, 인적이 있는 곳에서 화려하게 행동하면 이쪽의 동향이 상대에게 전해질 가능성이 있습니다."

"그, 그것도 그러네!"

무척이나 지위 높아 보이는 귀족 소녀와 정체 모를 납작한 노랑족. 옆에서 봐도 눈에 띄는 우리의 모습을 고려하면 이미 늦었다는 의견도 나올 수 있다. 하지만 그럼에도 신경을 쓰는 것에는 의미가 있을 거다.

그런고로 에스텔에게는 갈아입어 달라고 부탁할까. 무슨 일이든 허세를 부리는 걸로 유명한 페니 제국의 귀족이다. 그런데 평민 차림을 하고 있다면, 상대의 눈을 현혹하는 데도 충분한 효과가 있지 않을까 싶다.

그녀의 경우는 특히 외모가 아름다워서 인상에 남기 쉬우니까.

"그리고 하나, 에스텔 씨에게 부탁드리고 싶은 게 있습니다."

"새삼스럽게 뭔데?"

"유서 깊은 가문의 귀족인 당신에게 이런 부탁을 드리는 건 죄송합니다만, 만약 지장이 없다면 복장을 평민 것으로 갈아입어 주시겠습니까? 물론 의복은 이쪽에서 준비할 테니까요."

"어……."

추남의 상담을 들은 그녀의 표정이 변화를 보였다.

그것은 경악 일색이었다.

눈을 확 부릅뜨고는 어깨를 부들부들 떨기 시작했다.

"그, 그건 다시 말해서, 나한테 옷을 선물해 준다는 거야?"

"네. 뭐, 그렇게 받아들여 주시더라도……."

"갈아입을게! 가, 갈아입겠어! 어떤 차림이든!"

그러더니 즉시 흔쾌히 수락해 줬다.

꺼릴지도 모른다고 염려하던 직후였는데, 고개를 끄덕끄덕 흔드는 모습에 안도감이 들었다. 만약 상대가 다른 곳의 귀족이었다면, 아마 틀림없이 그런 비참한 짓은 할 수 없다느니 운운하면서 불평을 날려댔을 거다.

에스텔의 이런 부분은 정말로 고맙다.

이런 가벼운 풋워크는 아빠의 등을 보며 자라왔기 때문이겠지.

"당신의 말대로라고 생각해! 귀족 차림은 눈에 띄니까, 역시 이런 경우에는 평민 차림을 해야겠어. 하지만 나는 저잣거리의 문화라는 것에 어두우니까, 가, 가능하면 당신이 골라주면 굉장히 기쁠 것 같은데……."

"알겠습니다. 그럼 바로 가게를 찾아보기로 할까요."

"응. 아, 알았어!"

그런데 갈아입는 걸 제안하고 나서 문득 생각했다.

부모와의 쇼핑을 제외하고 생각하면, 이성과 옷가게를 도는 건 태어나서 처음 하는 경험이 아닐까? 무척이나 데이트 같은 이벤트다. 설마 멀리 이세계까지 찾아와서 이 기회를 얻게 될 줄은 몰랐다.

인격을 담보하는 데 필수적인 스탬프 카드가 하나 채워진 기분.

열심히 노력해서 에스코트하기로 할까.

*

【소피아 시점】

드래곤 시티 저택을 나선 저희는 엘프 씨의 공간마법에 신세를 져서 니플 왕국의 수도 라크까지 찾아왔습니다. 다나카 씨나 세로 롤 님은 이미 몇 번이고 발을 옮기셨지만, 메이드는 오늘 처음 찾아왔습니다.

정문에서 마을로 진입하여 큰길을 도보로 걸어서 왕궁으로 향했습니다.

규모는 어느 정도 되지만, 거리는 어딘가 쓸쓸해 보입니다.

노상에 인접한 상점은 낮인데도 불구하고 닫힌 점포가 다수 보입니다. 건물 자체도 고풍스러운 구조인 게 많고, 그러면서도 정기적인 수선을 게을리하고 있는 게 엿보입니다. 단적으로 말하자면, 종합적으로 낡았다는 느낌입니다.

「전에 왔을 때보다 조금 기운이 난 것 같아.」

"음. 그런 것 같아. 이 거리도 무척 활기찬 느낌이야."

아무래도 예전에는 더 쓸쓸했던 모양입니다.

빈곤한 나라라고 듣기는 했지만, 수도의 큰길이 이런 상황이라면 메이드가 상상했던 것 이상으로 가난한 것 같네요. 그런 나라에 상당한 액수를 투자하신 다나카 씨, 정말로 괜찮은 건지 불안해집니다.

장부를 맡고 있기에 이것저것 생각하게 됩니다.

그로부터 한동안 잡담을 나누면서 왕궁으로 향했습니다.

참고로 새 씨는 메이드의 담당입니다.

그는 다리가 짧으니까, 이럴 때는 누군가가 옮기는 게 암묵적인 양해가 되었습니다. 다나카 씨가 부재중일 때는 제가 즐기고 있습니다. 새 씨도 니플 왕국의 거리를 바라보면서 흥미로운 듯 두리번두리번하고 있습니다.

이윽고 도착한 니플 왕가의 성은 쓸쓸한 거리와는 달리 꽤 훌륭했습니다. 세월이야 느껴지지만, 예전에는 그렇게 빈곤하지 않았던 게 아닐까요. 이 나라의 역사가 배경으로 느껴집니다.

엘프 씨의 말에 따르면, 지금부터 전하와 만난다고 합니다.

저희와 같은 평민이 느닷없이 방문했는데 그리 간단히 만날 수 있는 걸까요? 당연하게도 메이드는 의문과 불안감이 들었습니다. 적어도 페니 제국에서는 불경죄로 감옥에 들어가더라도 이상하지 않은 행동입니다.

하지만 그런 의문은 곧바로 불식되었습니다.

성 정문 근처, 경비하고 있던 병사에게 드래곤 씨가 가볍게 인사하자, 어영부영하는 사이 왕성 안 응접실까지 안내받았습니다. 그리고 일관적으로 저희를 띄워주면서 크게 우대하고 있습니다.

마치 저희가 귀족님이라도 된 듯한 착각이 들었습니다.

게다가 안내받은 곳에서 나타난 건, 니플 국왕을 자칭하는 인물이었습니다.

이게 어찌 된 일일까요. 임금님이 직접 발을 옮기셨습니다.

페니 제국의 귀족들과 비교하면 어딘가 검소하게 느껴지는 모습입니다. 그러나 머리에는 금빛으로 빛나는 왕관을 쓰고 있고, 어깨에는 두꺼운 천으로 만든 훌륭한 망토를 걸치고 계십니다.

응접실로 올 때까지 성내에서 본 다른 이들과 비교하면 훌륭한 차림새를 하고 계시네요. 소심한 메이드가 경외심을 느끼기에는 충분한 모습입니다. 어느 정도 나이가 지긋한 얼굴에는 상당한 위엄이 느껴졌습니다.

“크리스티나 님, 에디타 님. 잘 찾아오셨습니다.”

「그래, 왔다!」

“사전에 연락도 없이 방문해서 미안해, 니플 공.”

그런 인물이 두 분에게 굉장히 저자세로 나왔습니다.

한편, 드래곤 씨는 참으로 당당하네요.

이래서는 어느 쪽이 임금님인지 모르겠습니다.

임금님 옆에는 저도 면식이 있는 인물, 니플 전하가 있었습니다. 과거에는 제1왕자로 소개받았지만, 메이드는 그가 그녀라는 사실을 알고 있습니다. 당연히 그 사실을 지적하는 일은 절대로 하지 않겠지만요.

참고로 모두의 위치가 어땠냐면, 마주한 소파 세트 한쪽에 임금님과 니플 전하가 앉으셨습니다. 그리고 낮은 테이블을 사이에 두고 드래곤 씨, 메이드, 엘프 씨가 나란히 착석했습니다.

어째서인지 제가 중심에 있어서 이게 또 긴장되네요.

그리고 두 분과 인사를 나눈 것도 잠시.

정면에 앉은 임금님의 시선이 이쪽으로 힐끔 이동했습니다.

"그런데, 실례지만 그쪽 분은……."

「이 녀석은 그 남자가 소중히 여기는 여자야. 친하게 지내라고!」

"이, 이봐. 좀 더 말투에 신경을 써야지."

드래곤 씨, 그래서는 제가 다나카 씨의 부인 같잖아요.

아마 틀림없이 착각하실 것 같은데요.

메이드는 별것 아닌 한마디로 인해 혼기가 멀어지는 걸 느끼고 있다고요.

"이런 차림새이긴 하지만, 그녀는 우리 영지의 재무관이야. 다나카 백작 아래에서 영지 안의 재무를 한 몸에 담당하고 있지. 이름은 소피아 베이컨이라고 해. 아무쪼록 우리와 함께 친하게 지내준다면 기쁘겠어."

엘프 씨가 다시 소개해 주셨습니다.

곧바로 보충해주셔서 정말 감사합니다.

거기서 문득 깨달은 것이 있습니다.

현재, 저는 메이드복을 입고 있습니다.

몸 하나만으로 촌장님 저택을 출발했으니까요.

메이드복을 입고 왕족분들을 만나다니, 이건 또 실례되는 행동이 아닐까요? 뭐랄까, 다나카 씨 근처에서 생활하다 보면 점점 제 안에서 상식이 결손되어 가는 느낌이 듭니다.

주변에 계신 분들도 별난 분이 많으니까요.

"뭐라고요! 이것 또 근사한 기회를 받게 되어 참으로 영광입니다, 베이컨 님. 처음 뵙겠습니다. 저는 니플 왕가에서 당주를 맡고 있는 앨버트 니플이라고 합니다."

"네, 넵! 소피아라고 합니다!"

"이런 벽지까지 발걸음해주셔서 깊은 감사의 말씀을 드립니다. 아무것도 없는 곳이지만 아무쪼록 느긋하게 쉬다가 가시면 감사하겠습니다. 성의 전력을 다해 베이컨 님을 환영하겠습니다."

"아뇨. 저, 저기, 저는 그런 대단한 사람이……."

왕족분이 고개를 숙이고 말았습니다.

이렇게 나오면 긴장하지 않는 게 무리입니다. 지금까지는 완전히 말라 있던 메이드복 겨드랑이가 순식간에 흠뻑 젖었습니다. 이 습기, 어지간하면 원래 색으로 돌아오지 않을 거예요.

바로 옆에서는 임금님을 따라 전하도 고개를 숙였습니다.

형태가 좋은 머리 가마가 완전히 보일 정도로 깊숙이 숙이고 있네요.

메이드는 어떻게 응해야 할지 대답이 잘 떠오르지 않았습니다. 긴장감 탓에 머릿속이 새하얘졌습니다. 아마 옆에서는 굉장히 엉성하게 비치고 있겠죠. 이 몸은 위엄이고 뭐고 없는 마을 처녀니까요.

그러자 상대가 인사에 이어서 목소리를 높였습니다.

"그런데 오늘은 어떤 용건으로 오셨습니까?"

왕족분에게 배려의 말을 듣고 말았습니다.

이건 또 실수입니다.

쥐구멍이 있다면 들어가고 싶다는 말은 바로 이런 걸 말하는 거겠죠.

그런 저를 대신해서 대답해주신 것이 엘프 씨입니다.

"귀국에서 미스릴을 구입하고 싶어. 상담할 수 있을까?"

"뭐라고요? 그, 그게 정말입니까?"

그녀의 발언을 듣고, 갑자기 임금님이 놀란 표정을 지었습니다.

부드럽던 음색도 갑자기 긴장감을 띠기 시작했습니다. 바로 옆에서는 왕녀님도 마찬가지로 깜짝 놀란 표정으로 저희를 바라보고 있네요. 혹시 뭔가 좋지 않은 제안이기라도 한 걸까요?

불안감만 쌓입니다.

그리고 그건 엘프 씨도 마찬가지인 모양이었습니다.

"뭐, 뭔가 문제가 있는 걸까?"

"아뇨, 천만의 말씀입니다!"

"그런가? 딱히 무리하게 요청하는 건 아닌데……."

"오히려 저희로서는 매우 고마운 말씀입니다."

"……그래?"

고개를 갸웃한 엘프 씨에게 임금님이 설명을 이어갔습니다.

그 말에 따르면, 아무래도 국내에서 산출되는 미스릴을 사려는 사람이 나타나지 않아서 굉장히 곤란한 상황이었다고 합니다. 당초에는 주변 각국에서 경쟁이 벌어지는 것에 기대를 품었지만, 뚜껑을 열어보니 말을 걸어오기는커녕 판매하려고 해도 거절했다고 합니다.

그렇게 제조된 미스릴만이 재고로 쌓이게 되었다네요.

현재, 세상의 미스릴 시장은 마왕님과의 소동을 거쳐 가격이 상승 경향에 있습니다. 출처가 조금 수상쩍더라도 가격을 조금 깎기만 하면 바로 팔리지 않을까요? 저와 같은 젊은이조차도 상상할 수 있습니다.

그러나 그런 식으로 팔리지 않는 이유는 니플 왕국이 가진 사정 때문입니다.

주변 국가가 서로 담합해서 이 나라에서 수입하는 걸 거부하고 있는 겁니다.

임금님의 추측에 따르면, 선두에 서서 지휘하고 있는 건 이웃 나라가 틀림없다고 합니다. 무슨 일이든 니플 왕국을 얕잡아 보고 있는지라, 최근 기세를 되찾고 있는 것에 반감과 초조감을 느끼고 있는 게 아닌가 하는 설명을 들었습니다.

메이드의 기억이 올바르다면, 남부 국가군 통일을 위한 회의에서 대표자가 좀비화되었던 나라입니다. 계속 거론하자면, 회의장에서 개전을 암시하고 있었기에 다나카 씨가 견제를 위해 국경에 커다란 마법을 쐈다는 이야기를 들었습니다.

확실히 한동안은 친하게 지내는 게 어려워 보입니다.

그러나 주변 국가까지 끌어들인 소동이 벌어지는 건 예상 밖이었습니다. 아마 다나카 씨도 이렇게나 이야기가 틀어질 줄은 생각하지 못했겠죠. 이웃들이 니플 왕국을 얼마나 괴롭혀 왔는지 왠지 모르게 짐작이 가는 것이 안타깝네요.

주변 각국이 모두 이 나라의 대두와 보복을 두려워하는 것 같습니다.

"이웃 나라 말고 다른 나라와는 교섭해 본 건가?"

"몇 번이고 사자를 보냈지만, 대답이 없었는지라……."

"……그렇군."

문답을 나누는 엘프 씨도 유감스러운 표정입니다.

다나카 씨가 니플 왕국과의 동맹을 결정한 직후, 엘프 씨는 드래곤 씨와 함께 왕국을 찾아와 논밭의 상태를 보거나, 미스릴 광산을 파내는 등 부흥에 도움을 주셨다고 들었습니다.

어느 정도 애착 같은 것도 느끼고 계시겠죠.

일련의 대화를 듣던 전하에게서도 분노의 목소리가 새어 나왔습니다.

"게다가 일부에서는 사자가 아직도 돌아오지 않았어."

"그건 또 온화하지 않은 이야기네……."

온화하지 않은 수준의 이야기가 아닙니다. 메이드는 등골이 얼어붙었습니다. 역시나 백성 위에 서는 사람들의 대화는 무섭네요. 태연하게 대화를 이어가는 엘프 씨는 참으로 배짱이 두둑한 분입니다.

한편, 소파 등받이와 등 사이에서 꼬리가 꿈틀거리기 시작한 드래곤 씨는 점점 이야기가 지겨워진 모양입니다. 인내심이 떨어진 그녀에게서 딴죽을 거는 목소리가 나올 때까지 얼마 남지 않은 듯한 분위기가 느껴졌습니다.

"페니 제국 상층부에서 귀국 말고도 남부 국가군의 각국에 말을 걸고 있다고 해. 그쪽이 진전되면 어느 정도는 상황이 개선될 거야. 그때까지는 답답하겠지만, 조금만 더 지켜봐주겠어?"

"알겠습니다. 달리 방법도 없으니 그렇게 하기로 하지요."

"여러모로 폐를 끼쳐서 미안하네."

"그, 그렇지 않습니다! 오히려 좋게 대해주시는 것이지요."

「그래서 미스릴은 어떻게 된 거야?」

엘프 씨와 임금님의 대화가 일단락된 것을 계산한 드래곤 씨가 재촉하는 목소리를 냈습니다. 니플 왕가 사람들도 큰일이겠지만, 저희도 용왕님과의 관계 때문에 결코 예단할 수가 없는 상황이었습니다.

촌장이라는 지위를 지닌 만큼, 드래곤 씨도 신경을 곤두세우는 거겠죠.

그 표정에서는 기백 같은 게 느껴집니다.

"그것은 당장에라도 거래하도록 하겠습니다. 금액이나 양은 이 자리에서 말씀드려도 되겠습니까? 아니면 후일, 자리를 다시 잡는 게 나을까요?"

임금님이 메이드에게 힐끔 시선을 보냈습니다.

엘프 씨에게 들은 재무관이라는 직함이 영향을 끼친 거겠죠. 그렇다면 저는 자신의 역할을 완수할 뿐입니다. 괜찮습니다. 최근에는 상인들과 대화할 기회도 늘어난 데다, 이런 일에도 익숙해졌습니다.

"아, 네. 아무쪼록 이 자리에서 부탁드려요."

"그럼 곧바로……."

니플 왕국이 생산한 미스릴은 다나카 씨에게도 조금 값을 얹어서 들여와줬으면 좋겠다는 말을 예전에도 들었습니다. 기분 좋게 거래하도록 하죠. 이 자리에서 제가 짠돌이처럼 굴었다가 다나카 씨의 투자에 지장을 준다면 큰일입니다.

게다가 엘프 씨나 드래곤 씨의 입장도 있으니까요.

각종 사항을 포함해서 사전에 생각했던 가격을 제시했습니다.

양은 엘프 씨가 확인해줬던 내용입니다.

그러자 임금님이나 전하가 조금 전보다 훨씬 놀랐습니다.

"잠시만 기다려 주십시오. 이, 이런 액수로 정말 괜찮으시겠습니까? 게다가 이렇게 대량의 미스릴을 구입해주시는 건, 저기, 이, 이런 말씀을 드리는 건 실례라고 생각합니다만, 다나카 백작은 알고 계십니까?"

"네? 그, 그건……."

어쩌면 메이드의 제안으로는 안 됐던 걸까요?

조금 더 양보해야 했나 싶어서 허둥댔습니다.

그러자 직후에 엘프 씨로부터 중재하는 목소리가 나왔습니다.

"조금 전에도 말했다시피, 이자는 다나카 백작령의 재무를 한 몸에 담당하고 있어. 특히 상거래에 관해서는 전권대사라고 생각해도 괜찮아. 그래서 하는 이야기이지만, 아무쪼록 받아들여 줬으면 좋겠어. 아마 이렇게 전달한 금액은 그 남자의 배려도 포함되어 있을 거야."

"네. 네. 맞아요!"

슬쩍 눈짓하는 시선을 받은 저는 황급히 수긍했습니다.

이럴 때의 엘프 씨, 옆얼굴이 굉장히 멋있네요. 만약 그녀가 남성이었다면 지금 이걸로 무조건 반했을 겁니다. 메이드는 남몰래 가슴을 두근거리고 있었으니까요.

그래도 전권대사라는 건 과언이 아닌가 싶은데요.

"놀랍군요. 그렇게나 저희를 생각해 주신다니……."

「미스릴, 안 파는 거냐?」

마무리라는 듯 드래곤 씨가 말했습니다.

그녀의 쓸쓸한 듯한 질문을 받은 임금님은 함락됐습니다.

"죄, 죄송했습니다! 즉시 계약을 체결하고 싶습니다."

덕분에 무사히 목적한 물품을 구입할 수 있을 것 같습니다.

이걸로 당초 목적은 달성한 거나 다름없네요.

"그런데 현물 거래인데, 수송비에 관한 것은……."

"반복해서 미안하지만, 그 점은 내 쪽에서 하나 괜찮을까?"

계속해서 엘프 씨로부터 제안이 나왔습니다.

이렇게 되면 메이드는 그냥 편승한 상태입니다.

뭔가 점점 미안한 마음이 드네요.

"지인이 고정된 공간마법으로 먼 곳과 연결하는 연구를 하고 있어. 최근 들어서 안정되었다는 이야기를 들었으니까, 그걸 페니 제국과 니플 왕국, 양국 사이에 도입할 수는 없을까 생각하고 있거든."

"고, 공간마법, 말입니까?"

"확약할 수는 없지만, 만약 실현된다면 미스릴 구매도 포함해서 물자 운반이 쉬워지겠지. 식량이나 의료품 같은 대규모의 물건은 어렵지만, 금전이나 사람의 왕래는 파격적으로 수고를 덜 수 있다는 걸 약속하겠어."

"그건 혹시, 마도귀족으로 이름 높은 파렌 백작의……."

"음. 귀공들도 그자의 이름을 알고 있었나."

"그야 알고 있고말고요! 아니, 하지만 설마 파렌 백작의 협력을 받을 수 있을 줄은 몰랐습니다. 저희를 위해 그렇게까지 진력해주실 줄이야. 이거 대체 뭐라 감사드려야 할지, 감사의 말이 부족합니다."

"현지 시험도 겸하고 있으니까, 그렇게까지 신경 쓸 건 없어."

돌이켜보면, 저도 그런 이야기를 들은 적이 있습니다.

과거에는 에스텔 님이 그걸 이용하여 드래곤 시티에서 대성국 주변까지 이동했었습니다. 엘프 씨의 입회가 없더라도 어느 정도 마력을 비축한 분의 협력이 있다면 편리하게 공간마법을 이용할 수 있는 물건이라고 합니다.

"만약 그쪽 시설을 쓸 수 있게 된다면, 저희 쪽에서도 베이컨 님께 구입하고 싶은 물건이 있습니다만, 검토를 부탁드려도 되겠습니까? 물론 설비 이용료는 전액 지불하도록 하겠습니다."

"앗, 네! 그때는 꼭 부탁드려요."

어떤 물건을 구입하려고 하는지는 모르겠지만, 드래곤 시티에서 상거래가 늘어나는 건 좋은 일입니다. 저희 마을은 역참 마을로 번영하고 있으니까, 이런 거래의 존재가 생명선입니다.

수익이 늘어나면 늘어나는 만큼 메이드의 마음도 평온해집니다.

수익이 위태로운 장부만큼 바라보면서 조마조마해지는 게 없습니다.

"감사합니다. 다나카 백작령 여러분에게는 진심으로 감사의 말씀을 드립니다. 이렇게 받은 수많은 호의는 대대손손 이어지게끔 가슴속 깊이 새기도록 하겠습니다."

"아, 아니, 그렇게까지 고마워하면 우리도 곤란한데……."

임금님의 허리가 지금까지 이상으로 내려갔습니다.

푹 내린 머리가 무릎에 닿을 것 같습니다.

이것에는 옆에 앉은 전하도 곤란한 표정입니다.

아무래도 저희는 한 명의 예외 없이 평민이니까요. 만약 귀족이더라도 평민과 귀족의 격차가 절대적인 것과 마찬가지로, 왕족과 귀족 사이에도 넘을 수 없는 벽 같은 게 있을 겁니다.

그걸 간단히 뛰어 넘어버리는 임금님의 모습을 바라본 메이드는 니플 왕가 분들이 그동안 해온 고생을 넌지시 엿볼 수 있었습니다. 다나카 씨가 그들에게 손을 내민 이유도 조금 알게 되었을지도 모릅니다.

“여러분. 오늘은 아무쪼록 이 성에서 대접하게 해주시지요.”

「오늘은 안 돼.」

“앗…….”

직후, 임금님의 표정이 확 바뀌어서 절망 일색이 되었습니다.

급하게 올라온 얼굴은 마치 주인에게 버려진 하인 같았습니다.

아무래도 거절당할 줄은 몰랐던 모양입니다. 목구멍에서 쉬어버린 목소리가 들리고 있습니다. 그러나 대답한 드래곤 씨의 표정에서는 딱히 변화가 보이지 않았는데, 그래서인지 쌀쌀맞은 느낌이 장난 아니네요.

곧바로 엘프 씨가 커버했습니다.

“미, 미안하지만, 급한 용건이 기다리고 있거든.”

“과연, 그러셨군요!”

서로 한 발짝 물러서 있는 느낌의 사람들이어서 묘한 분위기가 있습니다.

그 한가운데에 떡하니 자리 잡은 드래곤 씨의 이물감도 굉장하네요.

그걸 바라보는 메이드는 가슴이 두근두근 뛰었습니다.

참고로 니플 왕국에서 미스릴 구매를 끝낸 뒤에는 대성국으로 향할 예정입니다. 아무래도 그 나라에는 주변에서 최대 규모인 경매가 일상적으로 개최한다고 합니다. 엘프 씨에게 배웠습니다.

그쪽에서 마석과 오리할콘을 손에 넣을 계획입니다.

*

대성국을 찾아온 다음 날 이후, 간장 얼굴과 에스텔은 두 패로 나뉘어서 정보 수집에 나서기로 했다. 평민 복장으로 위장한 로리 비치는 마을에서 탐문하고, 아무리 발버둥 쳐도 눈길을 끄는 납작한 노랑족은 몸을 숨기고 잠입 수사를 한다.

마을의 심볼인 대교회나 성녀님의 자택인 저택 등등, 이 마을의 중요 시설에는 어느 정도 지식이 있는 추남이다. 과거 대성국에 출입한 기억을 토대로 기억에 남은 곳을 조사해 보려고 했다.

당연하게도 활동 시간은 야간.

낮에는 여관에서 몸을 숨기며 보냈고, 해가 저물고 난 뒤에야 미션에 나섰다.

파트너인 에스텔과는 정반대의 활동 스타일. 그녀가 여관으로 돌아온 타이밍에 내가 밖으로 나가는 느낌이었다. 저녁 식사 자리에서 서로 정보 공유를 진행한 뒤에 해가 저물고 어두워진 거리를 로브 차림으로 이동했다.

오늘부터는 성녀님의 옛 자택을 뒤져보려고 한다.

밤의 어둠을 틈타서 인적이 드문 거리를 빠르게 달렸다.

레벨 업을 거듭한 스테이터스의 은총으로 인해 목적지에는 어렵지 않게 도착했다. 세계를 건너온 지 얼마 안 된 시기였다면 아마 틀림없이 도중에 항복. 허억허억 숨을 헐떡이면서 노상에 저녁 식사를 토해버렸을 것이다.

"……."

건물 뒤에 숨어서 인접한 거리를 통해 저택의 정문을 엿봤다.

출입구에는 2인 1조, 무장한 문지기가 대기하고 있다. 과거에 마왕님 부활로 인해 반파된 부분은 이미 수복되어 있었다. 한동안 지켜보자, 마차가 출입하는 기색을 확인할 수 있었다.

아무래도 저택은 주인을 바꿔서 평범하게 이용하는 모양이다.

그렇다면 신경 쓰이는 건, 성녀님을 대신해서 들어온 인물이다.

교황 같은 직함을 가진 뚱뚱하고 늙은 남성의 모습이 상상됐다. 뇌리에 떠올리기는 했지만 그리 기분이 좋은 건 아니었다. 성녀님 같은 야하고 귀여운 여자아이 쪽이 더 기쁘다. 그렇다면 동정도 의욕이 날 텐데.

로열 비치와의 혼인 운운하는 이야기로 가뜩이나 모티베이션이 낮으니까.

왕녀님과 결혼해서 대성국의 차기 국왕이 된다. 듣기에는 좋지만, 동정에게는 자신의 무덤을 파러 찾아오는 셈이다. 1대 만에 파탄이 나는 미래밖에 보이지 않는다. 그럴 바에는 성녀님 본인을 다시 불러오는 게 나을 것 같다. 틀림없다.

"……내부의 낌새를 알고 싶은데."

그렇게 생각하면서 저택 정문 앞을 나왔다.

외벽을 따라 정면 거리에서 떨어지며 이동.

뒷문으로 돌아서 들어가기 위해 좁아진 골목을 걸었다. 주변에 인적이 없다는 걸 확인했다. 비행마법으로 몸을 띄운 추남은 인접한 건조물 뒤에 몸을 숨기면서 외벽을 넘어 부지 안쪽 상황을 확인했다.

인적이 거의 느껴지지 않는 밤의 저택.

먼저 눈에 들어온 건 넓은 뜰이다.

그 너머에 안채로 보이는 가옥이 보였다.

직전에도 마차가 드나들었기에 이 자리에서 기다리면 뭔가 사람의 움직임을 볼 수 있을지도 모른다. 그렇게 생각하면서 한동안 버텨보기로 했다. 그러자 약 한 시간 정도 지난 무렵, 부지 안의 모습에 변화가 보였다.

시야 구석에 움직이는 걸 발견했다.

그것은 뜰에 인접한 외부 복도를 걷는 사람의 모습.

게다가 놀랍게도, 추남도 아는 인물이었다.

"진짜냐……."

쭉쭉빵빵이라는 의성어가 매우 잘 어울리는 인물이었다. 여성으로서의 매력이 넘쳐나는 몸매는 밤의 어둠 속에서도 잘못 볼 리가 없다. 그래도 하나 불만을 거론하자면 하복부를 빈틈없이 가리고 있는 긴 바지.

한 번 정도는 스커트 차림을 보고 싶은 사람 필두 대표.

그렇다, 스펜서 백작이다.

"이거이거, 먼 곳에서 잘 찾아와 주셨습니다."

"아뇨, 저야말로 갑작스럽게 찾아와서 죄송합니다."

"대표께서 기다리십니다. 자자, 아무쪼록 여기로 들어오시죠."

그녀는 대성국 사제로 보이는 남성의 인도를 받아 걷고 있다.

추남에게도 두 사람의 대화가 들렸다.

그러나 그것도 아주 잠시였다.

그 모습은 곧바로 복도 너머로 사라져서 이쪽에서도 보이지 않게 되었다.

"……."

어떻게 들어온 걸까.

아니, 북쪽 대국의 네임밸류가 있다면 저택에 초대받는 정도는 간단할지도 모른다. 적어도 대표와 면회 자리를 가지는 정도는 되겠지. 하지만 그렇게 되면 곤란한 것이 대성국과 완전히 결별해버린 우리의 입장이다.

페니 제국은 성녀님을 일방적으로 납치한 데다 공공의 면전에서 마왕님의 손으로 공개 처형. 생사는 확실하게 밝히지 않았지만, 아마 틀림없이 출입 금지를 당할 것이다. 정면에서 찾아간다면 느닷없이 마법을 날리더라도 이상하지 않다.

"……돌아갈까."

스펜서 백작은 대성국에 얼마나 파고들어 있을까?

최악의 경우, 지금 시점에서 이미 대부분을 장악했을 가능성도 있다.

그렇다면 섣불리 파고드는 건 상대의 술수에 넘어가는 짓이다.

세상은 폭력만으로는 어찌할 수 없는 일도 많다. 그 가장 큰 사례가 종교가 아닐까? 지금이야 성녀님의 악행으로 인해 페니 제국의 평가도 반반 수준을 유지하고 있지만, 여기서 섣불리 움직였다가 있는 일 없는 일이 죄다 퍼지게 되면 여론이 역전될 가능성도 있다.

파이어 볼을 날리지 않고 끝낼 수 있다면 그게 최고다.

그렇기에 스펜서 백작의 수완이 굉장하다.

일단 오늘은 저택으로 돌아가서 에스텔에게 상황을 보고하자. 나보다 귀족으로 오래 살아온 그녀에게 꼭 의견을 묻고 싶다. 상황에 따라서는 폐하의 사병을 의지할 필요가 생길지도 모른다.

*

거점 여관으로 돌아가는 길에 번화가에서 신경 쓰이는 광경을 목격했다.

그것은 인적도 많은 떠들썩한 거리에서 조금 떨어진, 건물 사이에 생겨난 좁은 골목에서 일어난 일이다. 인근에 집이 늘어선 음식점의 것으로 보이는 쓰레기통을 뒤지는 아이의 모습이 보였다. 긴 목제 컨테이너에 머리를 집어넣고 내용물을 뒤적뒤적 물색하고 있다.

전신 로브 차림. 후드까지 쓰고 있다.

아마 부랑자겠지.

원래는 신경 쓸 일도 없다.

그러나 힐끔 본 손목의 색이 보라색이었다.

어딘가의 마조 마족과 똑같은 컬러링이다.

"……."

설마, 마족이기라도 한 건가.

당연하지만 잘못 봤을 가능성도 있다.

오히려 그쪽이 훨씬 자연스럽지 않을까?

예전에 술자리에서 재수 없는 롱 헤어가 말했다. 마족이라는 틀에서는 사람 모습을 한 존재가 지위가 높은 경향이 있다고. 고위 마족이 사람 마을에서 쓰레기를 뒤적이고 있다. 추남은 그런 상황을 믿을 수가 없었다. 지적할 곳이 넘쳐난다.

그래도 신경 쓰인 간장 얼굴은 스테이터스 윈도우를 확인.

말을 거는 것과는 다르게 즉시 확인할 수 있다는 점이 매우 우수하다.

이름 : 미설정

성별 : 여자

종족 : 하이데몬

레벨 : 110

직업 : 마왕

HP : 791010/791010

MP : 2004100/2004100

STR : 120005

VIT : 58991

DEX : 89003

AGI : 101222

INT : 151490

LUC : 31001

그런데 어머나, 이게 무슨 일인가요.

봐서는 안 되는 걸 보고 만 느낌이다.

과거, 같은 직함을 가진 인물로부터 확인한 스테이터스와는 비슷하지 않은 수치의 나열이다. 레벨이 낮은 걸 감안하면, 전생한지 얼마 안 되어서 거의 성장하지 못한 게 아닐까.

생각해 보면 에디타 선생님도 그런 뉘앙스의 말을 했었다.

선대 마왕은 너무 성장했다나 어쨌다나.

반대로 당대 마왕님은 태어난 지 얼마 안 되어서 그런지 매우 미덥지 못하게 보였다.

에디타 선생님이나 로리곤, 상황에 따라서는 재수 없는 롱 헤어라도 정면에서 덤벼들어 확보하는 게 가능하지 않을까? 추남도 스톤 월을 구사하면 안전하게 쟁취할 수 있을 것 같다는 느낌을 받았다.

"……."

애초에 어째서 이런 곳에 마왕님의 전생체가 있는 걸까. 그런 의문이 들었는데, 선대 마왕님과의 대화에서 발각된 사실이 문득 떠올랐다. 세대교체 때 단편적이나마 계승된다는 기억의 존재다.

이 나라는 선대가 오랫동안 지내온 곳이다.

그 호오는 그렇다 치더라도 추억은 상당히 많겠지.

기억이 계승되었더라도 이상하지는 않다.

즉, 전생한 지 얼마 안 된 시기, 배가 고픈 그녀가 식사를 찾아 귀소 본능에 따라 찾아왔을 가능성. 실제로 이렇게 추남이 바라보는 곳에서는 쓰레기통에서 발견한 잔반을 먹어치우는 모습을 확인할 수 있었다.

자세히 살펴보니 로브도 여기저기가 더럽다.

어딘가에서 굉장히 고약한 냄새도 풍기고 있는 듯한데.

그야말로 마음이 안타까워지는 광경이다.

하룻밤 묵게 해줄 사람을 구하는 가출 소녀를 자택에 숨겨주고 싶은 로리콘으로서는 도저히 무시할 수 없는 시추에이션이다. 숙박하는 여관으로 데리고 돌아가서 함께 목욕을 즐기고 싶은 욕구에 휩싸인다.

고급 호텔의 로열 스위트에서 미녀를 안는 것보다, 번화가의 꾀죄죄한 공중화장실에서 인근의 빈곤한 여아를 아는 게 훨씬 마음이 채워진다. 로리콘이란 그런 생물이다. 부디 알아줬으면 좋겠다. 그게 사랑이라는 걸.

"저기, 실례지만……."

"읏?!"

좁은 골목으로 발을 들여서 상대에게 말을 걸었다.

그러자 마왕님은 전신을 움찔 떨면서 이쪽을 돌아봤다.

손에는 꼬치구이 같은 게 보였다.

식사에 정신이 없어서 변태의 접근을 알아채지 못한 거겠지.

지극히 로리 같은 반응이다.

"혹시 마족이십니까?"

"……너."

느닷없이 "당신은 마왕입니까?"라고 물어볼 수는 없다.

우선 거리감을 두고 상대의 긴장을 풀어주는 걸 우선하자.

수상한 놈은 그렇게 사냥감에게 다가가는 법이다.

"제 지인 중에 당신과 같은 피부색을 가진 사람이 있어서, 혹시나 해서 말을 걸었습니다. 식사가 곤란하시다면 저와 함께 오시겠습니까? 곧바로 여관에 방을 잡을 테니까요."

음식이나 침상을 교섭 자리에 내놓는 것도 잊지 않았다.

그러나 추남의 그런 꿍꿍이는 순식간에 파탄이 났다.

"알고 있어. 나는 너를, 알고 있다고……."

"어라? 이 얼굴을 아십니까?"

"너, 너는 나를 죽였던 인간!"

아무래도 선대 마왕님으로부터 떠날 때의 기억을 계승 받은 모양이다.

그녀에게는 이전 삶의 적이나 다름없는 추남.

이렇게 되면 묵을 곳을 찾는 로리타의 공략 난이도가 급상승한다.

장기적인 시야로 생각하면, 드래곤 시티의 존속으로도 파급될 수 있는 문제다. 선대와 마찬가지로 성장한 당대 마왕님이 과거의 원한을 청산하고자 결전의 땅으로 보복하러 오는 모습이 뇌리에

간단히 그려졌다.

용왕님은 우리가 불사왕님과 아는 사이인데도 불구하고 공격해 왔다.

이렇게 되면 무슨 수를 써서라도 눈앞의 로리타를 들고 돌아가야겠다.

"선대 마왕님에게는 미안한 일을 했다고 깊이 느끼고 있습니다. 결코 과거의 일을 흘려버리는 걸 바라지는 않습니다. 하지만 저희는 앞으로도 마왕님과 긍정적인 교류를 이어가고 싶습니다."

서둘러 정면에서 진지하게 마주했다.

전생한 지 얼마 안 되었으니, 처녀일 가능성도 높다.

더더욱 노력할 보람이 있는 미션이 아닐까?

"웃기지 마! 누, 누가 너 따위와……."

"이쪽에 해를 끼칠 의도는 없습니다. 대화할 자리를 마련하게 해 주시죠."

이렇게 바라보니 마왕님은 무척이나 귀여운 모습이었다.

외견은 세세한 부분은 다르더라도 과거에 만났던 선대 마왕님과 비슷한 분위기가 느껴졌다. 재수 없는 롱 헤어가 자기 눈으로 마왕님을 찾아다녔던 걸 생각하면, 외견에는 그렇게 변화가 없는 게 아닐까?

단, 키는 미니멈 사이즈. 초등학생 저학년 정도.

앞으로 커지지 말았으면 좋겠다.

줄곧 작은 채로 있어 준다면 로리콘은 기쁘겠는데.

"너는 싫어! 죽어! 죽어버려!"

"윽……."

다만 상대의 추남 혐오는 상당했다.

말을 나누기 시작한 것도 잠시, 토끼처럼 도망쳐버렸다. 번화가에 인접한 이쪽과는 정반대, 좁은 골목 안쪽을 향해 내달렸다. 그리고 각종 스테이터스가 이미 인외급인 마왕님이다. 순식간에 멀리 달아났다.

그 등을 쫓아가고자 즉시 비행마법을 시도했다. 그러나 이곳은 번화가 한가운데다. 게다가 이런 커다란 마을은 하늘을 나는 게 금지된 경우가 대부분이다. 떠오르려던 다리는 금방 지면에 내려앉았다.

비명을 지르며 도망치는 작은 여자아이를 공중에 뜬 납작한 노랑족이 추격하고 있다면, 아마 틀림없이 헌병이 달려올 거다. 아무리 로리콘에게 다정한 이세계의 추세가 있더라도, 현행범으로 체포당할 터였다.

내가 수행 중인 다른 미션을 고려하면, 이 이상의 추격은 주저됐다.

그리고 이쪽이 주저하는 사이에도 그녀의 기척은 멀어져 갔다.

터벅터벅 발소리는 금방 들리지 않게 되었다.

"……."

어쩔 수 없지. 대성국의 문제가 해결되는 대로 다시 도전하기로 하자.

저 모습으로는 달리 몸을 의탁할 곳도 없어 보였다. 그리고 어지간한 인류는 그녀를 어찌하는 게 불가능하다. 앞으로 며칠 정도라면 똑같이 이 주변을 어슬렁거리지 않을까? 설마 공복으로 쓰러지지는 않겠지.

어떻게든 그때까지 처녀로 있어 줬으면 좋겠다는 게 동정의 소원이다.

선대 마왕님에게 미안함을 느끼는 것도 사실이니까.

추남은 그런 생각을 하면서 좁은 골목을 나왔다.

되살아난 마왕님에게 말했듯이, 오늘 묵는 거점은 바로 근처에 있다. 싸지는 않지만 비싸지도 않은, 극히 일반적인 대중을 위한 방이다. 그걸 일주일 분량의 선금을 내고 확보했다.

참고로 로리 비치와는 같은 방이다.

당초 추남은 각자 따로 방을 잡자고 제안했다. 그러나 그건 평민 같지 않다는 그녀의 의향으로 인해 기각되었다. 사전에 평민 복장을 강요한 직후였기 때문에, 그녀의 의견을 부정하는 것도 주저되었다.

게다가 보충하자면 양자의 활동 시간이 낮과 밤으로 분단되어 있다.

서로 함께 잘 기회는 거의 없었다.

그러나 오늘만큼은 빠르게 돌아온 간장 얼굴입니다.

그런데 어찌 된 일인지 방에는 그 누구의 모습도 보이지 않았다.

"……에스텔 씨?"

목소리를 높여봤지만 반응이 전혀 없다.

한동안 기다렸지만 무소식이다.

외출 중인가?

아직 잠들기에는 이른 시각이다.

창밖에서는 거리를 오가는 사람들의 목소리가 들려왔다. 이런 건 신경 쓰는 사람은 철저하게 신경 쓰인다고 한다. 귀족으로 태어나 자란 그녀에게는 취침 환경이 조금 가혹할지도 모른다.

밖이 조용해질 때까지 주변 음식점에서 기분 전환을 하고 있다는 일도 있을 법하다.

그보다 나였다면 그럴 가능성이 높다.

출장지에서 현지 스낵바에 들르는 것이 사축업의 몇 안 되는 즐거움이다.

"……."

자연스레 시선이 향한 곳은 에스텔의 침대.

만약 방이 어질러져 있었다면 이것저것 생각해 봤을 것이다. 그러나 그런 흔적은 확인할 수 없었다. 두 개 놓여 있는 침대 중 하나, 창들에 놓인 그것의 이불이 조금 구겨져 있을 뿐.

이어서 시선을 돌린 추남의 침대는 출발 전과 변함이 없었다.

누군가가 방에 찾아왔다는 분위기는 전혀 느껴지지 않는다.

객실 구조는 칸막이고 뭐고 없는 원룸. 현대 일본의 비즈니스 호텔과는 달리 샤워실이 딸려 있지는 않다. 화장실도 공용이라 눈에 닿는 범위에 없다면 그건 즉 부재중이라는 뜻이다.

땡땡이를 치는 것 같아서 미안하지만, 얌전히 기다리기로 하자.

대성국의 주인(2) Lord of the Great Holy Land(2nd)

【소피아 시점】

니플 왕국에서 미스릴을 확보한 저희는 이어서 대성국으로 발길을 옮겼습니다.

이동은 이번에도 역시 엘프 씨의 마법을 사용했습니다.

원래는 몇 주일은 필요한 여로가 고작 한순간이었습니다.

어째서 대성국이냐 하면, 이곳에서 개최되는 경매에서 마석과 오리할콘을 입수하기 위해서입니다. 다른 나라에서도 이런 경쟁은 벌어지지만, 이 나라는 인근 각국에서도 가장 큰 규모를 가졌으니까요.

그렇게 이동한 저희는 대성국 마을을 걷고 있습니다.

중심가에서 조금 떨어진 곳인데도 대규모 석조 건물이 주르륵 늘어서 있습니다. 모두 호화로운 모습입니다. 마차가 몇 대나 지나갈 수 있는 넓은 거리에는 많은 사람들이 오가고 있네요.

수도 카리스보다도 북적거리고 있지 않을까요.

「이봐, 지금부터 어쩔 거야?」

“오리할콘은 넘어가더라도, 커다란 마석은 바로 입수할 수 있다고 단정할 수 없어. 그러니 한동안 지낼 거점을 확보하려고 해. 먹고 자는 거야 내 마법을 써서 마을에 돌아가도 상관없어. 하지만 이곳에도 집합 장소 같은 건 필요하겠지.”

「좋아, 그럼 당장 가자! 거점!」

드래곤 씨가 희희낙락 걸어갔습니다.

그 등에 대고 엘프 씨가 목소리를 높였습니다.

"가는 건 상관없는데, 너는 이 마을의 여관을 알아?"

「크, 크르르르릉. 그런 건 네가 할 일이야…….」

"그 새를 객실에 받아줄 여관이라면 어느 정도 값나가는 곳이어야 할지도 몰라. 경매에서 구입한 오리할콘의 일시적인 보관을 고려하면, 어느 정도의 지출을 감수하고 금고 딸린 고급스러운 여관을 찾아야겠어."

「파아~?」

메이드가 안은 새 씨를 바라본 엘프 씨가 중얼거렸습니다.

확실히 동물을 데려갈 수 있는 여관은 숫자가 한정됩니다.

상황에 따라서는 방이 더러워지거나, 비품이 망가지는 등 문제가 일어날 가능성도 있으니까 가격도 그에 상응하겠죠. 하지만 다른 곳에 맡긴다는 선택지는 고를 수 없습니다. 저도 다소의 지출은 감수하려고 합니다.

새 씨를 돌보는 건 제가 다나카 씨에게 양보받은 굉장히 중요한 역할입니다. 마구간이든 어디든 함께 보낼 작정입니다. 용왕님과의 소동을 경험한 지금은 그의 위험함을 저도 충분히 이해하고 있으니까요.

"경매장에 가까운 곳에 여관을 잡자. 그쪽은 경매장 출입을 상정한 귀족들을 위해 상류 계급용 여관이 늘어선 구획이 있어. 어느 정도 돈은 들겠지만, 여기서는 타협해야겠지."

「그건 어디야?」

"저쪽이야."

엘프 씨의 손이 움직여서 십자로 오른쪽을 가리켰습니다.

넓은 길에는 많은 사람이나 마차로 북적거립니다. 많은 건물이 줄지어 늘어선 그 너머에는 무척이나 커다란 교회 지붕이 아주 살짝 비칩니다. 번영하는 곳인 만큼 상당히 활기찬 구역입니다.

「저쪽 맞지? 좋아, 가자!」

드래곤 씨는 자잘한 것에 얽매이지 않고 성큼성큼 걸었습니다.

저 엉성한 방향 감각은 무척이나 그녀답다고 생각합니다. 훌륭한 날개를 가진 드래곤 씨는 넓은 하늘이 여로의 대부분을 차지하고 있었겠죠. 사람들이 생활하는 자잘한 거리가 어떻게 보이는지는 조금 신경 쓰입니다.

그렇게 세 명과 한 마리가 대성국 거리를 한동안 걸은 뒤.

저희는 당분간 거점으로 삼을 여관에 도착했습니다.

보기만 해도 평민인 일행이니까 당초에는 여관 종업원도 수상한 눈으로 쳐다봤습니다. 귀족들을 상대로 일하는 사람들은 평민이라도 부자인 경우가 많기에 노골적으로 얕잡아 봤습니다.

그러나 이쪽에서 앞으로 일주일 동안 조금 비싼 방에서 숙박하는 비용에 조금 더 얹어서 내주겠다고 제시하자 돌변해서 활짝 웃음을 보였습니다. 싱글벙글 미소를 지으면서 저희를 시설로 안내해 줬습니다.

참고로 지불은 페니 금화입니다.

최근 들어서 다른 나라의 화폐와 비교하면 가치가 올라갔다고 하네요.

사전에 상정했던 것보다도 약간 싸게 낼 수 있었습니다.

방은 세 명과 한 마리로 한 방입니다. 거실 공간이 하나에 침실이 두 개인 구성입니다. 침대도 주 침실에 두 개, 부 침실에 두 개가 설치되어 있어서 새 씨가 하나 차지해도 문제없습니다.

귀족님을 위한 것으로 보이는 호화찬란한 느낌이 근사합니다. 장식품 하나만 봐도 상당한 가격으로 비칩니다. 거실에 발을 들이

자마자 소파에 앉아 쉬고 싶은 충동에 휩싸였습니다.

그러나 앞길을 서두르는 드래곤 씨는 그것을 허락하지 않았습니다.

「좋아, 그럼 가자! 경매라는 거!」

"……조금 정도는 느긋하게 있어도 되지 않아?"

엘프 씨도 왠지 아쉬워 보이네요.

정면에 있는 소파 세트를 바라보며 말씀하셨습니다.

「그런 건 됐으니까, 오리할콘과 마석을 손에 넣겠어!」

"그, 그런가……."

오늘은 줄곧 돌아다녔으니까 피곤하신 걸지도 모릅니다. 돌이켜 보면 이동은 모두 그녀에게 맡기기만 했습니다. 그런대로 힘든 마법이라고 들었으니, 메이드는 죄송할 뿐입니다.

그러나 이런 때에 결코 흔들리지 않는 게 드래곤 씨입니다.

그녀의 의향에 따라 경매장으로 향하게 되었습니다.

경매장 손님을 위한 여관이기도 해서, 목적지인 경매장에는 도보로 금방 도착했습니다. 상류 계급을 위한 시설인지라 약간의 거리인데도 마차로 왕래하는 분들이 꽤 많습니다.

그런데 이곳을 찾으면서 처음으로 알게 되었는데, 경매장에서 벌어지는 경매의 무대는 아무래도 하나가 아닌 모양입니다.

마치 마을 광장에 노천상이 줄지어 깔려 있듯이, 경매장 안에서는 수많은 경매가 이루어지고 있었습니다. 단, 그 규모는 노천상에 비할 바가 아닙니다. 하나의 경매에 수십 명이나 되는 사람이 모입니다.

시설도 굉장히 컸는데, 무술대회에서 이용했던 행사장과 큰 차이가 없는 규모입니다. 커다란 돔 건물 안에 크고 작은 다양한 플로어가 설치되어 있어서 각자 경매를 개최하고 있습니다.

“이 안내서에 오늘 출품 정보가 기재되어 있어.”

현관홀을 넘어선 즈음에서 걸음을 멈춘 엘프 씨가 저희를 돌아보며 말했습니다. 그녀가 손에 든 것은 경매장 출입구에서 입장 접수를 하고 입장료를 지불했을 때 받은 서류입니다.

저와 드래곤 씨도 똑같은 걸 들고 있습니다.

참고로 입장료만으로도 상당한 액수였습니다.

“슬쩍 보니 오리할콘 출품은 별도 경매장에 각각 분산되어 열리는 것 같으니까, 지금부터 두 패로 나뉘어서 경매에 참가하려고 해. 필요한 양이 양이니까. 분담해서 효과적으로 낙찰받자.”

드래곤 씨와 저를 교대로 바라보며 의견을 내셨습니다.

그러자 곧바로 전자가 의문의 목소리를 냈습니다.

「두 패? 모두 따로따로 나뉘는 게 아니라?」

“너는 나와 같이 행동해 줘야겠어.”

「어…….」

“우리는 서쪽 경매장부터 순차적으로 낙찰받을 거야. 소피아는 동쪽 경매장부터 돌아줬으면 좋겠어. 오리할콘은 어느 정도 출품 수가 있어. 이러면 서로 겹치지 않게 행사장을 돌 수 있겠지.”

그러면 메이드는 새 씨와 함께 가게 되는 걸까요. 엘프 씨와 떨어지는 건 조금 불안감이 남습니다. 과거의 사례가 있어서 있어서, 이 나라는 그다지 좋은 추억이 없으니까요.

구체적으로는 또 미아가 되지 않을까요?

「왜 너랑 같이 가야 하는데. 이 녀석만 따돌리는 거냐?」

저를 시선으로 가리킨 드래곤 씨가 말했습니다.

엘프 씨는 덤덤히 대답했습니다.

"이자는 너와 달리 견실하게 할 수 있으니까."

「그게 뭐야?」

"아니, 뭐냐고 물어도 말이지……."

그녀가 말하고자 하는 내용을 모르겠는 것도 아닙니다.

드래곤 씨가 혼자서 경매에 입찰이라니 얼마나 위험한 광경일까요? 소동이 일어나는 미래밖에 보이지 않습니다. 한편, 드래곤 씨의 입장에서는 엘프 씨에게 신세를 지기만 하는 거니까 그게 탐탁지 않은 이야기겠죠.

개인적으로는 저도 두 분과 동행할 수 있으면 기쁘겠는데요.

그러나 원하는 오리할콘의 양을 고려하면 분담해서 구입하는 게 당연해 보입니다. 한 번의 낙찰로 대량 입수할 수 있다면 좋겠지만, 미스릴보다 더욱 희귀한 금속이라서 그럴 수는 없습니다.

"너 혼자 행동했다가 경매장에서 뭔가 문제라도 일으켜 보라고. 곧바로 출입 금지를 당해버릴 거 아냐. 그러면 오리할콘을 입수하는 것도 쉽지 않아. 당연히 마을을 지키기 위한 마도구도 완성되지 않겠지. 그래도 상관없다는 거야?"

「크, 크르르르릉…….」

그런데 메이드는 조금 전부터 겨드랑이가 축축해지기 시작했습니다.

이유는 주변의 주목입니다.

인파가 많은 현관에서 말다툼을 벌이는 두 분에게 시선이 모이고 있습니다.

그녀들은 모두 한눈에 봐도 인간이 아니라는 걸 알 수 있는 모습이니까, 거리에서도 힐끔힐끔 시선을 받아왔습니다. 경매장 정도 되면 호기심이 왕성한 분이 많은지, 노골적인 시선이 쏟아지고 있네요.

출입하는 건 대부분 귀족님이나 거상들입니다. 모두 차림새가 굉장히 호화로워서 메이드 차림인 저는 완전히 붕 떠 있네요. 이럴 거였다면 제대로 갈아입고 올 걸 그랬습니다.

눈에 띄는 원인을 담당하고 있다는 건 틀림없습니다.

경비병을 호출하는 게 아닌가 해서 간담이 서늘해집니다.

"그래도 고집을 부리겠다면, 나도 무리하게 따지지는 않겠지만."

「그럼 나, 나는 이 녀석과 같이 가겠어! 너는 혼자 가!」

"어……."

「가자! 오리할콘 경매다!」

"저, 저기, 크리스티나 씨……."

드래곤 씨에게 팔을 꽉 붙잡혔습니다.

새 씨를 안고 있는지라, 하마터면 그를 떨어뜨릴 뻔했습니다. 그녀의 괴력에 저항하는 건 불가능해서 그 자리에 머물 수도 없었습니다. 이끌리는 대로 발을 내디디게 되었습니다.

뒤를 돌아보자, 멀뚱히 혼자 남은 엘프 씨.

어이없는 표정으로 이쪽을 보고 계십니다.

점점 멀어지는 그 모습은 참으로 쓸쓸하게 비쳤습니다.

하지만 드래곤 씨의 힘에는 저항할 수 없습니다.

죄송하다고 생각하면서도, 그룹 분배는 정해지고 말았습니다.

*

대성국을 찾아와서 한동안 조사에 임했는데, 예기치 못한 문제가 발생했다.

에스텔이 여관으로 돌아오지 않는다.

당초 예정으로는 저녁 식사 후, 추남이 조사하러 나선 사이 그녀는 휴식하는 흐름으로 이야기했다. 그런데 어젯밤, 내가 마왕님과 마주친 날 밤에 여관을 나간 채 전혀 돌아오지 않는 것이다. 아무리 기다려도 거점에 모습을 드러내지 않았다.

그래도 그녀에게는 그녀의 사정이 있으리라 여겨서 대기하기를 하룻밤.

마침내 날이 밝고 말았다.

"……."

여행지에서 만난 꽃미남과의 하룻밤 한정 뜨거운 밤.

그것도 생각할 수 없는 이야기는 아니다.

왜냐하면 그녀는 로리 비치니까.

그러나 에스텔은 가랑이는 헤플지언정 의리와 인정이 두텁다. 이런 상황에서 남자와 노는 것에 정신이 팔렸다고는 도저히 생각할 수 없었다. 적어도 추남은 그렇게 생각하고 있습니다.

하루 내내 외출하더라도 사전에 전언 하나 정도는 남길 것이다.

즉, 뭔가 문제에 말려든 게 아닐까?

이날 정오가 지날 때까지 여관에서 대기하던 간장 얼굴은 그렇게 판단했다.

가능성은 이것저것 고려해 볼 수 있다.

자발적으로 야간 현지 조사에 나선 결과, 스펜서 백작의 영향 아래에 있는 교회 세력에게 사로잡혔다든가, 번화가를 배회하던 마왕님에게 포착되어서 신병이 어떻게 되었다든가.

좋지 않은 예감만이 뇌리에 떠오른다.

그래서인지 자연스럽게 몸을 움직여서 여관을 출발.

1층 플로어 접수대에 서 있던 여관 여주인에게 말을 걸었다.

에스텔의 풍모를 전달하고 여관을 출입하는 모습을 본 적이 있는지 확인하자, 어제저녁에 그럴싸한 인물이 여기를 나갔다고 한다. 접수대에 있는 여주인에게도 싹싹하게 인사를 나누면서 나갔다는 모양이다.

추남이 수색에 나서고 나서 그리 오래 지나지 않은 시간이다.

그리고 그 이후에는 딱히 본 적이 없다는 이야기를 들었다.

야간은 그녀의 남편이나 직원이 교대로 지켜본다고 한다. 여주인에게 페니 금화를 쥐여주면서 그쪽에도 확인을 부탁했다. 그러나 유감스럽게도 그럴싸한 인물은 보지 못했다고 한다.

에스텔이 어젯밤에 나간 건 확정이다.

"이것저것 물어봐서 죄송합니다, 여주인님."

"뭐, 곤란할 때는 서로 도와야 한다고 하니까."

"만약 그녀가 돌아온다면 제가 찾고 있다고 전해주세요."

"그렇다면 방에서 기다리라고 하는 게 좋으려나?"

"네. 아무쪼록 그렇게 전해주시지요."

"그나저나 뭐야, 댁의 일행인 아가씨. 설마 귀족님이야? 입고 있는 건 평민과 그리 다르지 않지만, 그 머리는 꽤 공을 들인 거잖아? 알고 있어? 암행으로 이 나라에 놀러 오는 귀족님, 의외로 많단 말이지."

그나저나 여주인, 금화를 쥐여준 직후에 태도가 급변.

엄청 친근하게 얽혀들고 있다.

처음에는 노골적으로 귀찮아했는데 말이지.

"아뇨, 작은 상가의 딸이라서요."

"흐으응? 그래?"

“죄송하지만, 서두르고 있던 참이라 이만 실례하겠습니다.”

“최근에는 이 마을도 북적거리니까, 댁도 조심하라고.”

“배려해주셔서 감사합니다.”

여주인에게 인사한 간장 얼굴은 여관을 나왔다.

이렇게 되면 신상을 들키니 뭐니 따질 수가 없다. 우선은 인근에서 탐문을 진행하면서 어젯밤 에스텔의 발자취를 추격하기로 하자. 심야라면 몰라도 저녁에서 밤에 걸친 시간이라면 목격자의 존재도 기대할 수 있다.

페니 제국에서의 지위와 에스텔의 생명.

어느 쪽을 고르라고 한다면, 추남은 단연 후자다.

*

【소피아 시점】

대성국을 찾아온 이후로, 메이드는 경매장에 계속해서 나오고 있습니다.

요 며칠 동안 매일 같이 오고 있습니다.

그동안 한 일이라면, 경매장 안에서 진행되는 무수한 경매에 참가해서 그곳에서 출품된 오리할콘을 닥치는 대로 낙찰받고 있습니다. 상대가 귀족님이든, 이름이 알려진 상회분이든 거침없이 입찰하고 있습니다.

입찰액의 상한은 과거 시장가를 통해 정했습니다.

엘프 씨에게도 사전에 들었습니다.

결과적으로 승률은 70퍼센트 정도일까요.

기본적으로는 정제된 오리할콘, 혹은 원석을 사들이고 있습니다. 오리할콘을 이용해서 만든 조각상 등도 나오고 있지만, 그러면 약간 가격이 올라가므로 넘기고 있습니다.

「이봐, 또 살 거야? 이미 이렇게나 있는데?」

“죄, 죄송합니다. 상당한 양이 필요하다고 해서…….”

「정말 욕심쟁이 엘프라니까. 이렇게나 샀는데.」

드래곤 씨에게는 죄송하지만, 짐꾼을 부탁했습니다.

메이드의 팔에 새 씨가 들어가 있는 상황인지라 구입한 오리할콘은 그녀가 옮기게 되었습니다. 드래곤 씨의 몸과 별 차이 없는 크기로 만들어진 거대한 가죽제 배낭입니다. 이미 내용물이 빼곡하게 들어차 있습니다.

그럼에도 부족해서 양손에도 가죽 주머니를 들고 있으니, 그녀의 호소는 지당하다고 생각합니다. 혼자서 경매장을 도는 엘프 씨는 아마 훨씬 큰일을 겪고 있겠죠.

그렇게 생각하면 저는 드래곤 씨와 함께 있어서 굉장히 다행입니다.

「돈은 충분해? 그 녀석, 마석도 필요하다고 말했다고.」

“네. 그쪽은 확실히 나눠놓고 있으니까 괜찮아요.”

「그렇군…….」

중요한 자금은 마을 재산에서 가지고 나왔습니다.

만약 엘프 씨나 드래곤 씨가 암흑대륙에서 가져온 물건을 제가 산정한 그대로 환금하지 못한다면, 그야말로 무서운 일이 벌어질 것입니다. 하지만 한동안 그 점에는 눈을 감기로 하죠.

멀쩡하게 생각한다면 제정신으로 있을 수 없으니까요.

그야말로 정신이 나가버릴 겁니다.

메이드는 뒷일을 생각하지 않고 그저 덤덤히 입찰을 반복할 뿐입니다.

"170, 170이다! 이거면 되겠지?!"

경매장에 새된 남성의 목소리가 울려 퍼졌습니다.

경매장에 설치된 구역 중 한 곳, 수십 명 정도가 들어올 수 있는 무대입니다. 가격을 제시하는 목소리였습니다. 입찰자들이 바라보는 곳에는 경매인 옆에 준비된 훌륭한 받침대 위에 오리할콘 주괴가 보입니다.

그렇습니다. 저희의 사냥감입니다.

"저기, 1, 180으로 부탁드려요……."

"크……. 그렇다면 180에 5다……."

지금 시점에서 경쟁하는 건 목소리를 높이는 남성뿐이네요.

다른 분들은 이미 포기하고 저희의 모습을 지켜보고 있습니다.

"죄송합니다. 저기, 190으로 입찰할게요."

"크……! 이봐, 너! 대체 뭐야?!"

남성이 메이드를 향해 으르렁대는 목소리를 냈습니다.

보아하니 30대 중반 정도일까요. 꽤 근육질이라서 옷 위에서도 살집이 부푼 모습이 엿보입니다. 후방으로 홱 넘겨서 정돈한 머리와 덥수룩하게 난 수염이 위력적으로 비치는, 굉장히 험상궂은 분이네요.

"히……. 뭐, 뭔가요?"

그런 인물이 귀기 서린 표정으로 고함을 쳐서 메이드는 가슴이 두근두근 고동치는 걸 느꼈습니다. 아플 정도입니다. 주변에서는 참가자들의 주목이 쏟아지고 있고, 겨드랑이는 이미 흠뻑 젖었습니다.

어서 구입하고 다음 경매장으로 가고 싶습니다.

"메이드 차림을 한 너. 다른 경매에서도 오리할콘을 사들이고 있지? 조금 정도는 이쪽에 양보하라고. 급하게 완성해야 하는 게 있는데, 이렇게 방해받으면 큰 손해란 말이다."

"아뇨. 그건 저기, 저, 저희에게도 이유가 있어서……"

「뭐냐 너, 우리에게 싸움을 거는 거냐?」

「파큐!」

상대가 목소리를 높이자, 드래곤 씨와 새 씨에게서 반응이 나왔습니다.

앗, 이건 안 됩니다.

이런 곳에서 싸움이 시작되면 큰일입니다.

"아인 소녀인가? 아니, 하지만 그 뿔과 꼬리는……."

「뭐야? 나한테 뭔가 불만이라도 있는 거냐?」

하지만 이런 대화도 처음은 아닙니다.

제가 미덥지 못한 차림새인 탓에 경매장에서 시비를 걸어온 적도 종종 있습니다. 오리할콘에만 화려하게 경쟁하기도 해서, 쓸데없이 더 눈에 띄는 거겠죠. 메이드 차림인 사람은 저 말고도 조금은 보이지만요.

그리고 외모라는 의미라면 여자 2인조라는 것도 좋지 않은 모양입니다. 경매장을 오가는 참가자는 절반 이상이 남성입니다. 또한, 여성은 대다수가 남성과 행동을 함께하고 있습니다.

"정숙, 정숙하도록. 190 이상을 제시할 사람은 있습니까?"

저희의 문답을 듣자, 곧바로 경매인이 목소리를 높였습니다.

그러나 이 이상의 가격을 넣는 사람은 없습니다.

아무래도 이번 경매는 저희가 승리한 모양입니다.

망치를 땅땅 두드리는 메마른 소리가 경매장 안에 울려 퍼졌습니다.

딱히 재미도 없는 경매였기에, 이곳에 있던 참가자의 반응은 담백했습니다. 주목 상품을 고액으로 경쟁할 때는 박수가 쏟아지기도 하지만, 지금은 그런 것도 아니니까요.

하지만 그래도 움직이는 금액은 대단합니다.

이번 지불만으로도 음식점을 경영하는 친가의 매상 1년 치.

아뇨, 그 이상은 됩니다.

메이드는 점점 금전 감각이 둔해지는 게 느껴지네요.

그러나 이런 행동도 오늘로 끝났습니다.

그로부터 두 건 정도 경매에서 승리하자, 당초 예정했던 분량의 오리할콘을 손에 넣을 수 있었습니다. 경매장을 찾아온 직후에는 엘프 씨와 사전에 분담했던 저희의 담당 분량입니다. 어떻게든 해가 높이 떠 있을 때 입수할 수 있었습니다.

그 양도가 끝난 뒤, 거점인 여관으로 돌아왔습니다.

드래곤 씨가 재촉해서 서둘러 돌아오게 되었네요.

그러자 객실 거실에는 이미 엘프 씨의 모습이 있었습니다. 아무래도 저희보다 먼저 오리할콘을 조달한 모양입니다. 이쪽과는 달리 혼자인데도 일 처리가 굉장히 빠른 것이 역시 대단하네요.

그녀가 들여온 것까지 포함해서 오늘 분량의 성과가 방에 놓였습니다.

마주 보는 소파 사이에 있는 낮은 테이블 위에 주르륵 올라가 있습니다.

그 광경을 지켜보던 엘프 씨가 만족스럽게 말했습니다.

“음. 이걸로 오리할콘도 모였어.”

아무래도 충분한 양을 구입할 수 있게 된 모양입니다.

예산으로도 당초 상정한 액수 이내로 해결했습니다.

미스릴은 이미 니플 왕국에서 준비해 주었으니까, 이제 남은 건 마석을 입수하는 것뿐입니다. 그러나 이게 힘들다고 해야 할까요. 오늘까지 경매장을 돌아다녔는데도 출품될 기색이 없습니다.

마석 자체는 어느 정도 숫자가 보입니다. 그러나 모두 저희가 원하는 것보다 작은 것들밖에 없었습니다. 마석은 커다란 것이라면 희소성이 단번에 올라가는지라, 일정 이상의 크기는 거의 볼 수가 없습니다.

커다란 마석은 비공정 제조를 필두로 해서 유익한 용도가 많으니까 경쟁이 굉장히 심합니다. 아마 경매에 나오기도 전에 권력자들 사이에서 유통되고 있는 게 아닐까요?

「좋아! 그럼 다음은 마석이군?!」

"그것 말인데, 이 경매장에서 입수하려면 상당한 시간이 필요할지도 모르겠어. 오리할콘을 경매하는 틈틈이 경매장을 돌아봤는데, 우리가 원하는 크기의 마석은 상당히 희귀한 품목인 것 같아."

메이드의 걱정거리를 엘프 씨도 설명해 주셨습니다.

그걸 들은 드래곤 씨의 표정이 급전직하했습니다.

「어……. 그럼 어떡해? 포, 포기할 거냐?!」

"그러니 지금부터 장소를 바꾸려고 해."

「또 어딘가로 가려고? 이번에는 어디로 가는데?」

"이 대성국에는 지하 경매장이라는 게 있다더군."

「……지하? 왜 지면 아래인데?」

이크, 엘프 씨의 입에서 불온한 말이 나오네요.

설마 드래곤 씨의 의문대로 지면 아래에서 벌어지는 경매장일 것 같지는 않습니다. 이건 위험한 냄새가 풀풀 나네요. 자연스레 메이드의 겨드랑이도 슬금슬금 땀에 젖기 시작하는 느낌이 들었습니다.

"오늘까지 우리가 다니던 곳은 대성국이 관리하는, 이른바 정규 경매장이야. 반면, 지하 경매장은 나라의 관리 바깥, 말하자면 윗선에는 비밀로 하고 개최하는 비합법 경매장인 거지."

「마석, 그곳에서라면 팔아?」

"음. 가능성은 있다고 생각해. 거래가 금지된 물건이나 공적으로는 매매하기 곤란한 물건, 이른바 뒷사정이 있는 물건이 거래되는 곳이니까, 정규 경매장에서는 다루지 못하는 물건도 경매에 나올 거야."

개인적으로는 빠지고 싶은 행선지네요.

그러나 재정을 관리하는 처지에서 동행하지 않는다는 선택지는 없어 보입니다. 예산은 이미 전해드렸지만, 상황에 따라서는 다시 청구할 수도 있겠죠. 뭐니 뭐니 해도 경매장에서의 매매니까요.

"저기, 호, 혹시 참가한 경험이 있으신가요?"

"음. 과거에 몇 번인가 발을 옮긴 적이 있어."

"그렇군요……."

"비합법인 장소라서 종종 위험한 일도 생길 게 분명해. 소피아의 걱정도 지당하겠지. 하지만 우리라면 문제없을 거야. 상황에 따라서는 비합법이기에 오히려 다루기 쉽다고 생각해."

경매장에서 납치당해서 그대로 팔리거나 하지 않을까요?

그런 상상이 메이드의 뇌리를 스쳤습니다.

「그럼 다음은 그 지하 경매장이라는 곳에 가는 거냐?」

"음. 그럴 예정이야. 하지만 정규 경매장에서도 출품 목록 확인은 계속하려고 해. 우리는 물건의 출처에 그다지 얽매일 필요가 없으니까. 촌장으로서 그쪽의 의견은 어때?"

「마을이 확실하게 강해진다면 나는 아무래도 좋아.」

종종 잊어버릴 것 같지만, 사태의 발단은 용왕님을 필두로 한 강한 분들의 습격에 대응하기 위해서입니다. 이번에는 엘프 씨의 제안에 편승하게 되었지만, 저도 제가 할 수 있는 걸 해야겠죠.

"좋아. 그럼 내일부터라도 가기로 하자."

「그냥 지금부터 가면 되잖아.」

"오늘은 지금까지 구입한 오리할콘을 니플 왕국에 옮길 거야. 미스릴 구입과 합쳐서 금속을 가공하기 위한 설비를 빌릴 수 있었어. 그쪽에서 마도구 제작을 위한 사전 준비를 해두려고 해."

「어? 우리 마을에서 만드는 게 아니야?」

"그곳에는 야금이나 금속 가공에 필요한 설비가 없으니까. 니플 왕국이라면 과거에 이용하던 설비를 쓸 수 있어. 인원이 필요하다면 왕가에 요청해서 직공을 모을 수도 있으니까."

「알았어. 그럼 만들자! 내가 만들어 주겠어!」

"지금부터 만들기 시작해도 늦잖아?"

「크, 크르르르릉…….」

뭐가 어찌 됐든, 지하 경매장으로 가는 건 결정된 모양입니다.

어떤 불법적인 장소일지, 메이드는 불안하기 그지없습니다.

*

에스텔의 발자취를 추적한 지 한나절이 지났다.

여관 인근에서 탐문을 시작한 당초에는 드문드문 목격 정보가 있었기에, 추남도 어쩌면 찾을 수 있을 거라고 기대했다. 그러나 한동안 조사를 진행해 보니, 발자취는 어느 지점에서 뚝 사라져버렸다.

장소는 평민용 번화가.

술집이나 야한 가게가 늘어선 곳이다.

이런 곳에서 이성을 자유롭게 만나지 못하는, 추한 외모를 가진 중년 남자가 우왕좌왕하고 있다 보니 거리를 지나가는 여자아이들이 말을 걸어왔다. 그야말로 차례차례, 쉴 새 없이 끌어당기고 있다.

당연히 호객 행위다.

초보자 비율 제로 퍼센트의 슈퍼 숙련자 에어리어.

밤 상대를 자유롭게 만나지 못한다는 걸 한눈에 간파당한 납작한 노랑족이다. 그래도 여자아이가 말을 걸어온다는 사실은 기쁘게 생각한다. 여기가 현대 일본이었다면 호객꾼이 다가오지도 않는 게 흔하다. 찾아오더라도 남성 호객꾼이다.

그런 면에서 이세계는 동정에게 다정해서 정말 기쁘다.

"오빠, 한 잔 마시고 가지 않을래? 입으로 마시게 해줄게."

"지금이라면 서비스도 해줄 수 있어. 여자아이를 두 명 붙여줄 테니까."

"이쪽은 아침까지 하고 있거든? 느긋하게 즐기지 않을래?"

호객꾼 누님들은 모두 미녀, 미소녀들만 있다. 현대 일본과 비교해도 얼굴이나 몸매가 뛰어난 사람들이 많다. 게다가 전체적으로 젊어서, 아래는 10대 중반부터고 위는 20대 정도라는 느낌.

게다가 머리에 귀가 나 있거나 엉덩이에 꼬리가 나 있기도 하고, 개중에는 등에 날개가 달린 사람도 있어서 그야말로 배리에이션이 풍부했다. 일만 없었다면 잠시 한 잔 정도 마시고 싶다고 생각했을 것이다.

또한, 떠들썩한 거리에서 나와 뒷골목으로 들어서자 수상한 분위기의 가게나 집들이 늘어서 있었다. 수요든 공급이든 오는 사람을 막지 않는 정신이 느껴진다. 이런 다양성으로 넘쳐나는 부분, 보고 있으면 두근두근하다.

대성국이라는 나라는 분명 가부키초 같은 포지션일 것이다.

저도 모르게 들르고 싶어지는 충동에 휩싸였다.

게다가 이 세계에는 콘돔이 없다. 미성년자의 노동 제한이 없다. 무엇보다 윤리관이 없다. 없는 게 많은 세계관에서 유일하게 존재하는 것이 실전 가능이라는 상식. 이 사실에는 동정도 가슴이 뛰기 시작했다.

"지금이라면 첫 번째는 반값으로 봉사할게요! 꼭 들러주세요!"

"오빠, 조그마한 여자아이는 싫어해? 나처럼 작은 아이는 어때?"

"가슴이 큰 여자아이, 잔뜩 있다고! 젖이 나오는 아이도 있어!"

이용한 경험이 없다고는 하지만, 그 존재를 근거로 삼아 매일의 생활에 여유를 얻고 있는 것도 사실이다. 돈만 낸다면 언제든지 이성을 접할 수 있다. 추남에게는 전기, 가스, 수도에 비견되는 것이다.

이미 인프라라고 칭해도 과언이 아니다.

기초 생활 보장 제도가 경제 약자를 위한 안전망이라면, 성 산업은 연애 약자를 위한 안전망. 이게 없어진다면 세상의 추남들 대다수는 자기 똘똘이에게 이렇게 전할 수밖에 없을 것이다.

네가 이 세상에 태어난 의미는 조금도 없다고.

"상당히 좋은 물건이 들어왔다고요. 우리 가게에서 한 방 어떠신가요?"

“이쪽은 여자아이가 가게에서 헤롱거리고 있으니까, 금방 즐길 수 있을걸요?”

“우리 가게에서 즐긴다면, 선물도 분발해서 준비하겠어요.”

게다가 여자아이 소개와 함께 상당한 확률로 약물 권유도 들어오고 있다. 이쪽은 여자아이가 아니라 험상궂은 남성이 말을 걸어오는 일이 많다. 척 봐도 위험한 사람들이 여자아이와 비슷한 빈도로 말을 걸어온다.

약물 성관계 강화 월간, 와버렸군요.

이러니까 대성국이 정말 좋다.

전에 왔을 때보다 파워 업한 느낌이 든다.

이런 꼴로 정말 괜찮은지 불안감이 들 정도다.

“저기저기, 오빠. 지금부터 나랑 야한 짓 하지 않을래?”

그러는 사이, 예기치 못한 백어택.

귓가에 속삭이듯이 말을 걸어와서 등골이 오싹오싹했다.

동정은 그걸 필사적으로 참았다.

세상의 꽃미남들은 같은 대사를 무료로, 그것도 별것 아닌 일상 곳곳에서 듣는다고 자신을 타이르면서 고양되는 의식을 억눌렀다. 그럴 리가 없다며 울부짖는 똘똘이에게 아니, 이게 현실이라고 타일렀다.

너도 알고 있잖아? 꽃미남은 회식 자리에서 자기는 벌써 2주일이나 한 적이 없다는 소리를 태연하게 한다는 걸. 이쪽은 30여 년을 하지 못했으니까, 그런 걸 조금 고려해줬으면 좋겠습니다.

“실례지만, 실은 사람을 찾고 있어서요.”

“……사람 찾기?”

“혹시 괜찮으시면, 잠시 제 이야기를 들어주시겠습니까?”

예스라는 목소리를 대신해서, 간장 얼굴은 현재의 고민을 상담하기로 했다.

호객꾼 여성에게 페니 금화를 쥐여줬다.

그러자 상대가 방긋 미소를 지으며 응했다.

“어, 이렇게나 줘? 뭐, 뭐든 물어봐도 돼!”

“감사합니다. 바로 어젯밤의 일인데요…….”

이후, 에스텔의 생김새를 전달하며 목격 정보를 구했다.

그것을 반복했다.

점점 이야기를 들먹이는 게 능숙해졌다.

그나저나 이제 슬슬 두 자릿수에 가까운 사람들에게 말을 걸었는데도 전혀 정보를 얻을 수가 없었다. 이런 곳에서 젊은 여성이 마을 처녀를 방불케 하는 차림새로 혼자 돌아다니고 있다면 어느 정도 눈에 띌 텐데 말이지.

정말 어떻게 된 걸까.

이번에도 그녀로 보이는 목격 정보를 얻을 수 없었다.

여성은 도움이 되지 못해서 미안하다며 면목이 없다는 듯 중얼거렸다. 그것에 살짝 인사한 추남은 장소를 바꾸기 위해 걸음을 옮겼다. 몇몇 점찍어 둔 구역도 이미 반복해서 발을 옮긴 뒤였다.

이렇게 되면 사면초가.

그럼, 어떻게 하지?

점점 초조한 마음이 부풀어 오르던 그때였다.

“저기저기, 그쪽 분, 나랑 같이 아이를 만들지 않을래?”

셀 수 없을 만큼 들어온 권유하는 말. 그래도 귀에 닿은 음색은 어딘가 추남의 의식을 잡아당겼다. 단적으로 말하자면 엄청난 애니메이션 목소리. 위화감의 정체를 알고자 목소리가 들려온 곳을 돌아봤다.

그러자 그곳에 서 있던 건 나도 아는 상대였다.

"……정령왕님, 이런 곳에서 무엇을?"

"나 말이지~ 여기서 일하고 있거든~?"

얼마죠?

목구멍까지 차오른 마음을 삼켰다.

거리에 선 그녀는 예전과 변함없이 사람 모습을 하고 있었다. 허리까지 닿는 긴 흑발에 고스로리 같은 디자인의 요염한 의상. 귀여운 얼굴에 힘입어서 의외로 환락가에 잘 녹아들어 있었다.

추남을 감시하고 있던 게 틀림없다.

용왕님의 거성 위치조차도 상대에게 들키지 않고 일방적으로 포착했었다. 아마 부하인 정령에게 부탁해 이쪽의 눈이 닿지 않는 거점에서 우리의 동향을 엿보고 있던 게 아닐까?

"근무처를 여쭤봐도 되겠습니까? 다음 기회에라도 발길을 옮기도록 하겠습니다."

"아아~앙. 농담이 안 통하는 수컷은 암컷에게 미움받는다~?"

"……."

살짝 움켜쥔 양손을 턱밑에 대고는 엉덩이를 흔들고 있다.

앙증맞은 포즈.

솔직하게 말씀드리자면, 엄청 에로하군요.

이런 상황이 아니었다면 순순히 즐기고 있었을 자신이 있다.

"실례지만, 지금은 굉장히 서두르고 있어서요."

"알고 있는데~?"

"그러니 정령왕님께는 죄송합니다만……."

"그러니까, 알고 있거든? 네가 찾는 인간이 어디 있는지."

"엇……."

하지만 그렇게 끙끙거리던 마음도 그 다음 말을 듣자마자 흩어졌다.

발길을 돌리려고 크게 꺾었던 몸.

그걸 다시 정면으로 되돌린 뒤 요사한 미소를 짓는 그녀를 바라보았다.

"이미 알아채고 있겠지만, 너를 감시하고 있었거든."

"그게 어쨌다는 겁니까?"

"그러니까 물론 그 인간도 말이지."

"……."

아무래도 추남만이 아니라 에스텔에게도 정령을 붙여놨던 모양이다. 그리고 드래곤 시티에서 멀리 떨어진 곳에 갑자기 모습을 드러낸 점을 보더라도, 결코 거짓말을 하는 것 같지는 않다.

이렇게 되면 정령왕님의 말도 갑자기 매력적으로 느껴진다.

"제가 감시받는 것에 반감을 품을지도 모른다고 여기지 않으시는 겁니까?"

"정령이라는 건 말이지. 정말로 어~디에나 있거든? 산속이라든가, 바닷속이라든가. 아니, 그것만이 아니라 흙 속이나 하늘의 굉장히 높은 곳에도 있어. 사람에게는 보이지 않는 게 그야말로 우글우글."

확실히 에디타 선생님도 예전에 그런 말을 했었다.

로리곤의 밭에서 태어난 드리아드도 딱히 아무런 전조도 없이 정신이 들자 어느새 생겨나 있었다. 그런 생물이라고도 할 수 없는 무언가가 이 세상 여기저기에 있는 거겠지.

그렇게 생각하면, 그걸 다스리는 정령왕님은 굉장하다고 볼 수

있다.

폭력도 그렇거니와, 정보 수집 능력은 다른 임금님보다 압도적으로 뛰어나다.

온 세상에 흩어진 정령 네트워크 같은 의미로.

“그렇더라도 조금 노골적이지 않습니까?”

“그건 네가 느끼는 생각이지, 나의 감각하고는 다르네~.”

“그렇습니까?”

“너도 마음에 둔 상대에게는 자연스레 시선을 보내게 되잖아? 나도 너 같은 인간이 있다면 무심코 신경이 쓰인단 말이지. 그러고 보니 요전의 그는 지금 어디서 뭘 하고 있을까? 라든가.”

“…….”

타인을 스토킹하기에는 더할 나위 없는 방식이다.

정령들, 추남을 대체 얼마나 지켜보고 있던 걸까. 이러면 내 방에서도 좀처럼 혼자서 힘을 쓸 수가 없다. 가뜩이나 기회가 줄어들어서 끙끙대고 있는데, 이런 말을 들으면 오늘 밤부터 어떻게 하지?

이렇게 되면 정령왕님에게 돌봐달라고 할 수밖에 없는데요.

“저는 평범한 사람입니다. 굳이 감시할 정도의 존재는 아닙니다.”

“선대 수왕을 압도할 정도의 힘을 가진, 타도 마왕의 주도자…….”

그녀는 내 말을 무시하고 말을 이었다.

묘하게 또렷하게 들리는 애니메이션 목소리를 듣고서 문득 깨달았다.

어느새 주변에서 인적이 사라졌다.

바로 조금 전까지는 통행인으로 넘쳐나던 번화가 한곳, 그런데 우리가 서 있는 곳만 오가는 사람들의 모습이 보이지 않는다. 조금 떨어진 곳에서 길이 교차되는 십자로부터 왕래가 금지되어 버린 모양이다.

소란도 멀고, 속세와는 동떨어져 있다는 착각이 들었다.

십중팔구 정령왕님이 사람을 물린 거겠지.

이건 또 편리한 마법이네.

"게다가 차기 불사왕을 수중에 넣은 데다 당대 수왕과도 친하게 지내고 있어. 용왕에게 일격을 가하는 모습까지 목격했지. 그러면 정령왕도 너라는 존재를 무시할 수가 없잖아?"

"그게 어쨌다는 겁니까?"

"이쯤 해서 빚을 하나쯤 만들어 두고 싶지 않을까~아?"

"……즉, 힘을 빌려주시겠다는 겁니까?"

"너도 참, 의외로 말귀를 잘 알아듣네에."

"동시에 당신이 관여하고 있을 가능성도 떠올랐습니다. 향후의 원만한 관계를 위해서라도 그런 것도 포함해서 수색에 협력해 주신다면 감사하겠습니다. 그게 이루어진다면 빚 하나, 순순히 받아들이도록 하죠."

"좋~아. 그렇다면 바로 안내해 볼까아!"

간장 얼굴의 대답을 들은 정령왕님, 아자아자~! 같은 포즈를 잡았다.

아무래도 수락을 받아낸 것 같다.

기운차게 주먹을 내지르는 그녀의 모습을 본 동정은 건방진 꼬맹이의 기척을 느꼈다.

이유는 아마, 어딘가 일그러지게 느껴지는 웃음.

"아, 그리고 빚하고는 별도로 잠깐 제안하고 싶은 게 있는데에~."

"뭡니까?"

"혼자 성행위에 힘쓸 때는 자기 방에서 하더라도 적어도 이불은 덮는 게 낫다고 생각하거드은? 아, 그래두 그래두, 정령들의 존재를 통해서 나한테 알려질 테니까, 딱히 억지로 그러라고 하지는 않겠지만~!"

"……."

범하고 싶다, 이 미소.

당분간 이불은 덮지 말기로 할까.

＊

【소피아 시점】

경매장에서 입수한 오리할콘을 니플 왕국으로 옮겼습니다. 엘프 씨가 그 나라에서 확보한 금속 가공장에는 이미 미스릴 운반과 가공이 진행되고 있어서 그에 합류한 형태입니다.

공장에서는 몇 명의 직공들이 일하고 있었습니다. 엘프 씨에게 지시를 받은 건지 이쪽에서 깡깡, 저쪽에서 깡깡 바쁘게 움직이고 있습니다. 아마 경매에 나서는 짬짬이 진행하고 계셨겠죠.

엘프 씨의 머리 회전이랄까, 무언가를 진행하는 기세에는 언제나 놀랍니다. 저도 그녀 정도는 아니더라도 모두의 도움이 되도록 노력해야겠다는 의욕이 샘솟는 걸 느낍니다.

그리고 진척을 확인한 다음 날, 저희는 다시 대성국으로 돌아왔습니다.

이번에는 마석 조달을 위해 지하 경매장으로 발길을 옮겼습니다.

경매장은 놀랍게도 대규모 교회 시설 지하 플로어에 있었습니다.

드래곤 씨의 말마따나 정말로 지면 아래에 있었습니다. 아마 교회의 존재를 방패막이로 이용하고 있는 거겠죠. 엘프 씨의 설명에 따르면, 일정한 시기마다 장소를 바꾼다고 합니다.

「이봐. 뭔가 이거 답답한데? 숨쉬기 힘들어!」

"벗으면 안 되거든? 경매장에서 쫓겨나."

「크르르르릉…….」

참고로 경매장에는 복면 착용이 의무였습니다.

아무래도 매매에 관련된 정보를 은닉하기 위해서라고 합니다. 그래도 아는 상대라면 음색으로 판단할 수 있을 것 같지만, 그것도 포함해서 발설 엄금이라는 걸 참가자들에게 시각적으로 호소하기 위한 행위라고 생각합니다.

그렇기에 메이드도 복면을 착용하고 참가하게 되었습니다.

단적으로 말씀드리면, 경매장 전체가 굉장히 수상쩍은 분위기에 휩싸여 있네요.

「파아~?」

「……너는 좋겠다. 그대로라서.」

참고로 오늘도 새 씨는 함께 왔습니다.

막히는 게 아닌가 싶었지만 문제없이 통과되었습니다. 단, 내부에서 문제가 일어난다면 모든 책임을 져야 한다는 말도 들었습니다. 비슷한 말을 여기저기서 들었는데, 장소마다 위압감이 크게 다르네요.

그래서 더욱 단단하게 안았습니다.

"목록에 마석은 기재되지 않았지만, 여기서는 품목을 밝히지 않고 경매를 진행하는 경우가 많아. 한동안 이쪽에서 경매를 지켜보며 경매장 분위기를 파악해줬으면 좋겠어. 익숙해지면 지금까지와 마찬가지로 흩어져서 찾아보자."

"네, 넷. 알겠습니다!"
「그럼 나는 또 이 녀석하고 같이 가야겠네!」
드래곤 씨가 메이드를 보며 그렇게 말했습니다.
왠지 심술궂은 미소를 짓고 계시네요.
그러나 오늘의 엘프 씨는 그녀의 제안을 흔쾌히 받아들였습니다.
"음. 이번만큼은 너에게 경호 임무를 부탁하고 싶어."
「…….」
"뭐, 뭔데? 남을 묘한 시선으로 바라보다니."
「아무것도 아냐! 안 봤어!」
"이상한 녀석이네……."
드래곤 씨, 엘프 씨가 분통해하지 않는 모습이 불만인 모양이네요.
그녀도 사실은 엘프 씨와 함께 보내고 싶었던 걸까요. 아니면 예전 일에 미안함을 느끼신다거나. 하지만 솔직하게 말할 수가 없어서 그대로 헛돌고 있는 분위기가 느껴졌습니다.
깜짝 놀란 모습을 고려하면, 그런 생각이 드네요.
메이드는 모두 함께 사이좋게 돌고 싶습니다.
그러는 사이, 목적지인 방에 도착했습니다.
엘프 씨가 안내해주신 자리에 앉았습니다.
내부는 매우 간소했습니다. 아마 교회에서 이용하는 의자나 테이블을 유용하고 있겠죠. 실내에는 벽지가 붙어 있지만, 그리 비싸 보이지는 않습니다. 촌장님 저택에서 이용하는 것과 큰 차이가 없는 느낌입니다.
어제까지 다니던 경매장은 곳곳에 융단이 깔려 있었는데, 이곳은 모두 판석이 드러나 있습니다. 조명 하나만 봐도 복도와 방으로 나뉘어서 통일감이 없는지라, 조금 유감스러운 분위기가 느껴지네요.

경매장을 이리저리 옮기는 상황이라서 이런 건 적당히 넘어가는 거겠죠.

규모도 아담합니다. 플로어에 설치된 방의 숫자도 두 자릿수는 되었던 정규 경매장과 비교하면 이쪽은 한 자릿수입니다. 참가자도 많이 줄었습니다.

그러나 거래하는 품목의 금액이 너무나도 달랐습니다.

빠르게 시작된 경매를 바라보던 메이드는 식은땀을 흘렸습니다.

"1,500! 1,500보다 높은 가격을 부르는 자는 없습니까!"

경매인의 목소리가 방에 울려 퍼졌습니다.

경매에 나온 건, 흡혈귀 노예라고 합니다.

즉 언데드, 새 씨와 똑같습니다.

언데드의 취급은 어느 나라든 위험합니다. 거기에 이르는 방법은 외법, 금기로 다루는 나라도 적지 않습니다. 건전한 사람들은 관여하는 걸 피하고, 솔선해서 다가가려는 사람은 괴짜 혹은 범죄자로 취급됩니다.

한편, 아무리 세월이 지나도 늙지 않는 육체는 우리 인류에게는 몹시 매력적입니다. 신체 능력이나 마법을 다루는 것에도 뛰어나며, 작은 아이라도 어른에게 밀리지 않는 실력을 자랑합니다.

무대에 올라간 사람에 대해 말하자면, 파렌 님과 비슷한 수준일까요. 조금 나이를 먹었습니다. 모발도 약간 후퇴한 게 보이네요. 그러나 얼굴은 상당한 수준입니다.

윤곽이 뚜렷한 얼굴이라 어른의 진중함을 느끼게 하는 꽃미남입니다.

팬티 한 장에 우락부락한 육체를 아낌없이 과시하고 있네요.

전신이 병적으로 새파란 피부라서 미스테리어스한 분위기가 풍겼습니다.

목에는 노예의 증표라고 할 목줄을 차고 있습니다.

솔직히 나쁘지 않다는 생각이 드네요.

"2천이면 어떤가?"

"그렇다면 나는 2,200이다!"

그러나 경매장에서 오가는 경매의 액면가를 본 메이드는 그것이 헛된 꿈이라는 걸 깨달았습니다. 평민이 개인적으로 구입할 품목이 아닙니다.

이런 것들도 포함된 것이 이 지하 경매장인 거겠죠.

참가자들은 모두 보기만 해도 비싸 보이는 차림새를 하고 있습니다.

최종적으로 흡혈귀분은 귀족으로 보이는 고령의 여성이 낙찰받았습니다. 그 모습을 목격한 노예분의 표정은 이보다 더할 수 없을 만큼 실룩거리고 있네요. 조심스럽게 말하자면, 대단히 풍채가 좋은 분이었습니다.

"빌어먹을! 그 남자만 오지 않았다면! 그 노란색 남자만……."

떠나기 직전, 그는 원망스러운 말을 내뱉으면서 끌려갔습니다.

흡혈귀 사람도 노예로 전락할 때까지 여러 이야기가 있었겠죠.

메이드는 열심히, 깨끗하고 올바른 생활을 할 것을 다짐하려고 합니다.

노예로 전락하는 건 정말 싫으니까요.

그러나 그 말에 조금 두근두근한 것도 사실입니다.

"어때? 현장 분위기는 파악했어?"

"아, 네!"

흡혈귀분이 퇴장하자, 엘프 씨가 말을 걸어왔습니다.

이쪽을 바라보는 그녀의 모습은 평소와 전혀 다르지 않았습니다. 이런 무법적인 장소에도 익숙한 거겠죠. 이미 압도당한 소심한 사람에게는 무척 믿음직스럽게 보였습니다.

"그럼 곧바로……."

과연. 향후 작업 분담에 관한 작전회의네요.

그렇게 생각하며 마음을 다잡은 직후였습니다.

"다음 출품은 이 다크엘프입니다!"

무대에 선 경매인의 목소리가 방에 크게 울려 퍼졌습니다.

그에 따라 경매장에서 와아 하는 목소리가 솟구쳤습니다.

자연스레 저희의 시선도 정면 무대에 빨려 들어갔습니다. 그러자 시야에 들어온 건, 뭐죠? 어쩐지 낯익은 인물이네요? 그것도 바로 최근에 목격했던 것 같은데.

"저자는 혹시, 마왕을 데려온 다크엘프 아냐?"

"앗……."

엘프 씨의 목소리를 들은 메이드도 깨달았습니다.

무술대회장에 마왕님을 데려왔던 분입니다.

에스텔 님에게 묶인 채로 관객의 눈앞까지 끌려오던 광경은 여전히 선명한 기억으로 남아 있습니다. 그 이후로는 한 번도 모습을 보지 못했는데, 설마 이런 곳에서 노예로 전락했을 줄은 몰랐습니다.

흡혈귀분과 마찬가지로, 이쪽도 목줄을 착용하고 팬티 한 장 차림이었습니다.

커다란 가슴이 다 드러나 있네요.

작은 팬티에서 엉덩이살이 삐져나오고 있습니다.

「그때의 다크엘프가 어째서 여기에 있는 거지?」

「파아~?」

아무래도 드래곤 씨도 기억하시는 모양이네요.

새 씨는 고개를 갸웃하기만 할 뿐입니다.

"이 다크엘프, 소문에 따르면 마왕과 내통했다고 합니다. 페니 제국에서 마왕이 쓰러지고 얼마 후, 인근 마을에서 여관에 묵고 있던 것을 사로잡았다고 하더군요. 과연 그 소문이 사실인지 진실인지, 신경 쓰이는 분은 꼭 입찰해주세요."

저희가 웅성거리는 사이에도 경매는 진행되었습니다.

참가자들은 순식간에 금액을 올렸습니다.

"나는 1,100을 내겠다."

"그럼 이쪽은 1,200이다."

"에에잇, 1,300!"

경매에 참가한 분들의 대부분은 남성입니다. 그녀의 육체미에 이끌려 입찰한 게 틀림없습니다. 탄탄한 복부나 터질 듯한 가슴 등, 동성인 제가 보더라도 매우 아름답게 느껴지는 몸매니까요.

하지만 그래도 흡혈귀 남성보다는 싸네요.

아무래도 흡혈귀는 다크엘프보다 희귀한 존재인 듯합니다.

"저기, 내버려둬도 될까요?"

"그건 그렇지만, 의, 의외로 비싸잖아?"

"……그러네요."

「이봐, 마석을 사는 거 아니었어?」

얼굴을 아는 사이이기도 해서, 그냥 간과하기에는 어쩐지 주저되었습니다.

그러나 다크엘프 씨, 굉장히 비싸네요.

그녀를 구입한다면 마석을 살 수가 없습니다.

드래곤 씨도 불안한 표정으로 저희를 바라보고 계십니다.

무대에 끌려온 본인은 재갈을 차고 있어서, 필사적인 모습으로 우우 울부짖고만 있습니다. 경매장에 있는 모두를 노려보듯이 바라보고 있었는데, 그야말로 분한 표정입니다.

메이드는 경매장의 복면 착용 의무에 감사했습니다.

이게 아니었다면, 아마 틀림없이 상대가 반응했을 겁니다.

가뜩이나 엘프 씨와 드래곤 씨는 눈에 띄니까요.

"이쪽은 1,350이다!"

"그럼 1,400! 아니, 1,500!"

경매장을 찾아온 직후부터 저희에게도 끊임없이 시선이 쏟아지고 있습니다. 그 시선 중 일부는 다크엘프 그녀에게 쏟아지는 것과 다르지 않아 보입니다.

상품을 보는 눈이라고 해야 할까요.

등골이 오싹해지는 느낌이네요.

저도 음식점 딸이기 때문에 남성의 시선에는 익숙합니다.

그러나 가게에서 느껴지던 것과는 일선을 긋는 공포를 느끼고 있습니다.

"이 일은 그 남자에게 보고하고 나서 판단하자."

"그, 그건 다나카 씨에게, 말인가요?"

"그래. 이렇게나 입찰액이 올라간다면 당장 어떻게 되지는 않겠지. 나중에 지배인에게 돈을 쥐여주고 낙찰받은 손님을 확인하면 돼. 거기서부터 대응해도 늦지는 않을 거야."

"그렇군요."

"저자의 자업자득, 이라는 면도 어느 정도 있으니까……."

“…….”

저도 그렇게 생각합니다.

그리고 만약 돕는다고 해도 가까운 장래, 비슷한 일이 또 벌어지지 않을까 하는 생각이 들었습니다. 다나카 씨의 말마따나, 저분은 살아가는 방식이 서툴러 보이니까요.

그러는 사이 그녀의 경매가 끝났습니다.

“최고액, 1,650으로 낙찰, 정말로 감사합니다! 모처럼 기회가 왔으니 본인에게 지금 심경을 물어보기로 할까요. 마왕에게 가담하여 인류를 멸하려 했던 게 사실인지 아닌지.”

경매인의 손이 재갈을 벗겼습니다.

지하 경매장다운 악취미 서프라이즈네요.

대답하는 그녀의 입에서는 커다란 목소리로 변명의 말이 나왔습니다.

“여관 주인에게 속은 거다! 나, 나는 아무것도 하지 않았어! 무고하다고!”

그러나 다크엘프 씨도 다크엘프 씨대로 전혀 흔들림이 없었습니다. 전력으로 결백을 호소하고 있네요. 이러면 저희도 연민을 보내야 할지, 우린 모른다는 자세를 관철해야 할지 판단하기 힘들어지는 느낌이 듭니다.

「저 녀석, 거짓말쟁이야.」

“그, 그렇게 말하지 마. 이런 상황이잖아.”

「파아?」

흡혈귀분과 마찬가지로, 그녀는 추한 말을 남기면서 떠나갔습니다.

저희는 마지막까지 지켜보고 말았습니다.

자리에서 일어날 타이밍을 놓쳐버렸네요.

직후에는 경매인 사회자에 따라 다음 상품이 저희가 바라보는 가운데 무대 위로 올라왔습니다. 흡혈귀 사람이나 다크엘프 씨에 이어서, 이번에도 노예 경매입니다.

게다가 이번에는 인간이네요.

저와 같이 무언가와 섞이지 않은 인간입니다.

마찬가지로 목줄에 팬티 한 장이라는 차림으로 무대 위에 올라왔습니다.

윤기 나는 흑발이 인상적인 미녀입니다. 나이는 20대 중반 정도이고, 다크엘프 씨에게도 밀리지 않는 매우 여성스러운 몸매를 가진 인물입니다. 좌우의 손으로 가슴과 고간을 가리고 있지만, 전자에 한해서는 오히려 팔에 짓눌린 유방이 강조되고 있습니다.

그리고 안색은 새파랗네요.

무릎이 눈에 띄게 부들부들 떨리고 있습니다.

당장에라도 쓰러질 듯한 모습입니다.

참가자들은 그런 그녀의 모습을 핥는 듯한 시선으로 빤히 쳐다보고 있습니다. 특히 남성들의 시선이 굉장하네요. 얼굴을 확인하자마자 가슴이나 고간을 집요하게 바라보고 있었는데, 과연 본인은 저걸 어떻게 보고 있을까요?

참으로 야한 광경이네요.

메이드는 몸이 오싹오싹하며 위태로운 쾌감으로 떨리는 걸 느꼈습니다.

"앗……."

그 직후, 바로 옆에서 엘프 씨가 반응을 보였습니다.

경악한 목소리를 듣고 그녀를 돌아보자, 눈을 크게 뜨며 노예 여성을 응시하고 있습니다. 설마 이번에도 지인인 걸까요? 적어도 메이드는 면식이 없는 상대입니다.

「이번에는 뭔데? 당장 마석 사러 가자고.」

"……부, 북쪽 대국의 귀족이야."

「아앙?」

"너도 봤잖아? 용왕과 함께 마을에 찾아왔던 자야."

「앗…….」

드래곤 씨도 뭔가 알아챈 모양이네요.

그 입에서 어안이 벙벙한 목소리가 새어 나왔습니다.

엘프 씨의 말에 따르면, 북쪽 대국의 귀족님이라고 합니다.

"자, 그러면. 다음 경매는 놀랍게도 귀족 노예입니다."

경매인이 그녀의 판단을 긍정하듯이 말했습니다.

경매장에 들어찬 참가자들을 향해 희희낙락 목소리를 높이고 있습니다.

"본인은 북쪽 대국의 귀족이라고 주장하고 있습니다. 복장이나 교양을 보아 상류 가문 출신이라는 건 틀림없습니다. 행운이 따를지 불행이 따를지, 도박을 좋아하는 분에게는 꼭 추천드립니다!"

갑자기 신빙성이 확 올라갔습니다.

뭘 어떻게 해야 북쪽 대국의 귀족님이 대성국에서 노예로 전락해서 경매장에 나오게 되었는지 생각하기 시작하면 의문이 끊이지 않습니다. 아니, 의문밖에 없습니다. 오히려 이런 취미인가 의심하고 싶어질 정도입니다.

"그 증거로 처녀! 놀랍게도 이 나이에 처녀인 미녀입니다!"

게다가 고간의 상태까지 까발려지다니, 뭔가 굉장하네요.

이걸로 들끓어 오르는 경매장도 좀 어떤가 싶습니다.

동시에 그 사실을 듣고 안도감을 느끼는 저를 깨달았습니다.

왜냐하면 그녀는 이 메이드와 똑같으니까요. 저 정도 나이의 여성인데도 처녀니까, 저도 아직 완전 괜찮습니다. 네, 전혀 신경 쓸 필요가 없네요.

한편, 참가자들은 상품 가치를 둘러싸고 음미를 시작했습니다.

"흠, 처녀인가. 그렇다면 100까지는 내지."

"조금 나이를 먹었으니까, 110이다."

"여자는 저 정도의 나이가 좋다고. 113!"

"그럼 이쪽은 114, 어떠냐?"

저번 경매와 비교하면 지수가 훨씬 내려갔습니다.

게다가 상당히 찔끔찔끔 올라가고 있네요.

여자로서는 이보다 굴욕적인 일이 없을 것 같습니다.

실제로 무대에 선 그녀의 얼굴은 새파랗습니다.

"무슨 착오가 있었는지는 모르겠지만. 이, 이건 무시할 수 없어!"

한편, 엘프 씨는 초조해하기 시작했습니다.

허둥지둥 진정하지 못하며 경매장 여기저기에 시선을 보내기 시작했습니다. 메이드는 그런 그녀의 거동 변화를 알아채고 표정이 험악해진 경비원의 눈초리가 신경 쓰여서 견딜 수가 없습니다.

「이봐, 잠깐. 돈은 마석을 사기 위해 쓰는 거 아니었어?」

"저자에게 무슨 일이 생겨서 용왕의 심기가 상하면 어쩔 거야."

「하지만 여기는 우리 마을이 아니야! 전혀 상관없어!」

"그 용왕을 상대로 그런 논리가 통할 것 같아?"

「크, 크르르르릉…….」

이어진 엘프 씨의 말에는 설득력이 있습니다.

드래곤 씨도 침묵하지 않을 수 없었습니다.

뭐니 뭐니 해도 상대는 과거의 원한을 화풀이하기 위해 쳐들어올 정도니까요.

용왕님에 대한 견제라는 의미에서는, 여기서 은혜를 입혀 두는 편이 비용 대비 효과를 보더라도 가치가 있어 보입니다. 100 남짓 정도라면 메이드도 마을 재산을 이리저리 조정해서 염출하지 못할 정도는 아닙니다.

"마, 맞다!"

엘프 씨가 뭔가 번뜩 떠올린 모양입니다.

놀란 표정으로 중얼거렸습니다.

"잠깐 나갔다 올게. 너희는 여기서 기다리고 있어!"

「잠깐! 그럼 나도 같이 갈래!」

"저기, 가, 가능하면 저와 같이 있어 주셨으면 하는데요……."

이런 위험한 곳에 방치당할 수는 없습니다.

다음 날, 무대 위에서 목줄을 차고 팬티 한 장 차림으로 나오는 건 이 메이드일지도 모릅니다. 이 몸에 그 정도의 가치가 있을지는 넘어가더라도, 그런 공포를 불식하기는 꽤 어려운 일입니다.

"조, 좋아. 그럼 모두 함께 밖으로 나가자!"

엘프 씨의 지시에 따라 저희는 지하 경매장을 나섰습니다.

*

【소피아 시점】

대성국에서 지하 경매장에 참가했던 것도 잠시.

저희는 니플 왕국 성으로 찾아왔습니다.

이동은 엘프 씨의 공간마법에 신세를 졌습니다.

이유는 확실하지 않지만, 아무래도 그녀는 니플 전하에게 용건이 있는 모양입니다. 정문 앞에 선 문지기에게 급하게 그녀와의 면회를 희망한다고 전달하자, 어영부영하는 사이 왕성 안에 있는 개인 방까지 들어오게 되었습니다.

저희와 같은 외부인이 왕족분의 방에 발을 들여도 되는 건지 의문이 들기도 합니다. 그러나 안내해 주신 니플 국왕은 그 행동에 이의를 제기하지 않았습니다.

“가, 갑자기 찾아와서 무슨 용건이야?!”

저희를 맞이한 전하는 왠지 뺨이 상기되어 있네요.

촉촉하게 습기 찬 머리카락이 이마에 붙어 있습니다.

실내에서 운동이라도 하신 걸까요?

넌지시 시선을 옮겨보니, 침대 위에 어째서인지 채소가 몇 개 있습니다. 주로 긴 모양의 채소네요. 베개 밑에 살짝 고개를 내밀고 있습니다. 친가 음식점에서도 일상적으로 이용하는 일반적인 물건입니다.

“미안하지만 귀공의 힘을 빌리고 싶어.”

“어……?”

엘프 씨의 부탁을 들은 상대는 곤란한 표정을 지었습니다.

그도 그렇겠죠.

뭐니 뭐니 해도 엘프 씨니까요.

혼자서 마왕님조차 봉인할 수 있는 분입니다.

게다가 바로 옆에는 드래곤 씨도 동행하고 있으니까, 만약 제가 같은 처지였다면 뭐가 어떻게 된 거냐며 무척 당황했을 겁니다. 그보다 지금 시점에도 이미 뭐가 어떻게 된 거냐며 의문이 끊이지 않고 있습니다.

"귀공이 소환마법을 사용해줬으면 좋겠어."

"자, 잠깐 기다려. 그건 설마……."

"아아, 아니. 착각하지는 말아줘. 오히려 반대야. 예전에 만났던 북쪽 대국의 귀족이 어느 사정으로 크나큰 위기에 처했어. 만약 적절하게 사태를 해결할 수 있다면, 우리만이 아니라 귀공에게도 가치가 있는 이야기라고 생각해서 발을 옮긴 거야."

"……그래?"

"음. 갑작스럽게 부탁해서 미안하지만, 그렇게 됐어."

장소는 전하의 개인실, 복도로 통하는 문 주변에서 문답을 나눴습니다.

송구스럽지만 서서 이야기하고 있네요.

뒤에는 니플 국왕의 모습도 보여서, 메이드는 심장이 빠끔빠끔 울리고 있습니다. 엘프 씨나 드래곤 씨의 행동은 마치 친구네 집에 찾아온 느낌이어서 저는 이해할 수가 없었습니다.

아니, 저의 지나친 생각일까요.

"그런 거라면, 이, 일단 들어와."

"갑자기 들이닥치게 되어서 미안해."

저희는 니플 전하의 재촉을 받아 그녀의 방으로 실례했습니다.

왕족분의 방을 보게 되는 건 처음 하게 된 경험입니다.

연극 무대 도구에서 본 듯한, 레트로한 분위기가 전체적으로 풍기고 있네요. 침대 하나만 해도 상당한 세월이 느껴집니다. 넓이도 상당합니다. 아마 현재 경제가 안 좋아지기 전부터 지어진 방인 것 같습니다.

금품이라는 의미에서는 눈에 띄는 게 보이지 않습니다.

호화로움이라는 관점에서는 에스텔 님의 친가와 비교하면 뒤떨어집니다.

그런 신기한 분위기가 나는 방입니다.

뭐랄까, 요정이 살 것 같은 느낌이네요.

「이봐. 왜 이불 위에 채소가 있어?」

"윽……."

방에 들어오자마자 드래곤 씨가 물었습니다.

두리번두리번 신기한 듯이 방의 상황을 엿보던 그녀입니다. 자연스레 침대 위, 베개 밑에서 살짝 고개를 내민 채소를 알아챈 모양이네요. 조금 전부터 메이드도 신경 쓰고 있었습니다.

"아, 아무것도 아냐! 아무것도 아니니까!"

「너희 쪽 밭에서 따온 채소냐?」

"잠깐……."

뚜벅뚜벅 침대로 걸어간 드래곤 씨.

팔을 뻗어서는 채소를 잡았습니다.

곧바로 미간에 확 주름이 잡혔습니다.

코를 움찔거리면서 오른쪽을 보고 왼쪽을 보던 그녀의 시선이 마지막으로 향한 건 자기 손이었습니다. 집어 든 채소를 코끝에 가져가서는 킁킁 냄새를 맡기 시작했습니다.

「뭐야 이거? 냄새나지 않아?」

"신선해! 굉장히 신선하다고!"

「알았다. 이거 밭의 영양이구나! 영양, 냄새가 고약하니까!」

"마, 맞아맞아! 그렇다니까!"

침상에 뿌리채소.

밭의 비료 냄새.

초조해하는 왕녀 전하.

"……."

죄송합니다, 니플 전하.

메이드는 눈치채고 말았어요.

저도 해본 적이 있는 행위이고, 같은 여자라는 성이 암시하고 있으니, 아무래도 깨달을 수밖에 없었습니다. 단, 이용한 구멍은 전하 쪽이 약간 더 난이도가 높은 도전이었다고 자기 해명을 하도록 하겠습니다.

설마 다나카 씨의 영향이기라도 한 걸까요.

"왕자여. 미, 미안하지만 나는 따로 할 일이 있으니 이 자리는 부탁하마."

"아, 아바마마……."

임금님은 여러모로 짐작한 표정으로 방을 나가셨습니다.

얼굴을 새빨갛게 물들이며 답하는 딸의 마음은 과연 어떨까요.

두 분의 향후 관계를 위해서라도 메이드는 입을 다물기로 하겠습니다.

의미가 있을지는 미심쩍지만요.

그리고 드래곤 씨의 손은 한동안 건드리고 싶지 않습니다.

어떻게든 자연스러운 흐름으로 그녀에게 손을 씻어달라고 해야겠어요.

"소, 소환! 소환하면 되는 거지?! 그 귀족을!"

전하가 자포자기한 듯 외쳤습니다.

발밑에 마법진이 부우웅 떠올랐습니다.

소환마법을 목격하는 건 첫 경험입니다. 과거에는 다나카 씨를 불러냈다는 이야기를 들었습니다. 현재 그 가능성은 없어졌다는 설명을 들었지만, 자세한 이야기는 잘 모르겠네요.

"음. 미, 미안하지만 아무쪼록 부탁하고 싶어……."

"다른 사람이 불려 오더라도 나는 모르는 일이니까!"

그녀의 시선이 바라보는 곳, 침대 위에도 마법진이 생성되었습니다.

아마 저쪽에 소환된다는 거겠죠. 엘프 씨를 필두로 해서, 이곳에 있는 모두의 시선도 시트 위에 그려진 마법진 쪽으로 향했습니다. 드래곤 씨도 손에 들고 있던 채소를 침대 가장자리에 놓고 주목하고 있네요.

"와라!"

이어서 나온 전하의 목소리에 따라서, 마법진의 광채가 늘어났습니다.

눈부신 빛이 눈앞을 새하얗게 물들였습니다.

눈을 가늘게 뜬 저희 앞에서, 시트 위에 사람의 모습이 상을 맺었습니다.

이윽고 털썩 소리와 함께 침대가 삐걱거렸습니다.

"윽……."

엘프 씨의 공간마법을 방불케 하는 광경이 아닐까요. 빠르게 잦아든 광채 너머, 그곳에는 대성국의 지하 경매장에서 모습을 확인했던 북쪽 대국의 귀족이라는 여성의 모습이 있었습니다.

그것도 전라입니다.

팬티나 목줄조차 사라졌습니다.

직립 자세로 나타난 그녀가 시트 위에 양다리로 내려섰습니다.

그리고 금방 균형을 잃었습니다.

예기치 못한 부유감 때문이었겠죠.

저도 공간마법에 처음 신세를 지기 시작했을 때는 그 감각에 매번 놀랐었습니다. 무릎을 짚은 적도 종종 있습니다. 전하가 자신의 침대 위에 대상을 불러낸 것도 그런 점을 고려한 배려겠죠.

그러나 이번에는 그게 치명적이었습니다.

그녀가 나타난 직후, 침대 쿠션 부분이 움푹 들어갔습니다.

시트가 귀족님의 발밑을 향해 크게 기울어졌습니다.

그에 따라 드래곤 씨가 내려놨던 채소가 데굴데굴. 움푹 들어간 귀족님의 발밑을 향해 굴러갔습니다.

그와 동시에 그녀의 몸이 균형을 잃었습니다. 발의 힘도 들어가지 않았는지, 그대로 엉덩이부터 침대 위에 떨어졌습니다. 거기서 마치 노린 듯이 채소가 굴러가면 어떻게 될까요?

막대 모양의 채소, 그 뾰족한 끝부분이 그녀의 엉덩이를 직격했습니다.

"히기이이이이이이익!"

커다란 비명이 그녀의 입에서 터져 나왔습니다.

아무래도 꽂혀버린 모양입니다.

직후, 펄쩍 뛰더니 양손으로 고간을 감싸며 등을 말았습니다.

네. 꽂혀버렸네요. 훌륭하게 들어가고 말았습니다.

게다가 엉덩이가 아니라, 앞쪽입니다.

메이드의 처녀 동료가 눈앞에서 처녀를 잃고 말았습니다.

상대는 채소입니다.

"내, 내 탓이 아니야……! 내 탓이 아니라고?!"

"……."

「…….」

이것에는 다들 멍해졌습니다.

그래도 다행인 점이 있다면, 그녀의 목에 채워져 있던 목줄이 어

느새 사라졌다는 걸까요. 아무래도 소환마법으로 부르면 몸에 달고 있는 게 모두 벗겨진다고 합니다.

전에 다나카 씨가 그런 말씀을 하셨습니다.

*

【소피아 시점】

사후, 북쪽 대국의 귀족님에게 사정을 설명하는 과정은 매우 혼란스러웠습니다.

무엇보다 본인이 혼란에 빠져 있기도 해서, 한때는 주먹이 오가는 싸움으로 발전하려나 싶을 정도였습니다. 그러나 저희가 대성국을 찾아갔다는 것, 거기서 지하 경매장에 참가했다는 것을 전달하자 귀를 기울여 주었습니다.

위험할 때 구해줬다는 건 사실입니다.

착지점에 약간 문제가 있기는 했지만, 그 사실은 흔들리지 않습니다.

덕분에 상황을 파악할 수 있었습니다.

"일단은, 감사를 표해야겠죠. 고맙습니다."

엎친 데 덮친 격이었던 상황인데도 솔직하게 감사를 표하는 모습에서 메이드는 그릇의 크기를 느꼈습니다. 왜냐하면 그녀는 귀족님이니까요. 평민인 저희에게 화풀이를 하더라도 이상하지 않습니다.

그런 의미에서는 성실한 인품을 가진 인물이겠죠.

그런데 당초, 저희는 눈앞의 인물이 용왕님과 함께 드래곤 시티를 찾아온 전신 갑옷의 인물이라고 생각했었습니다. 그러나 그건 다른 사람이고, 그녀의 여동생인 스펜서 자작이라고 합니다. 빼닮은 자매가 있었던 모양입니다.

엘프 씨가 잘못 볼 정도니까 상당히 닮은 거겠죠.

처녀를 잃은 건 스펜서 자작이 아니라 스펜서 백작이라고 합니다.

"저기, 미, 미안했어. 이쪽의 계획이 미비해서."

"……."

스펜서 백작은 이제 그 말은 하지 말라는 눈빛으로 엘프 씨를 바라봤습니다. 메이드는 이럴 때 남들보다 훨씬 흠칫흠칫 떠는 소심한 후자의 모습에서 동족 의식을 느끼지 않을 수 없습니다.

참고로 전라로 호출된 백작은 니플 전하가 준비한 커다란 타월로 몸을 두르고 있습니다. 전하는 표면적으로 제1왕자라는 지위를 내세우고 있으니, 아무리 그래도 여성용 속옷을 내놓을 수는 없으니까요.

현재는 왕궁 사람들이 서둘러 옷을 준비하고 있습니다.

안색은 변함없이 새파랗고, 손발에는 조금 전에는 보지 못했던 발진까지 보입니다. 전하가 내민 타월을 받았을 때는 세 번에 걸쳐서 세탁한 건지 아닌지를 확인했습니다. 아무래도 결벽한 분인 모양입니다.

음식점에서 일하다 보면 가끔 이런 분이 보입니다.

그러나 그녀만큼 현저한 분은 거의 찾아오지 않습니다.

"이, 이런 일을 본인에게 물어보는 건 어떤가 싶지만, 어째서 대성국의 지하 경매장에서 신병을 경매에 내건 거지? 지장이 없다면 이유를 물어보고 싶은데……."

엘프 씨가 화제를 바꿔 물었습니다.

어흠, 하고 헛기침을 한 번 한 이후입니다.

그러자 의외로 상대는 솔직한 반응을 보였습니다.

"방심하다가 대성국 쪽 인물에게 약을 먹고 말았습니다."

"그건 설마, 대국의 사자로 찾아온 사람에게 말인가?"

"제가 생각하던 것 이상으로 조국의 위광이 쇠퇴한 모양입니다."

"……그, 그랬었나."

북쪽 대국의 사자에게 약을 먹이다니, 성녀님이 부재중인 현재의 대성국은 저희가 상상했던 것 이상으로 위험한 곳이 된 모양이네요. 이대로 내버려두면 멋대로 자멸해버릴 듯한 분위기가 느껴졌습니다.

어쩌면 대표를 잃고 자포자기하게 된 걸까요?

그 가능성도 결코 낮지는 않아 보입니다.

"게다가, 저는 현장에서 당신들의 지인을 봤습니다."

"뭐, 뭐라고?"

"저번에 남부 국가군 통일을 위한 회의에서 무척이나 다나카 백작을 걱정하던 소녀입니다. 나이는 거기 메이드보다 조금 어리고, 금발이었죠. 현지에서는 평민 복장을 입고 있었지만, 당시에는 귀족 차림을 하고 있었던 걸 기억합니다."

백작의 말에 메이드는 바로 알아챘습니다.

그건 혹시 에스텔 님 아닐까요?

"그건 혹시 에, 에스텔 님이 아닐까요?!"

"음. 확실히 그런 모양인데……."

그밖에 비슷한 연령이고 금발이라면, 해당하는 건 세로 롤 님입니다. 그러나 그녀는 매우 특징적인 외견을 가졌으니까, 대상이 그녀라면 조금 더 그럴싸한 증언이 나왔을 겁니다.

메이드의 발언을 들은 니플 전하가 목소리를 높였습니다.

"어이어이, 그건 설마 피츠클라렌스가의 외동딸인 게……."

"현장에서 봤다니 무슨 소리야?"

"저와 마찬가지로 사로잡혀 있었습니다. 하지만 제가 경매장에 끌려가는 것과 엇갈려서 들어와서 힐끔 본 정도죠. 헌병으로 보이는 남자들에게 끌려가서 떠들썩했던 게 기억납니다."

확실히 에스텔 님은 한동안 마을을 나와 계셨습니다.

다나카 씨가 수도 카리스로 향한 며칠 전부터입니다.

본인은 피츠클라렌스 공작의 호출을 받았다고 했었습니다. 나갈 때 그런 말씀을 했으니 틀림없습니다. 하지만 어째서 대성국에 계신 걸까요? 게다가 헌병에게 사로잡혔다니 큰일입니다.

「이봐, 엘프. 당장 그 나라로 돌아가자!」

"잠깐 기다려. 지금은 마석이 어쩌니 할 상황이……."

「아니야, 그 인간을 되찾으러 가는 거다.」

엘프 씨를 바라본 드래곤 씨가 목소리를 높여 말했습니다.

그 말을 들은 메이드는 가슴이 따스해지는 걸 느꼈습니다.

「왜냐하면 그 녀석은, 내 마을의 인간이니까!」

"아……. 그, 그렇지!"

자신의 직함에 수시로 집착을 보이는 그녀의 모습을 바라보면, 다나카 씨가 드래곤 씨를 촌장이라는 자리에 올린 건 더할 나위 없는 선택이었다고 느껴집니다. 엘프 씨도 기쁜 표정이네요.

"그렇다면 제가 현장까지 안내하기로 하죠."

"으, 음. 아무쪼록 부탁하고 싶어."

"대신 이걸로 이번 일의 빚은 없었던 걸로 하고 싶군요."

"알았어."

직후에는 스펜서 백작에게 믿음직한 말을 들었습니다.

실제로 사로잡힌 분의 안내라면 틀림없겠죠. 경매장에서 수치스러운 모습을 보인 경위를 고려하면, 그녀가 저희를 속일 가능성도 그렇게까지 고려하지 않아도 되지 않을까요.

「좋아! 그럼 엘프, 마법이다! 공간마법!」

"잠깐 기다려, 적어도 이자의 옷이 당도할 때까지 진정해."

북쪽 대국의 귀족님만이 아니라 에스텔 님까지 수중에 넣으려 하다니, 현재 대성국 상층부에 있는 분은 대체 얼마나 위험한 인물일까요? 솔직히 메이드는 무서워서 견딜 수가 없습니다.

하지만 이번만큼은 주저하지 않겠습니다.

에스텔 님의 위기라면 어디까지든 함께해야겠죠.

*

정령왕님의 안내에 따라 추남은 비행마법으로 대성국의 하늘을 급하게 날았다.

최종적으로 도착한 곳은 성녀님의 저택이었다.

"이곳에 에스텔 씨가 사로잡혀 있는 겁니까?"

"정령들은 그렇게 말하고 있는데?"

"……그렇군요."

바로 얼마 전에 스펜서 백작이 들어갔던 곳이다. 이 타이밍에 다나카 백작의 지인이 사로잡혀 있다면, 이미 대성국은 그녀의 지배하에 있다고 생각해도 지장이 없겠지. 변함없이 속도가 빠른 인물이다.

리처드 씨가 여걸이라고 말했던 것도 납득이 간다.

"어느 부근에 있는지 판단할 수 있겠습니까?"

"아~ 응. 지면 아래네~. 대지의 정령이 펄떡펄떡 뛰고 있어."

"……펄떡펄떡입니까."

그러면 예전에도 찾아간 지하 감옥이 수상하다.

스펜서 백작은 머리가 좋은 인물이니, 곧바로 에스텔을 어떻게 하려는 짓은 하지 않을 것이다. 지금은 그 점만이 구원이다. 그녀에게 위해를 가한다고 해서 상대가 얻을 건 아무것도 없다.

그래도 불안한 건 불안하니까, 추남은 서둘러 가보기로 했다.

이런 상황이니만큼 정면에서 돌격하기로 하자.

에스텔이 사로잡혀 있다면 이미 몸을 숨길 필요도 없다.

"죄송하지만, 안내를 부탁드려도 될까요?"

"그건 상관없지만~? 그건 그렇고, 네가 나를 잘 따라올 수 있을까?"

"이래 봬도 비행마법 실력에는 다소 자신이 있어서요."

농담을 나눈 것도 잠시, 정령왕님이 저택으로 날아갔다.

그 등을 쫓아 추남도 하늘을 날았다.

자연스레 시야에 날아드는 건 그녀의 스커트 속 풍경.

노팬티, 노 가드.

자명한 이치다.

똘똘이를 생각하는 아버지는 베스트 포지션에 서서 따라갔다.

로리 비치를 위해 1분 1초라도 빠르게 도달할 수 있도록.

당연하게도 부지 안에서 반응이 나왔다. 경비를 서던 걸로 보이는 헌병들이 갑자기 떠들썩해졌다. 그중에는 우리에게 화살이나 공격마법을 날리는 자도 있었다. 그걸 회피하면서 안뜰에서 외부 복도를 거쳐 저택 안으로 들어섰다.

저택 내부는 기억에 남아 있다.

그러나 방의 배치까지 파악하고 있는 건 아니다.

저택에서도 비행을 유지하는 스피드광 정령왕님. 그녀의 안내를 따라서 추남도 간담이 서늘해지는 걸 느끼며 복도를 날았다. 벽을 따라 늘어선 거실 문이 어마어마한 속도로 앞에서 뒤로 흘러가고 있다.

도중부터는 무장한 사람들이 우리의 앞길을 가로막기 위해 나타났다. 그러나 모두 선행하는 정령왕님에 의해 날아가버렸다. 비행마법을 사용할 때 부차적으로 발생하는 눈에 보이지 않는 장벽. 그것에 맞아서 날아간 것이리라.

계속해서 터지는 비명은 모두 상대방의 것이다.

그리고 저택 안으로 뛰어든 지 얼마 후.

추남도 기억에 있는 광경이 보였다.

예전에 성녀님에게 사로잡힌 에디타 선생님을 찾아 응접실 비밀통로를 통해 찾아간 지하 감옥 주변이다. 이번에는 그걸 정규 루트로 찾아온 형태다. 지상 플로어에서 아래로 이어지는 계단이 보였다.

그 직후, 전방을 나아가던 민둥산이 급정지.

하마터면 동정은 털 없는 언덕에 얼굴을 처박을 뻔했다.

공중에 떠 있던 몸을 내린 정령왕님이 이쪽을 돌아봤다.

"목적지는 이 너머인데, 어떻게 할 거야~?"

"인질로 잡히면 귀찮으니, 빈틈을 타서 강습할까 합니다."

"그~러네. 나도 그게 좋을 것 같아."

출입구에 서 있던 파수병 몇 명은 만나자마자 비행마법의 장벽으로 녹아웃. 조금 떨어진 곳에서 축 늘어져 있다. 저택 안은 소란스러웠지만, 여기에 올 때까지 실컷 휘저었기 때문인지 추격자가

오는 건 조금 시간이 걸릴 것 같다.

이 유예를 이용해서 지하로 이어지는 계단을 내려갔다.

여기서부터는 추남이 선두에 서서 나아가게 되었다.

비행마법을 구사하여 발소리를 죽이며 계단을 3단씩 건너뛰며 내려갔다.

"너는 마법을 무척이나 능숙하게 사용하네에."

"실례지만 한동안 조용히 해주셨으면 좋겠습니다."

"네~에."

지하 플로어를 내려가자, 눈에 먼저 들어온 건 사방을 둘러싼 판석. 그리고 사이사이에 일정 간격으로 놓인 감옥의 격자. 예전에 찾아왔을 때는 마왕님 부활에 따라 일부가 붕괴했었지만, 이쪽은 이미 수복되어 있었다.

인적이 없는 걸 확인한 우리는 안쪽으로 발길을 옮겼다.

감옥 안에는 드문드문 죄수의 모습이 보였다.

모두가 축 늘어져서 이쪽에 흥미를 거의 보이지 않고 있다.

뭔가 위화감이 드는데.

뭐, 됐다. 그보다도 우선해야 할 건 에스텔의 수색이다.

빠르게 앞으로 나아갔다.

잠시 뒤 통로 옆에서 금속제의 무거운 문이 나타났다.

뭐지? 하고 의문스러워하는데, 정령왕님이 목소리를 높였다.

"이 안인데? 아, 나는 말하면 안 되는 거였나?"

"죄송합니다. 조언은 굉장히 감사합니다."

그걸 들은 간장 얼굴은 문에 설치된 벽을 향해 스톤 월을 사용했다. 솟구치는 방식이 아니라 집어넣는 방식으로 사용하면, 이런 벽에 엿보기 구멍을 뚫는 것도 식은 죽 먹기다. 과거에는 이걸로 쓴맛을 봤기 때문에 조금 왈칵하게 된다.

그리고 정령왕님이 자잘한 부분에서 하나하나 끈덕지게 나왔다.

"좋~겠다~, 나도 그거 해볼까~."

추남의 바로 옆에서 그녀도 마찬가지로 엿보기 구멍을 설치.

두 사람은 나란히 서서 철문 너머의 낌새를 엿보았다.

그러자 시야에 날아든 것은, 우리가 찾던 바로 그 인물.

에스텔을 발견했다.

천장에 매달린 로프로 양쪽 손목이 묶여 있다. 다리에는 금속제 족쇄가 채워져 있고, 그 너머에는 무거워 보이는 금속 덩어리가 연결되어 있다. 게다가 목에는 금속제 고리를 차고 있었다.

그러고 보니 예전에 에스텔은 아빠에게 비슷한 목걸이를 찬 적이 있다. 서큐버스 소동의 발단이 되었던 사건이다. 그것과 마찬가지로 마력을 봉인하는 도구인 게 아닐까? 그게 아니라면 그녀가 얌전히 있을 리가 없다.

디자인은 기억에 있는 것과 비교하면 약간 투박하지만.

또한, 로프에 매달린 손에는 좌우 모두 빨간 게 묻어 있다. 눈을 가늘게 뜨고 봐도 다친 것처럼 보이지는 않는다. 피가 튄 건가? 의복에도 딱히 흐트러진 모습은 확인되지 않았다. 추남이 고른 평민 복장이다.

"……."

아무튼, 우선 에스텔이 살아 있다는 사실에 안심했다.

최악의 상황을 회피한 추남은 가슴을 쓸어내렸다.

단, 실내 모습을 확인하자 안도하고 있을 수만은 없었다.

아무래도 이 방은 고문에 이용하는 곳인 모양이다. 실내에는 그런 행위에 이용하는 것처럼 보이는 무시무시한 도구가 곳곳에 보였다. 두꺼운 철문도 비명이 밖으로 새는 걸 막기 위함이겠지.

그리고 실내에는 그녀 말고도 사람의 모습이 보였다.

헌병으로 보이는 남성 두 명이 에스텔 바로 옆에 서 있다.

추남은 벽에 작은 구멍을 추가로 몇 개 뚫었다.

그걸로 실내의 대화를 어느 정도 들을 수 있게 되었다.

간장 얼굴은 엿보기 구멍에서 보이는 광경과 함께 상황을 엿들었다.

"그 밖에도 남자 동료가 있었지? 당장 말해." "여기에 있는 도구, 모두 실제로 써본 것들이니 말이지?" "그래그래. 아픈 꼴을 보고 싶지 않다면 솔직해지라고." "우리도 고문 같은 건 하고 싶지 않으니까."

"닥쳐. 무슨 짓을 해도 무의미해."

로리 비치는 남자들을 노려보며 쌀쌀맞게 대답했다.

날카로운 눈초리는 만난 지 얼마 안 되었을 때를 방불케 했다.

"그럼 이번에는 손가락만으로 끝나지 않을 텐데." "보다시피, 나의 회복마법은 대단하지? 다음은 사양하지 않을 거라고." "여기 바닥이 네 손이나 발로 가득 메워질 때까지 해도 되는데."

"그를 팔아치울 바에는, 주, 죽는 게 나아!"

"정말이지, 고집이 센 소녀라니까." "이 아이, 정말 평민인가? 전에 으깨버린 귀족이 떠오르는데." "듣고 보니, 이만한 나이에 으깨버리는 게 안 통하는 일은 별로 없긴 하지." "아가씨, 그쪽은 어때?"

"이 정도의 일은 그가 받았던 아픔과 비교하면 하찮은 수준이야. 잔말 늘어놓지 말고, 죽일 거면 당장 죽이면 되잖아. 나는 지옥 밑바닥에서 그를 계속 생각할 거야! 그래, 영원히 생각할 거라고!"

에스텔이 남자 두 명에게 주장했다.

그 대화에 불온한 단어를 확인한 추남은 초조함을 느꼈다. 자연스레 시선이 방바닥으로 향했다. 그러자 매달린 그녀의 발밑에 뭔가 묘한 게 흩어져 있었다. 잘 보니, 사람 손가락이 아닌가?

합계 10개.

으깨진 것이나, 손톱과 살 사이에 바늘이 박힌 것까지 확인할 수 있었다.

추남은 그녀의 양손에만 피가 묻어 있는 이유를 깨달았다.

그건 이미 이 방에서 1쿨이 끝난 흔적인 것이다.

"이봐, 뭔가 귀찮으니까 이대로 해버리자고." "그, 그럴까! 다른 녀석들에게 들켜서 윗선에 알려지면 최악이니까." "잠깐 저기 있는 가위 가져와 봐. 옷을 벗겨버리자." "그래, 알았어."

"크……. 자, 잠깐 기다려! 이 옷은……!"

낌새를 보면서 빈틈을 엿보니 뭐니 말하고 있을 수가 없다.

간장 얼굴은 이미 지각한 것이다.

엿보기 구멍에서 얼굴을 떼자마자 황급히 금속제 문으로 향했다.

"어라~? 왜~그래~?"

"실례지만 예정을 변경해서 돌입하겠습니다."

정령왕님에게 한 마디 양해를 구한 추남은 문을 힘차게 걷어찼다.

상당히 튼튼해 보이는 구조로 보였기에 걷어차서 부술 수 있을지 불안했지만, 문은 단번에 경첩에서 떨어져 나갔다. 발바닥으로 콱 밀쳐버리자, 그대로 정면으로 날아가 맞은편 벽에 맞아서 큰소리를 내며 판석 위에 떨어졌다.

레벨 업에 따른 STR 수치 상승의 영향이겠지.

"뭐, 뭐냐?!"

"누구냐!"

실내에 있던 모두의 시선이 일제히 출입구로 향했다.

만약 에스텔을 인질로 잡힌다면 버틸 수 없다.

비행마법으로 가속한 추남은 발을 띄운 채 그녀에게 일직선. 바로 옆에 서 있던 남자들에게 더블 래리어트를 먹이려고 했다. 목에 맞으면 죽을 수도 있으니, 가슴팍을 노려서 팔을 좌우로 크게 뻗었다.

그들에게는 여러모로 묻고 싶은 게 있으니까.

그러자 상대는 회피를 포기했는지 몸을 굳히며 방어에 나섰다. 몸에 갑옷도 입었으니, 그렇게까지 대미지를 입지 않을 거라 판단한 것이리라. 서로의 레벨 차이를 확신하지 못한다면 오히려 공격하는 쪽이 주저할 상황인 게 분명하다.

그에 아랑곳하지 않고 간장 얼굴의 팔이 히트.

두 명은 모두 힘차게 날아가서 방의 벽에 격돌했다.

직격을 받은 몸통에는 금속에 가슴 보호구가 움푹 파여 있다.

단, 절명까지는 하지 않았다.

바닥에 떨어진 이후, 모두 신음을 내기 시작했다. 둘 다 쓰러진 채 손발을 흠칫흠칫 떨고 있는 걸 보고 한동안 내버려둬도 괜찮겠다고 판단했다. 추남은 헌병 남자들은 제쳐두고 에스텔에게 말을 걸었다.

"에스텔 씨, 늦어져서 죄송합니다."

"어, 어째서 당신이 여기에……."

"정령왕님과 정령들의 협력을 받아서 이곳을 특정했습니다."

"네~에, 정령왕입니다~! 그쪽의 너는 저번에도 본 얼굴이지~!"

얼굴 옆에 양손을 들고 손가락을 쫑긋거리는 정령왕님.

마치 아이돌의 무대 인사 같다.

간장 얼굴은 그녀를 넘겨버리고 작은 파이어 볼을 불렀다. 그걸 이용해 천장에서 그녀의 손목으로 뻗은 로프를 중간부터 태워버렸다. 지금까지 위로 올라가 있던 양팔이 툭 아래로 내려왔다.

추가로 회복마법을 사용했다.

겉보기에 외상은 없지만 만약을 위해 최대 출력.

"……설마 나를 구하러 와준 거야?"

"그야 당연하지 않습니까."

"으……."

추남이 솔직하게 말하자, 그녀는 기쁜 듯하지만 그러면서도 미안한 표정을 지었다. 울면서 웃는다고 불러야 할까. 꽤 복잡한 표정이었다. 다음 말도 입을 열려다가 목소리로 나오지 못한 채 삼켜버렸다.

고문, 엄청 아프지 않았을까?

왜냐하면 손가락이 떨어져 있으니까.

바늘도 박혀 있고 으깨지기도 했다.

잘 보니 손톱이 벗겨진 것도 있다.

이러면 추남의 가슴속에도 미안함이 가득 넘쳐난다. 리처드 씨에게 제안을 받았다고는 해도, 이번 일에 함께 오지 않았다면 이런 곳에서 구속당할 일도 없었을 텐데.

"괴로운 경험을 하게 만들어서 정말로 죄송합니다."

"따, 딱히 대단한 건 아니었어!"

아무튼 사과해야 한다. 깊이 고개를 숙이며 감사의 말을 입에 담았다.

그러자 에스텔은 별것 아니었다는 듯 한 발짝 내디뎠다.

바닥에 떨어져 있는 자기 손가락을 발로 감췄다.

“오히려 나야말로 발목을 붙잡아서 미안해. 당신의 계획을 크게 일그러뜨리고 말았어. 멀리서 사람 비명 같은 소리가 들렸던 거, 아마 그런 거지?”

그러더니 눈을 살짝 치켜뜨며 미안한 듯 말했다.

아무리 그래도 이건 너무 좋은 여자잖아.

로리 비치의 이런 점, 추남은 감동을 넘어서서 괴롭단 말이지.

“신경 쓰지 마세요. 에스텔 씨의 무사함과는 바꿀 수 없습니다.”

“으……. 그, 그런 말을 가볍게 하는 건 좋지 않거든?”

북쪽 대국이 뒤에 붙어 있다면, 아무튼 소동은 피할 수 없다. 그게 조금 빨라졌을 뿐이다. 폐하의 사병을 기다리고 있다가는 후수로 돌 수도 있다.

“그런데 에스텔 씨, 몸은 괜찮으십니까?”

“응. 당신의 회복마법 덕분에 굉장히 상태가 좋아!”

그로부터 그녀에게 지하 감옥에 오기까지의 경위에 대한 설명을 들었다.

추남이 생각한 대로 여관에서 따분함을 주체하지 못하던 에스텔은 해가 저물고 나서도 조사에 나섰다고 한다. 그렇게 발을 옮긴 번화가에서 정보상을 자칭하는 여성과 접촉. 식사 권유를 받은 직후 의식을 잃었다.

정신이 들자 이 지하 감옥에 들어왔다고 한다.

아마 우리의 동향이 상대에게 들킨 것일 터였다. 그 여성이 대성국 측 인물이라는 건 틀림없다. 발을 들인 음식점도 한패였겠지. 결과적으로 이렇게 끌려오게 된 것이다.

“정말로 죄송합니다. 제가 당초부터 좀 더 조심했다면…….”

"아, 아니야! 내가 섣부른 짓을 한 게 잘못이니까!"

일단 목의 고리와 족쇄를 어떻게든 하고 싶다.

후자는 힘으로 뜯는 것도 불가능하지는 않을 것 같다. 철문을 걷어차 날려버린 뒤이기도 해서, 이런 힘쓰는 일에 묘한 자신감이 샘솟았다. 단, 전자는 억지로 해결해도 되는 건가.

힘으로 어떻게 하려다가는 좋지 않은 반응이 일어날 것 같다.

이럴 때 에디타 선생님이 함께라면 좋았을 텐데.

그렇게 생각해서일까?

「이쪽이야! 이쪽에서 소리가 들렸어!」

"이, 이봐. 기다려! 어떤 상대인지 모른다고?!"

문득 귀에 익은 목소리가 들려왔다.

에스텔에게도 들린 모양이다.

정령왕님도 그렇다.

자연스레 우리의 시선은 문 바깥쪽, 복도로 향했다.

그러자 얼굴을 내민 건 예상한 그대로의 인물, 플러스 알파.

앞다투어 방에 돌격해 온 게 로리곤. 그녀를 쫓아서 온 에디타 선생님. 그걸 뒤따르는 형태로 새 씨를 안은 소피아와 니플 전하. 게다가 어째서인지 스펜서 백작의 모습까지 보여서 깜짝 놀랐다.

어째서 백작이 그녀들과 함께 있는 거지?

에스텔 건도 있어서 즉각 경계하게 되었다.

「어? 어째서 네가 같이 있어?」

"설마 너, 너도 사로잡혀 있었어?"

내 모습을 목격하자 로리곤과 선생님이 목소리를 높였다.

추남이 있으면 안 되는 건가? 소피아나 니플 전하, 스펜서 백작도 놀란 시선을 보내는 게 느껴진다. 아무래도 이곳에 온 나의 존재는 그녀들에게는 예상 밖이었던 모양이다.

"여러분이 함께 오시다니, 무슨 일입니까?"

"그, 그자가 사로잡혔다고 들어서 왔지!"

에디타 선생님이 에스텔을 시선으로 가리키며 말했다.

바로 옆에서는 소피아가 고개를 끄덕이고 있다.

"알고 계셨습니까?"

"음, 이자에게 그런 이야기를 들었어."

이어서 선생님이 바라본 건 스펜서 백작이었다.

아니아니, 그건 이상하잖아.

어째서 그녀가 우리 편을 드는 일을 하는 거지. 백작이야말로 에스텔을 납치한 범인이고, 추남을 여기까지 유도한 흑막이라는 게 간장 얼굴의 견해였다. 그런데 어째서 선생님 일행과 함께 행동하고 있는 걸까?

뭔가 여러모로 뒤죽박죽이다.

그러자 직후, 이어서 귀에 익은 목소리가 들려왔다.

"이봐! 이건 무슨 소란이냐?!"

발소리가 수없이 이어지면서 우리가 있는 방 앞에서 멈췄다.

복도에서 모습을 드러낸 건, 검을 뽑아 든 여기사였다.

옆에는 로브 차림의 마법사로 보이는 여성이 지팡이를 들고 섰다.

아아, 어째서일까?

메르세데스와 그녀의 성노예인 토토다.

게다가 그녀들이 방에 발을 들여놓자마자 주변을 지키듯이 몇 명의 헌병이 우르르 들어왔다. 손에 든 검을 이쪽에 겨눈 모습은 두 사람의 호위 말고는 아무것도 아니게 보인다.

"음……? 어째서 너희가 여기에 있지?"

"그건 제가 할 말입니다. 메르세데스 씨."

서로 아는 얼굴을 목격하자 몸이 경직됐다.

만약 장소가 드래곤 시티의 촌장 저택이었다면 이런 일도 있었을 것이다. 그러나 이곳은 대성국에 있는 전 성녀님의 저택이다. 확실히 최근 메르세데스를 못 보기는 했는데.

그보다, 로열 비치와 함께 왕궁에 있는 줄 알았다.

"이, 이자다! 나에게 치욕을 준 것은!"

곧바로 스펜서 백작이 목소리를 높였다.

그 시선은 근위 레즈를 응시하고 있었다.

귀신 같은 표정으로 가증스럽다는 듯 노려보았다.

어째서 백작이 메르세데스에게 성희롱을 당한 건데.

구체적으로 뭘 어떻게 당했는지 알고 싶은 욕구에 휩싸였다.

그러는 사이, 이번에는 방구석에서 목소리가 나왔다.

"사, 살려주십시오! 존사(尊師)! 이 납작한 노랑이가 느닷없이……."

"존사님! 이 남자가 느닷없이 들어왔습니다! 도적입니다!"

아까 추남의 래리어트로 격침된 헌병들이다. 아무래도 의식을 되찾은 모양이다. 단, 대미지는 여전히 남아 있는 거겠지. 바닥에 앉은 채 흉부를 누르며 쪼그려 앉아 있다.

고통으로 일그러진 표정이나 크게 파인 갑옷을 보니, 이미 전의는 상실한 것처럼 보인다. 목소리를 높이고야 있지만, 일어날 기색은 보이지 않았다. 그 시선은 마치 매달리듯이 메르세데스를 바라보고 있었다.

게다가 두 사람 모두 그녀를 존사라고 불렀다.

한편, 근위 레즈의 시선은 에스텔의 발에 채워진 족쇄로 향했다.

"너희들. 설마, 또 고문이냐?"

"그, 그건……."

"여자는 쾌락으로 조련하라고 몇 번을 말해야 알아듣는 거냐!"

뭔가 잘 모르겠지만, 알게 된 것 같다.

이건 아마, 이것도 저것도 그것도 메르세데스가 흑막이다.

*

장소는 변함없이 성녀님 저택 지하에 있는 지하 감옥이다.

우리는 그 한곳에 존재하는 고문실에서 마주하고 있다.

단, 메르세데스와 함께 들어온 헌병이나 에스텔에게 심한 짓을 했던 남성 두 명은 퇴실했다. 만약 추남의 상상이 올바르다면, 지금부터 하는 대화는 대성국 사람들에게 들려주고 싶지 않다.

참고로 후자는 근위 레즈의 지시에 따라 즉시 감옥에 들어갔다.

"메르세데스 씨, 혹시 당신은……."

"뭐, 기다려. 네가 하고 싶은 말은 알겠다. 다 이해하고 있어."

"정말입니까?"

추남이 다시 묻자, 근위 레즈가 미리 나섰다.

대단한 초조함이 엿보이는 표정에서는 수상한 사실관계가 엿보였다. 실제로 그 무릎은 부르르 잘게 떨리고 있었다. 그 옆에서는 성노예가 안타까운 눈초리로 그녀를 쳐다보았다.

"나에게 피츠클라렌스 자작을 어떻게 하려던 의지는 없었어!"

"그런 건 듣지 않고도 알고 있습니다."

"나는 몇 번이고 반복해서 신신당부했단 말이다! 고통보다는 쾌락을 주라고!"

"……."

그런 걸 물어본 게 아닌데 말이지.

그러나 오히려 안심되는 답변이기는 했다.

"하지만 예전부터 이어진 습성인지, 그자들은 고문만……."

"단도직입적으로 묻겠습니다만, 존사라는 건 대체 어떻게 된 겁니까?"

"……그, 그건, 말이지."

강한 자를 돕고 약한 자를 꺾는다. 그런 소인배이기 그지없는 레즈비언 나이트가 에스텔에게 반기를 드는 짓을 할 리가 없다. 오히려 적극적으로 아부를 떨면서 종종 성희롱을 벌이는 관계다.

로리 비치에 대한 가혹한 처사는 아까 만난 헌병 두 명이 독단으로 벌인 일일 터. 본인들도 윗선에 들키기 전에 하고 싶다느니 어쩌느니 말했었다. 상대가 메르세데스라면 이보다 이해하기 쉬운 이야기가 없다.

한편으로 신경 쓰이는 게 존사라는 그녀의 지위다.

반복해서 묻자, 그녀는 더듬더듬 말하기 시작했다.

아무래도 그녀는 우리가 대성국에 발을 들이기 전부터 성노예 토토와 함께 이 나라에 찾아왔다고 한다. 그리고 성녀님의 부재를 틈타서 상층부를 장악, 어둠의 권력자로 올라서서 꿀을 빨아왔다는 모양이다.

예전부터 느끼던 건데, 그녀의 낌새를 알아채는 눈이라고나 할까, 무슨 일이든 요령이 좋은 점이라고나 할까, 이런 과감한 행동에는 눈에 휘둥그레지는 면이 있다. 게다가 몇 번의 기회를 확실하게 제 것으로 삼는 것도 놀라운 성공률을 보였다.

생각해 보면 페페산에서도 레드 드래곤을 상대로 마지막 일격을 가했었다.

더 구체적으로는, 현장에서 토토가 활약했다고 한다. 그녀의 협력을 받아 대성국의 높으신 분들에게 접근해서 약을 병용해서 머리를 깨끗하게 만들어줬다는 모양이다. 지금은 모두가 그녀의 꼭두각시가 되었다는 걸, 모두의 앞이라서 그런지 우회적으로 설명해줬다.

즉, 대성국은 약물 교미에 공략되어 버린 거다.

나도 언젠가 경험해 보고 싶다. 약물 교미

분명 기분 좋을 테니까.

술이 그렇게나 기분 좋으니까, 약은 더 기분 좋겠지.

동시에 추남은 깨달았다. 지하 감옥에서 느낀 위화감의 정체다.

감옥에 투옥된 사람들은 종교 관련자 같은 차림새의 사람들이 다수 보였다. 그중에는 비싸 보이는 법의를 입은 사람도 있었다. 그건 분명 토토의 농락이 효과가 없었던 대성국 상층부가 아닐까?

"메르세데스 씨. 당신은 무척이나 의욕적으로 활동하신 모양이군요."

"다, 당연하지?! 나는 페니 제국을 위해서라고 생각해서……!"

거창한 대의명분을 입에 담고 있지만, 그건 절대로 아닐 것 같은데. 취향이 같은 추남은 그녀가 뱃속에 품은 게 뭔지 뻔히 보였다. 에스텔의 눈이 없었다면 너무나도 천박한 실정이 그대로 튀어나왔을 게 분명하다.

한편, 일련의 독백을 들은 다른 이들은 말문이 막혔다.

고작 몇 주일 만에 대성국의 상층부를 장악한 수완이라니, 장난이 아니다.

이것에는 에스텔도 놀란 눈초리였다.

"……그럴 수가. 거, 거짓말이지?"

자연스레 의문의 목소리가 나왔다.

아무래도 우리에게 주어진 임무가 이미 달성되어 있었으니까. 폐하가 알게 되면 훈장이 확실해지는 활약이다. 전부터 요령이 좋다고 생각하긴 했는데. 메르세데스, 목적과 성벽이 결합되면 어마어마하다.

"저의 감독 부족으로 인해 피츠클라렌스 자작님에게 대단한 폐를 끼쳤던 것, 깊이 사과드립니다. 그러니 대성국의 실권, 이 자리에서 헌상하겠습니다. 아무쪼록 받아주실 수 있을까요?"

무릎을 꿇은 근위 레즈가 깊이 고개를 숙였다.

그런 와중에도 꽉 움켜쥔 주먹이 부르르 떨리고 있다.

엄청 아까워하고 있는 거겠지.

토토까지 끌어들여서 얻어낸 거니까.

그래도 피해를 입은 건 피츠클라렌스가의 따님이니까 고개를 숙이지 않을 수 없는 게 근위 레즈의 지위다. 평소보다 더욱 혀가 매끄러운 모습을 보니, 내심의 초조함이 엿보였다. 자칫하면 참수당할 위기니까.

단, 이번에는 그녀가 뭔가 했다기보다는 말단이 제멋대로 내린 판단이 원인이다. 오히려 메르세데스는 고문에 부정적이었고, 이런저런 사정을 포함해서 추남의 능력 부족이 가장 큰 문제였다고 할 수 있다. 에스텔에게는 정말로 미안하다.

오히려 단 두 명이서 대성국을 장악한 그녀와 토토는 대활약을 한 셈이다.

그걸 알고 있는 건지, 에스텔에게서 비난의 목소리는 나오지 않았다.

대신 끼어들어서 목소리 높여 외친 건 스펜서 백작이었다.

"다나카 백작. 잠깐 기다려주세요!"

"왜 그러십니까? 스펜서 백작."

"이렇게 이야기를 들어보니, 당신은 그 기사와 무척 사이가 좋아 보이는군요. 아뇨, 당신만이 아닙니다. 여기 있는 다른 사람들하고도 서로 면식이 있어 보이는데요."

"네, 그렇죠. 그녀는 페니 제국의 근위 기사입니다."

"뭣……."

추남이 별생각 없이 중얼거린 말을 듣고 상대의 표정이 변했다.

경악한 눈초리로 메르세데스를 쳐다보고 있다. 눈을 확 부릅뜨면서 무척이나 놀라고 있다. 이윽고 그 시선은 근위 레즈와 추남 사이를 황급히 오가기 시작했다.

과연 그녀들 사이에서 무슨 일이 있었던 걸까?

신경이 쓰이지 않는다면 거짓말이겠지.

돌이켜보면 바로 얼마 전, 추남은 스펜서 백작이 이 저택을 찾아오던 모습을 목격했다. 그런데 어째서 에디타 선생님 일행과 함께 찾아와서 메르세데스에게 비난의 눈초리를 보내고 있는 걸까.

니플 전하와 함께 있는 점을 보면, 스펜서 백작을 전하의 소환마법으로 불러냈다는 건 어렴풋이 짐작이 간다. 그러나 애초에 전하가 백작을 소환한 이유를 모르겠다.

또 발작적으로 불러낸 건가?

자연스레 우리의 시선이 메르세데스에게 향했다.

"메르세데스 씨, 여기 있는 그녀와는 대체……."

"북쪽 대국의 귀족이라고 주장하며 상층부에 접근해 와서, 그, 그게, 뭐랄까. 설마 진짜일 거라고는 생각할 수 없잖아? 나와 똑같은 생각을 한 다른 나라의 귀족이라고 판단한 끝에, 노예로 끌어내려서 지하 경매장에 넘겼다."

"……."

오우. 메르세데스, 저질렀구나.

그걸 들은 에스텔도 말문이 막혔다.

스펜서 백작에게 시선을 돌리자 그녀는 고개를 살짝 숙였다.

겁탈당한 뒤의 여성이라는 분위기가 에로틱했다. 만약 상대가 에디타 선생님이었다면 간장 얼굴은 비관에 젖었을 거다. 그러나 상대는 성인이 된 미녀. 이런 일도 있는 법이라며 긍정적으로 즐길 수 있다.

"저기, 에디타 씨……."

"이 나라의 지하 경매장에서 경매에 걸린 걸 확인하고 니플 공에게 협력을 부탁했어. 소환마법으로 불러냈는데, 그 밖에도 우리의 지인이 붙잡혔다는 이야기를 듣고 이렇게 달려온 거야."

"그렇군요."

그녀들이 지하 경매장을 찾은 경위는 모르겠다.

그러나 이렇게 이곳을 찾은 이유는 판명되었다.

소피아나 로리곤이 함께 있다는 점을 감안하면, 뭔가 마을 관련으로 용건이 있었던 게 아닐까. 뭐, 그쪽은 스펜서 백작의 시선도 있으니 이 자리에서 확인하는 건 그만두자.

하나 의문인 건, 백작 정도의 미녀를 근위 레즈가 놓아준 이유다.

무척이나 신경 쓰인 추남은 흑막에게 시선을 보냈다.

그러자 그녀는 이쪽의 귓가에 얼굴을 가져다 대고 나지막하게 중얼거렸다.

그것은 같은 취향을 가진 사람에게만 들려주는 작은 중얼거림이었다.

"이 여자는 안 돼. 너무 결벽해. 저항하는 여자를 조교하는 건 최고지만, 그 이전 문제야. 얼굴이나 몸매는 부족함이 없지만, 중요한 부분이 상식을 일탈해 있어. 약을 먹었는데도 저항한다면 이미 어찌할 도리가 없다고."

"……."

아무래도 결벽증이 마음에 안 들었나 보다.

성관계를 경험하는 것으로 그런 병증에 개선을 보이는 사람도 있다고 하지만, 그녀의 경우는 안 됐던 모양이다. 오히려 노예가 되어 옥션에 팔리게 된 걸로 묘한 트라우마가 생기지 않는다면 좋을 텐데.

"즉, 모두 다나카 백작의 손아귀 안이었다는 겁니까……."

스펜서 백작은 고개를 숙인 채 나지막하게 중얼거렸다.

그 어깨가 부르르 잘게 떨렸다.

"아?! 그, 그래! 바로 그거야!"

메르세데스는 이때라는 듯이 기운차게 수긍하기 시작했다.

모든 책임을 이쪽에 떠넘길 생각이구나.

간장 얼굴도 그녀의 손바닥 위에서 놀아나고 있었건만.

"다나카 백작의 잔꾀는 정말 무섭다니까!"

"……."

근위 레즈가 뻔뻔스럽게 말했다. 에스텔의 존재를 보고는 완전히 보신 모드였다. 대성국도 놓아주지 않을 수 없게 되어서 여러모로 정색하게 된 거겠지. 이렇게 단호하게 끊어내는 모습은 솔직히 굉장하다고 생각한다.

뭐니 뭐니 해도 일국 일성의 주인, 그 실권.

원래라면 조금 더 주저했을 텐데.

주저한 결과, 나라가 통째로 멸망할 수도 있다는 미래가 그녀의 뇌리에 보이고 있던 걸까. 실제로 궁중에서 그에 가까운 계획을 세우고 있던 걸 보면 선견지명이라고 해도 지장이 없는 판단이다.

그런 그녀의 반응을 본 스펜서 백작이 고개를 들었다.

다시 우리 앞에 드러난 그녀의 얼굴은 무척이나 냉담했다.

"다나카 백작, 당신이라는 존재는 너무나도 위험하네요."

"아뇨, 스펜서 백작은 약간의 착오를……."

이렇게 심한 생트집도 다 있나.

그러나 그걸 정정할 유예는 없었다.

"……빚은 갚았습니다. 저는 이만 실례하죠."

"그, 그래……."

에디타 선생님에게 짧게 답한 그녀는 즉시 발길을 돌렸다.

그리고 이쪽이 뭐라 말할 새도 없이 떠나버렸다.

또각또각 발소리가 지하 감옥에 들리더니 점점 멀어졌다. 이러면 북쪽 대국과의 관계는 이미 절망적이지 않을까. 과거에도 말했듯이 개인적으로는 그녀와도 사이좋게 지내고 싶은데 말이지.

한편, 만악의 근원은 다시 귓가에 얼굴을 가져다 댔다.

들린 말은 악마의 속삭임 같은 문구였다.

"여기는 여자가 좋아. 약도 최고야. 무엇보다 나라가 뿌리까지 썩어 있어."

"……."

되찾아 달라는 건가.

메르세데스도 참, 여자아이를 너무 안은 것 아닌가.

부패한 종교 국가의 수장에 이렇게나 어울리는 인물은 달리 없을 거다.

*

스펜서 백작과 헤어진 우리는 성녀님의 저택을 나왔다.

이후, 추남과 에스텔은 거점이었던 여관으로 돌아왔다. 이유는 이곳에 보관했던 귀족 복장을 회수하기 위해서다. 전자는 넘어가더라도 후자의 것은 그런대로 값나가는 물건이니까.

메르세데스에게는 당분간 대성국에 남아서 실권을 확보해 달라고 부탁했다. 추남이 궁중에서 리처드 씨나 폐하와 담판을 지을 때까지는 지금까지와 다름없이 관리해줬으면 좋겠다. 그렇게 전달하자 엄청 멋진 웃음을 지으며 흔쾌히 받아들였다.

간장 얼굴은 저잣거리가 무척이나 에로스로 넘쳐났던 이유를 새삼 깨달았다.

그녀가 상층부에 있으니까, 그야 마을도 에로해지겠지.

언젠가 일이 아니라 사적으로 놀러 오고 싶을 정도다.

또한, 에디타 선생님을 필두로 한 이들은 그런 그녀의 안내를 받아 대성국 보물고로 향했다. 아무래도 커다란 마석이 필요하다고 한다. 지하 경매장까지 발을 옮긴 것도 그게 이유다.

이곳의 보물고라면 있을지도 모른다는 게 흑막의 말이었다.

정령왕님은 보물고가 신경 쓰인다면서 에디타 선생님 쪽으로 가버렸다. 로리곤과 함께 있다는 게 불안하지만, 안 된다고 하는 것도 주저되었기에 얌전히 보내주기로 했다. 선생님이 함께라면 아마 괜찮겠지.

그렇게 돌아온 여관방에서의 일이다.

추남은 다시금 가슴 속에 고여 있던 참회를 입에 담았다.

"에스텔 씨. 이번에는 정말로 죄송했습니다."

"어……. 자, 잠깐, 왜 당신이 고개를 숙이는 거야?!"

거실의 수납공간을 확인하던 그녀는 놀란 듯 이쪽을 돌아봤다.

허둥지둥 당황하는 그녀는 진심으로 영문을 모르겠다는 듯했다.

"저의 능력 부족으로 인해 터무니없는 부담을 강요하고 말았습니다."

통째로 불타버리거나 목이 썰리거나, 그런 위태로운 광경을 몸으로 체험했던 간장 얼굴이다. 익숙하다는 느낌조차 든다. 그러나 그것을 나 이외의 누군가, 그것도 친한 사이인 사람이 겪는다고 생각하니 갑자기 기피감이 샘솟았다.

지하 감옥 바닥에 떨어져 있던 그녀의 손가락이 여전히 뇌리에 떠올랐다.

솔직하게 말했다면 그렇게 괴로운 일은 겪지 않았을 것이다.

"아니, 그건 내 실수야. 이쪽이야말로 미안해."

"그건 아닙니다. 제가 사전에 알아채야 했습니다."

똑같은 문답을 반복하는 한심한 동정.

자기만족이라는 건 잘 알고 있다.

이런 간장 얼굴을 바라보던 그녀는 화제를 바꾸려는 듯 말했다.

"당신은 모를지도 모르지만, 귀족으로 태어났다면 그 정도의 일은 일상다반사거든? 현장에 있던 남자들도 나를 평민이 아닐지도 모른다고 의심했잖아. 그러니까, 그렇게 신경 쓰지 말아줬으면 좋겠어!"

"정말입니까?"

"저, 정말이거든?! 친가에도 지하 감옥은 있어!"

지하 감옥의 유무는 넘어가더라도, 그건 분명 거짓말이다.

그러면 리처드 씨가 발광할 테니까.

아아, 그런 의미에서는 그에게도 미안한 일을 하고 말았다.

페니 제국으로 돌아가면 당장 사과하러 가야겠다.

피해자인 에스텔이 오히려 신경을 쓰고 있어서 더더욱 미안한 마음이 넘쳤다. 의미도 없이 힐 같은 걸 걸고 싶어진다. 신이 보증한 회복마법이 아무리 뛰어나더라도 멘탈 대미지는 치유할 수 없으니까.

그런 추남에게 상대가 마무리 일격을 날렸다.

"……아, 그래도 당신이 사준 옷이 무사해서 다행이야."

에헤헤, 하고 소박한 미소를 지으면서 손에 든 옷을 가슴에 꼬옥 안았다.

그건 조금 전까지 착용하던 평민 복장.

가늘게 뜬 옷이 정말로 기뻐 보여서 동정은 가슴이 뛰었다.

에스텔이 귀여워서 견딜 수가 없다.

대화를 어떻게 이어가야 하는지 대답이 잘 떠오르지 않는다. 만약 여기 있는 게 알렌이었다면 아마 틀림없이 안아주는 장면이 아니었을까? 그게 불가능한 추남은 정의인가, 악인가.

그렇게 동정이 당혹스러워하자, 그녀가 목소리를 높였다.

"그런데 저기, 내, 내 쪽에서도 괜찮을까?"

"왜 그러십니까?"

"왕녀 전하와 혼인하게 된다니, 사, 사실이야?"

"실례지만, 어디에서 그 이야기를?"

"아버님에게 들었는데……."

설마 에스텔에게까지 전했을 줄은 몰랐다.

리처드 씨는 무슨 생각으로 그녀에게 알린 걸까.

아무리 딸바보라고 해도, 그녀가 한 말은 나와 그 말고는 궁중 2인조밖에 모르는 사항이다. 그걸 제삼자에게 의도 없이 전달하다니, 그답지 않은 행동이다. 아무런 의미도 없다고는 도저히 생각할 수 없다.

그러나 지금 시점에서는 무슨 이유인지 전혀 파악이 되지 않았다. 어째서일까.

"……네, 사실입니다."

거짓말을 한다는 선택지는 떠오르지 않았다.

사정을 확인하는 의미에서도 솔직하게 수긍했다.

그러자 그녀는 계속해서 의문의 목소리를 냈다.

"그건 저기, 다, 당신의 소망, 이기라도 한 거야?"

"……그 말씀은?"

"예전에, 다른, 조, 조, 좋아하는 사람이 있다고 했잖아."

"……."

확실히 그런 말을 했던 적이 있다.

수시로 똑같은 변명을 해왔다. 최근에는 후계자 문제를 미루기 위해 이용했던 걸로 기억한다. 설마 에스텔은 추남이 한 말을 액면 그래도 받아들인 걸까.

"솔직히 말씀드리면, 제가 바라던 결과는 아닙니다."

"아……. 그, 그렇지!"

모순을 피하기 위해서라도 솔직하게 전하기로 했다.

동시에 문득 깨달은 게 있다.

그건 나도 예전부터 어떻게든 해야겠다고 생각하던 일이었다.

"그런데 에스텔 씨. 예전의 기억은 되찾으신 거군요."

"……어?"

"당신에게 그 말을 전한 것은 기억을 잃기 전이니까요."

"아……."

이미 본인 말고는 모두가 알고 있던 일이다.

주지의 사실이라면 그 말대로다.

아마 에스텔 자신도 어렴풋이 알고 있지 않았을까. 하지만 그럼에도 새삼스레 지적하는 건 의미가 있어 보였다. 일련의 경위도 있기에, 이 자리에서 동정은 그녀를 마지막까지 진지하게 대하는 걸 의식하고 있으니까.

그 사건 이후, 그녀가 주변과 거리를 두고 있다는 건 사실이다.

그건 본인에게도 다른 이들에게도 결코 좋은 일은 아니다.

결과적으로 상대는 놀라며 숨을 삼켰다.

아무래도 의식하지 않고 답변한 모양이다.

"물론 기억을 잃은 동안의 에스텔 씨도 당연히 에스텔 씨입니다. 그렇게 생겨난 경험으로 인해 주변과 거리감이 생겨서 고민하고 계신다면, 억지로 강요할 생각은 없습니다. 하지만 아무쪼록, 죄책감은 가지지 마셨으면 좋겠습니다."

"……다, 당신에게도 많이 폐를 끼쳤어."

"그건 저도 마찬가지입니다. 이번처럼 폐만 끼치고 있으니까요."

이번 기회에 그녀가 가진 부담이 조금이라도 가벼워진다면 기쁠 거다.

주변에 대한 배려라든가, 무척 힘들 테니까.

그러나 그런 생각과는 반대로 에스텔은 입을 다물어버렸다.

"……."

"저기, 왜 그러시죠?"

"나는 두 번이나 당신에게 심한 짓을 저질렀어. 그걸 전부 없었던 걸로 할 수는 없어. 왜냐하면 그건, 너무나도 뻔뻔스럽잖아. 그러니까, 너무 나의 응석을 받아주지 말았으면 좋겠어."

"응석을 받아주려는 건 아니었습니다만……."

"나는 충분히 행복해. 이렇게 당신과 매일을 함께 보낼 수 있으니까. 당신을 멀리서 바라보고 있으면 그걸로도 충분히 행복을 느낄 수 있어. 가끔 이렇게 말을 걸어주는 것만으로도, 그야말로 하늘에라도 오를 듯한 기분이니까."

"……."

갑자기 이야기가 무거워지는 건 변함이 없다.

이 조금 병든 느낌이, 마왕님 사건에서는 성녀님을 납치할 정도의 폭거로 발전한 거겠지. 지금이야 조심스러운 언동으로 보이지만, 뒤에서는 좋지 않은 것이 쌓여가는 느낌이 든다.

"그러니까 미안해. 머, 먼저 여관에서 나갈게!"

에스텔은 방에서 도망치듯 발길을 돌렸다.

그런 그녀에게 추남은 이렇게 고백했다.

"에스텔 씨의 기억이 돌아온 것, 저는 무척 기쁘게 생각합니다."

"으……."

출입구 앞에서 상대의 달려가던 발이 멈췄다.

그리고 잠시 뒤, 조심조심한 기색으로 대답이 돌아왔다.

"……그건, 저, 정말이야?"

"호의를 받아들일 수는 없습니다. 하지만, 그래도 저에게 당신이라는 존재는 무척 소중합니다. 그건 남녀 사이라는 울타리에 얽매이는 게 아니라고, 지금이든 예전이든 생각하고 있습니다."

"……."

복도에 인접한 문 앞에 서 있는 에스텔.

그 뒷모습을 향해 말을 걸었다.

그녀와 사이좋게 지내고 싶다는 의지는 진심이다. 리처드 씨와의 관계가 이어지는 한, 에스텔과의 교우도 이어지겠지. 그런데 지금부터 계속 어색한 상태라면 나도 그녀도 분명 피곤할 거다.

알렌과의 관계도 계속해서 공중에 붕 떠 있게 되지 않을까.

개인적으로는 그게 제일 좋지 않다.

대화를 이어가면서 이것저것 고민해 봤다.

그러는 사이, 상대가 마음을 다잡은 듯 말을 걸어왔다.

문을 마주한 채, 조금 상기된 음색이었다.

"그럼 저기, 하, 하나 제안이 있는데!"

"뭡니까?"

"당신은 정말로, 왕녀 전하와의 혼인에 부정적인 거지?"

"네. 그 점은 거짓이 없습니다."

"그럼, 예, 예를 들어 예전에 아빠가 나와의 혼인을 권유했던 사실을 끄집어내면, 지금의 페니 제국이라면 설령 폐하라고 해도 아빠를 배려해서 억지로 강요하지는 않을 것 같은데!"

"……."

확실히 그녀의 말에는 일리가 있다.

최근의 피츠클라렌스가는 페니 제국의 얼굴이라고 불러도 과언이 아닌 지위에 있다. 재상과의 파워 밸런스로 따지면, 리처드 씨가 월등히 위다. 그가 고개를 내젓는다면 폐하라도 함부로 대할 수 없다.

"물론 나와의 관계는 이, 임시라도 상관없으니까……."

"하지만 그래서는 에스텔 씨가 귀족으로서 가진 입지가……."

"나는 아무래도 좋아! 나는 당신이 행복하다면 다른 건 하나도 필요 없어! 그리고 당신의 행복은 당신 주변에 있는 모두의 행복으로도 이어져. 그렇다면 나는 기꺼이 주춧돌이 될게!"

에스텔의 좋은 여자 기질이 멈출 줄을 모른다.

이런 말을 들으면 반해버린다고.

유니콘도 무릎을 꿇고 빨기 시작할 거라니까.

"게다가 아, 알렌이라면, 이런 것도 신경 쓰지 않을 거잖아?"

"……."

그런 말을 들으면 부정할 말이 떠오르지 않는다.

사람 좋은 그 꽃미남은 본심은 넘어가더라도 절대 부정하지는 않을 것이다. 과거에도 비슷한 제안을 반복해서 들었던 데다, 그 자리에 에스텔이 있기도 했다. 참으로 설득력 있는 말이다.

동시에 이렇게 들은 제안은 지옥에서 내려온 한 줄기 거미줄이기도 했다.

로열 비치와의 결혼은 현재 간장 얼굴에게 가장 큰 문제다.

최악의 경우에는 뒤로 메르세데스를 원조해서 페니 제국과는 별도로 대성국을 독립, 통치하는 것도 꾸미고 있었다. 오늘의 느낌으로 보면 딱히 불가능하지도 않겠다고 생각했다.

그런 것들을 모두 해결하는 묘안이라, 더할 나위 없이 매력적이기는 했다.

"물론 딱히 억지로 받아달라고 하진 않을게. 단지, 저, 저기……."

"……."

당연하지만 영원히 한다는 건 아니다.

당면한 위기를 벗어난다면 당장에라도 해소 가능.

무엇보다 왕녀 전하는 결혼 적령기다. 그 폐하가 추남에게 준다고 말할 정도였으니, 그리 멀지 않은 시기에 시집갈 곳이 정해질 것이다. 그게 아니더라도 최근 왕가의 혈연이 필요한 외교상의 문제가 다수 분출되고 있다.

이상적인 건 북쪽 대국에 트로이 목마로 보내고 싶다.

그럼 에스텔은 당장에라도 납작한 노랑족에게서 해방될 수 있다.

당연하게도 그동안 추남이 그녀에게 손을 대는 일은 없다.

다행히 다나카 백작의 소문은 101마리 쇼타 거시기가 밑바닥으로 떨어뜨려 주었다. 결혼할 때 처녀성 확인이 공공연하게 이루어진다는 여론도 있기에, 굳이 알렌만이 아니라도 시집갈 곳을 고르는 건 충분히 가능할 거다.

뭐니 뭐니 해도 에스텔은 물리적으로 처녀.

체면상 입을 대미지는 최소한으로 그칠 거다.

결혼이 아니라 혼인 약속이라는 점이 핵심이다.

간장 얼굴이 아는 바로도 귀족 업계는 혼인이라는 행위가 일상적으로 벌어진다. 마찬가지로 이게 파기되는 일도 빈번하다는 이야기도 들었다. 어느 세계의 결혼만큼 가볍게 휙휙 이루어지는 것이다.

어린 시절에 부모끼리 정한다는 것도 자주 있는 경위다.

그게 귀족들 사이의 변화로 인해 파기되는 흐름도 자주 있다.

"……잠시만 어울려주셔도, 괜찮겠습니까?"

미안하다고 생각하면서도 어리석은 동정은 되물었다.

이건 나에게는 몹시 매력적인 제안이었다. 터무니없이 커다란 빚을 지게 되겠지만 그럼에도 고르고 싶을 만큼. 대답을 질질 끄는 짓은 도저히 할 수 없었다.

그러자 그 직후, 에스텔에게서 움직임이 보였다.

문을 바라보던 자세에서 이쪽을 힘차게 돌아봤다.

"응. 맡겨둬!"

그녀의 얼굴에 떠오른 것은, 극상의 웃음.

반짝반짝 빛나는 만면의 웃음이었다.

어째서 이렇게나 기뻐할 수 있는 걸까.

"……."

그렇게 말하면 이제 그녀에게는 고개를 들 수가 없다.

하지만 솔직히 그 사실이 그렇게까지 싫지는 않다고 느끼는 자신이 있었다.

개전 Outbreak of War

우여곡절 끝에 우리는 대성국에서 페니 제국으로 돌아왔다.

처음에 발을 옮긴 건 리처드 씨 쪽이다. 다행히 수도 카리스에 있는 피츠클라렌스가 저택에서 그의 모습을 볼 수 있었다. 에스텔을 동반해서 귀환한 우리는 얼굴 패스로 안으로 실례했다.

당주님의 면회를 신청하자 곧바로 응접실로 안내 받았다.

처음 만났을 때 그는 아직도 페니 제국에 있었냐며 조금 어이없다는 표정으로 말했다. 그래서 일을 끝내고 돌아왔다는 취지를 전달하자, 이번에는 대단히 놀란 표정으로 바라봤다. 이것도 모두 메르세데스의 활약이다.

참고로 에디타 선생님과 로리곤, 그리고 소피아는 달리 급한 일이 있다면서 드래곤 시티로 돌아갔다. 정령왕님은 그녀들이 하는 일에 흥미가 생겼는지 그들을 따라갔다. 새 씨와 니플 전하도 함께다.

현지 상황을 솔직하게 전달하기로 했다.

로열 비치의 근위 기사가 이미 실권을 수중에 넣었다는 것. 또한 추남의 실수로 에스텔이 괴로운 경험을 했다는 것. 그런 이유로 인해 전자가 그 나라의 실권을 따님에게 양도했다는 것.

기타 등등, 고문실에서 밝혀진 사실을 전부 말했다.

예전부터 교황 자리에 있던 인물은 메르세데스와 토토의 활약으로 인해 약물 성관계 중독. 이미 꼭두각시로 변했다고 한다. 성녀님의 원맨 국가였기 때문에 생긴 연약함이라고나 할까, 일부러 그런 인물을 수장에 올렸기 때문이겠지.

"……설마 그런 일이 벌어졌을 줄이야."

"정말로 죄송합니다."

소파에서 일어난 간장 얼굴은 고개를 숙이며 사과했다.

바로 옆에 앉은 에스텔은 끊임없이 커버하는 말을 해주고 있지만, 이번만큼은 그녀에게 신세를 지는 것도 주저됐다. 상사에게 확실한 꾸짖음을 들을 각오를 다지고 찾아왔다.

이렇게 리처드 씨에게 고개를 숙이는 것도 오랜만이다.

덕분에 마음이 탄탄히 다져지는 게 느껴졌다.

"이야기를 들어보니, 그건 다나카 씨의 실수가 아니라 리즈의 실수겠죠. 저는 당신을 비난하는 대신, 딸이 그런 상황에서도 결코 입을 열지 않았다는 사실을 칭찬하고 싶습니다. 그리고 그녀를 구해준 다나카 백작에게 감사합니다."

"아뇨, 결코 그렇지 않고……."

"애초에 딸의 동행을 제안한 건 접니다. 그런 의미에서는 저도 같은 죄를 범했으니, 다나카 씨만 고개를 숙이는 건 좀 아닌 것 같네요. 만약 왕녀 전하였다면 저와 당신은 모두 단두대에 올라가지 않았을까요?"

"……그건 조금 극단적인 말씀이 아닐까요?"

"아무튼 딸은 무사했으니 이 이야기는 끝내기로 합시다. 본인이 당신을 원망하고 있다면야 약간 사정이 다르겠지만, 그런 것도 전혀 아니잖습니까. 안 그러냐, 리즈?"

"다, 당연하지! 오히려 감사하고 있어!"

"그렇다는군요."

그렇게 말하면 이 이상 아무 말도 할 수 없다.

방 바깥에까지 들릴 음량으로 즉시 단언하다니.

에스텔이 너무 좋은 여자라서 위험하다.

"……감사합니다."

"그보다도 그, 그와 전하의 혼인에 관해서 할 말이 있어!"

간장 얼굴이 소파에 돌아온 직후, 그녀가 목소리를 높였다.

콧구멍을 벌렁거리면서 호소하고 있다.

설마 에스텔의 입에서 이쪽 화제를 거론하다니, 이건 예상 밖이었다. 이런 건 내 입으로 말하지 않으면 체면이 서지 않는데 말이지. 얌전히 자리에 도착한 것도 잠시, 추남은 황급히 입을 열었다.

"실례지만, 그 일은……."

"다나카 백작은 전하와의 혼인에 부정적이야! 그러니까 한동안은 나랑 혼인한 걸로 해줄 수 있을까? 물론 정말로 결혼하는 건 아니야. 하지만 그런 구실로 한동안 지내고 싶어!"

로리 비치가 이전의 기세를 되찾아가는 것 같다.

이쪽에 신경을 써주고 있다는 건 틀림없다.

그러나 이 팍팍 들이대는 느낌은 기억에 있다.

"리즈, 그건 참 갑작스러운 이야기구나."

"그렇게 말하면, 아빠의 이야기도 충분히 갑작스러웠어!"

"리즈는 자기가 무슨 말을 하고 있는지 이해하고 있는 거니? 다나카 백작은 전하와 혼인하여 대성국에서 대공 신분이 될 거다. 그걸 무산시킨다는 이야기인데, 정말로 백작이 그렇게 말한 게 맞아?"

"으, 응. 그렇게 말했어!"

피츠클라렌스 부녀의 시선이 모두 이쪽으로 향했다.

각오는 하고 있었지만 엄청 거북하다.

이번에도 따님을 달라는 듯한 분위기가 되어버렸다.

내가 부탁한 상황이라 거부할 수는 없지만.

"대단히 죄송합니다만, 그렇게 말씀드렸습니다."

"다나카 백작은 일국의 주인이라는 지위에 부정적인 겁니까?"

그렇게 말하면 대답하기 곤란해진다.

로열 비치와 결혼하고 싶지 않을 뿐이라고 솔직하게 말하는 날에는 리처드 씨와의 관계도 종료되겠지. 어떻게든 적절한 변명을 늘어놓아야만 한다. 그러나 표면적으로는 흠잡을 데 없는 제안이라서 큰일이다.

차라리 왕녀님의 성벽을 까발릴까?

성노예급으로 헤프다고.

아니, 그러면 더더욱 심각한 문제가 분출될 수 있다. 본인도 잠자코 있지 않겠지. 모처럼 폐하나 재상님과도 친해졌다. 이 자리에서는 최대한 원만하게, 그러면서도 피츠클라렌스 부녀에게 부담이 적은 이야기 흐름으로 만들고 싶다.

그러자 자연스레 변명의 방향성도 보였다.

로열 비치에게서 도망쳐서 로리 비치를 의지한 거다.

그렇다면 몸을 의탁해야 하는 건 폐하가 아니라 피츠클라렌스가.

이 자리에서는 리처드 씨를 띄워주는 대응을 해야겠지.

"아직 저는 젊은 몸인지라 당분간은 피츠클라렌스 공작님 아래에서 페니 제국의 귀족으로 공부하고자 생각하고 있습니다. 그럼에도 안 된다고 하신다면, 저는 대성국을 피츠클라렌스 공작령으로 만들기로 하지요."

불가능하지는 않다.

이미 근위 레즈는 에스텔의 권력에 굴복했다. 추남이 부탁하면 실권의 양도는 가능하다. 왕궁 2인조는 맹렬히 반발하겠지만, 그쪽은 나와 리처드 씨가 협력하면 무력적으로도 정치적으로도 억

누를 수 있다.

폐하의 사병 10만 정도라면 대수롭지 않은 수준이다.

그들과의 관계 악화는 틀림없어질 테니까, 가능하면 피하고 싶은 이야기지만.

나로서는 드래곤 시티가 있다면 그걸로 충분하다.

오히려 영지가 먼 곳에서 늘어난다면 오히려 곤란하다.

"……그게 다나카 씨의 생각입니까?"

"네, 그렇습니다."

리처드 씨야말로 대공 같은 걸 꿈꾸고 있지 않을까?

범상치 않은 야심을 가지고 있다는 건 평소에도 느끼고 있다. 그러나 구체적으로 입에 담는 사람이 아니니까, 사물을 어떤 벡터로 생각하고 있는지는 모른다. 섣불리 자극하면 쓴맛을 볼 것 같아서 솔직하게 입을 다물고 있지만.

"……."

"아, 아버님?"

침묵해버린 리처드 씨.

이것에는 에스텔도 불안한 눈초리였다.

간장 얼굴도 상대의 대답을 기다리며 입에 지퍼를 채웠다.

그렇게 모두가 무언을 유지한 채 조용히 수십 초가 흘렀다.

"알겠습니다. 다나카 씨의 의향을 존중하도록 하죠."

"괜찮으시겠습니까?"

"그렇게까지 말씀하신다면, 저도 각오를 다지겠습니다. 아뇨, 그런 의미에서는 이미 각오는 다졌습니다. 하지만 여러모로 세상이 소란스러운지라, 오늘까지 후수로만 돌고 있었다고 해야 할까요."

생각보다 간단히 수락을 받아냈다.

좀 더 싫은 표정을 지을 줄 알았다.

다나카 백작과 로열 비치의 결혼은 피츠클라렌스 가에도 이익보다 불이익이 더 컸을지도 모른다. 그렇다면 그의 반응도 이해가 안 가는 건 아니다. 폐하의 제안은 무엇보다 폐하 자신의 의향이 더 컸다는 거겠지.

"폐를 끼치기만 해서 죄송합니다."

"하지만 그렇게 되면 당분간은 어쩌실 겁니까?"

"이쪽 이야기에 대한 건 지금으로서는 저의 지인 말고는 아무도 모릅니다. 입막음도 해뒀습니다. 지금부터 폐하께 알려드리려고 합니다만, 그쪽도 포함해서 리처드 씨에게 말씀드리고자 했습니다."

"……그랬었군요."

"지금 시점에서는 서서히 무력화하는 노선으로 통치를 진행하고 있습니다."

메르세데스의 손에 걸린다면, 성녀님이 수백 년에 걸쳐 유지해온 대성국의 질서와 위엄도 몇 년 지나면 땅에 떨어질 것이다. 대신 손에 넣는 것은 아마 세상에서 가장 불명예스럽고, 그럼에도 흔들림 없는 관광지로서의 입지.

개인적으로는 매우 장래성을 느끼고 있다.

노상에서 야한 차림을 한 누님이 말을 걸어오는 건 최고였다.

동정을 탈출한 뒤에는 마음껏 즐기고 싶다.

"그렇다면 그 이야기는 제게 맡겨주시겠습니까?"

"네. 꼭 부탁드립니다."

부임해서 관리하라는 말을 들으면 곤란해진다. 개인적으로는 한동안 메르세데스에게 죄다 떠넘길 생각이 넘쳐났다. 가뜩이나 최근에는 드래곤 시티를 자주 비우고 있다. 곳골과의 대화도 정체되고 있다.

"그럼 저기, 나, 나와 그는……."

"리즈가 심사숙고해서 정한 일에 내가 끼어들지는 않아."

"아……. 고, 고마워, 아빠!"

오히려 간장 얼굴이야말로 고맙다고 전하고 싶다.

에스텔을 위해서라도 로열 비치는 시급하게 다른 곳으로 시집을 가줘야겠다. 이 이상 피츠클라렌스가 따님에게 부담을 지울 수는 없다. 혼인을 사칭하는 기간은 짧으면 짧을수록 좋다.

말하자면 오늘부터 시작되는 로열 비치 시집보내기 미션.

목표는 연내.

다나카 백작은 그녀를 꼭 먼 곳으로 시집보내고 싶습니다.

*

【소피아 시점】

대성국에서 오리할콘과 마석을 입수한 저희는 다시 남부 국가군 니플 왕국까지 찾아왔습니다. 후자는 대성국 교회가 관리하던 보물고에 잠들어 있던 물건입니다.

메르세데스 씨의 호의 덕분에 무려 무료였습니다.

정말로 괜찮은 건지 의문이 들기도 합니다.

왜냐하면 그녀는 페니 제국의 근위 기사니까요. 나중에 누군가가 불만을 가지는 게 아닌가 싶어서 메이드는 조마조마합니다. 그러나 마구 밀어붙이는 상태인 드래곤 씨를 막을 수는 없었습니다.

덤으로 미스릴이나 오리할콘도 받았습니다.

보물고에 잠들어 있던 걸 드래곤 씨가 날카롭게 발견한 겁니다.

닥치는 대로 가죽 주머니에 쑤셔 넣었습니다.

하고 싶은 건 다 했네요.

이동은 이번에도 엘프 씨의 마법으로 한순간입니다.

참고로 다나카 씨와 에스텔 님은 피츠클라렌스 공작님에게 용건이 있다면서 도중에 하차했습니다. 수도 카리스에서 작별했습니다. 이후, 저희는 두 분과는 별도로 니플 왕국까지 찾아왔습니다.

돌아올 때는 갔던 길의 사람들 말고도 정령왕님이 함께입니다.

엘프 씨가 제작하는 마도구가 신경 쓰인다고 합니다.

그렇게 찾아간 곳은 니플 왕국에 지어진 금속 가공장입니다.

저희 마을에는 금속을 가공하기 위한 시설이 존재하지 않기에, 마도구 제작은 이쪽에서 진행하고 있습니다. 시설 내부에는 몇 명의 직공들이 바쁘게 일하고 있습니다. 니플 왕가가 소개해 준 분들이라고 합니다.

여기저기에서 깡깡 소리가 들려옵니다. 플로어 중앙에는 커다란 용광로가 지어져 있어서, 그곳에서 끊임없이 열기가 뿜어져 나왔습니다. 시설 구석에 서 있기만 해도 땀이 나옵니다.

그 한가운데에서 저희는 제작대 하나와 마주했습니다.

「그래서, 여기에 마력을 담으면 되는 거냐?」

“음, 바로 그거야.”

제작대 위에는 대성국에서 가져온 마석이 올라가 있습니다.

이게 꽤 커다랍니다. 어마어마하다는 수준은 아니지만, 사람 손으로 들어 올릴 사이즈는 아닙니다. 이걸 옮기기 위해서 엘프 씨나 드래곤 씨가 마법으로 띄웠습니다.

메이드는 제작대 다리가 부러지지 않을까 걱정됩니다.

“나나 너라도 이런 규모의 마석을 한 방에 채우기는 어렵겠지.

그러니 며칠에 걸쳐 천천히 집어넣으려고 해. 무리하다가 마석이 부서지기라도 하면 대책이 없으니까."

「……알았어.」

엘프 씨의 말에 따르면, 이 마석이야말로 이번에 제작하는 마도구의 핵심이라고 합니다. 마석에 주입한 마력을 이용해서 긴급시에 장벽마법을 치는 마도구라는 설명을 이곳에서 들었습니다.

대량으로 모은 미스릴이나 오리할콘은 장벽마법을 사용하는 데 필요한 마법진을 그리기 위해 이용합니다. 그러면 마법을 사용하는 사람이 없더라도 어느 정도 자동으로 마법을 발동시킬 수 있다고 합니다.

과거, 마왕님에게 받은 공격을 생각하면 굉장히 믿음직스럽게 느껴졌습니다.

예전에는 드래곤 씨가 지켜줬지만, 그녀가 언제나 마을에 있다고 단정할 수는 없습니다. 허를 찔릴 수도 있겠죠. 그런 위기에 대한 보장은 저처럼 연약한 존재에게는 굉장히 매력적으로 비쳤습니다.

그리고 거기에는 정령왕님도 흥미를 보였습니다.

"흐으~응? 그렇게 주입한 마력으로 장벽을 치는 거야~?"

"그래, 바로 그거야."

"그건 왕의 공격을 어느 정도 막을 수 있어?"

"예전에 마왕이 각국에 날린 정도의 마법이라면, 몇 발 정도는 마력 재보급을 하지 않고도 막아낼 수 있다고 생각해. 하지만 그 이상이라면, 예비 마석을 추가하거나 뭔가 다른 수를 생각할 필요가 있겠지."

"흐응~. 의외로 효율이 좋네~?"

「어? 그, 그것뿐이야?!」

정령왕님과 드래곤 씨, 양자의 반응은 대조적이었습니다.

전자는 감탄한 듯 엘프 씨를 바라보는 반면, 후자는 깜짝 놀란 표정을 지었습니다. 대답을 듣자마자 꼬리가 쫑긋 솟아난 동작을 보니 꽤 놀란 것처럼 보입니다.

메이드는 어느 쪽이 올바른지 판단이 되지 않습니다.

“당연하잖아? 상대는 너희 용족의 왕이라고.”

「그래도, 그럼 마을이…….」

드래곤 씨. 오늘도 마을에 대한 사랑이 넘쳐나고 있네요.

말하는 표정이 굉장히 불안해 보입니다.

“왕의 이름을 가진 자들과의 실력 차이마저 메울 수 있는 마도구는 아무리 그래도 그리 간단히 만들 수 없어. 이번에는 용왕이라는 구체적인 위기가 닥쳐오고 있으니까. 서둘러서 이 마도구로 예기치 못한 강습을 대비하려고 해.”

「크, 크르르르릉…….」

“으르렁거려도 이것만큼은 어찌할 수가 없는데 말이지.”

엘프 씨는 곤란한 표정을 지었습니다.

그런 그녀에게 정령왕님이 말을 걸어왔습니다.

“그 말투를 보면, 시간을 들이면 만들 수 있다는 것처럼 들리는데에~.”

“전제조건이나 환경을 한정한다면 일시적으로 실현하는 건 결코 불가능하지는 않다고 생각하고 있어. 하지만 왕이라고 한마디도 뭉뚱그려도 그 존재는 천차만별이야. 어느 왕을 상대하느냐에 따라 고려해야 할 점이 다르지. 모든 걸 대비하기는 어려워.”

돌이켜보면 엘프 씨는 선대 마왕님을 과거 수백 년이라는 시간

동안 계속 봉인하고 있었습니다.

그런 의미에서는 이미 경험이 있다고 할 수 있겠네요.

“흐으~응? 너, 뭔가 멋있는 말을 하네에.”

“힘이 없는 자는 없는 대로 노력할 수밖에 없다고 생각하니까.”

“세간에서 본다면, 너도 충분히 힘을 가진 자처럼 보이는데?”

“가졌든 안 가졌든, 노력해야 하는 것은 변하지 않아.”

그런데 정령왕님, 뭔가 조금 끈덕지네요.

실례지만 그런 느낌을 받았습니다.

요 몇 주일 사이 여러 임금님을 만나고 생각하는 건데, 역시 우리 새 씨가 제일 최고입니다. 지금도 메이드의 팔에 안겨서 새근새근 자고 있습니다. 굉장히 행복한 기분이 듭니다.

다나카 씨에게 돌려드려야 한다는 게 아쉽네요.

“아무튼, 이 이상을 바란다면 시간이 필요해.”

드래곤 씨를 돌아본 엘프 씨가 말했습니다.

그렇게 말하자 그녀는 즉시 결단을 내렸습니다.

「좋아! 그럼 그렇게 바랄 테니까, 좀 더 굉장한 걸 만들자!」

“……뭐, 딱히 상관은 없지만.”

이쪽은 이번에 제작하는 마도구의 소모율이 신경 쓰입니다.

매우 비싼 물건이니까 그리 간단히 재구입할 수 있는 게 아닐 겁니다. 원가 시점부터 상당한 금액입니다. 양산 체제를 갖추더라도 가격을 줄이는 건 불가능합니다. 아무쪼록 오래도록 이용할 수 있기를 바라마지않습니다.

가까운 장래, 다나카 씨나 노이만 씨에게 마을의 수익을 설명할 때를 생각하면 배가 꾸룩꾸룩 울리기 시작하는 걸 느낍니다. 그러나 이것도 드래곤 씨를 위해서라고 생각하면 각오를 다져야겠지만요.

“그~런 거라면 나도 도와줄까아?”

“괘, 괜찮은 건가?”

“나라면 이 마석도 한 방에 꽉 채워줄 수 있을지도 모르는데에~?”

“본인이 그렇게 말한다면야 나는 전혀 상관없지만…….”

「너. 이, 이상한 짓을 할 생각은 아니겠지?!」

“뭐~? 그런 짓은 안 하거든은~?”

“이봐. 그러니까 어째서 너는 그렇게 시비를 거는 짓을!”

다들 뭔가 즐거워 보이네요.

정령왕님도 의외로 다정한 분이라 다행입니다. 예전에 촌장님 저택에서 식사를 함께할 때는 많이 불안했습니다. 그러나 이렇게 이야기를 나눠 보니 조금이나마 거리감이 줄어든 느낌이 듭니다.

앞으로도 사이좋게 지낼 수 있다면 기쁘겠네요.

한편, 이렇게 떠들썩한 다른 분들 옆에서의 일입니다.

“이거 하나면, 우리나라가 몇 년은 버틸 텐데…….”

니플 전하가 누구에게랄 것도 없이 나지막하게 중얼거렸습니다.

시선은 제작대 위에 올라간 마석을 보고 있습니다. 여기를 찾아온 직후 그녀가 가격을 물어봤는데, 무료로 입수한 물건이기는 했지만 솔직하게 당초 예산을 알려드렸습니다.

그래서 굉장히 공허한 눈초리를 보이고 계십니다.

“…….”

메이드는 그녀의 그 한마디가 무엇보다 가슴에 울리는 걸 느꼈습니다.

*

대성국에서 페니 제국으로 돌아온 지 며칠 뒤, 추남은 왕궁 2인조와 얼굴을 마주하게 되었다. 장소는 예전과 마찬가지로 왕성 안에 있는 폐하의 개인실이다. 이곳에서 익숙한 소파에 앉아 가주와 마주했다.

배후에는 여느 때와 같은 포지션에 선 재상님의 모습도 보인다.

내 옆에 리처드 씨의 모습이 있는 것도 여전하다.

처음에 나온 화제는 내 신상에 관한 거다.

"다나카 백작의 사정에 관해서는 이미 리처드에게 들었다. 짐으로서는 무척이나 유감스러운 일이지만, 딸의 일은 넘어가려고 한다. 다시금 확인한다만, 백작 본인의 의향도 다르지 않다는 건 확실하겠지?"

이곳을 찾아오고 나서 인사를 나누자마자 바로 나온 말이다.

아무래도 간장 얼굴이 관여하지 않은 곳에서 리처드 씨가 폐하와 담판을 지은 모양이다. 눈앞에서 중년 동정의 혼인이 어쩌니 하는 이야기가 나오면 매우 근질근질한 기분이 드니까, 이건 굉장히 고맙다.

"다르지 않습니다. 배려해주셔서 참으로 황공합니다."

"……음. 알았다."

해냈다. 로열 비치와의 혼인은 파기다.

묘한 달성감이 가슴속을 채웠다.

문득 전신이 가벼워지는 게 느껴졌다.

내가 생각하던 것 이상으로 스트레스를 느끼던 거겠지.

배우자의 부정으로 결별이 정해진 사람들이 이혼신고서 접수를 확인한 순간은 이런 느낌이겠지. 결혼은 물론이거니와 누구와 사권 경험도 없는 동정은 인생의 계단을 3단 건너뛰어서 내달린 것 같은 거창한 감회에 젖었다.

오늘은 기분 좋게 잠들 수 있을 것 같다.

"또한, 대성국에서의 활약도 대단히 훌륭했다."

이크, 그쪽도 이미 알고 계시는군요.

리처드 씨에게 눈짓을 보내자 살짝 끄덕이는 동작이 보였다. 혼인 운운하는 이야기와 합쳐서 이미 교섭을 한 이후겠지. 모든 걸 맡기겠다고 전했으니, 추남은 그를 따라 순순히 대답하기로 할까.

"이것도 모두 폐하께서 지원해 주신 덕분입니다."

"겸손할 건 없다. 다나카 백작이라면 혹시나 하는 마음이 있었지만, 설마 정말로 이런 단기간에 그 나라를 장악할 줄은 몰랐다. 리처드에게 이야기를 들었을 때는 짐도 귀를 의심했을 정도다."

모든 건 메르세데스의 성욕이 이뤄낸 위업이다. 그러나 이 자리에서 그 말을 하면 매우 귀찮아지니까 입 다물고 있자. 폐하의 말투로 보면 아마 리처드 씨도 그것까지는 전하지 않았을 것이다.

부하의 성과는 상사의 성과라는 게 당연시되는 페니 제국의 귀족 사회다. 이 자리에서 설명하지 않더라도 딱히 문제가 되지는 않을 터였다. 오히려 섣불리 떠들었다가 대화의 템포가 무너지는 게 문제다.

망국의 레즈비언 나이트에게는 조만간 감사를 표하러 가야겠다.

"다시금 확인하겠습니다만, 저는 페니 제국의 귀족으로서 앞으로도 피츠클라렌스 공작님 아래에서 힘쓰고자 합니다. 이것이 폐하께도, 나아가서는 페니 제국에도 무엇보다 큰 도움이 되리라 믿습니다."

"음. 짐도 백작이 페니 제국을 위해 오래도록 힘써줬으면 한다."

"황공하신 말씀입니다, 폐하."

간장 얼굴은 이때라는 듯이 소파에서 일어나 인사했다.

이걸로 무사히 미션 컴플리트.

이제 드래곤 시티로 돌아가면 예전과 변함없는 생활이 기다리고 있다. 집무실에서 소피아의 윗가슴이나 허벅지를 바라보며 그녀가 타주는 차를 마신다. 팬티가 가끔씩 보여서 최고다. 이런 걸 행복이라고 하는 거지.

최근에는 메이드복 사양이 변해서, 겨드랑이가 다 보이는 게 최고다.

겨드랑이 땀 대책이라는 건 추남도 어렴풋이 짐작하고 있다.

그렇게 시선이 눈앞의 상대에서 떨어진 직후의 일이다——.

"아무쪼록 대성국의 앞날을 부탁하마. 다나카 백작."

폐하가 묘한 지시를 발령했다.

그 나라의 취급은 리처드 씨가 인수한 게 아니었던가? 피츠클라렌스 파벌 마음대로 해달라고 전달했을 거다. 추남은 앞으로도 노터치로 지내고 싶다.

아무래도 방치할 수도 없기에, 숙이고 있던 고개를 들었다.

자연스레 시선이 리처드 씨에게 향했다.

시선에 들어온 건 여느 때와 같은 싱글벙글한 웃음.

대체 뭐가 그리 즐거운지 눈이 선처럼 변했다. 완전히 선으로.

추남은 최대한 평정심을 유지하면서 폐하에게 여쭸다.

"……대성국을, 말입니까?"

"당연한 것이 아니냐? 그 땅은 백작의 활약으로 얻은 영지다."

"아뇨, 하지만……."

"짐으로서는 딸을 차기 성녀로 올릴 수만 있다면 만족이니까."

왕녀님의 성녀 취임은 예전과 변함없는 기정 노선인 모양이다.

그 점은 문제없다.

다행히 현지에는 이미 메르세데스가 있다. 그리고 그녀가 대성국에 품은 마음은 진짜다. 아무리 성녀님이 공격적으로 움직이더라도 자신의 성욕에 따라 최소한의 고삐는 쥐고 있으리라 믿는다.

적어도 대성국이 붕괴하거나 페니 제국에 이빨을 드러내거나 하지는 않을 것이다.

"맡겨주시지요. 폐하."

폐하의 발언을 듣고 리처드 씨도 즉시 대답했다.

궁중 2인조의 시선이 추남에게서 옆으로 이동했다.

그걸 확인한 그는 의기양양하게 폐하를 바라보며 말했다.

"조만간 새로운 시대의 성녀 탄생을 성대하게 축하하려고 합니다."

"……."

이건 그거다. 후자의 야망에 추남도 말려든 예감.

대성국을 폐하에게 주는 게 아까워진 거겠지.

그걸 회수하기 위해서는 다나카 백작을 이용하는 것이 가장 빠르다.

그리고 에스텔에게도 폐를 끼친 상황이라, 추남은 이 자리에서 리처드 씨에게 No라고 말할 수가 없다. 그도 약속을 깬 건 아니고, 과거에 나는 피츠클라렌스 가를 위해 일하겠다고 확언했다.

폐하는 딸을 차기 성녀로 올리고 그 나라의 주권 확보에 나선다. 리처드 씨는 다나카 백작의 이름을 이용하여 실권을 유지하기 위해 애쓴다. 서로 몇 년 뒤를 내다보고 땅따먹기를 시작하려고 하고 있군요.

그게 추남의 혼인 파기에 대한 양자의 착지점인 모양이다.

어쩐지 조금 전부터 재상님이 탐탁잖은 표정이다 싶었다.

“그래. 딸의 새로운 출발이니, 짐도 충분히 조력하도록 하지.”

“그걸 위해서라도 다나카 백작은 앞으로도 마음껏 활약해 주셔야겠습니다.”

두 사람 모두 자신을 쳐다봤다.

“…….”

오랜만에 리처드 씨에게 당해버린 느낌이 든다. 그러나 내 사정으로 에스텔에게 부담을 지운 경위를 고려하면, 이 정도는 마땅히 감수해야 하지 않을까 싶기도 하다. 거기까지 생각한 동정은 문득 깨달았다.

설마하니. 설마 설마.

그는 이렇게 되는 걸 내다보고 딸을 동행시킨 건가.

아니아니, 아무리 그래도 그건 아니겠지.

왜냐하면 리처드 씨는 어디에 내놔도 부끄럽지 않은 딸바보. 친딸을 고생하게 만드는 짓은 절대로 하지 않는다. 설령 그것이 가문을 위해서라고 해도.

게다가 부담을 지운 건 추남의 실수가 원인이다. 그에게도 예상 밖의 일이라고 할 수도 있다.

아, 이런 생각이야말로 오만인 것 같다.

“짐은 다나카 백작의 활약에 기대하고 있다. 충분한 포상으로 응하도록 하마.”

“네. 저도 다나카 백작이 파벌의 중핵을 담당해줬으면 합니다.”

폐하와 리처드 씨가 걸어오는 압력이 어마어마하다.

최근 들어서 적당히 서로 양보하나 했는데 곧바로 이렇게 권력 투쟁에 나서기 시작하는 모습, 역시 페니 제국이라는 느낌이 든다. 그들의 지시 아래에서 파벌 사람들이 어떻게 움직이는지는 그다지 생각하고 싶지 않다.

북쪽 대국과의 관계가 진정된다면, 나라를 쪼갠 싸움이 시작될 것 같다.

"두 분의 기대에 부응할 수 있도록, 앞으로도 진력하고자 합니다."

그러나 메르세데스에게는 낭보가 될 것 같다.

한동안 대성국의 관리는 그녀에게 죄다 떠넘기도록 하자.

*

【소피아 시점】

대성국에서 니플 왕국으로 돌아온 지 며칠이 지났습니다.

저희는 연일에 걸쳐 이 나라에 있는 금속 가공장을 찾아오고 있습니다. 마도구 제작의 대부분이 미스릴이나 오리할콘 가공 작업이며, 그것 관련으로 하루 대부분을 이곳에서 보냅니다.

현장에서는 엘프 씨의 지휘 아래에서 많은 직공들이 움직이고 있습니다. 대량의 금속을 그녀가 그린 설계도에 따라 마법진의 형태로 가공하고 있네요. 이게 꽤 정밀해서 다들 무척 힘들어 보입니다.

어느 직공은 금속을 깎아서 거푸집을 만들고 있습니다. 다른 직공은 가열한 막대 모양의 미스릴에 망치를 두드려서 원형으로 구부립니다. 그런 광경이 공장 곳곳에서 보였습니다.

드래곤 씨와 니플 전하도 작업에 협력하고 있습니다.

마법의 힘을 이용해서 금속을 꾸물꾸물 움직이고 있네요.

참고로 정령왕님은 이틀째 후반부에는 어딘가로 떠났습니다. 아마 작업을 바라보는 것도 지겨워진 거겠죠. 결국은 단순 작업의 반복이니까 바라봐서 즐거운 건 없습니다.

이런 일에는 어두운 저는 작업에 종사하는 다른 분들에게 차를 타거나 식사 준비를 하는 등, 실제 작업 밖의 일을 돕고 있습니다. 최근에는 시종일관 데스크 워크만 해왔기에, 오랜만에 메이드 일을 해서 좋은 기분 전환이 되었습니다.

음식점 딸이라는 아이덴티티를 되찾은 기분입니다.

그렇게 모두 한 덩어리가 되어 작업을 진행한 지 며칠째.

"좋아, 완성됐어!"

마침내 엘프 씨의 입에서 그 말이 나왔습니다.

공장 중앙에 설치된 작업대 뒤, 미스릴과 오리할콘으로 구성된 마법진이 놓였습니다. 크기는 두 종류가 있는데, 굉장히 커다란 것 하나와 비교적 작은 것으로 구성되어 있습니다.

전자의 중앙에는 대성국에서 가져온 마석이 박혀 있네요.

후자에는 비교적 작은 마석이 몇 개 배치되어 있습니다.

아무래도 전자를 중심으로 해서 후자를 원형으로 배치하면 그 내부를 지키기 위해 장벽을 발생시킨다고 합니다. 엘프 씨에게 그런 설명을 들었습니다. 메이드 말고는 모두가 공유했습니다.

「정말로 이런 걸로 마을을 지킬 수 있어?」

작업대를 바라보던 드래곤 씨가 의문의 표정을 보였습니다.

그 마음은 모르는 바도 아닙니다.

이렇게 바라본 바로는, 금속으로 만들어진 마법진은 매우 미덥지 못하게 보였습니다. 미스릴이나 오리할콘으로 형태를 만들었다는 점에서만 가치가 느껴지는 미술품 같다고나 할까요.

순수한 가치라는 의미에서는 결코 싸지 않을 겁니다.

“바로 기동 실험을 해보자.”

「……실험?」

“니플 왕국 수도를 감싸도록 배치해서, 실제로 그걸 기동해 보는 거야. 원래는 마왕을 필두로 한 왕들의 공격, 즉 일정 이상의 마력을 감지해서 발동하는 건데, 이번에는 의도적으로 기동해서 반응을 확인하고 싶어.”

아무래도 실제로 이 마도구를 사용해 보려나 보네요.

학식이 없는 메이드도 두근두근합니다.

이건 여기 있는 직공들도 마찬가지인지, 흥미로운 눈초리로 마도구나 엘프 씨를 바라보고 있습니다. 요 며칠 동안 침식조차 잊으며 노력해 왔으니, 그 마음을 보답받을 수 있다면 좋을 텐데요.

「이 얄팍한 걸 어딘가에 놔두면 되는 거야?」

“단적으로 말하면 그렇지. 하지만 부주의하게 배치하면 도둑맞을 가능성이 있으니까. 어느 정도 신뢰할 수 있는 곳에 배치하고 싶어. 그러니 마법진을 설치할 곳은 니플 공에게 협력을 요청하고 싶은데…….”

“그렇다면 왕군(王軍) 대기소를 이용하는 게 어떨까? 수도 라크 주변을 둘러싸는 외벽 주변에 존재하고 있어. 관리하는 이들도 어느 정도 신뢰할 수 있지. 다른 귀족에게 맡기는 것보다는 훨씬 나을 거야.”

“음. 꼭 부탁하고 싶네.”

니플 전하의 협력이 있다면 배치할 곳의 교섭도 포함해서 나머지 작업도 오늘 중에 끝나는 게 아닐까요? 그러면 엘프 씨가 설명한 기동 실험도 오늘이나 내일 중에는 진행될 것 같습니다.

그런데 제 기억이 올바르다면, 내일은 페니 제국 수도 카리스에서 마왕 토벌을 기념하는 커다란 행사가 개최될 겁니다. 전날 드래곤 시티로 돌아갔을 때 다나카 씨에게 연락을 받았습니다.

이 메이드도 함께 가지 않겠느냐는 권유를 받았습니다.

엘프 씨나 드래곤 씨도 말을 들었습니다.

하지만 거리에서 개선식을 진행한 뒤에는 곧바로 귀족님들과의 회식이나 인사가 기다리고 있다고 해서 사퇴하기로 했습니다. 특히 드래곤 씨의 마음은 완전히 마도구로 기울어져 있었으니까요.

안 그래도 마도구를 제작하는 데에 거액의 자금이 들었습니다. 마을 재정이 기울어지고 있는지라, 저도 역시 이쪽의 진척이 신경 쓰였습니다. 다나카 씨에게는 죄송하지만, 함께 결석해야 할 것 같습니다.

한편, 에스텔 님은 그와 함께 간다고 합니다.

기쁜 듯이 말하는 그녀의 웃음이 메이드에게는 인상적으로 비쳤습니다.

「좋아. 그럼 가자! 실험이다, 실험!」

"이, 이봐. 함부로 다루다가 망가뜨리지 마. 오리할콘으로 보강했다고는 해도, 복잡한 구조를 이루고 있으니까. 너 같은 자가 섣불리 힘을 줬다가는 간단히 뽀각 부러지거든? 양손으로 튼튼하게 받치듯이 들고……."

「그, 그런 건 알아! 바보 취급하지 마!」

기동 실험, 아무쪼록 성공했으면 좋겠습니다.

메이드는 두 분을 불안하게 바라보는 직공들을 바라보면서 간절히 바랐습니다.

*

대성국의 처우에 관해서 리처드 씨와 폐하가 합의를 이룬 며칠 뒤, 수도 카리스에서 마왕 토벌 및 왕녀님의 차기 성녀 취임을 축하하는 대대적인 축전을 개최하게 되었다. 당초 예정했던, 폐하가 주최하는 이벤트다.

오전 중에 행사장이 되는 건 마을의 메인 스트리트.

현재 진행되는 건 주로 평민을 위한 퍼레이드다.

페니 제국이 보유한 대단히 훌륭한 악단이 떠들썩한 음색을 연주하면서 수도 카리스를 행진하고 있다. 지금부터 굉장한 일이 일어난다는 예감을 모두가 품게 되는, 매우 호화로운 연출이다.

악단 주변에는 기사들이 대열을 이루고 유유히 걸어가고 있다.

그런 집단이 전후좌우를 지키듯이 머무는 와중, 한층 호화로운 마차가 몇 대나 줄지어서 나아갔다. 곳곳에 금세공이 들어간 실용성 전무에 장식 과다인 모습은 문외한이 보더라도 의례용이라는 걸 알 수 있다. 역시 허세로 유명한 페니 제국이다.

주변을 둘러싼 건 근위 기사다.

이쪽도 예외 없이 여기저기에 금세공이 들어가 있다. 말채찍 하나만 봐도 훌륭하고, 말도 호화롭게 꾸몄다. 용케도 싫은 기색 없이 장식끈이나 가슴걸이 같은 걸 달고 있네 싶었다.

대열은 수십 미터나 이어져서, 중간부터는 선두가 보이지 않을 정도다.

이게 훌륭한 규율 아래에서 일정 속도로 마을을 돌고 있다.

거리에는 그 모습을 한 번이라도 보고자 하는 많은 주민이 얼굴을 내비치고 있었다.

오늘 이벤트는 사전에 알리기도 했기에, 거리에는 포장마차 부류도 곳곳에서 보였다. 퍼레이드 진행이 예정된 수도 카리스의 주요 거리에는 잿날 축제를 방불케 하는 광경이 펼쳐지고 있다.

마을 사람들의 환성이 끊이지 않았다.

상대가 신분 높은 사람들이기도 하니까, 당연하다면 당연한 일이다. 설마 불평하거나 할 리는 없겠지. 하지만 그래도 목소리를 높이는 표정은 모두 기뻐 보였고, 솔직하게 폐하 만세, 페니 제국 만세 같은 소리를 드높이 외치고 있었다.

아이돌 라이브를 방불케 하는 광경이 아닐까?

"……."

추남은 마차 창문, 커튼 틈새를 통해 그런 거리를 지켜봤다.

대열 중간쯤에 있는 마차에 올라서 차례를 기다리는 상황이다.

폐하가 직접 소개하면서 모두에게 인사할 계획이라고 한다.

정치가의 선거 활동처럼 마차 위에 올라서 인사하라는 말을 들었다. 현재 신세를 지고 있는 마차에는 2층으로 이어지는 계단이 설치되어 있다. 그리고 2층 부분 위에는 받침대 같은 공간이 있고, 거기에 서서 말해야 한다는 모양이다.

참고로 폐하는 왕녀님과 함께 앞쪽 마차에 타고 있다. 아무리 그래도 왕족과 같은 마차에 탈 수는 없다고 해서, 뒤따르는 한 대에 승차해서 차례를 기다리고 있다. 그리고 추남이 탄 마차 뒤에는 피츠클라렌스 가의 마차가 뒤따른다.

이런 부분에서 최근 페니 제국의 파워 밸런스를 여실히 엿볼 수 있다.

폐하의 말에 따르면, 다나카 백작을 소개하는 측면도 있다고 한다.

납작한 노랑족을 앞쪽 무대에 세워도 되는 건가 하는 의문이 들기도 했다. 그래서 마도귀족을 대신 내세우는 게 어떠냐고 과거에도 반복해서 제안했었지만, 리처드 씨에게는 빼놓을 수 없는 배치였다고 한다.

앞쪽 마차 위에는 이미 왕녀님이 한창 자신을 소개하는 중이었다. 내가 올라탄 마차와 마찬가지로 받침대가 설치되어 있고, 그곳에 서서 백성들을 향해 손을 흔들고 있다. 뱃속에 품은 감정은 조금도 느껴지지 않는, 매우 사랑스러운 미소였다.

만약 처녀였다면, 하고 바랄 수밖에 없는 미소녀 느낌이 났다.

또한 그녀의 옆에는 대성국의 교황마저도 서 있다.

후자는 메르세데스가 본국에서 조달해 왔다. 대량의 약을 투여해서 약에 절은 데다, 토토의 약물 성관계로 폐인이나 다름없어진 그는 가까이서 보면 꽤 수상했다. 아우아우 소리를 늘어놓으며 입에서 침을 흘리고 있었다.

그래도 얼굴은 화장으로 수습하고, 훌륭한 법의를 입히면 변장이 된다. 게다가 오늘은 마법을 이용해서 몸의 자유를 빼앗았다. 이런 별것 아닌 한 장면에서도 느껴지는 이세계의 느슨한 윤리관, 추남은 여전히 익숙해지지 않는다.

페니 제국의 왕녀님이 정식으로 차기 성녀가 된다는 것을 군중에게 어필하고자 굳이 본국에서 발걸음을 옮긴 거다. 이동할 때는 세로 롤과 재수 없는 롱 헤어가 도와줬다. 공간마법 만만세다.

오늘 중에라도 왕성에서 성녀 자리를 이어받기 위한 의식이 거행된다고 한다.

그 관련으로 추남의 정면에는 메르세데스와 토토의 모습이 있다. 교황에게 무슨 일이 생겼을 때 곧바로 달려갈 수 있도록, 그녀들은 폐하에게 대기 지시를 받았다.

"이, 이봐. 다나카. 다시금 이 자리에서 확인하고 싶은데."

"뭡니까? 메르세데스 씨."

"정말로 당분간, 그 나라를 맡겨주는 거냐?"

진지한 표정을 지은 근위 레즈가 간장 얼굴에게 물었다.

그 나라란 대성국을 가리키는 거다.

다만 그녀의 한 손이 현재 진행형으로 토토의 고간에 처박혀 있었다. 동정에게는 매우 자극적인 광경이다. 즉시 3P를 벌이고 싶은 충동에 휩싸였다. 찌걱찌걱 들리는 추잡한 소리. 그 완급에 맞춰서 들리는 토토의 교성에 참기 힘들었다.

만약 만에 하나라도 백성들이 목격하면 실각할 게 틀림없을 광경이다.

그 두근두근한 느낌에 묘한 쾌감이 느껴지는 게 버릇이 될 것 같아서 조금 무섭다. 매직 미러계 어덜트 비디오가 세대를 초월에서 항상 일정 수요가 있는 이유, 알아차린 걸지도 모른다.

"네. 꼭 당신에게 부탁하려고 합니다."

"아……. 그, 그렇군!"

간장 얼굴의 대답을 들은 메르세데스가 활짝 웃었다.

손가락까지 움직였는지 토토가 허덕이는 소리를 냈다.

마부에게 들리는 게 아닌가 해서 추남은 조마조마했다.

하지만 도저히 그만두라는 말을 꺼낼 수는 없었다.

죄 많은 동정이기에 발생하는 유례없는 호기심입니다.

"역시 가져야 할 건 뜻을 함께하는 친구란 말이지!"

"네. 뭐, 앞으로도 친하게 지내도록 하죠……."

나도 신세를 진 만큼, 전혀 부정할 수 없다는 게 분하다.

오히려 이쪽이야말로 감사합니다.

로열 비치가 일파를 이끌고 대성국을 찾을 때까지 아무리 서둘러도 몇 달은 필요하다. 이미 이권을 확보한 피츠클라렌스 파벌을 말고도, 앞으로는 다른 귀족님들로 떠들썩해질 거다.

그러면 근위 레즈의 치세는 앞으로 최소 1년 정도는 이어지겠지.

향후에도 간장 얼굴에게 주어질 권한에 따라서는 계속 맡아달라고 부탁하게 될지도 모른다.

"하지만 최소한, 나라로서의 체제는 유지해주세요. 왕녀님이 오셨을 때 붕괴해 버리기라도 한다면 저로서도 곤란합니다. 종교 국가로서의 권위는 최대한 오래 유지해야 하니까요."

"당연하지. 그곳만큼 여자를 끼고 있기 유리한 장소는 없어."

메르세데스가 희희낙락 말했다.

그녀의 이런 근사한 웃음은 처음 본 걸지도 모른다.

엄청 겁탈하고 싶다. 친구로서 겁탈하고 싶다.

"……그렇다면 좋을 텐데 말이죠."

"너도 빨리 넘어오라고. 비장의 여자를 준비해 두지."

"그래요. 언젠가 여유가 되면 발길을 옮기겠습니다."

어쩜 이리도 매력적인 제안일까.

내일이라도 이사하고 싶다.

그러나 나에게는 아쉽게도 일이 산더미처럼 쌓여 있다.

앞으로 한동안은 궁중에서 귀족들에게 인사하니 뭐니 하는 일들이 예정되어 있다. 가깝게는 오늘 오후부터 왕후귀족들을 위한 축하 파티가 개최될 예정이다.

이쪽은 드래곤 시티의 사람들에게도 권유했었다.

그러나 모두의 반응은 좋지 않았다.

귀족을 싫어하는 곤은 즉각 패스. 파티라는 말을 듣고 얼굴을 활짝 폈던 소피아도 당일 예정과 참가자를 듣자마자 몸을 부들부들 떨었다. 에디타 선생님과 로리곤도 달리 할 일이 있다면서 사퇴.

결과적으로 참가자는 세로 롤과 노이만 씨, 쇼타 거시기 세 명. 에스텔과 조피는 이미 후속 마차에서 대기하고 있다. 퍼레이드가 끝나는 대로 피츠클라렌스가에서 만날 예정이다.

"그런데, 너에게는 예전부터 하나 묻고 싶은 게 있다."

"뭡니까?"

"어째서 피츠클라렌스의 영애와는……"

다나카 백작의 차례를 기다리면서 근위 레즈와 별것 아닌 대화를 나눴다.

차례는 마부가 전달해 주니까 안심할 수 있다.

그런 직후의 일이다.

마차 밖에서 괴수 영화 같은 포효가 들려왔다.

쿠오오오오오오오오! 하는 소리였다.

창문을 닫아둔 마차를 타고 있는데도 찌릿찌릿 대기가 흔들리는 감각이 피부에 전해질 정도다. 귀를 막고 싶어지는 굉음이었다. 바깥에 있는 사람들은 고막이 터지더라도 이상하지 않다.

동시에 추남은 어딘가 기억에 있는 소리이기도 했다.

바깥에서는 사람 말고 말들이 허둥대는 기척이 전해진다.

우리의 마차를 끌던 말이 날뛰지 않은 게 불행 중 다행이다.

분명 신경이 두꺼운 말이 담당하는 거겠지.

그래도 진행은 스톱.

창문 너머에 보이던 바깥 풍경은 곧바로 정지했다.

황급히 바깥 상황을 확인하자, 그곳에는 거미 새끼가 흩어지듯이 도망치는 사람들의 모습이 보였다. 그것은 거리 옆에 고개를 내밀고 만세 소리를 내던 주민뿐만이 아니라, 퍼레이드를 형성하던 기사들도 마찬가지였다.

"이봐. 다, 다나카!"

"메르세데스 씨와 토토 씨는 마차 안에서 기다려주세요!"

추남은 황급히 마차에서 밖으로 나왔다.

아무리 그래도 확인하지 않을 수 없었다.

직후, 시야에 날아든 것은 머리 위에 있는 거대한 드래곤이다. 거리를 넘어서 주변 가옥을 삼키려는 듯 수도 카리스의 거리에 커다란 그림자를 드리우고 있다.

틀림없이 50미터 이상은 될 것이다.

비행마법으로 몸을 띄워서인지, 날개는 펼친 상태로 정지해 있다. 만약 저게 움직인다면 거리에 있는 퍼레이드 대열은 사람이 책상 위에 떨어진 먼지에 숨을 불어넣듯이 닥치는 대로 날아가버릴 터였다.

갑작스러운 등장은 아마 공간마법을 이용한 거겠지.

중요한 식전 한가운데였기 때문에 오늘은 하늘에도 경비의 시선이 있었다. 마차 상공은 상당히 엄중히 보호받고 있었다. 그걸 쓸어버리고 등장했다면, 아마 좀 더 빠른 단계에서 소동이 벌어졌을 것이다.

게다가 그 실루엣은 어쩐지 본 적이 있다.

그러나 내가 아는 것보다 조금 작다.

세세한 부분은 다르지만, 전체적으로 비슷한 외견의 드래곤이 우리의 홈에서 촌장 자리에 앉아 있다. 세간에서는 에인션트 드래곤이라는 이름으로 불리는 종족이라고 한다.

"인간이라는 종은 어쩜 이리도 작은가. 어쩜 이리도 나약한가."

공중에 뜬 드래곤이 도망치는 사람을 내려다보며 중얼거렸다.

확실히 상대의 입장에서 우리는 작은 동물 취급을 받겠지.

추남 바로 근처에는 폐하와 로열 비치의 모습이 있다. 앞쪽 마차에서 굴러떨어진 두 명은 모두 머리 위를 올려다보며 경악하고 있었다. 단, 직후에 보인 반응은 서로 대조적이었다.

허리에 힘이 빠져 그 자리에서 주저앉은 게 폐하.

한편, 눈동자를 반짝이며 넋을 잃은 것이 왕녀님.

후자가 무슨 생각으로 드래곤을 바라보고 있는지, 추남은 상상하는 것조차 두려웠다. 정말로 그녀가 그의 친딸인 건지 출처를 의심하고 싶어졌다. 폐하, 혹시 탁란을 당한 게 아닐까요?

참고로 교황님은 뒤집힌 마차 옆에서 아우아우거리고 있다.

"짐에게는 인간 따위, 나뭇가지에서 땅에 떨어진 나무 열매와도 같은 존재…… 음!"

직후, 머리 위의 드래곤과 눈이 마주쳤다.

상대가 거만한 연설을 늘어놓던 직후였다.

활짝 벌어진 드래곤 아이즈가 이쪽의 존재를 포착했다.

동시에 하늘에 떠 있던 거구가 움찔 떨렸다.

"……존재이다. 어쩜 이리도 변변찮은 생물인가."

포착된 건 틀림없는 사실일 것이다.

일련의 반응으로 추측하건대, 하늘에 뜬 거대한 드래곤의 정체는 용왕님이 틀림없어 보인다. 모습이나 음색에도 변화가 보이지만, 무척이나 거들먹거리는 말투는 변함없이 거만했다.

무엇보다 그는 추측을 확신할 만한 일행을 데려왔다.

드래곤과 비교하면 너무나도 작지만, 확실히 사람 한 명이 용왕님 머리 옆에 머물고 있다. 비행마법으로 몸을 띄우고 그와 마찬가지로 수도 카리스의 거리를 바라보고 있었다.

전신 갑옷을 완벽하게 차려입은 모습은 잊을 리가 없다.

"스펜서 자작, 이런 곳에 무슨 용건입니까?"

"역시 당신도 이곳에 있었습니까, 다나카 백작."

서로 목소리를 높여서 토크했다.

앞다투어 도망치는 사람들의 움직임 덕분에 소란은 빠르게 멀어졌다. 주변에서는 순식간에 인적이 사라졌다. 덕분에 어느 정도 거리가 있는데도 스펜서 자작과 대화를 나눌 수 있었다.

이런 상황에서도 인근에 남아 있는 자들이라고는 완고하게 포지션을 유지하는 왕녀님과 그녀 옆에서 허리의 힘을 잃어버린 폐하. 그리고 목숨을 걸어서라도 두 사람을 지키려는 근위 기사가 몇 명 정도다.

"사전에 연락을 주셨다면 마중을 나갔을 텐데요."

"아뇨, 백작의 손을 번거롭게 할 일은 아닙니다."

스펜서 자작이 동행하고 있다는 건, 오늘 방문은 북쪽 대국의 의향이라는 거겠지. 추남은 굳이 드래곤 모드가 된 용왕님이 찾아왔다는 사실에 위기감을 느꼈다.

그리고 이런 의문은 그야말로 정답이었다.

"그렇다면 무슨 용건입니까?"

"오늘부로, 북쪽 대국은 페니 제국에 선전포고합니다."

인적이 사라진 수도 카리스의 메인 스트리트에서 자작의 목소리가 들렸다.

선전포고.

전쟁, 준비 땅 선언.

가능성으로는 고려하고 있었지만, 막상 실제로 말을 들어보니 상당히 가슴에 와닿는 대사가 아닐까. 선전포고.

대졸 채용 최종 시험에서 제1지망 기업으로부터 불채용을 전달 받았을 때와 같은 기분이다.

시야 끝에서는 폐하가 몸을 떠는 기색이 들어왔다.

두 사람을 지키고자 일어선 근위 기사들은 허리를 빼고 있다.

어깨 너머 뒤쪽으로 시선을 돌리자, 후자가 도망친 마차 안에서는 메르세데스와 토토가 즐기는 기척이 느껴졌다. 삐걱삐걱 소리를 내며 상하 운동을 시작한 마차를 본 동정은 흥미와 불안감을 느꼈다. 말은 개의치 않고 계속 서 있군요.

"굳이 알리러 와주셔서 감사합니다."

"……변함없군요. 다나카 백작은."

"그렇습니까?"

"언니가 했던 말도 왠지 이해할 수 있습니다."

"스펜서 백작이 뭐라고 하던가요?"

모르는 사이도 아니기에 인사도 빠르게 넘기고 이러쿵저러쿵 이야기를 나누었다. 감각적으로는 입찰이나 공모에서 마주친 라이벌 기업의 담당 사원 같은 느낌. 하지만 그런 대화를 시작한 것도 잠시였다.

"이봐, 짐을 무시하고 이야기할 셈이냐?"

"앗……. 아, 아뇨. 죄송합니다."

곧바로 용왕님의 지적을 받고 말았다.

변함없이 까다로운 성격의 소유자다.

이러면 신경 쓰이는 것이 북쪽 대국과 그의 관계다.

선대 불사왕님이라는 키 퍼슨의 부재를 확인하고서도 후자는 전자에게 협력하기로 정한 건가. 일방적으로 선전포고를 받은 페니 제국의 백성으로서는 신경 쓰여서 견딜 수가 없다.

그리고 로리곤보다 조금 체격이 작은 건 나이 때문인가?

그녀가 용왕님보다는 연상인 듯했다.

동정은 그 사실에 무척이나 마음이 조마조마하는 걸 느꼈다.

로리곤이 누님 포지션에서 역으로 겁탈해줬으면 좋겠다는 욕구에 휩싸였다.

"짐은 빠르게 용건을 마치고 거성으로 돌아가고 싶다."

"네. 아무쪼록 부탁드립니다."

아무래도 선전포고를 위해서만 찾아온 건 아닌 모양이다.

스펜서 자작의 대답을 들은 용왕님이 움직임을 보였다. 우리 머리 위에 떠 있던 거구가 자기 대각선 위쪽, 허공을 바라보듯 몸을 돌렸다. 그러더니 그의 시선이 바라본 곳에 매우 커다란 마법진이 떠올랐다.

지름이 용왕님이 큰 차이 없는 규모다.

법선 벡터가 지상으로 향하지 않았기에, 간장 얼굴은 위기감을 느꼈다.

그러나 그에게서 나온 말은 내가 예상한 것과는 조금 방향성이 달랐다.

"이걸 보아라, 인간."

용왕님의 말과 함께 마법진이 변화를 보였다.

수면에 물방울이라도 떨어뜨린 듯이 진 가장자리에서 안쪽이 흔들리더니, 뒤쪽에 비치던 하늘의 푸른색이 사라졌다. 그 대신 보이기 시작한 건, 뭐랄까, 어디서 본 듯한 거리였다. 성을 중심으로 그 주변에 펼쳐지는 건물 무리다.

그걸 대각선 위에서 내려다보는 쿼터뷰.

"……."

아니, 잠깐만.

추남은 이 성을 알고 있다.

남부 국가군에서도 제일가는 빈곤 국가, 니플 왕국의 왕성이다.

과거에 몇 번 발을 옮겼기에 곧바로 알아챌 수 있었다.

머리 위에 전개된 용왕님의 마법은 멀리 떨어진 곳의 광경을 확인하기 위한 것이었던 모양이다. 콩알 정도 크기의 사람들이 움직이는 모습까지 보였다. 아무래도 리얼타임 제공인 모양이다. 공간 마법의 응용 같은 걸까.

아무튼 대단히 편리한 마법이로군요.

이게 있다면 신경 쓰이는 곳을 자유롭게 마구 엿볼 수 있다.

추남은 꿈이 넓어지는 걸 느꼈다.

매일의 자가발전 소재를 찾느라 곤란할 일도 없어지겠지.

서둘러서 뒤에서 삐걱거리는 마차 안을 들여다보고 싶다.

"니플 왕국의 수도 라크로 보입니다만, 이곳에 무엇을?"

"오늘부로 소멸할 마을의 이름이다."

"……."

그런 말을 하면 추남은 곤란해지는데.

아무래도 농담 같지는 않았다.

아마 북쪽 대국의 의향, 스펜서 자작의 조언을 들은 판단이겠지. 드래곤 시티나 수도 카리스를 직접 치는 것보다는 우리의 감정을 자극하지 않고, 그러면서도 남부 국가군의 정세를 단번에 뒤집을 수 있다.

니플 왕국은 완전히 덤터기를 쓰는 거지만.

당연하게도 다나카 백작으로서는 절대로 허용할 수 없다.

이 자리에서 생떼를 부려서라도 용왕님의 폭거를 막고 싶다.

“용왕님은 자신이 다스리는 마을이 아깝지 않으신 겁니까? 니플 왕국은 페니 제국과 동맹 관계에 있습니다. 저희도 가만히 있을 수 없지요. 그 창끝은 북쪽 대국만이 아니라 당신에게도 미칠 겁니다.”

“인간이 만약 짐을 공격하겠다면, 짐은 앞으로도 인간을 공격할 것이다.”

“그 의지는 진심입니까?”

“짐은 마을을 잃는다면, 달리 지킬 것이 사라진다.”

아마 스펜서 자작에게 이것저것 훈수를 들은 거겠지.

우리 인간에게 있어서 왕의 이름을 가진 존재는 절대적이다. 그 사실을 올바르게 이해한다면, 이번 판단도 모르는 바는 아니다. 어쩌면 자신들이 공격하지 않으면 우리 쪽에서 공격해 오리라 생각한 걸지도 모른다.

아무튼 저번보다 더욱 강경 자세를 보이고 있다.

“……저희보고 가만히 보고 있으라는 겁니까?”

“짐이 전에 찾아간 마을, 그 마을이 소중하다면 그러도록 해라.”

아무래도 폭력으로 윽박질러서 해결하는 건 무리 같다.

그러면 남은 수단은 교섭뿐이다.

어떻게든 용왕님을 만류할 수 없을까?

“하나만 확인하고 싶군요. 용왕님의 목적은 무엇입니까?”

“이 인간들은 짐 말고도 왕을 찾고 있다고 한다. 불사왕이나 수왕이 그대들에게 가담했다면, 짐은 이 인간들에게 가담하겠다. 그리고 짐의 생각에 찬성하는 다른 왕이나 작은 자들에게 비호를 내릴 것이다.”

용왕님은 바로 옆에 떠 있는 스펜서 자작에게 힐끔 시선을 보내며 대답했다.

역시 그렇게 되겠지요, 라는 말이 목구멍까지 들어찼다.

북쪽 대국만이 아니라 용왕님조차도 위기감을 품은 모양이다. 정령왕님의 말마따나, 우리가 세상의 임금님들을 끌어들여서 좋지 않은 일을 꾸미고 있다고 생각하는 걸지도 모른다.

"저희에게는 용왕님과 적대할 의지가 없습니다. 가능하다면 앞으로도 오래도록 교류를 다지려고 생각하고 있습니다. 불사왕과의 일은 유감스러운 결과가 되었습니다만, 이미 그것도 지나간 일이 아닙니까."

"짐이 그 말을 믿으라는 거냐?"

"아무쪼록 믿어주셨으면 좋겠군요."

"그럼 어째서 그대들은 다른 왕과 교우를 다지는가?"

"용왕님과의 교섭에 임하고자 뒷배가 필요했기 때문입니다."

"그자를 의지하지 않고도 이미 불사왕이나 수왕을 끌어들이지 않았나."

그자란 정령왕을 가리킨 말이 틀림없다.

아마 우리와의 관계를 억측하고 있는 거겠지.

"아시다시피, 당대 불사왕은 아직 어리고 약한 존재입니다."

"짐은 도저히 그렇게 생각하지 않는다. 선대 마왕을 타도한 자들에 불사왕, 충분한 힘이 아닌가. 게다가 수왕과도 2대에 걸쳐 교우가 있다고 여기 인간에게 들었다. 그대들은 많은 왕과 손을 잡고 무엇을 생각하고 있지?"

닌쿠 대삼림에서의 일, 스펜서 자작이 일러바쳤군.

현재 그의 지적대로 양자의 파워 밸런스는 우리에게 기울어져 있다. 정면에서 싸운다면 희생의 크기는 넘어가더라도 최종적으로 승리하는 건 이쪽이 틀림없다. 그렇기에 이렇게 말해버리면 적절한 대답이 떠오르지 않는다.

그러는 사이에 용왕님이 움직임을 보였다.

원견(遠見)의 마법과는 별도로, 용왕님 아래쪽에 마법진이 떠올랐다.

"거기서 얌전히 보고 있어라."

직후, 그의 옆에 떠오른 원견의 마법 너머, 니플 왕국의 수도 라크 상공에도 똑같은 디자인의 마법진이 나타났다. 일련의 대화를 통해 어떤 마법인지는 간단히 상상할 수 있었다.

과거에 선대 마왕님도 사용했던, 원거리에 있는 대상을 공격하는 마법.

"기다려 주십시오!"

당연히 그냥 내버려둘 수는 없었기에, 추남은 황급히 하늘로 올라갔다.

스킬 포인트를 소비해서 공간마법을 습득. 니플 왕국으로 달려간다. 그런 대응도 떠올랐지만 도저히 따라잡을 수 있을 것 같지 않았다. 또한, 만약 따라잡는다고 해도 수도 라크 전체를 대상으로 삼은 처음 보는 마법을 어떻게 막아야 하지?

이렇게 되면 용왕님을 공격해서 마법을 중지시킬 수밖에 없다.

그렇게 생각하면서 상대의 코끝을 향해 전력으로 파이어 볼.

검은 녀석을 꺼낼 수 있을 만큼 꺼내서 쐈다.

"그대의 대답, 똑똑히 들었다."

순식간에 접근한 파이어 볼은 차례차례 용왕님에게 착탄.

그러나 그는 그것을 팔이나 다리, 게다가 날개 끝 같은 육체 말단으로 받아내면서 착탄한 부분을 직접 잘라버렸다. 아키하바라노상에서 파는 케밥 조리 풍경처럼, 문자 그대로 몸을 던져서 추남의 공세에 대처하고 있었다.

결손된 부분은 회복마법으로 다음 순간 바로 완치.

저번 싸움을 거쳐서 그런지 확실하게 대처법을 마련하고 왔다.

드래곤 모드로 등장한 건 이걸 위해서였을지도 모른다.

그리고 추남이 파이어 볼을 날리는 사이에도 용왕님의 마법은 페니 제국에서 멀리 떨어진 니플 왕국의 수도 라크 상공에서 완성. 원견의 마법 너머에서 마법진이 강한 빛을 발하는 모습이 우리의 시야에 날아들었다.

"윽……."

거대한 마법진에서 지상을 향해 눈부신 광채가 쏟아졌다.

그건 햇살을 반사하며 반짝반짝 빛나는 비와 같은 광경이었다.

*

【소피아 시점】

오늘, 메이드는 니플 왕국의 수도에 있는 왕궁에 실례했습니다.

왜 왕궁이냐고 하면, 어제 완성된 마도구 중 하나를 여기에 설치하기 위해서입니다. 나라는 기울어졌지만 과거에는 어느 정도 번영하던 흔적이라고 해야 할지, 왕궁은 상당히 넓었습니다.

그중에서 저희가 발길을 옮긴 건 왕족 말고는 들어오는 게 허락되지 않는 안뜰입니다. 최소한의 손질은 이루어지고 있는지, 아담하기는 하지만 그런대로 나무나 꽃들이 보입니다.

아무래도 왕비님이나 니플 전하, 전하의 형제자매들이 직접 돌보고 있다고 합니다. 정원사를 고용할 여유도 없다는 뒷이야기를 전하 본인에게 직접 들은 후라서 그런지, 화단에 난 꽃 하나를 보더라도 묘한 감회가 들었습니다.

마도구는 그 한가운데에 떡하니 배치되어 있습니다.

커다란 마석과 조합된, 무척 커다란 마법진입니다. 다른 마법진은 이걸 중심으로 해서 마을 전체를 감싸도록 배치되어 있습니다. 어제는 저희도 이것들을 설치하려고 우왕좌왕했습니다.

“좋아. 그럼 바로 시험을 시작하자!”

정면에 놓인 마도구를 바라본 엘프 씨가 말했습니다.

어딘가 들뜬 분위기가 느껴집니다.

분명 그녀도 실험이 성공할지 신경이 쓰인 거겠죠.

「어떻게 시작할 건데?」

“예전에도 설명했지만, 원래는 이건 일정 이상의 마력을 감지하면 멋대로 반응하게 되어 있어. 하지만 이번에는 시험이니까 이쪽에서 마도구를 움직여서 장벽을 발생시키려고 해.”

“만약을 위해 확인하는 건데, 성이나 마을에 악영향을 끼치지는 않는 거지?”

“음. 그 점은 문제없어. 아무쪼록 안심해줬으면 좋겠어.”

“그럼 상관없지만…….”

「파아~?」

니플 전하는 조금 불안해 보이네요.

수상한 시선으로 마도구를 바라보고 있습니다.

그리고 그녀를 신경 쓰듯이 바라보는 새 씨, 굉장히 귀엽습니다.

저는 안전 방면에서는 딱히 염려하지 않습니다. 뭐니 뭐니 해도 엘프 씨가 제조한 거니까요. 어제도 밤늦은 시간까지 직접 점검하고 계셨습니다. 그러니 메이드는 차분하게 진행을 바라볼 수 있습니다.

단지, 그런 것도 잠시였습니다.

드래곤 씨가 위를 올려다보며 문득 중얼거렸습니다.

「이봐, 위에 뭔가 떠 있는데, 저것도 시험이냐?」

"……응?"

그 목소리를 들은 모두가 함께 머리 위를 올려다봤습니다.

확실히 지적한 대로 하늘 한 곳에 마법진이 보입니다.

엘프 씨가 즉시 비명 같은 소리를 냈습니다.

"저, 저건……."

그 직후, 마법진에서 광채가 뿜어져 나왔습니다.

지상을 향해 생겨난 거대한 진에서 방출된 빛이 마치 비가 내리듯이 쏟아졌습니다. 아래로 내려오면서 점점 넓어지더니, 상당히 광범위하게 퍼져나가는 것처럼 보였습니다.

그러나 광채가 저희에게까지 닿지는 않았습니다.

그와 동시에 머리 위에서 다른 변화가 보였습니다.

하늘 전체가 반짝 빛나더니 무수하게 쏟아지는 빛을 가로막은 것입니다. 마치 유리창이 옆으로 쏟아지는 비를 튕겨내듯이, 눈에 보이지 않는 무언가가 대량으로 쏟아지는 빛을 튕겨내는 광경이 먼 지상에서도 엿보입니다.

「……이봐, 엘프. 공격당한 거 아냐?」

"그래, 아무래도 그런 모양이야……."

「저건 네가 한 거냐?」

"바, 바보 같은 소리하지 마. 어째서 그렇게 되는데!"

「그럼 왜 공격당한 건데?」

"아니, 나한테 물어봐도……."

공격이라고 합니다.

아무래도 마을이 공격을 당하는 것 같습니다.

하지만 저희에게 딱히 피해는 없습니다.

너무나도 예기치 못한 일이어서 그런지, 다들 멍한 표정으로 하늘을 올려다볼 뿐입니다. 혹시 이렇게 왕궁이 무사한 건, 엘프 씨의 마도구가 효과를 발휘하고 있기 때문이 아닐까요?

단 한 명, 니플 전하만이 크게 초조해하고 있습니다.

"잠깐 기다려. 공격이라니 무슨 소리야?! 공격이라니!"

"자세한 건 모르겠지만, 저건 확실히 그런 마법진처럼 보여."

"우리처럼 빈곤한 나라를 공격해서 무슨 이득이 있다는 거야!"

"아, 아니, 거기까지는 나도 모르겠는데……."

그녀가 허둥대고 있는 덕분에 메이드는 오히려 냉정해졌습니다.

정령왕님이 함께였다면 뭔가 해석을 들을 수 있었을지도 모릅니다. 그러나 그녀와는 며칠 전에 헤어진 이후, 한 번도 만나지 못했습니다. 대신 대지의 대정령님이 촌장님 저택에 머물고 계십니다.

무슨 일이 생기면 그에게 전달하라고 하더라고요.

어제는 새 씨와 함께 목욕을 함께했습니다.

그리고 저희가 이러쿵저러쿵 떠드는 사이, 정체불명의 공격마법에 변화가 생겼습니다. 마법진의 광채가 약해지면서 이윽고 마법진이 사라지더니, 하늘이 원래의 정숙을 되찾았습니다.

마치 소나기 같은 광경이 아닐까요?

귀를 기울여 봤지만 딱히 비명이나 절규 같은 게 들려오는 기색은 없습니다. 만약 공격마법이 통했다면 여기저기서 소란이 일어났을 겁니다. 그게 없다는 건 피해가 전혀 없거나, 있더라도 매우 경미한 정도일 겁니다.

엘프 씨의 마도구가 바로 활약한 모양이네요.

"상황은 잘 모르겠지만, 마왕에 비견되는 자의 공격을 받았을 가능성이 있어! 그리고 이, 일단 마도구는 확실하게 발동했어! 여기서 계속해서 공격을 받을 상황을 고려해서, 여기에 있는 마석에 마력을 모으고 싶어!"

본인도 그렇게 생각한 모양입니다.

시험을 해보려고 했는데 느닷없이 실전을 치르게 되었네요.

「설마 너, 여기서 가만히 있을 셈이야?」

"마도구로 시간을 버는 사이에 정령왕에게 이야기하고 오겠어. 원래부터 그런 용도로 생각하던 거니까. 만약 상대가 용왕이라면 그자도 우리의 목소리를 무시하지는 않겠지."

마도구 설치가 단 하루만 늦었다면, 니플 왕국의 수도 라크는 괴멸되고 저희까지 죽었을 수도 있습니다. 그런 상황에서도 부지런히 행동 방침을 세우는 엘프 씨, 굉장히 믿음직스럽습니다.

그녀가 함께 있지 않았다면, 메이드는 공포에 질려 몸을 떨었을 겁니다.

「네가 만든 거, 정말 괜찮은 거냐? 망가지지 않아?」

"충분한 마력을 공급할 수 있다면 그리 쉽게 망가지지는 않아."

「하지만 그, 그보다도 마을로 돌아가는 게 낫지 않을까?」

"마도구에 담을 수 있는 마력은 유한해. 만약 우리가 도망친 이후에 마력이 고갈된다면, 니플 왕국은 무사하지 못할 거야. 물론 결코 억지로 부탁하지는 않겠어. 어렵다면 마을까지 보내줄게. 하지만, 가능하다면 힘을 빌려줬으면 좋겠어."

엘프 씨의 발언을 듣고 나서, 모두의 시선이 니플 전하에게 향했습니다.

그녀는 어제에 이어서 현장 책임자로서 저희와 함께 마도구 시험에 입회해 주셨습니다. 지금도 바로 옆에서 엘프 씨의 말에 귀를 기울이고 있습니다. 그래서인지 그 반응은 현저했습니다.

"윽……. 따, 딱히, 도망쳐도, 괜찮거든?"

눈에 띄게 전신을 부들부들 떨고 계시네요.

그야말로 필사적인 모습입니다.

당장에라도 울 것 같은 표정이라, 이 메이드에게는 남 일처럼 보이지 않습니다. 그래도 과감하게 허세를 부리는 그녀의 모습을 목격하자, 아무리 드래곤 씨라도 다음 말을 꺼내지 못했습니다.

「크, 크르르르릉…….」

이러니저러니 해도 한동안 니플 왕가에 신세를 졌으니까요. 폭신폭신한 침대나 넓은 목욕탕, 게다가 매일 밥까지 맛있게 먹었습니다. 이러면 그녀도 물러나고 싶어도 물러날 수 없겠죠.

언동은 퉁명스럽지만, 가까운 사람들에게는 정이 많은 드래곤 씨니까요.

"보아하니 하늘에 술자의 모습은 없는 것 같아. 마법진의 구성으로 봐도, 다른 곳에서 여기를 향해 날린 거겠지. 상대가 용왕이라면 선불리 장벽 밖으로 나가서 기습을 당하는 게 더 위험해."

「……알았어. 네 말대로 할게!」

"너희에게만 위험해질 수 있는 제안을 하게 되어서 미안해."

「돼, 됐으니까 당장 시작하자고!」

결의를 다진 표정이 된 드래곤 씨가 고개를 크게 끄덕였습니다.

이어서 엘프 씨의 시선이 향한 곳은 새 씨입니다.

그를 힐끔 바라보고는, 메이드에게 말을 걸었습니다.

"불사왕에게는 저기, 그, 마, 마력을 주입해 달라고 전해주지 않겠어?"

새 씨가 메이드의 부탁을 들어줄지는 확실하지 않습니다. 애초에 저는 마력을 주입한다는 행동을 전혀 모릅니다. 엘프 씨도 부탁하면서 무척 주저하고 있었습니다. 하지만 노력을 아낄 생각은 없습니다.

이 자리에서는 순순히 수긍하기로 하죠.

"네. 알겠습니다!"

「파아? 파아?」

화제로 오른 본인은 갑자기 허둥대고 있는 저희를 보면서 모두의 낌새를 두리번두리번 살피고 있습니다. 상대의 심기를 엿보는 눈빛이 무척이나 사랑스럽네요. 머리를 쓰다듬어주고 싶은 충동에 휩싸입니다.

서둘러서 드래곤 씨에게 견본을 보여달라고 하고, 이걸 따라 해달라고 부탁해 보기로 할까요. 이걸로 안 되면, 또 뭔가 방법을 생각해 보려고 합니다. 이래 봬도 꽤 똑똑한 새니까, 분명 노력해주리라 생각합니다.

"좋아. 그럼 이 자리는 부탁할게. 나는 금방 돌아오겠어!"

엘프 씨가 돌아올 때까지 메이드도 노력해야겠습니다.

뭐니 뭐니 해도 그녀가 만든 마도구의 가치를 세상에 알릴 절호의 기회니까요.

*

이래서는 늦는다. 그렇게 생각한 직후의 일이다.

추남은 원견의 마법 너머에서 보이는 풍경에 의문을 느꼈다.

용왕님이 날린 것으로 보이는 마법 앞에서, 뭔가 현지에서 노력하며 버티고 있는 듯한 광경이 비쳤으니까. 그가 날린 마법이 마구 쏟아지는 비라고 한다면, 그 아래에서 편의점 비닐우산이라도 쓰고 있는 듯한 느낌.

아무리 기다려도 마을에 피해가 보이지 않았다.

쌀알 정도의 크기로 움직이는 현지 사람들이 모두 발을 멈추고 낌새를 엿봤다. 아마 머리 위의 광채를 바라본 거겠지. 만약 공격이 맞았다면 뿔뿔히 흩어져서 도망쳤을 거다. 그런 낌새가 없다는 건, 지금 시점에서 피해는 제로.

"……."

신경이 쓰여서 용왕님에게 시선을 돌렸다.

그러자 그곳에는 나와 마찬가지로 원견의 마법 너머의 광경을 보고 아연실색한 그의 모습이 있었다. 입을 반쯤 벌리고 놀라고 있는 드래곤, 조금 귀엽다. 그 모습을 바라보던 추남은 문득 처음 만났을 때의 로리곤을 떠올렸다.

잠시 후, 비가 그치고 현지 하늘은 정숙을 되찾았다.

이렇게 보이는 바로는, 니플 왕국의 피해는 제로다.

마을이 소멸하기는커녕 건물 하나 무너진 기색이 없다.

"뭐, 뭐냐 이건……."

유유히 머물고 있던 용왕님이 돌변하더니 당혹스러운 목소리를 냈다.

그로서도 예상 밖의 일이었겠지.

그러고 보니 대성국에서 얼굴을 마주했을 때, 에디타 선생님이 말했었다. 메이드나 로리곤과 함께 마을을 지키기 위한 마도구를 만들고 있다고. 그 나라를 찾아온 것도 필요한 소재를 찾기 위해서였다고 한다.

혹시 그게 관련이 있는 게 아닐까?

확신은 없다.

그러나 이건 기회이기도 하다.

이 자리에서는 마구마구 밀어붙이는 게 좋아 보인다.

"그러니 말씀드리지 않았습니까. 기다려 달라고."

"……짐의 마법에 뭘 한 거냐?"

"저는 아무것도 하지 않았습니다. 하지만 그런 마법은 과거에도 마왕님이 쏘아대서 세상을 소란스럽게 했었습니다. 그러니 저희도 대책을 세우게 되었죠. 앞으로 그런 방법은 소용이 없다는 걸 충분히 이해해 주신다면 감사하겠습니다."

"……."

에디타 선생님의 마도구가 어떤 것인지는 전혀 모른다.

그러나 이번 허세로 지금 같은 기습이 줄어든다면 좋을 거다.

동시에 의식해야 하는 건 주변에 있는 사람들이다. 얼마나 많은 사람에게 추남의 목소리가 들리는지는 모르겠다. 하지만 이 자리는 드래곤 시티의 존재를 세상에 어필할 절호의 기회가 아닐까?

용왕님을 압도하는 동시에 궁중에서의 발언력을 쟁취하기로 하자.

추남은 스펜서 자작을 돌아보면서 말을 늘어놓았다.

"아무래도 북쪽 대국은 본격적으로 용왕님의 협력을 받아낸 모양이군요."

"……그게 어쨌다는 겁니까?"

"이렇게 선전포고하러 찾아온 것도 납득이 갑니다. 하지만 저희 페니 제국은 자국의 전력으로 불사왕을 보유하고 있으며, 그런 데다 당대 및 선대 수왕과 원만한 관계에 있습니다. 이런 건 스펜서 자작도 잘 아시지 않습니까."

"듣지 않아도 알고 있습니다."

"여기에 최근에는 정령왕과도 협력 관계에 있습니다."

"윽……."

간장 얼굴의 말을 듣고 스펜서 자작의 얼굴이 굳어버렸다.

아무래도 용왕님에게는 듣지 못했던 모양이다. 처음 만났을 때 그녀의 뜻에 따라 쫓겨나버린 경위가 있으니, 그의 자존심이 자극된 게 아닐까? 자신의 추한 모습을 굳이 인간에게 말해줄 인물은 아니다.

조금 전에도 그자라고 하면서 말을 흐렸으니까.

"앞서 한 말을 철회하려면, 이 순간이 분수령이 아닐지."

공중에 뜬 추남은 상대의 정면에서 마음껏 폼을 잡았다.

무엇보다도 지상에는 폐하나 근위 기사들이 지켜보고 있으니까.

"정령왕을 아군으로 끌어들였다니, 다나카 백작의 거짓말이 아닙니까?"

"제 말을 믿을지 말지는 스펜서 자작에게 맡기겠습니다."

"……."

그러는 동안, 우리의 바로 옆에서 마법진이 떠올랐다.

언뜻 봐서는 공간마법 같았다.

무슨 일인가 대비한 직후, 모습을 드러낸 건 나도 아는 이들이다. 에디타 선생님과 로리곤, 소피아와 그녀가 안고 있는 새 씨, 게다가 정령왕님까지 함께 있지 않은가.

갑자기 나타난 이들이 용왕님을 경계했다.

아무래도 그의 거구를 포착하고 찾아온 모양이다.

"여러분, 어째서 이곳으로……."

“바로 조금 전의 일인데, 누군가의 마법이 니플 왕국을 공격했어. 그래서 서둘러 우리 마을과 수도 카리스를 확인하려고 했는데 멀리서 용왕의 모습이 보여서 말이야. 하지만 너까지 함께 있었을 줄은 몰랐어.”

일동을 대표해서 에디타 선생님이 사정을 설명해줬다.

추남이 예상했던 그대로다.

직후에는 우리 눈앞에서 용왕님에게 변화가 생겼다.

바로 근처에 정령왕의 모습을 확인한 것이리라. 그는 즉시 경계심을 보였다. 덩치가 큰 그가 몸을 크게 움직이면서 임전 태세를 보이니까, 싫어도 의식하게 된다. 굉장히 위기감을 부추기는 광경이란 말이지.

이 모습에는 스펜서 자작도 놀란 모양이다.

“요, 용왕님. 갑자기 왜 그러십니까?”

“……아무것도 아니다. 신경 쓰지 마라.”

신경 쓰지 말라고 해도 도저히 무리지.

자연스럽게 그녀도 알아챈 모양이다.

선생님 쪽을 바라보는 얼굴에 초조감이 깃들었다.

“설마, 조금 전 화제에 오른 정령왕이라는 게…….”

“…….”

자신에게 불리한 말이 나오자, 용왕님은 곧바로 입을 다물어버렸다.

어디 사는 누군가와 똑같군.

「너, 이번에는 도대체 뭘 하러 온 거야! 성으로 돌아간 거 아니었어?!」

“아아~앙. 이렇게 빨리 재회하다니, 나도 놀라버렸어어~!”

로리곤과 정령왕님이 목소리를 높였다.

소피아는 용왕님의 거대한 모습을 목격하고는 완전히 겁먹었다. 반면, 그녀에게 안긴 새 씨는 상황을 파악하지 못한 건지, 그런 그녀를 배려하듯 귀여운 울음소리를 내고 있다.

모두에게는 이것저것 이야기를 들어보고 싶다.

하지만 이 자리에서는 용왕님의 대응을 우선하기로 할까.

모처럼 기회가 왔으니, 간장 얼굴은 그에게 말을 이었다.

"용왕님께 다시금 말씀드리겠습니다."

"……말해봐라."

"만약 당신이 우리나라나 동맹국을 공격하신다면, 이쪽도 북쪽 대국을 필두로 해서 용왕님의 거성까지 포함해서 공세에 나서지 않을 수 없습니다. 그쪽은 영지가 일방적으로 유린당하는 광경을 허용하시겠습니까?"

"이봐, 그건 비겁하다."

"저희도 용왕님과 마찬가지로 지킬 게 그리 많지는 않습니다. 그리고 모두 다 소중한 것들입니다. 무언가 하나 잃기만 해도, 모든 걸 송두리째 버려서라도 공세에 나서게 될 겁니다."

"……."

자기 약점을 끌어내서 들먹이자, 용왕님이 또 이상한 느낌으로 변해버렸다.

로리곤도 그렇지만, 에인션트 드래곤에게 공통된 이 이상한 대화, 뭐지? 자기보다 강한 상대와 좀처럼 만나지 못하기 때문인지, 타인에게 압도당했을 때 커뮤니케이션 에러가 빈발한다.

"그러니 용왕님께서도 아무쪼록 물러나 주셨으면 좋겠습니다."

"그럴 수는 없다."

아무쪼록 물러나 달라고 기도하는 심정으로 전달했다. 이쪽은 그의 자존심이라고 해야 할지, 한 번 입에 담은 일은 반드시 지키고자 하는 의지가 엿보인다. 그런 의미에서는 적이라고 해도 믿을 수 있는 인물일지도 모른다.

"그럼 이렇게 하죠. 후일 저희 쪽에서 다시금 용왕님에게 평화의 사자를 보내고 싶습니다. 저희는 당신에게 충성을 맹세하기로 하죠. 그러니 북쪽 대국과 마찬가지로, 우리나라와도 원만한 협력 관계를 맺어주시지 않겠습니까?"

"……과연. 그건 매우 좋은 일이다."

"기, 기다려 주십시오! 용왕님!"

로리곤과의 관계에서 배운 교섭 스타일이 도움이 되었다.

의외로 쉽다는 걸 알았단 말이지. 에인션트 드래곤.

한편, 스펜서 자작에게서는 비통한 목소리가 나왔다.

"어째서냐? 인간."

"저희와의 약속을 파기하시려는 겁니까?!"

"파기하는 건 아니다."

"그럼 어째서!"

"이들에게 충성을 맹세하게 할 뿐이다."

"그, 그게 파기이지 않습니까!"

"……."

북쪽 대국에서 용왕님을 떼어놓을 수 있다면, 그게 가장 좋은 흐름이다. 킹인 분의 조력을 잃고서도 도전할 만큼 세상 정세에 어둡지는 않겠지. 오늘의 선전포고도 흐지부지될 것이다.

무엇보다 임금님 한 명으로도 인류의 군병 수십만보다 앞서니까. 북쪽 대국이 아무리 대단한 군사력을 보유하고 있어도 페니 제국이나 동맹국에 손대지는 못할 터였다. 남부 국가군에서의 땅 따먹기는 격화될지도 모르겠지만.

“용왕님은 예전에 자신이 하신 말씀을 기억하십니까?”

“짐은 왕이다. 내 스스로가 발언한 것을 어기는 짓은 결코 하지 않는다.”

추남의 면전에서, 용왕님과 스펜서 자작의 대화가 이어지고 있었다.

에디타 선생님의 마도구 덕분에 이야기 흐름은 완전히 이쪽의 것이 되었다.

“용왕님은 자신을 따르는 백성을 이끄는 게 왕의 책무라고 말씀하셨습니다.”

“그렇다. 그게 왕의 책무다.”

“저희를 백성으로 받아들여 주시는 게 아니었습니까?”

“받아들였다. 그게 어쨌다는 거냐?”

“용왕님은 백성을 인도하고자 이 자리에 발을 옮기셨습니다.”

“……크르릉.”

지금 발언, 역시 조금 전의 대화는 스펜서 자작이 훈수를 둔 거였군.

용왕님, 꽤 괴로워 보인다.

하나의 기둥이 튼튼하게 세워져 있기에, 앞으로도 뒤로도 물러날 수 없는 상황으로 보인다. 로리곤의 촌장에 대한 집착과 통하는 부분이 있었다. 에인션트 드래곤이라는 건 내가 생각하던 것 이상으로 의리가 두터운 생물일지도 모른다.

그게 아니라면 스펜서 자작이 파고드는 것도 불가능했겠지.

정령왕님이 상대였다면, 분명 적당한 말을 늘어놓으면서 가볍게 파기해버렸을 것이다. 그래도 그녀의 경우는 노팬티고, 스커트도 짧은 데다 어떤 표정도 대부분 에로하니까, 동정은 달라붙고 싶어진다.

정령은 성관계를 하는 걸까? 교미의 개념이 있다면, 실질적으로 처녀라고 할 수 있지 않을까? 그렇게 생각하면 당연히 가능하다는 생각이 들었다. 그 애니메이션 목소리로 허덕이는 모습을 보지 않을 수가 없다.

"스펜서 자작, 이 자리에서는 일단 물러나 주시겠습니까?"

"……그렇게 하겠습니다."

자작, 엄청 불만스러운 표정이다.

자매 모두 그다지 표정을 얼굴로 드러내지 않지만, 이번에는 새어 나오는 짜증을 숨기지 못하고 있다. 언니에 이어서 여동생에게도 완전히 미움받고 말았군. 그런 표정을 받으면서 자매덮밥을 즐기고 싶단 말이지.

"인간이여, 아무것도 하지 않고 돌아갈 셈이냐?"

"이 이상 용왕님께 부담을 드릴 수는 없습니다."

"……그러한가."

말은 하기 나름이지.

어딘가 안심한 분위기의 용왕님을 보고 추남도 안도감을 느꼈다. 눈앞에서 축 늘어진 꼬리가 자기 것이라는 걸 알면서도 스탠스상 물어뜯지 않으면 직성이 풀리지 않는 사람은 세상에 의외로 많은 법이다. 지위가 높은 사람은 특히나 더.

직후, 두 사람은 공간마법을 써서 어딘가로 사라졌다.

이후 한동안 기다려 봤지만 돌아오지는 않았다.

지상으로 시선을 돌리자, 그곳에는 하늘을 올려다보는 폐하와 로열 비치, 그리고 두 사람을 지키고자 원진을 짠 채 방심하지 않고 검을 든 근위 기사들이 눈에 들어왔다. 또한, 바로 옆에는 여전히 삐걱삐걱 상하 운동에 힘쓰는 마차의 모습.

당초 예정은 완전히 파탄. 개선식은 흔적조차 없다.

그러나 페니 제국에게는 결코 나쁘지 않은 결과가 아닐까.

생명의 위기에 처한 메르세데스의 성욕, 장난이 아니다.

인생을 구가하는 사람은 아마 그녀와 같은 인종이겠지.

*

북쪽 대국의 선전포고를 받은 다음 날.

추남은 리처드 씨와 함께 궁중 2인조의 호출을 받았다. 장소는 이번에도 왕궁에 있는 폐하의 개인실이었다. 그곳에서 익숙한 소파에 둘이 나란히 앉아 가주와 얼굴을 마주했다.

재상님은 여느 때처럼 폐하가 앉은 소파 뒤에 서 있다. 매번 그렇지만, 다리가 저리지 않는 건가? 지위상 앉을 수 없다는 거야 알고 있다. 하지만 슬슬 나이도 지긋한데 힘들지 않을까.

"다나카 백작. 어제는 정말로 수고가 많았다."

"황공하신 말씀입니다. 폐하."

어제는 용왕님의 예기치 않은 등장으로 인해 이후 예정되어 있던 행사는 모두 연기되었다. 적국 귀족이 성에 침입했기에, 궁중에서 저잣거리에 이르기까지 기사나 헌병이 총출동해서 확인하러 다니는 사태가 벌어졌다.

대신, 나는 수도 카리스에 찾아온 일행들에게 사태의 전말을 확인했다.

결과적으로 나의 예상은 정답.

원견의 마법 너머에서 보인 광경은 선생님의 마도구에 의한 것이었다.

그녀도 이런저런 확인 질문을 해왔고, 페니 제국이 북쪽 대국에 선전포고한 것, 또한 예기치 못한 공격은 용왕님이 날렸다는 걸 전달했다. 후자에 관해서는 다들 어렴풋이 짐작하고 있었던 모양이다.

이날은 그 후에 소동의 뒷정리만 하며 보냈다.

"행사가 연기된 점은 유감이지만, 이쪽은 준비가 되는 대로 곧장 재개하려고 한다. 저잣거리에도 이미 전달해 놓았다. 짐으로서는 당초 예정했던 것보다 더욱 화려한 연회가 될 것을 믿어 의심치 않는다."

"바쁘신 와중에 배려해주셔서 감사합니다."

그렇게 말하는 폐하는 포근한 표정이다.

기분이 엄청 좋아 보인다.

"북쪽 대국의 선전포고를 받았는데도 여전히 백성들의 지지는 충분하다. 국내 귀족들의 동향도 어제 있었던 사건을 듣고 변화를 보이고 있지. 북쪽 대국과 내통하던 이들도 드문드문 발견되기 시작했다."

"간첩입니까? 그건 또 심상치 않군요."

"음. 귀가 따가운 이야기로군. 하지만 이번 일을 거쳐서 그자들의 방식도 점점 알게 되었다. 이건 재상과도 상담한 것인데, 앞으로는 페니 제국도 더 조직적으로 북쪽 대국에 대항하려고 생각하고 있다."

"그건 다행입니다."

희희낙락 말을 늘어놓는 태도에 적당히 맞장구를 쳐줬다.

그러자 오늘은 재상님도 칭찬하는 말을 건넸다.

"궁중에서 다나카 백작에게 보이던 비난도 이걸로 꽤 약해지겠지. 백작의 영지에서 벌어진 마왕 토벌과는 달리, 어제의 일은 수도 카리스에서 있었다. 귀공이 드래곤과 상대하는 모습을 자기 눈으로 목격한 귀족들도 많아."

"재상님도 그렇게 말씀해 주시니 다행입니다."

리처드 씨도 추남 옆에 앉아서 싱글벙글 미소를 짓고 있다. 그의 경우에는 평소에도 웃는 얼굴이지만, 오늘은 평소 이상으로 기뻐 보인다. 분명 피츠클라렌스 가에도 이득이 되는 일이었겠지.

이걸로 따님에 대한 빚을 조금이라도 갚았다면 기쁠 텐데.

"그래서 폐하께서는 다나카 백작에게 포상을 내리겠다고 말씀하셨다."

"이 정도의 활약을 보인 거다. 다나카 백작에게는 지금 이상의 지위에서 페니 제국을 위해 활동해 주기를 바라고 있다. 짐은 그것이 우리나라를 위한 일인 것과 동시에, 백작을 위해서도 좋으리라 확신하고 있다."

"성은이 망극합니다."

해냈다. 포상 타임.

그러나 개인적으로는 작위라든가 그런 건 이미 충분하다. 지위가 한두 단계 올라가봤자 내 일상에 변화가 있으리라는 생각은 도저히 들지 않는다. 그보다도 다나카 백작은 관계 각처에 대한 포상을 확보하고 싶다.

영지 대표자로서 이런 건 매우 중요한 일이다. 나만 꿀을 빨게 된다면 모두에게 본보기가 되지 못한다. 그러나 다른 사람들이 어떤 걸 원하는지 추남은 짐작도 가지 않는다.

폐하는 아마 대성국 확보를 위한 실권을 주려고 생각했을 것이다. 결코 바보 취급할 수 없는 포상이다. 다른 귀족이라면 눈빛이 변했을 게 분명하다. 그러나 추남 주변에 그런 걸 원하는 인물은 거의 없다.

기껏해야 메르세데스 정도일 거다.

로리곤은 뭘 선물해야 기뻐할까?

재수 없는 롱 헤어는 상상하는 것도 힘들다.

아무리 생각해도 찾을 수가 없다.

에에잇. 모르는 사이도 아니니 죄다 떠넘기기로 하자.

"송구합니다만, 저는 이미 많은 것들을 받았습니다. 그러니 이번에는 지장이 없다면, 제게 협력해 주신 분들에게 폐하께서 직접 포상을 내려주신다면 감사하겠습니다. 그 기회를 주실 수 있겠습니까?"

"변함없이 욕심이 없구나, 다나카 백작이여."

"이번 일만 하더라도, 저 혼자만의 공적은 아닙니다."

"그럼 조만간 추가로 이쪽에서 연락을 넣도록 하마."

"감사합니다."

재상님도 딱히 이의는 없어 보였다.

리처드 씨도 마찬가지.

다나카 백작 개인으로서는 마왕님 토벌 이후, 뭔가 바빴다. 개선식 운운하는 일이 끝나면 한동안 느긋하게 보내려고 한다. 대성국의 장악에 힘쓰니 뭐니 하는 적당한 이유를 날조해서 당분간 드래곤 시티에 틀어박힐 거다.

그렇게 향후 예정을 생각하기 시작한 직후의 일이다.

"그런데 다나카 백작은 이번 일을 어떻게 보는가?"

"그 말씀은?"

"짐은 이 기회를 아무것도 하지 않고 넘기는 건 아쉽다고 느끼고 있다."

포상 대화가 끝난 것도 잠시, 폐하가 말을 시작했다.

뭔가 내부에서 의견 취합이나 화제로 거론되지도 않은 내용이었는지, 리처드 씨만이 아니라 재상님도 어라? 하는 표정으로 그를 쳐다보고 있었다. 당연하지만, 추남도 모르는 이야기다.

"예전, 궁중을 드나들던 음유시인이 노래했었다. 사람은 스스로 성장하는 걸 포기했을 때 노화가 몸에 깃든다고 하더군. 노화를 멀리하기 위해서는 항상 향상심을 가지며 매일을 보내야 한다고 한다."

"그건 참으로 몸에 스며드는 말이로군요."

"그래서 짐의 치세도 똑같이 하려고 생각한다."

뭐지? 갑자기 설교처럼 되어버렸는데.

그런 건 다른 귀족 상대로 해줬으면 좋겠다.

폐하가 직접 말한다면 기뻐하면서 들어주겠지.

요즘에는 재상 파벌과 피츠클라렌스 파벌이 보폭을 맞추고 있기 때문에, 국내 귀족에 대한 폐하의 영향력도 급상승하고 있다고 한다. 리처드 씨가 예전에 보낸 편지에도 그런 일이 적혀 있었다.

"그러니 다나카 백작에게 짐이 하나 부탁하고 싶은 게 있다."

"……무엇입니까?"

일을 하나 끝낸 참인데, 또 일입니까.

이런 건 불평 한마디 하고 싶어진다.

그러나, 이어진 말을 들은 추남은 곤란해졌다.

"짐은 북쪽 대국에 치고 들어가야 한다고 생각하고 있다."

"……."

아아, 기고만장해진 폐하가 또 묘한 소리를 늘어놓기 시작했잖아.

후기

먼저, 독자 여러분께 말씀드리고자 합니다. 저번 권에서부터 오랜 시간을 두고 발행하게 되어 정말로 죄송합니다. 최근 정세가 영향을 주어서 라노벨 업계도 여파를 받고 말았습니다.

그런 천신만고 같은 사회 정세임에도 불구하고 이번 권을 구입해주신 여러분에게는 진심으로 감사의 말씀을 드립니다. 최근에는 밝은 뉴스가 줄어들었지만, 그래도 조금이나마 기분 전환에 공헌할 수 있다면 다행이겠습니다.

그런데 저에게는 M다 S타로 선생님이 그려주신 일러스트가 본작을 이어가는 데 무엇보다 큰 원동력이 되고 있습니다. 표지를 장식하는 새로운 캐릭터를 필두로 착착 숫자를 늘리는 등장인물들을 빠짐없이 그려주시는 선생님께는 그저 감사하기만 할 뿐입니다.

언제나 근사한 일러스트를 제공해주셔서 정말 감사합니다.

이 흐름으로 감사의 인사를 하자면, 담당 편집자 I님 및 GC 노벨즈 편집부 여러분께서 다른 무수한 히트작을 관리하고 계시면서도 본작에도 시간을 할애해주신 것에 깊은 감사의 말씀을 드립니다.

곳골 씨의 신작 태피스트리, 굉장히 기뻤습니다.

또한 본작을 지원해주시는 영업이나 교정, 번역, 디자이너 담당자 여러분. 그리고 서적을 취급하는 국내외 서점 여러분이나 인터넷 판매점 여러분, 성원해주시는 관계 각처 여러분, 1권 발매 당초부터 범상치 않은 배려를 해주신 것에 깊이 감사드립니다.

부디 앞으로도 소설가가 되자에서 시작한 GC 노벨즈의 『다나카』를 잘 부탁드립니다.

다나카

~나이=여친 없는 역사인 마법사~

12

2025년 10월 25일 제1판 제1쇄 인쇄
2025년 10월 30일 제1판 제1쇄 발행

지음 | **분코로리**
일러스트 | **M다 S타로**
옮김 | **이경인**

발행인 | 오태엽
편집팀장 | 이수춘
편집담당 | 이예솔
한국어판 디자인 | Design Plus
라이츠사업팀 | 이은선, 박경진, 정선주, 신주은, 신윤미
전략마케팅팀 | 김정훈, 이강희, 정누리, 김재철
제작담당 | 박석주

발행처 | (주)서울미디어코믹스
등록일 | 2018년 3월 12일
등록번호 | 제 2018-000021
주소 | 서울특별시 용산구 만리재로 192
전화 | (02)2198-1736
인쇄처 | 한산프린팅